圖解生活實用日語

人事物的種類構造

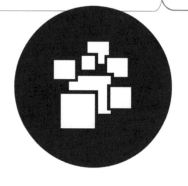

檸檬樹

出版前言

無邊無際的日文單字，如何有效歸納記憶？

【圖解生活實用日語】全系列三冊，
系統化整合龐雜大量的日文單字，分類為：

「眼睛所見」（具體事物）
「大腦所想」（抽象概念）
「種類構造」（生活經驗）

透過全版面的圖像元素，對應的單字具體呈現眼前；
達成「圖像化、視覺性、眼到、心到」的無負擔學習。

第 1 冊【舉目所及的人事物】：眼睛所見人事物的具體單字對應
第 2 冊【腦中延伸的人事物】：大腦所想人事物的具體單字對應
第 3 冊【人事物的種類構造】：生活所知人事物的具體單字對應

「人事物」的「種類、構造說法」與「生活經驗」實境呼應，
將日語學習導入日常生活，體驗物種結構的日文風景，

適合「循序自學」、「從情境反查單字」、「群組式串連記憶」。

第 1 冊：舉目所及的人事物

生活場景中，「常見人事物」的日文說法。

觀賞「馬戲團表演」，你會看到……

1 綱《つな》渡《わた》り
(名)走鋼索

2 空《くう》中《ちゅう》ブランコ
(名)空中飛人

3 一《いち》輪《りん》車《しゃ》
(名)單輪車

4 ピエロ
（pierrot）
(名)小丑

5 曲《きょく》芸《げい》師《し》
(名)雜耍者

6 怪《かい》力《りき》男《おとこ》
(名)大力士

7 魔《ま》術《じゅつ》師《し》
(名)魔術師

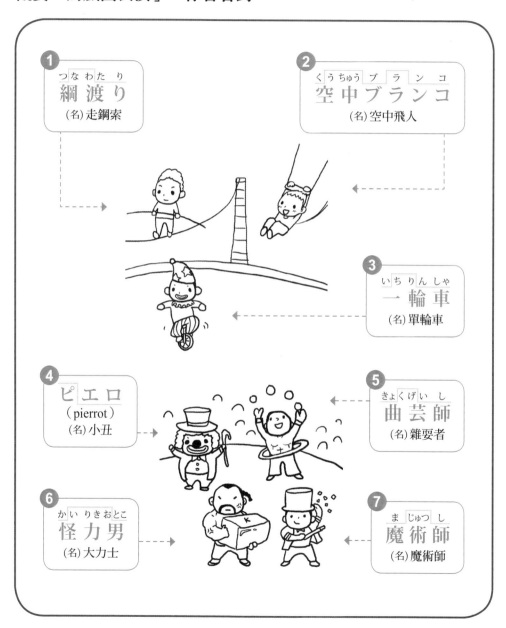

第 2 冊：大腦延伸的人事物

從這個主題，容易聯想到的日文單字。

從「學生百態」，可能聯想到……

1 居《い》眠《ねむ》りをする
(動III) 打瞌睡

2 ぼうっとする
(動III) 發呆

3 手《て》紙《がみ》を回《まわ》す
(動I) 傳紙條

4 ノートを取《と》る
(動I) 做筆記

5 体《たい》罰《ばつ》
(名) 體罰

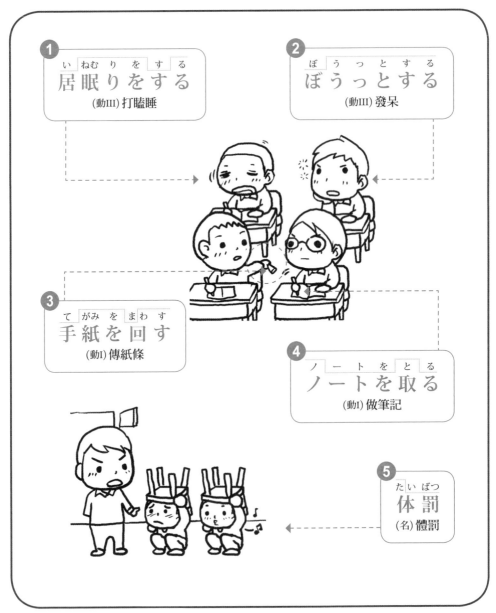

第 3 冊：人事物的種類構造

〔種類〕彙整「同種類、同類型事物」日文說法。

「奧運項目」的種類有……

1 フェンシング
（fencing）
(名) 擊劍

2 乗《じょう》馬《ば》
(名) 馬術

3 アーチェリー
（archery）
(名) 射箭

4 ボクシング
（boxing）
(名) 拳擊

5 重《じゅう》量《りょう》挙《あ》げ《げ》
(名) 舉重

6 レスリング
（wrestling）
(名) 角力

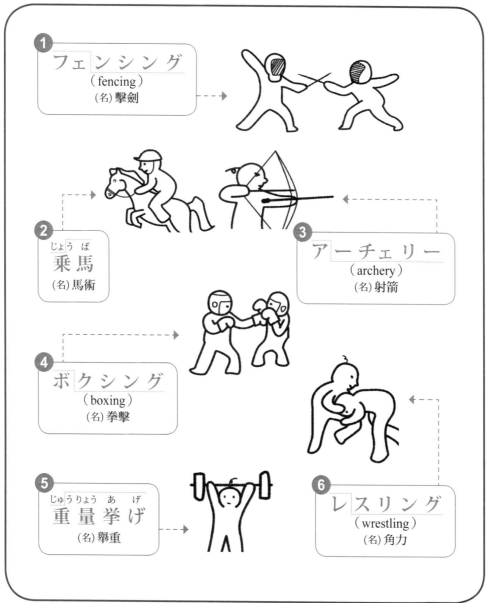

〔構造〕細究「事物組成結構」日文說法。

「腳踏車」的構造有……

1 ハンドル
（handle）
(名) 握把

2 ボトルケージ
（bottle cage）
(名) 水壺架

3 サドル
（saddle）
(名) 坐墊

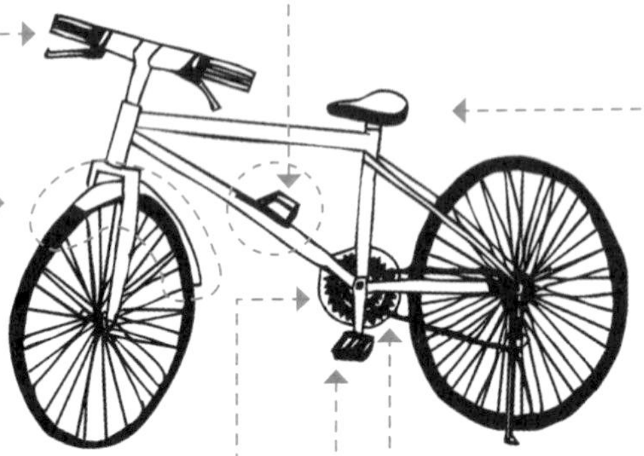

4 ギア
（gear）
(名) 齒輪/段速

5 チェーン
（chain）
(名) 鍊條

6 泥《どろ》よ《よ》け《け》
(名) 擋泥板

7 ペダル
（pedal）
(名) 腳踏板

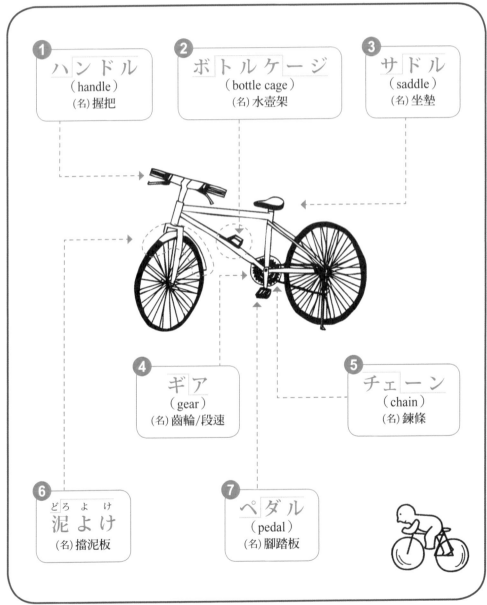

本書特色

【人事物的種類構造】：

「人事物」的「種類、構造說法」，與生活經驗實境呼應！

◎ 以插圖**【身體損傷的所有種類】**（單元 085、086、087）對應學習單字：
流血（出血《しゅっけつ》）、淤青（青痣《あおあざ》）、擦傷（擦傷《すりきず》）、凍傷（凍傷《とうしょう》）、燒燙傷（やけど）、拉傷（肉離《にくばな》れ）、扭傷（捻挫《ねんざ》）、骨折（骨折《こっせつ》）。

◎ 以插圖**【常見成藥的所有種類】**（單元 052、053）對應學習單字：
消炎藥（抗炎症薬《こうえんしょうやく》）、腸胃藥（胃腸薬《いちょうやく》）、退燒藥（解熱剤《げねつざい》）、眼藥水（目薬《めぐすり》）、痠痛貼布（湿布《しっぷ》）、止痛藥（痛《いた》み止《ど》め）。

◎ 以插圖**【腳踏車的各部構造】**（單元 136、137）對應學習單字：
握把（ハンドル）、坐墊（サドル）、齒輪（ギア）、鍊條（チェーン）、擋泥板（泥《どろ》よけ）、腳踏板（ペダル）、水壺架（ボトルケージ）。

各單元有「4 區域學習板塊」，點線面延伸完備的「生活單字＋生活例句」！

「透過圖像」對應單字，「透過例句」掌握單字用法，就能將日文運用自如。安排「4 區域學習板塊」達成上述功能：

1.**【單字圖解區】**：
各單元約安排 5 ~ 7 個「具相關性的小群組單字」，以「全版面情境插圖」解說單字。

2.**【單字例句區】**：
各單字列舉例句，可掌握單字用法、培養閱讀力，並強化單字印象。

3.**【延伸學習區】**：
詳列例句「新單字、單字原形（字典呈現的形式）、文型接續原則、意義、詞性」。

4.**【中文釋義區】**：
安排在頁面最下方，扮演「輔助學習角色」，如不明瞭日文句義，再參考中譯。

採「全版面情境圖像」解說單字：
插圖清晰易懂，人事物的種類構造，留下具體日文印象！

【單字圖解區】
全版面情境插圖，對應的「人、事、物」單字具體呈現眼前。

【學習單字框】
包含「單字、重音語調線、詞性、中譯」；並用虛線指引至插圖，不妨礙閱讀舒適度。

1
連続《れんぞく》ドラマ《ドラマ》 ←（假名、重音語調線）←（單字）
（名）連續劇 ←（詞性、中譯）

【小圖示另安排放大圖】
讓圖像構造清楚呈現。

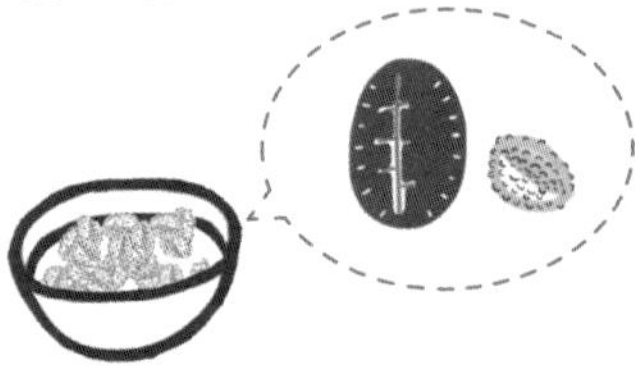

（單元 004：穀片放大圖）

3
シリアル
（cereal）
（名）穀片

【情境式畫面學習】
透過插圖強化視覺記憶，能減輕學習負擔，加深單字印象。

可以「從情境主題查詢單字」，任意發想的單字疑問，都能找到答案！
全書「175 個生活情境」，「蘊藏 175 種日文風景」。生活中看到、想到的人事物，都能透過查詢主題，「呈現該場景蘊藏的日文風景」。
<u>最熟悉的生活百態，成為最實用的日語資源</u>。

單字加註「重音語調線」，掌握日語「提高、持平、下降」的標準語感！
本書在每個單字加註「重音語調線」，可以看著「語調線」嘗試唸；或是搭配「日籍播音員」錄音的「東京標準音MP3」，檢驗自己的發音是否正確。跟唸幾個單字之後，就能掌握日語「提高、持平、下降」的語調特質。「記住發音＝記住單字」，讓每個單字以標準發音，停留在你的腦海中。

單字加註背景知識，同步累積生活知識，提升日語力，豐富知識庫！

受限於生活經驗，許多生活中所知的人事物，可能「只知名稱、不知背景知識與內涵」。本書透過圖解指引日文單字，對於常聽聞、卻未必了解本質的單字，加註背景知識，有助於閱讀時加深單字印象。同步累積生活知識，對於聽說讀寫，更有助力。

◎ 單元 118【天然災害】的【雹】（冰雹）：

3

雹《ひょう》

(名)冰雹

對流雲系旺盛時，雲中水蒸氣凝結成冰粒降下。

◎ 單元 023【音樂類型】的【パンク】（龐克）：

1

パンク

（punk）

(名)龐克

起源於 1970 年代中期的搖滾曲風。

書末增列【全書單字附錄】：
詞性分類 × 50 音排序，清楚知道「從這本書學到了哪些單字」！

依循「詞性分類＋50 音排序」原則，將全書單字製作成「單字附錄總整理」。有別於本文的「情境式圖解」，「單字附錄」採取「規則性整理」，有助於學習者具體掌握「學了哪些單字、記住了哪些單字」。

讓所經歷的學習過程並非蜻蜓點水，而是務實與確實的學習紀錄。

目錄

※ 本書各單元 MP3 音軌 = 各單元序號

Part 1：所有種類名

飲食

娛樂

服飾＆美容

日常場合

交通＆通訊

身心狀態

學術&自然

職場&社會

Part 2：各部構造名

學術

交通

日常場合

人體

飲食

職場&社會

本書「詞性・名稱」說明

【原形】＝ 字典裡呈現的形式

【 名 】＝ 名詞

【動Ⅰ】＝ 第Ⅰ類動詞（有些書稱為「五段動詞」）

字尾：u 段音　〔例〕：買う（かう）
字尾：a 段音＋る　〔例〕：頑張る（がんばる）
字尾：u 段音＋る　〔例〕：作る（つくる）
字尾：o 段音＋る　〔例〕：怒る（おこる）

【動Ⅱ】＝ 第Ⅱ類動詞（有些書稱為「上一段動詞」及「下一段動詞」）

字尾：i 段音＋る　〔例〕：起きる（おきる）〈上一段動詞〉
字尾：e 段音＋る　〔例〕：食べる（たべる）〈下一段動詞〉

【動Ⅲ】＝ 第Ⅲ類動詞（包含「サ行動詞」及「カ行動詞」）

する　〔例〕：する　〈サ行動詞〉
字尾：する　〔例〕：勉強する（べんきょうする）〈サ行動詞〉
来る　〔例〕：来る（くる）〈カ行動詞〉
字尾：くる　〔例〕：持ってくる（もってくる）〈カ行動詞〉

【い形】＝ い形容詞

字尾：～い　〔例〕：美味しい（おいしい）、高い（たかい）

【な形】＝ な形容詞

接續名詞要加「な」〔例〕：静か（しずか）、賑やか（にぎやか）

【補充說明】：

如果是「名詞＋助詞＋動詞」這種片語形式，標示詞性時，會根據「最後的動詞」來歸類詞性。

〔例〕：肩を叩く（拍肩膀）：最後是「叩く」→ 歸類為【動Ⅰ】（第Ⅰ類動詞）
〔例〕：寒気がする（發冷）：最後是「する」→ 歸類為【動Ⅲ】（第Ⅲ類動詞）

001 餐具(1)

MP3 001

1 大《おお》皿《ざら》
(名)大淺口盤

2 コースター
（coaster）
(名)杯碟

3 皿《さら》
(名)盤子

4 コップ
（kop（荷））
(名)水杯

5 グラス
（glass）
(名)酒杯

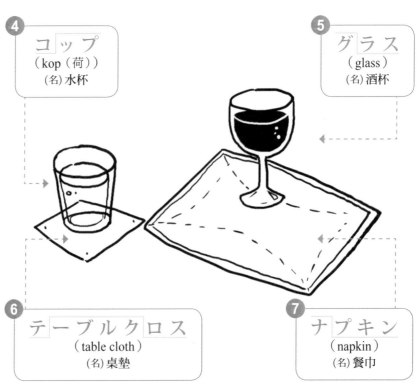

6 テーブルクロス
（table cloth）
(名)桌墊

7 ナプキン
（napkin）
(名)餐巾

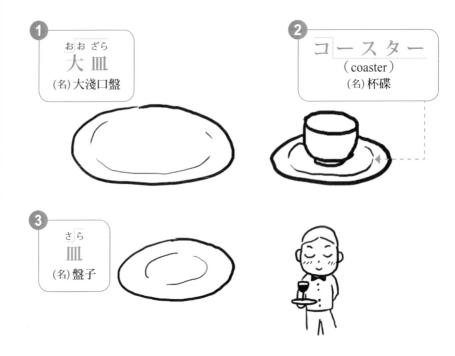

❶ 大皿に盛《も》られた料《りょう》理《り》が、次々《つぎつぎ》に運《はこ》ばれてきます。

❷ コースターの上《うえ》にコップを置《お》きます。

❸ みんなにお皿を配《くば》ります。

❹ コップに水《みず》を注《そそ》ぎます。

❺ グラスにワインを注《そそ》ぎます。

❻ テーブルにテーブルクロスを敷《し》きます。

❼ 布《ぬの》ナプキンの折《お》り方《かた》には、色々《いろいろ》あります。

學更多

	例句出現的		原形／接續原則	意義	詞性
❶	盛られた	→	盛られる	被盛裝	盛る的被動形
	次々	→	次々	接連不斷	副詞
	運ばれて	→	運ばれる	被運送	運ぶ的被動形
	運ばれてきます	→	運ばれて＋くる	被送上來	文型
❷	置きます	→	置く	放置	動 I
❸	配ります	→	配る	分發	動 I
❹	注ぎます	→	注ぐ	倒入	動 I
❺	ワイン	→	ワイン	葡萄酒	名詞
❻	敷きます	→	敷く	鋪上	動 I
❼	布ナプキン	→	布ナプキン	布餐巾	名詞
	折り方	→	折り方	折法	名詞
	色々	→	色々	各式各樣	副詞
	あります	→	ある	有（事或物）	動 I

中譯

❶ 盛在大淺口盤上的料理，不斷地送上來。
❷ 把杯子放在杯碟上。
❸ 把盤子分給大家。
❹ 把水倒進水杯。
❺ 把葡萄酒倒進酒杯。
❻ 把桌墊鋪在餐桌上。
❼ 布餐巾的折法有很多種。

002 餐具(2)

MP3 002

1 箸《はし》
(名)筷子

2 箸《はし》置《お》き
(名)置筷架

3 お椀《わん》
(名)碗

4 スプーン
（spoon）
(名)湯匙

5 フォーク
（fork）
(名)叉子

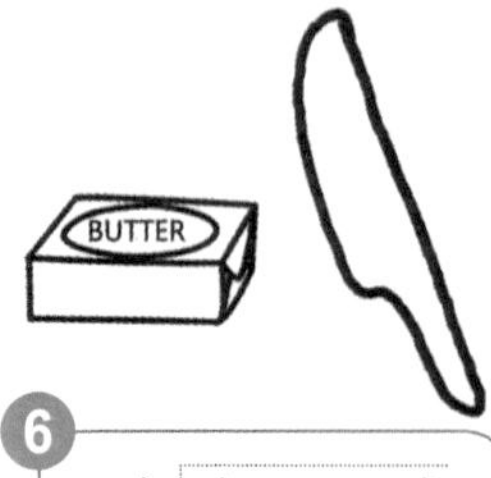

6 バター篦《へら》
(名)奶油刀

7 ステーキナイフ
（steak knife）
(名)牛排刀

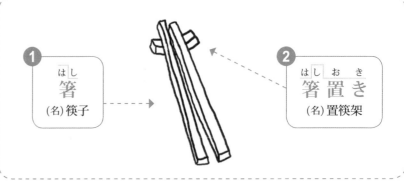

❶ 韓国《かんこく》では、鉄《てつ》の箸を使《つか》って食《た》べます。

❷ 可愛《かわい》くて安《やす》い箸置きを探《さが》しています。

❸ お椀に味噌汁《みそしる》を入《い》れて、食卓《しょくたく》に並《なら》べます。

❹ スプーンは要《い》りますか？

❺ 小《ちい》さな子供《こども》には、箸《はし》の代《か》わりにフォークを渡《わた》します。

❻ バター篦でパンにバターを塗《ぬ》ります。

❼ このステーキナイフは、よく切《き》れて使《つか》いやすいです。

學更多

	例句出現的		原形／接續原則	意義	詞性
❶	使って	→	**使う**	使用	動Ⅰ
	食べます	→	**食べる**	吃	動Ⅱ
❷	可愛くて	→	**可愛~~い~~＋くて**	可愛，而且～	文型
	探して	→	**探す**	尋找	動Ⅰ
	探しています	→	**動詞て形＋いる**	目前狀態	文型
❸	入れて	→	**入れる**	放入	動Ⅱ
	並べます	→	**並べる**	擺放、陳列	動Ⅱ
❹	要ります	→	**要る**	需要	動Ⅰ
❺	箸の代わりに	→	**名詞＋の代わりに**	代替～	文型
	渡します	→	**渡す**	遞、交給	動Ⅰ
❻	塗ります	→	**塗る**	塗抹	動Ⅰ
❼	切れて	→	**切れる**	鋒利	動Ⅱ
	使い	→	**使う**	使用	動Ⅰ
	使いやすい	→	**動詞~~ます~~形＋やすい**	容易做～	文型

中譯

❶ 在韓國，會使用鐵製的筷子吃飯。
❷ 尋找可愛又便宜的置筷架。
❸ 把味噌湯倒進碗裡，擺在餐桌上。
❹ 需要湯匙嗎？
❺ 把叉子遞給小朋友，用來代替筷子。
❻ 用奶油刀在麵包上塗奶油。
❼ 這把牛排刀很利，用起來很順手。

003

西式早餐(1)

MP3 003

1. 卵《たまご》
(名) 蛋

2. フレンチトースト
(French toast)
(名) 法式土司

3. トースト
(toast)
(名) 烤土司

4. バター
(butter)
(名) 奶油

5. ジャム
(jam)
(名) 果醬

6. サンドイッチ
(sandwich)
(名) 三明治

❶ 卵を溶《と》いて、パンに付《つ》けます。

❷ フレンチトーストにシロップをかけて食《た》べます。

❸ イギリス風《ふう》に、朝食《ちょうしょく》にトーストと紅茶《こうちゃ》を楽《たの》しみます。

❹ 朝食《ちょうしょく》は、大体厚切《だいたいあつぎ》りのバタートーストとコーヒーです。

❺ ジャムをパンに付《つ》けます。

❻ お弁当《べんとう》に、サンドイッチを作《つく》ります。

學更多

	例句出現的		原形／接續原則	意義	詞性
❶	溶いて	→	**溶く**	化開、打散	動 I
	パン	→	**パン**	麵包	名詞
	付けます	→	**付ける**	塗抹	動II
❷	シロップ	→	**シロップ**	糖漿	名詞
	かけて	→	**かける**	淋上	動 II
	食べます	→	**食べる**	吃	動 II
❸	イギリス風	→	**イギリス風**	英式風格	名詞
	朝食	→	**朝食**	早餐	名詞
	トーストと紅茶	→	**名詞A＋と＋名詞B**	名詞 A 和名詞 B	文型
	楽しみます	→	**楽しむ**	享受	動 I
❹	大体	→	**大体**	大致上	副詞
	厚切り	→	**厚切り**	厚片	名詞
❺	付けます	→	**付ける**	塗抹	動 II
❻	お弁当	→	**お弁当**	便當	名詞
	作ります	→	**作る**	製作	動 I

中譯

❶ 把蛋打散，塗在麵包上。
❷ 把糖漿淋在法式土司上食用。
❸ 吃英式早餐，享用烤土司和紅茶。
❹ 早餐大致上都是厚片奶油烤吐司和咖啡。
❺ 把果醬塗在麵包上。
❻ 做三明治當便當。

004

西式早餐(2)

MP3 004

1 ベーコン
(bacon)
(名) 培根

2 ハム
(ham)
(名) 火腿

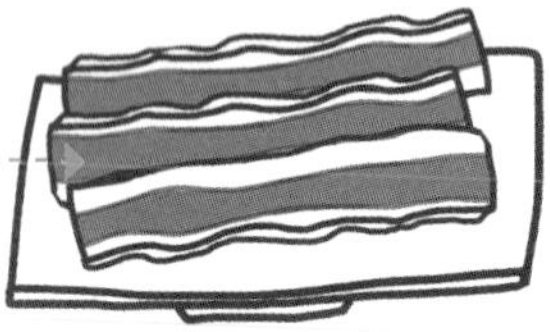

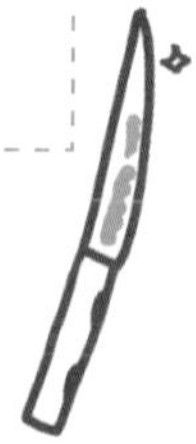

3 シリアル
(cereal)
(名) 穀片

4 ベーグル
(bagel)
(名) 貝果

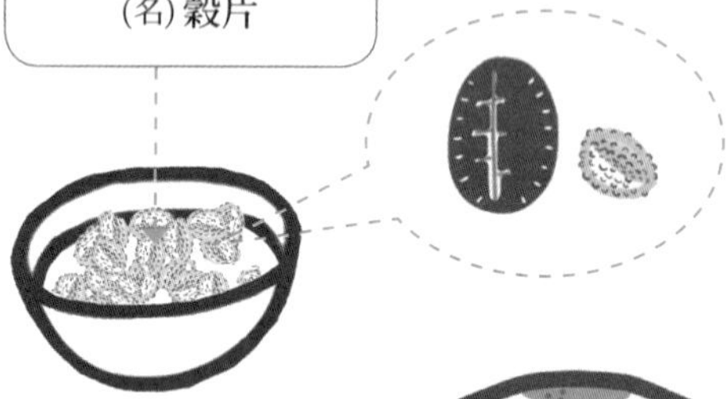

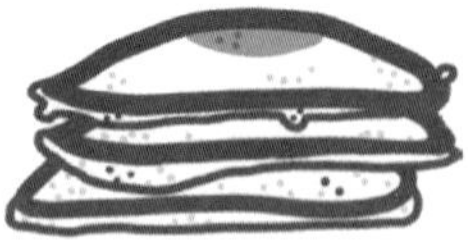

5 ホットケーキ
(hot cake)
(名) 鬆餅/薄煎餅

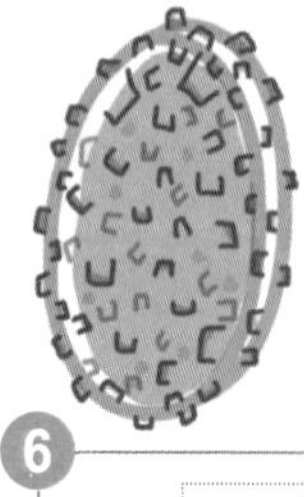

6 ハッシュブラウン
(hash browns)
(名) 薯餅

7 ワッフル
(waffle)
(名) 鬆餅

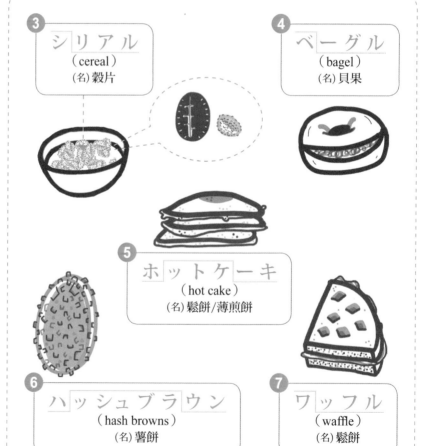

❶ ベーコンを電子《でんし》レンジに入《い》れて、油分《ゆぶん》を除《のぞ》きます。

❷ ハムを薄《うす》く切《き》ります。

❸ 朝食《ちょうしょく》は、簡単《かんたん》にシリアルで済《す》ませました。

❹ ベーグルは、結構《けっこう》カロリーが高《たか》いです。

❺ 時間《じかん》のある時《とき》は、ホットケーキを作《つく》ります。

❻ ファーストフード店《てん》で、ハッシュブラウンを買《か》います。

❼ ベルギーのワッフルは有名《ゆうめい》です。

學更多

	例句出現的		原形／接續原則	意義	詞性
❶	電子レンジ	→	電子レンジ	微波爐	名詞
	入れて	→	入れる	放入	動II
	除きます	→	除く	去除	動I
❷	薄く	→	薄い	薄的	い形
	切ります	→	切る	切	動I
❸	シリアルで	→	名詞＋で	利用～	文型
	済ませました	→	済ませる	解決	動II
❹	結構	→	結構	相當	副詞
	カロリー	→	カロリー	卡路里	名詞
❺	ある	→	ある	有（事或物）	動I
	作ります	→	作る	製作	動I
❻	ファストフード店で	→	地點＋で	在～地點	文型
	買います	→	買う	買	動I
❼	有名	→	有名	有名	な形

中譯

❶ 把培根放進微波爐微波，去除油脂。
❷ 將火腿切成薄片。
❸ 早餐就簡單地吃穀片解決。
❹ 貝果的卡路里相當高。
❺ 有時間時會自己製作鬆餅。
❻ 在速食店買薯餅。
❼ 比利時的鬆餅很有名。

005 蛋

MP3 005

種類

1 オムレツ
（omelette（法））
(名)歐姆蛋捲

2 スクランブルエッグ
（scramble eggs）
(名)炒蛋

3 卵《たまご》焼《や》き《き》
(名)煎蛋

構造

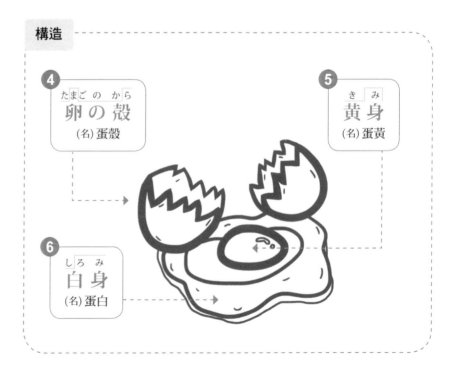

4 卵《たまご》の《の》殻《から》
(名)蛋殼

5 黄《き》身《み》
(名)蛋黃

6 白《しろ》身《み》
(名)蛋白

❶ オムレツにケチャップを付《つ》けます。

❷ 朝食《ちょうしょく》にスクランブルエッグを作《つく》ります。

❸ 卵焼きは、子供《こども》に大変《たいへん》人《にん》気《き》の料《りょう》理《り》です。

❹ 卵の殻を割《わ》ります。

❺ 卵《たまご》の黄身だけを使《つか》って、カルボナーラを作《つく》ります。

❻ 卵《たまご》の白身だけを使《つか》って、スポンジケーキを作《つく》ります。

學更多

	例句出現的		原形／接續原則	意義	詞性
❶	ケチャップ	→	ケチャップ	番茄醬	名詞
	付けます	→	**付ける**	塗抹、淋上	動II
❷	朝食	→	**朝食**	早餐	名詞
	作ります	→	**作る**	製作	動I
❸	大変	→	**大変**	非常	副詞
	人気	→	**人気**	受歡迎	名詞
❹	割ります	→	**割る**	打破	動I
❺	卵の黄身だけ	→	**名詞＋だけ**	只有～	文型
	使って	→	**使う**	使用	動I
	カルボナーラ	→	カルボナーラ	培根蛋麵	名詞
	作ります	→	**作る**	製作	動I
❻	卵の白身だけ	→	**名詞＋だけ**	只有～	文型
	使って	→	**使う**	使用	動I
	スポンジケーキ	→	スポンジケーキ	海綿蛋糕	名詞
	作ります	→	**作る**	製作	動I

中譯

❶ 在歐姆蛋捲上淋蕃茄醬。
❷ 早餐做炒蛋。
❸ 煎蛋是非常受小孩歡迎的料理。
❹ 把蛋殼打破。
❺ 只使用蛋黃來製作培根蛋麵。
❻ 只使用蛋白來製作海綿蛋糕。

006

乳製品(1)

MP3 006

1 牛《ぎゅう》乳《にゅう》
(名)牛奶

2 粉《こな》ミルク《ミルク》
(名)奶粉

3 バター
(butter)
(名)奶油

4 パウダーチーズ
(powder cheese)
(名)起士粉

5 生《なま》クリーム《クリーム》
(名)鮮奶油

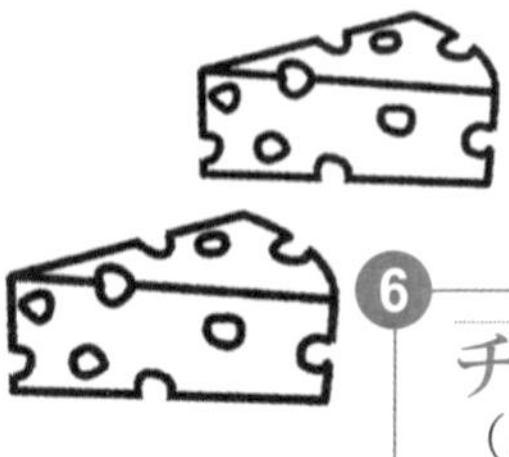

6 チーズ
(cheese)
(名)起士

❶ 毎朝《まいあさ》朝食《ちょうしょく》の時《とき》に、牛乳を飲《の》みます。

❷ 母乳《ぼにゅう》が足《た》りなかったので、粉ミルクを与《あた》えます。

❸ バターを常温《じょうおん》に戻《もど》します。

❹ パスタにパウダーチーズをかけます。

❺ ケーキの上《うえ》に生クリームを塗《ぬ》ります。

❻ 外国産《がいこくさん》のチーズを、ワインと一緒《いっしょ》に楽《たの》しみます。

學更多

	例句出現的		原形／接續原則	意義	詞性
❶	毎朝	→	**毎朝**	每天早上	名詞
	朝食	→	**朝食**	早餐	名詞
	飲みます	→	**飲む**	喝	動 I
❷	足りなかった	→	**足りる**	足夠	動 II
	足りなかったので	→	**足りなかった＋ので**	因為不夠	文型
	与えます	→	**与える**	給予	動 II
❸	戻します	→	**戻す**	恢復	動 I
❹	パスタ	→	**パスタ**	義大利麵	名詞
	かけます	→	**かける**	淋、灑	動 II
❺	ケーキ	→	**ケーキ**	蛋糕	名詞
	塗ります	→	**塗る**	塗抹	動 I
❻	外国産	→	**外国産**	外國生產	名詞
	ワイン	→	**ワイン**	葡萄酒	名詞
	ワインと一緒に	→	**名詞＋と一緒に**	和～一起	文型
	楽しみます	→	**楽しむ**	享用	動 I

中譯

❶ 每天吃早餐時，都會喝牛奶。
❷ 因為母乳不夠，所以餵奶粉。
❸ 讓奶油恢復到常溫。
❹ 把起士粉灑在義大利麵上。
❺ 在蛋糕上塗上鮮奶油。
❻ 把外國生產的起士，搭配葡萄酒一起享用。

007

乳製品(2)

MP3 007

1 ヨーグルト
(yogurt)
(名) 優格

2 ミルクプリン
(milk pudding)
(名) 鮮奶布丁

3 アイスクリーム
(ice cream)
(名) 冰淇淋

4 ミルクティー
(milk tea)
(名) 奶茶

5 飲《の》むヨーグルト
(名) 優酪乳

6 シェイク
(shake)
(名) 奶昔

❶ ヨーグルトを隠《かく》し味《あじ》に入《い》れます。

❷ 手《て》作《づく》りのミルクプリンは、市《し》販《はん》のものよりもずっと美《お》味《い》しいです。

❸ 夏《なつ》の暑《あつ》い日《ひ》は、アイスクリームに限《かぎ》ります。

❹ インド人《じん》はミルクティーをよく飲《の》みます。

❺ 店《みせ》には色々《いろいろ》な味《あじ》の飲むヨーグルトが売《う》っています。

❻ バナナと苺《いちご》でシェイクを作《つく》ります。

學更多

	例句出現的		原形／接續原則	意義	詞性
❶	隠し味	→	隠し味	提味的祕方	名詞
	入れます	→	入れる	放入	動II
❷	手作り	→	手作り	親手製作	名詞
	市販のものよりも	→	名詞＋よりも	比～	文型
	ずっと	→	ずっと	遠比～、更～	副詞
	美味しい	→	美味しい	好吃的	い形
❸	暑い	→	暑い	炎熱的	い形
	アイスクリームに限ります	→	名詞＋に限る	～是最好的	文型
❹	飲みます	→	飲む	喝	動I
❺	色々な味	→	色々＋な＋名詞	各種的～	文型
	売って	→	売る	販賣	動I
	売っています	→	動詞て形＋いる	目前狀態	文型
❻	バナナと苺	→	名詞A＋と＋名詞B	名詞A和名詞B	文型
	苺で	→	名詞＋で	利用～	文型
	作ります	→	作る	製作	動I

中譯

❶ 放入優格當作提味的祕方。
❷ 自己親手做的鮮奶布丁，比市售的要好吃很多。
❸ 在炎熱的夏日裡，吃冰淇淋是最棒的。
❹ 印度人經常喝奶茶。
❺ 店裡面有販售各種口味的優酪乳。
❻ 用香蕉和草莓做奶昔。

008 常見蔬菜(1)

MP3 008

1 玉《たま》ね《ね》ぎ《ぎ》
(名)洋蔥

2 レタス
(lettuce)
(名)萵苣

3 キャベツ
(cabbage)
(名)高麗菜

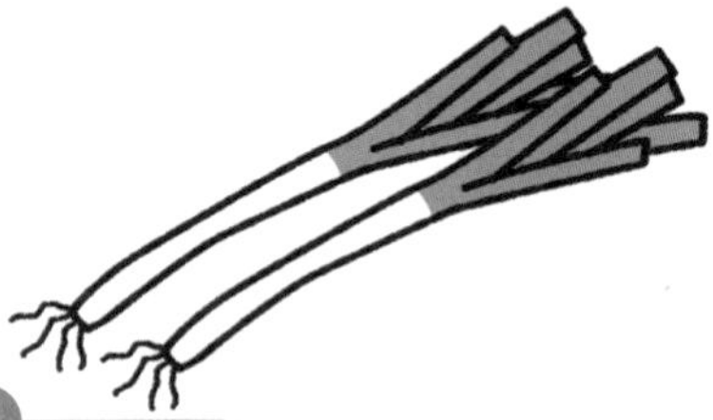

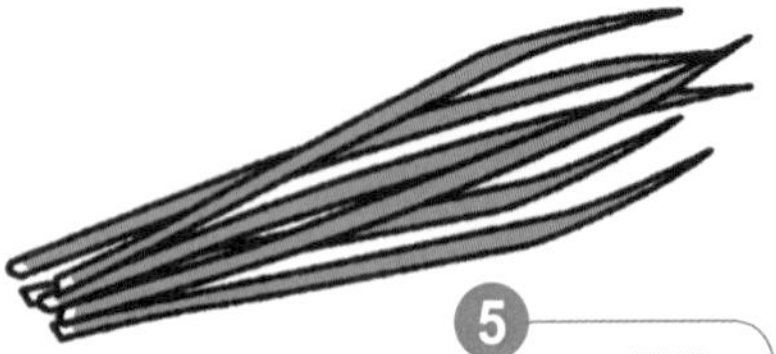

4 ね《ね》ぎ《ぎ》
(名)青蔥

5 ニ《ニ》ラ《ラ》
(名)韭菜

6 竹《たけ》の《の》子《こ》
(名)竹筍

7 アスパラ
(asparagus)
(名)蘆筍

❶ 玉ねぎをみじん切《ぎ》りにします。

❷ レタスの芯《しん》は、不眠《ふみん》に効果《こうか》があります。

❸ キャベツを刻《きざ》んで、餃子《ぎょうざ》に入《い》れます。

❹ ねぎを刻《きざ》んで薬味《やくみ》に使《つか》います。

❺ ニラを炒《いた》めて、韮玉子《にらたまご》にします。

❻ 竹の子は中国産《ちゅうごくさん》が多《おお》いです。

❼ アスパラを茹《ゆ》でます。

學更多

	例句出現的		原形／接續原則	意義	詞性
❶	みじん切り	→	みじん切り	切碎	名詞
	みじん切りにします	→	名詞＋にする	做成～	文型
❷	不眠	→	不眠	失眠	名詞
	あります	→	ある	有（事或物）	動 I
❸	刻んで	→	刻む	切碎	動 I
	入れます	→	入れる	放入	動 II
❹	刻んで	→	刻む	切碎	動 I
	薬味	→	薬味	調味料	名詞
	使います	→	使う	使用	動 I
❺	炒めて	→	炒める	炒	動 II
	韮玉子	→	韮玉子	韭菜炒蛋	名詞
❻	多い	→	多い	很多的	い形
❼	茹でます	→	茹でる	煮	動 II

中譯

❶ 將洋蔥切碎。
❷ 萵苣芯對治療失眠很有效。
❸ 把高麗菜切碎，包進餃子裡。
❹ 切青蔥來做調味。
❺ 炒韭菜做成韭菜炒蛋。
❻ 竹筍有很多是產自中國。
❼ 煮蘆筍。

009

常見蔬菜(2)

MP3 009

1
タ《タ》ロ《ロ》芋《いも》
(名)芋頭

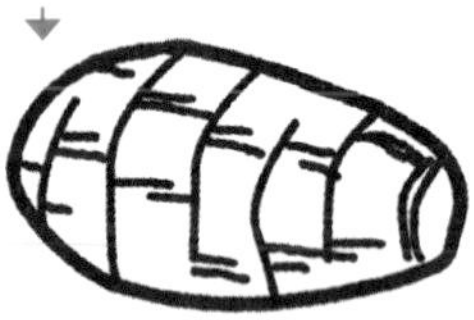

2
じゃ《じゃ》が《が》芋《いも》
(名)馬鈴薯

3
さ《さ》つ《つ》ま《ま》い《い》も《も》
(名)地瓜

4
牛《ご》蒡《ぼう》
(名)牛蒡

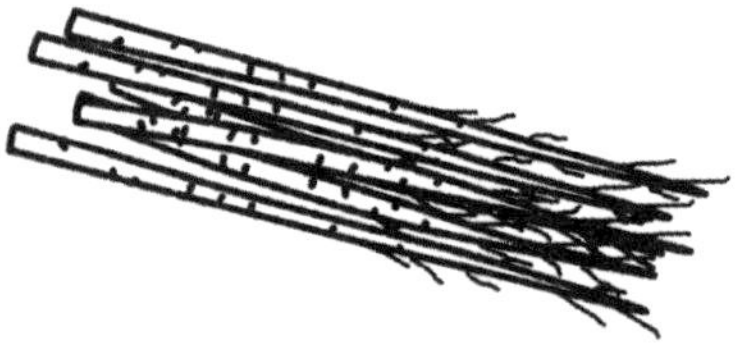

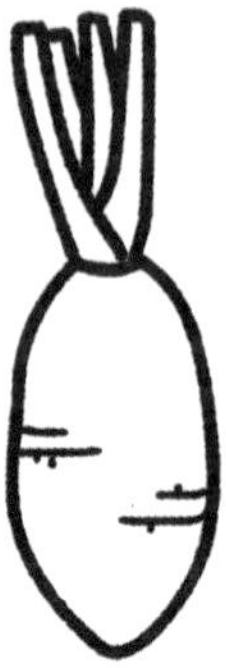

5
大《だい》根《こん》
(名)白蘿蔔

6
人《にん》参《じん》
(名)紅蘿蔔

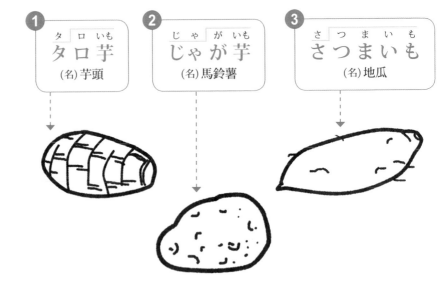

❶ タロ芋は、東《ひがし》アジアでよく見《み》かける根菜《こんさい》です。

❷ じゃが芋を掘《ほ》って収穫《しゅうかく》します。

❸ さつまいもは甘《あま》くて美味《おい》しいです。

❹ 牛蒡には多《おお》くの繊維《せんい》が含《ふく》まれています。

❺ 関東煮《かんとうに》に入《い》れた大根は、やわらかくて美味《おい》しいです。

❻ 人参は、β《ベータ》カロチンの豊富《ほうふ》な野菜《やさい》です。

學更多

	例句出現的		原形／接續原則	意義	詞性
❶	東アジア	→	東アジア	東亞	名詞
	見かける	→	見かける	看見	動II
	根菜	→	根菜	根莖類蔬菜	名詞
❷	掘って	→	掘る	挖	動I
	収穫します	→	収穫する	收成	動III
❸	甘く	→	甘い	甜的	い形
	甘くて	→	甘~~い~~＋くて	甜的，而且～	文型
❹	含まれて	→	含まれる	含有	動II
	含まれています	→	動詞て形＋いる	目前狀態	文型
❺	入れた	→	入れる	放入	動II
	やわらかく	→	やわらかい	軟的	い形
	やわらかくて	→	やわらか~~い~~＋くて	軟的，而且～	文型
❻	βカロチン	→	βカロチン	β胡蘿蔔素	名詞
	豊富な野菜	→	豊富＋な＋名詞	豐富的～	文型
	野菜	→	野菜	蔬菜	名詞

中譯

❶ 芋頭是東亞地區常見的根莖類蔬菜。
❷ 挖馬鈴薯來收成。
❸ 地瓜又甜又好吃。
❹ 牛蒡含有很多的纖維。
❺ 加在關東煮裡面的白蘿蔔又軟又好吃。
❻ 紅蘿蔔是含有豐富β胡蘿蔔素的蔬菜。

010

常見水果(1)

MP3 010

1 りんご《りんご》

(名) 蘋果

2 ぶどう《ぶどう》

(名) 葡萄

3 スイカ《スイカ》

(名) 西瓜

4 パパイア

(papaya)

(名) 木瓜

5 オレンジ

(orange)

(名) 柳橙

「橘子」是「みかん」。

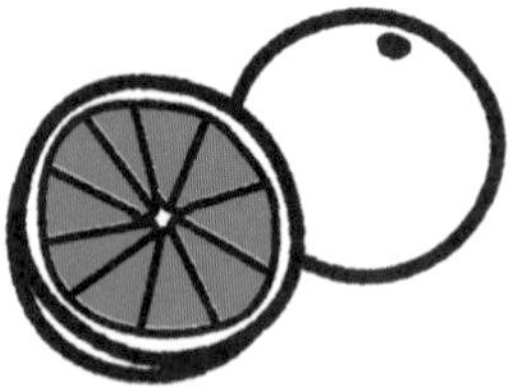

6 グレープフルーツ

(grape fruit)

(名) 葡萄柚

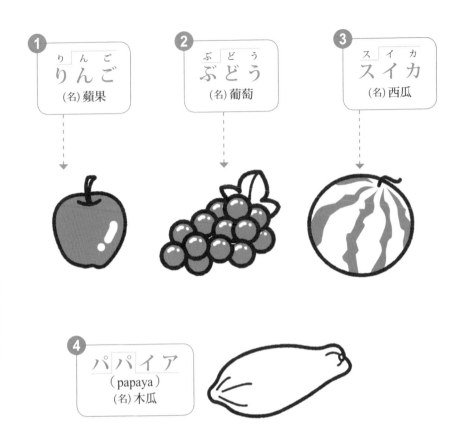

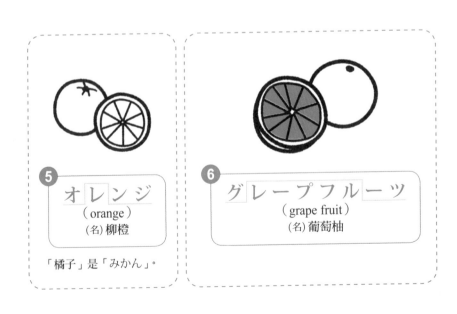

❶ りんごでアップルパイを作《つく》ります。

❷ 山梨県《やまなしけん》は、ぶどうの産地《さんち》として有名《ゆうめい》です。

❸ 品種改良《ひんしゅかいりょう》 された種無《たねな》しスイカが人気《にんき》です。

❹ パパイアミルクを作《つく》って飲《の》みます。

❺ 風邪《かぜ》を引《ひ》いたので、オレンジジュースを飲《の》みます。

❻ グレープフルーツは、ビタミンが豊富《ほうふ》な果物《くだもの》です。

學更多

例句出現的	原形／接續原則	意義	詞性
❶ りんごで	→ 名詞＋で	利用～	文型
アップルパイ	→ アップルパイ	蘋果派	名詞
作ります	→ 作る	製作	動I
❷ 産地として	→ 名詞＋として	作為～	文型
❸ 改良された	→ 改良される	被改良	改良する的被動形
種無し	→ 種無し	無籽	名詞
人気	→ 人気	受歡迎	名詞
❹ パパイアミルク	→ パパイアミルク	木瓜牛奶	名詞
作って	→ 作る	製作	動I
飲みます	→ 飲む	喝	動I
❺ 風邪を引いた	→ 風邪を引く	感冒	動I
風邪を引いたので	→ 動詞た形＋ので	因為～	文型
オレンジジュース	→ オレンジジュース	柳橙汁	名詞
❻ ビタミン	→ ビタミン	維他命	名詞
豊富な果物	→ 豊富＋な＋名詞	豐富的～	文型

中譯

❶ 用蘋果做蘋果派。
❷ （日本）山梨縣以葡萄產地而聞名。
❸ 經過品種改良的無籽西瓜很受歡迎。
❹ 做木瓜牛奶來喝。
❺ 感冒了，所以要喝柳橙汁。
❻ 葡萄柚是含有豐富維他命的水果。

011

常見水果(2)

MP3 011

1 バナナ
(banana)
(名)香蕉

2 キウイフルーツ
(kiwi fruit)
(名)奇異果

3 さとうきび《さとうきび》
(名)甘蔗

4 パイナップル
(pineapple)
(名)鳳梨

5 マンゴー
(mango)
(名)芒果

6 桃《もも》
(名)桃子

❶ タイには、非常《ひじょう》に多《おお》くの種類《しゅるい》のバナナがあります。

❷ ニュージーランドと言《い》えば、キウイフルーツです。

❸ 見渡《みわた》す限《かぎ》り、さとうきび畑《ばたけ》が広《ひろ》がっています。

❹ パイナップルを切《き》り分《わ》けるには、鋭《するど》いナイフが必要《ひつよう》です。

❺ 台湾《たいわん》のマンゴーは大《おお》きくて甘《あま》いです。

❻ 市販《しはん》の桃のゼリーを買《か》います。

學更多

	例句出現的		原形／接續原則	意義	詞性
❶	タイ	→	タイ	泰國	名詞
	非常に	→	非常に	非常地	副詞
	あります	→	ある	有（事或物）	動 I
❷	ニュージーランド	→	ニュージーランド	紐西蘭	名詞
	ニュージーランドと言えば	→	名詞＋と言えば	說到～	文型
❸	見渡す	→	見渡す	放眼望去、瞭望	動 I
	見渡す限り	→	動詞辭書形＋限り	盡量～	文型
	広がって	→	広がる	展現	動 I
	広がっています	→	動詞て形＋いる	目前狀態	文型
❹	切り分ける	→	切り分ける	切開	動 II
	鋭い	→	鋭い	尖銳的	い形
	ナイフ	→	ナイフ	刀子	名詞
❺	大きくて	→	大き~~い~~＋くて	大的，而且～	文型
	甘い	→	甘い	甜的	い形
❻	ゼリー	→	ゼリー	果凍	名詞
	買います	→	買う	購買	動 I

中譯

❶ 泰國有非常多種類的香蕉。
❷ 提到紐西蘭，就會想到奇異果。
❸ 放眼望去，甘蔗田就展現在眼前。
❹ 要把鳳梨切開，需要一把尖銳的刀子。
❺ 台灣的芒果又大又甜。
❻ 購買市售的桃子果凍。

012 電影類型(1)

MP3 012

1 コメディー
（comedy）
(名)喜劇

2 悲劇《ひげき》
(名)悲劇

3 アドベンチャー《アドベンチャー》映画《えいが》
(名)冒險片

4 アクション《アクション》映画《えいが》
(名)動作片

5 カンフー《カンフー》映画《えいが》
(名)功夫片

❶ コメディー映画《えいが》は私《わたし》が一番《いちばん》好《す》きなジャンルです。

❷ この映画《えいが》は、今年《ことし》最高《さいこう》の悲劇作品《さくひん》です。

❸ ７０年代《ななじゅうねんだい》-８０年代《はちじゅうねんだい》のアドベンチャー映画は、今《いま》見《み》ても面白《おもしろ》いです。

❹ ハリウッドのアクション映画は、世界中《せかいじゅう》の人々《ひとびと》に愛《あい》されています。

❺ カンフー映画と言《い》えば、香港《ほんこん》のあの人《ひと》が有名《ゆうめい》です。

學更多

	例句出現的		原形／接續原則	意義	詞性
❶	一番	→	一番	最	副詞
	好きなジャンル	→	好き＋な＋名詞	喜歡的～	文型
	ジャンル	→	ジャンル	類型	名詞
❷	最高	→	最高	最好	名詞
	作品	→	作品	作品	名詞
❸	今	→	今	現在	名詞
	見て	→	見る	看	動II
	見ても	→	動詞て形＋も	即使～，也～	文型
	面白い	→	面白い	有趣的	い形
❹	ハリウッド	→	ハリウッド	好萊塢	名詞
	人々	→	人々	人們	名詞
	愛されて	→	愛される	被喜愛	愛する的被動形
	愛されています	→	愛されて＋いる	目前是被喜愛的狀態	文型
❺	カンフー映画と言えば	→	名詞＋と言えば	說到～	文型
	有名	→	有名	有名	な形

中譯

❶ 喜劇片是我最喜愛的電影類型。
❷ 這部電影是今年最好的悲劇作品。
❸ 70 到 80 年代的冒險片，即使現在看也一樣有趣。
❹ 好萊塢的動作片受到全世界的喜愛。
❺ 提到功夫片，以香港的那個人最為有名。

013 電影類型(2)

MP3 013

❶ 伝《でん》記《き》物《もの》映《えい》画《が》
(名)傳記電影

❷ ドキュメンタリー
(documentary)
(名)紀錄片

❸ アニメーション
(animation)
(名)動畫片

❹ ラブストーリー
(love story)
(名)浪漫愛情片

❺ 学《がく》園《えん》青《せい》春《しゅん》ス《ス》ト《ト》ー《ー》リ《リ》ー《ー》
(名)青春校園片

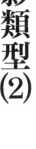

❶ これは長編《ちょうへん》の伝記物映画で、超大作《ちょうたいさく》と言《い》えます。

❷ 素晴《すば》らしいドキュメンタリー作品《さくひん》で、映画祭《えいがさい》で賞《しょう》を受賞《じゅしょう》しました。

❸ 監督《かんとく》は、これからも子供《こども》に夢《ゆめ》を与《あた》えるようなアニメーションを作《つく》りたいと言《い》いました。

❹ ラブストーリーは、時《とき》に非現実的《ひげんじつてき》です。

❺ 学園青春ストーリーが、ティーンには人気《にんき》のようです。

學更多

	例句出現的		原形／接續原則	意義	詞性
❶	超大作	→	**超大作**	超大型巨作	名詞
	超大作と言えます	→	**名詞＋と言える**	可以說～	文型
❷	素晴らしい	→	**素晴らしい**	優秀的	い形
	映画祭	→	**映画祭**	電影節	名詞
	映画祭で	→	**場合＋で**	在～場合	文型
	受賞しました	→	**受賞する**	得獎	動Ⅲ
❸	監督	→	**監督**	導演	名詞
	与える	→	**与える**	給予	動Ⅱ
	夢を与えるようなアニメーション	→	**夢を与える＋ような＋名詞**	像是帶來夢想的～	文型
	作り	→	**作る**	製作	動Ⅰ
	作りたい	→	**動詞~~ます~~形＋たい**	想要做～	文型
	作りたいと言いました	→	**作りたい＋と言いました**	說想要做	文型
❹	時に	→	**時に**	有時	副詞
	非現実的	→	**非現実的**	不切實際	な形
❺	ティーン	→	**ティーン**	青少年、年輕人	名詞
	人気のよう	→	**名詞＋の＋よう**	好像～	文型

中譯

❶ 這是長篇的傳記電影，可說是一部超大型巨作。
❷ 優秀的紀錄片在電影節得獎了。
❸ 導演說，今後也想製作能為孩子帶來夢想的動畫片。
❹ 浪漫愛情片有時是很不切實際的。
❺ 青春校園片好像很受年輕人歡迎。

014 電影類型(3)

MP3 014

1 ドラマ《ドラマ》映画《えいが》

(名)劇情片

2 アダルト

（adult）

(名)情色電影

3 ホラー《ホラー》映画《えいが》

(名)恐怖片

4 SF《エスエフ》映画《えいが》

(名)科幻片

「SF」為「science fiction」的縮寫。

5 戦争《せんそう》映画《えいが》

(名)戰爭片

6 西部劇《せいぶげき》

(名)美國西部片

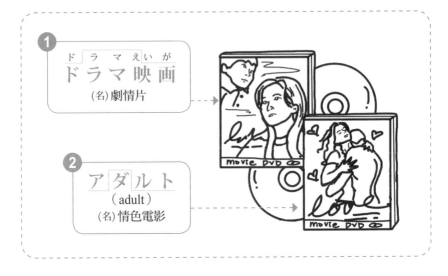

❶ 私《わたし》はどちらかと言《い》うと、ドラマ映画の方《ほう》が好《す》きです。

❷ この映画《えいが》はアダルトで、年齢制限《ねんれいせいげん》があります。

❸ 夏《なつ》はホラー映画がヒットします。

❹ 少年達《しょうねんたち》はＳＦ映画に夢中《むちゅう》です。

❺ 戦争映画は、悲《かな》しくて重苦《おもくる》しいものがほとんどです。

❻ レーガン大統領《だいとうりょう》は、元《もと》は西部劇の俳優《はいゆう》でした。

學更多

	例句出現的		原形／接續原則	意義	詞性
❶	どちらかと言うと	→	**どちらか＋と言うと**	要說起來的話	文型
	ドラマ映画の方が	→	**名詞＋の方が**	～比較	文型
	好き	→	**好き**	喜歡	な形
❷	アダルトで	→	**名詞＋で**	因為～	文型
	年齢制限	→	**年齢制限**	年齡限制	名詞
	あります	→	**ある**	有（事或物）	動Ⅰ
❸	ヒットします	→	**ヒットする**	受歡迎	動Ⅲ
❹	ＳＦ映画に夢中	→	**名詞＋に夢中**	著迷於～	文型
❺	悲しく	→	**悲しい**	悲傷的	い形
	悲しくて	→	**悲し~~い~~＋くて**	悲傷，而且～	文型
	重苦しい	→	**重苦しい**	沉悶的	い形
	ほとんど	→	**ほとんど**	大部分	名詞
❻	大統領	→	**大統領**	總統	名詞
	元	→	**元**	以前	名詞
	俳優	→	**俳優**	演員	名詞

中譯

❶ 要說起來的話，我比較喜歡劇情片。
❷ 這部電影是情色電影，觀眾有年齡限制。
❸ 夏天時，恐怖片很受歡迎。
❹ 少年們著迷於科幻片。
❺ 戰爭片的內容，大多是悲傷而且沉悶的。
❻ 雷根總統以前是美國西部片的演員。

015 奧運項目(1)

MP3 015

1 バスケットボール
(basket ball)
(名)籃球

2 バレーボール
(volleyball)
(名)排球

3 サッカー
(soccer)
(名)足球

4 ホッケー
(hockey)
(名)曲棍球

5 ソフトボール
(soft ball)
(名)壘球

6 野《や》球《きゅう》
(名)棒球

❶ アメリカに、バスケットボールの試合《しあい》を見《み》に行《い》ってみたいです。

❷ 元《もと》バレーボール選手《せんしゅ》の彼女《かのじょ》は、今《いま》や有名女優《ゆうめいじょゆう》になっています。

❸ サッカーのワールドカップで、アジアのチームが初優勝《はつゆうしょう》しました。

❹ ホッケーの勉強《べんきょう》のため、カナダに留学《りゅうがく》します。

❺ 高校時代《こうこうじだい》、ソフトボール部《ぶ》に所属《しょぞく》していました。

❻ 地元《じもと》の野球チームが負《ま》けると、父《ちち》の機嫌《きげん》が悪《わる》くなります。

學更多

	例句出現的		原形／接續原則	意義	詞性
❶	見に行って	→	**見に行く**	去看	動Ⅰ
	見に行ってみたい	→	**動詞て形＋みたい**	想要做～看看	文型
❷	元バレーボール選手	→	**元バレーボール選手**	前排球選手	名詞
	今や	→	**今や**	現在已經	副詞
	なって	→	**なる**	變成	動Ⅰ
	なっています	→	**動詞て形＋いる**	目前狀態	文型
❸	ワールドカップ	→	**ワールドカップ**	世界盃	名詞
	初優勝しました	→	**初優勝する**	第一次得到冠軍	動Ⅲ
❹	勉強のため	→	**名詞＋の＋ため**	為了～	文型
	留学します	→	**留学する**	留學	動Ⅲ
❺	所属して	→	**所属する**	參加、隸屬	動Ⅲ
	所属していました	→	**動詞て形＋いました**	過去維持的狀態	文型
❻	負ける	→	**負ける**	輸	動Ⅱ
	負けると	→	**動詞辭書形＋と**	一～，就～	文型
	機嫌が悪く	→	**機嫌が悪い**	不高興	い形
	機嫌が悪くなります	→	**機嫌が悪~~い~~＋くなる**	變成不高興	文型

中譯

❶ 想去美國看籃球賽。
❷ 以前是排球選手的她，現在變成知名女演員。
❸ 在世界盃足球賽中，亞洲球隊第一次得到冠軍。
❹ 為了學曲棍球，要去加拿大留學。
❺ 高中時代參加了壘球社。
❻ 本地的棒球隊一旦輸球，父親就會不高興。

016 奧運項目(2)

MP3 016

1 バドミントン
(badminton)
(名)羽毛球

2 卓《たっ》球《きゅう》
(名)桌球

3 テニス
(tennis)
(名)網球

4 陸《りく》上《じょう》
(名)田徑

5 自《じ》転《てん》車《しゃ》
(名)自行車

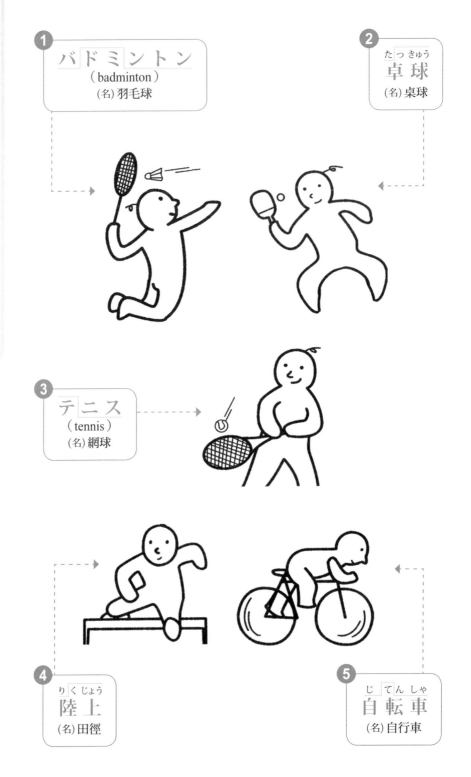

❶ バドミントンは、少人数《しょうにんずう》でも手軽《てがる》にできるスポーツです。

❷ 卓球は、中国《ちゅうごく》チームがいつも強《つよ》いです。

❸ テニスの女性選手《じょせいせんしゅ》の中《なか》には、美人《びじん》な人《ひと》も多《おお》いです。

❹ 陸上競技《きょうぎ》の選手《せんしゅ》になるのが夢《ゆめ》です。

❺ 自転車の選手《せんしゅ》の太《ふと》ももの筋肉《きんにく》は、とても発達《はったつ》しています。

學更多

	例句出現的		原形／接續原則	意義	詞性
❶	少人数でも	→	**名詞＋でも**	即使～，也～	文型
	手軽に	→	**手軽**	輕鬆的、容易的	な形
	できる	→	**できる**	可以做	動Ⅱ
	スポーツ	→	**スポーツ**	運動	名詞
❷	チーム	→	**チーム**	隊伍	名詞
	いつも	→	**いつも**	總是、一直	副詞
	強い	→	**強い**	強勁的	い形
❸	女性選手の中には	→	**名詞＋の中には**	在～當中	文型
	多い	→	**多い**	很多的	い形
❹	陸上競技	→	**陸上競技**	田徑比賽	名詞
	選手になる	→	**名詞＋に＋なる**	成為～	文型
	夢	→	**夢**	夢想	名詞
❺	太もも	→	**太もも**	大腿	名詞
	筋肉	→	**筋肉**	肌肉	名詞
	とても	→	**とても**	非常	副詞
	発達して	→	**発達する**	發達	動Ⅲ
	発達しています	→	**動詞て形＋いる**	目前狀態	文型

中譯

❶ 羽毛球是人數少也可以輕鬆進行的運動。
❷ 中國隊的桌球實力一直很強。
❸ 網球的女子選手當中，也有很多是美女。
❹ 成為田徑比賽選手是我的夢想。
❺ 自行車選手的大腿肌肉非常發達。

017

奧運項目(3)

MP3 017

1 シンクロナイズドスイミング
(synchronized swimming)
(名)水上芭蕾

2 体操《たいそう》
(名)體操

3 ボート《ボート》競技《きょうぎ》
(名)划船比賽

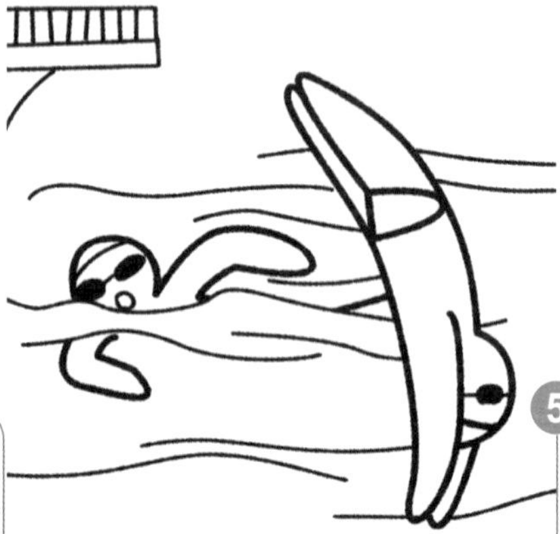

4 水泳《すいえい》
(名)游泳

5 飛込競技《とびこみきょうぎ》
(名)跳水比賽

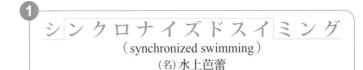

❶ 最近《さいきん》は、女性《じょせい》だけでなく男性《だんせい》もシンクロナイズドスイミングをします。

❷ 体操の選手《せんしゅ》は体《からだ》が軟《やわ》らかいです。

❸ ボート競技の裏《うら》では、多大《ただい》な金銭《きんせん》が動《うご》きます。

❹ 水泳選手《せんしゅ》の体《からだ》には、筋肉《きんにく》が均等《きんとう》に付《つ》いています。

❺ 飛込競技については、中国《ちゅうごく》の選手《せんしゅ》が強《つよ》いです。

學更多

	例句出現的		原形／接續原則	意義	詞性
❶	女性だけでなく	→	名詞＋だけでなく	不只是～，而且～	文型
	男性も	→	名詞＋も	～也	文型
	します	→	する	做	動Ⅲ
❷	体	→	体	身體	名詞
	軟らかい	→	軟らかい	柔軟的	い形
❸	裏	→	裏	幕後	名詞
	多大な金銭	→	多大＋な＋名詞	大量的～	文型
	動きます	→	動く	流動	動Ⅰ
❹	筋肉	→	筋肉	肌肉	名詞
	均等に	→	均等	勻稱、均勻	な形
	付いて	→	付く	生長	動Ⅰ
	付いています	→	動詞て形＋いる	目前狀態	文型
❺	飛込競技について	→	名詞＋について	關於～	文型
	強い	→	強い	強勁的	い形

中譯

❶ 最近不只是女性，男性也跳起水上芭蕾。
❷ 體操選手的身體很柔軟。
❸ 划船比賽的幕後，有龐大的金錢在流動。
❹ 游泳選手的肌肉生長得很勻稱。
❺ 在跳水比賽方面，中國選手實力很強。

018

奧運項目(4)

MP3 018

1 フェンシング
(fencing)
(名)擊劍

2 乗《じょう》馬《ば》
(名)馬術

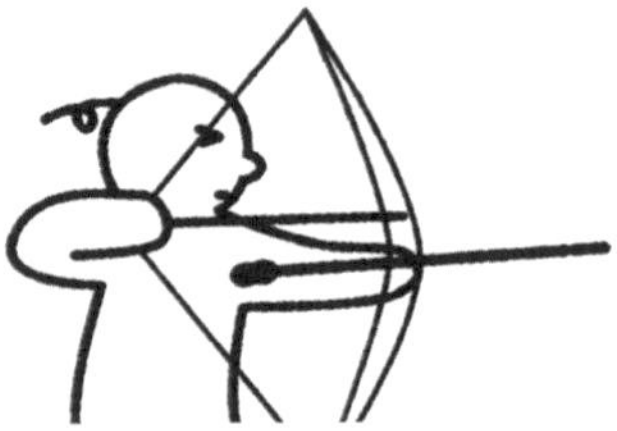

3 アーチェリー
(archery)
(名)射箭

4 ボクシング
(boxing)
(名)拳擊

5 重《じゅう》量《りょう》挙《あ》げ《げ》
(名)舉重

6 レスリング
(wrestling)
(名)角力

❶ 我《わ》が国《くに》のフェンシングチームは、度々《たびたび》外国《がいこく》のチームと合同練《ごうどうれん》習《しゅう》します。

❷ 幼《おさな》い頃《ころ》から乗馬をやっていますが、こんな怪我《けが》は初《はじ》めてです。

❸ アーチェリーのおかげで、肩《かた》が強《つよ》くなりました。

❹ ボクシングの世界《せかい》チャンピオンになりたいです。

❺ 過去《かこ》、重量挙げでタイ人女性《じんじょせい》が金《きん》メダルを獲得《かくとく》したことがあります。

❻ 彼《かれ》はオリンピックのレスリングの金《きん》メダリストです。

學更多

	例句出現的		原形／接續原則	意義	詞性
❶	度々	→	度々	多次、屢次	副詞
	合同練習します	→	合同練習する	聯合練習	動Ⅲ
❷	幼い頃	→	幼い頃	小時候	名詞
	やって	→	やる	從事	動Ⅰ
	やっています	→	動詞て形＋いる	目前狀態	文型
	こんな怪我	→	こんな＋名詞	這樣的～	文型
	初めて	→	初めて	第一次	副詞
❸	アーチェリーのおかげで	→	名詞＋のおかげで	多虧～	文型
	強くなりました	→	強~~い~~＋くなる	變強	文型
❹	世界チャンピオンになり	→	名詞＋になる	成為～	文型
	なりたい	→	動詞~~ます~~形＋たい	想要做～	文型
❺	金メダル	→	金メダル	金牌	名詞
	獲得した	→	獲得する	獲得	動Ⅲ
	獲得したことがあります	→	動詞た形＋ことがある	曾經做過～	文型
❻	オリンピック	→	オリンピック	奧運	名詞
	金メダリスト	→	金メダリスト	金牌得主	名詞

中譯

❶ 我國的擊劍隊伍，多次和外國隊伍一起練習。
❷ 從小就在練馬術，還是頭一次受到這種傷。
❸ 拜練習射箭之賜，肩膀肌肉增強了。
❹ 想要成為世界拳擊冠軍。
❺ 以前，泰國女性曾經在舉重項目拿到金牌。
❻ 他是奧運的角力金牌得主。

019 星座(1)

MP3 019

1 牡《お》羊《ひつじ》座《ざ》
(名)牡羊座
3月21日
|
4月19日

2 牡《お》牛《うし》座《ざ》
(名)金牛座
4月20日
|
5月20日

3 双《ふた》子《ご》座《ざ》
(名)雙子座
5月21日
|
6月20日

4 蟹《かに》座《ざ》
(名)巨蟹座
6月21日
|
7月22日

5 獅《し》子《し》座《ざ》
(名)獅子座
7月23日
|
8月22日

6 乙《おと》女《め》座《ざ》
(名)處女座
8月23日
|
9月22日

❶ 牡羊座の彼《かれ》との相性《あいしょう》は最悪《さいあく》でした。

❷ 今日《きょう》の牡牛座の運勢《うんせい》はいいです。

❸ 私《わたし》は双子座とは相性《あいしょう》が悪《わる》いです。

❹ 最近《さいきん》、蟹座の星《ほし》を空《そら》に見《み》ることができます。

❺ 獅子座の今日《きょう》の運勢《うんせい》を教《おし》えてください。

❻ 9月《くがつ》生《う》まれの父《ちち》は乙女座です。

學更多

	例句出現的		原形／接續原則	意義	詞性
❶	彼と	→	對象＋と	和～對象	文型
	相性	→	相性	性格速配程度	名詞
	最悪	→	最悪	最差	名詞
❷	運勢	→	運勢	運勢	名詞
	いい	→	いい	好的	い形
❸	相性が悪い	→	相性が悪い	合不來	い形
❹	空	→	空	天空	名詞
	見る	→	見る	看	動II
	見ることができます	→	動詞辭書形＋ことができる	可以做～	文型
❺	運勢	→	運勢	運勢	名詞
	教えて	→	教える	告訴	動II
	教えてください	→	動詞て形＋ください	請做～	文型
❻	生まれ	→	生まれ	出生	名詞

中譯

❶ 和牡羊座的他，速配性最差。
❷ 今天金牛座的運勢很好。
❸ 我跟雙子座的人合不來。
❹ 最近，可以在天空中看到巨蟹座。
❺ 請告訴我獅子座今天的運勢。
❻ 九月出生的父親是處女座。

020 星座(2)

MP3 020

❶ 天《てん》秤《びん》座《ざ》
(名)天秤座
9月23日
｜
10月22日

❷ さそり座《さそりざ》
(名)天蠍座
10月23日
｜
11月21日

❸ 射《い》手《て》座《ざ》
(名)射手座
11月22日
｜
12月21日

❹ 山《や》羊《ぎ》座《ざ》
(名)魔羯座
12月22日
｜
1月19日

❺ 水瓶《みずがめ》座《ざ》
(名)水瓶座
1月20日
｜
2月18日

❻ 魚《うお》座《ざ》
(名)雙魚座
2月19日
｜
3月20日

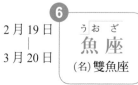

❶ 天秤座の人《ひと》の性格《せいかく》の特徴《とくちょう》は何《なん》ですか？

❷ 私《わたし》は11月《じゅういちがつ》生《う》まれのさそり座です。

❸ 射手座の人《ひと》は自由《じゆう》を愛《あい》します。

❹ 私《わたし》と彼《かれ》は同《おな》じ山羊座です。

❺ 私《わたし》の息子《むすこ》は水瓶座です。

❻ 今年《ことし》の魚座の運勢《うんせい》は、良《よ》くないらしいです。

學更多

	例句出現的		原形／接續原則	意義	詞性
❶	性格	→	**性格**	性格	名詞
	特徴	→	**特徴**	特徵	名詞
	何ですか	→	**何＋ですか**	是什麼	文型
❷	生まれ	→	**生まれ**	出生	名詞
❸	自由	→	**自由**	自由	名詞
	愛します	→	**愛する**	喜愛	動Ⅲ
❹	私と彼	→	**名詞A＋と＋名詞B**	名詞 A 和名詞 B	文型
	同じ	→	**同じ**	一樣、相同	な形
❺	息子	→	**息子**	兒子	名詞
❻	運勢	→	**運勢**	運勢	名詞
	良くない	→	**良い**	好的	い形
	良くないらしい	→	**良くない＋らしい**	好像不好	文型

中譯

❶ 天秤座的人在性格上有什麼特徵？
❷ 我是 11 月出生的天蠍座。
❸ 射手座的人熱愛自由。
❹ 我跟他一樣都是魔羯座。
❺ 我的兒子是水瓶座。
❻ 今年雙魚座的運勢好像不太好。

021

星座(3)

MP3 021

1 太《たい》陽《よう》星《せい》座《ざ》

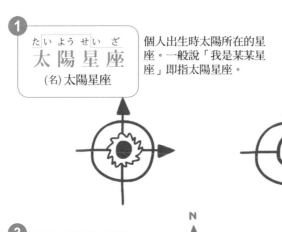

(名)太陽星座

個人出生時太陽所在的星座。一般說「我是某某星座」即指太陽星座。

2 月《つき》星《せい》座《ざ》

(名)月亮星座

個人出生時月亮所在的星座。

3 上《じょう》昇《しょう》星《せい》座《ざ》

(名)上升星座

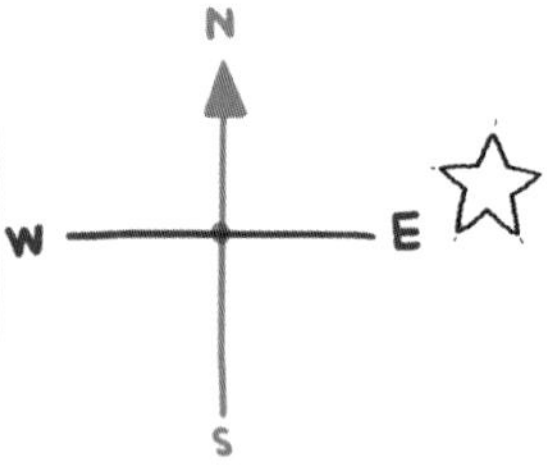

個人出生時，從出生位置觀察到的東方地平線的星座。也是占星命盤上位於第一宮的星座。

4 風《かぜ》星《せい》座《ざ》

(名)風象星座

雙子座・天秤座・水瓶座

4 土《つち》星《せい》座《ざ》

(名)土象星座

金牛座・處女座・摩羯座

5 火《ひ》星《せい》座《ざ》

(名)火象星座

牡羊座・獅子座・射手座

6 水《みず》星《せい》座《ざ》

(名)水象星座

巨蟹座・天蠍座・雙魚座

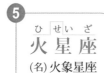

❶ 太陽星座とは、生年月日《せいねんがっぴ》から求《もと》められるもので、普段《ふだん》よく話《はな》される「星座《せいざ》」のことです。

❷ 月星座は私《わたし》たちの感情《かんじょう》や性格《せいかく》を定義付《ていぎづ》けるのに役立《やくだ》ちます。

❸ 上昇星座とは、あなたが生《う》まれた時《とき》に、東《ひがし》の空《そら》に輝《かがや》いていた星座《せいざ》です。

❹ 風星座の彼《かれ》と土星座の私《わたし》の相性《あいしょう》はどうですか？

❺ 火星座に属《ぞく》す星座《せいざ》を教《おし》えてください。

❻ 水星座の人《ひと》は同情心《どうじょうしん》が強《つよ》く、人《ひと》の役《やく》に立《た》つことが好《す》きです。

學更多

	例句出現的		原形／接續原則	意義	詞性
❶	太陽星座とは	→	**名詞＋とは**	所謂的～	文型
	求められる	→	**求められる**	可以推算出	求める的可能形
	話される	→	**話される**	被談論	話す的被動形
❷	感情や性格	→	**名詞A＋や＋名詞B**	名詞A和名詞B	文型
	定義付ける	→	**定義付ける**	定義	動II
	役立ちます	→	**役立つ**	有幫助	動I
❸	生まれた	→	**生まれる**	出生	動II
	輝いて	→	**輝く**	閃耀	動I
	輝いていた	→	**動詞て形＋いた**	過去維持的狀態	文型
❹	相性	→	**相性**	性格速配程度	名詞
	どう	→	**どう**	如何	副詞
❺	属す	→	**属す**	屬於	動I
	教えて	→	**教える**	告訴	動II
	教えてください	→	**動詞て形＋ください**	請做～	文型
❻	強く	→	**強い**	強烈的	い形
	人の役に立つ	→	**人の役に立つ**	幫助人	動I

中譯

❶ 太陽星座可以從出生日期推算出來，就是平常經常談論的「星座」。

❷ 月亮星座有助於定義我們的情緒和性格。

❸ 上升星座是指你出生時，在東方天空閃耀的星座。

❹ 風象星座的他和土象星座的我的性格速配程度是如何呢？

❺ 請告訴我哪些星座屬於火象星座。

❻ 水象星座的人很有同情心，喜歡幫助別人。

022

音樂類型(1)

MP3 022

1 ブルース
(blues)
(名)藍調

2 ジャズ
(jazz)
(名)爵士

3 ソウル
(soul)
(名)靈魂樂

4 カントリーミュージック
(country music)
(名)鄉村音樂

源於美國南部的音樂型態。歌詞描寫生活，琅琅上口。

來自民間的純樸音樂，形式簡單、真情流露且具風土特色。

5 民《みん》謡《よう》
(名)民謠

6 ゴスペル
(gospel)
(名)福音歌曲

7 ヒーリングミュージック
(healing music)
(名)心靈音樂

❶ ブルースのコード進行《しんこう》をマスターします。

❷ ジャズの魅力《みりょく》に取《と》り付《つ》かれます。

❸ ソウルは、ゴスペルとブルースから発展《はってん》したと言《い》われます。

❹ アメリカ中西部《ちゅうせいぶ》では、カントリーミュージックが人気《にんき》です。

❺ 昔《むかし》ながらの民謡を、祖母《そぼ》から学《まな》びます。

❻ ゴスペルとは、黒人《こくじん》による教会音楽《きょうかいおんがく》です。

❼ ヒーリングミュージックを聞《き》きながら、ヨガをします。

學更多

	例句出現的		原形／接續原則	意義	詞性
❶	コード進行	→	コード進行	和弦進程	名詞
	マスターします	→	マスターする	精通、熟練	動Ⅲ
❷	取り付かれます	→	取り付かれる	被～迷住	取り付く的被動形
❸	発展した	→	発展する	發展	動Ⅲ
	発展したと言われます	→	動詞た形＋と言われる	據說～	文型
❹	アメリカ中西部では	→	地點＋では	在～地點	文型
❺	昔ながら	→	昔ながら	古早、一如既往	副詞
	学びます	→	学ぶ	學習	動Ⅰ
❻	ゴスペルとは	→	名詞＋とは	所謂的～	文型
	黒人による	→	名詞＋による	透過～而來的	文型
❼	聞き	→	聞く	聽	動Ⅰ
	聞きながら	→	動詞ます形＋ながら	一邊～，一邊～	文型
	ヨガをします	→	ヨガをする	做瑜珈	動Ⅲ

中譯

❶ 精通藍調的和弦。
❷ 著迷於爵士的魅力。
❸ 據說靈魂樂是由福音歌曲和藍調發展而來的。
❹ 在美國中西部，鄉村音樂很受歡迎。
❺ 跟著祖母學習古早的民謠。
❻ 福音歌曲是來自於黑人的教會音樂。
❼ 一邊聽心靈音樂，一邊做瑜珈。

023

音樂類型(2)

MP3 023

1 パンク
（punk）
(名) 龐克

起源於 1970 年代中期的搖滾曲風。

2 ヒップホップ
（hip hop）
(名) 嘻哈

1970年代起源於美國，「DJ」、「MC（Microphone Controller）」、「B-boy」和「塗鴉藝術」是其重要的四個元素。

3 ラップ
（rap）
(名) 饒舌

一種有節奏且押韻的說唱方式。

4 ロック
（rock）
(名) 搖滾

5 ヘビーメタル
（heavy metal）
(名) 重金屬

6 クラシック
（classic）
(名) 古典（音樂）

7 ポップス
（pops）
(名) 流行音樂

❶ パンクミュージックは通常《つうじょう》、とても怒《いか》りと反抗《はんこう》に満《み》ちた音楽《おんがく》です。

❷ 最近《さいきん》のヒップホップナンバーを聞《き》きます。

❸ ラップは、何《なに》を言《い》っているのか分《わ》かりません。

❹ 高校時代《こうこうじだい》、ロックバンドを組《く》んでいました。

❺ 一昔前《ひとむかしまえ》、ヘビーメタルが流行《りゅうこう》しました。

❻ クラシック音楽《おんがく》は胎教《たいきょう》にいいです。

❼ ポップスを、ピアノやギターで弾《ひ》いて楽《たの》しみます。

學更多

	例句出現的		原形／接續原則	意義	詞性
❶	満ちた	→	満ちる	充滿	動II
❷	ナンバー	→	ナンバー	曲目	名詞
	聞きます	→	聞く	聽	動I
❸	言って	→	言う	說	動I
	言っている	→	動詞て形＋いる	目前狀態	文型
	分かりません	→	分かる	知道、了解	動I
❹	組んで	→	組む	組成	動I
	組んでいました	→	動詞て形＋いました	過去維持的狀態	文型
❺	一昔前	→	一昔前	很久以前	名詞
	流行しました	→	流行する	流行	動III
❻	胎教にいい	→	名詞＋にいい	對～很好	文型
❼	弾いて	→	弾く	彈奏	動I
	楽しみます	→	楽しむ	享受	動I

中譯

❶ 龐克音樂通常是非常憤怒且叛逆的。
❷ 聽最近的嘻哈歌曲。
❸ 饒舌到底在說什麼，根本聽不懂。
❹ 高中時，曾經組了搖滾樂團。
❺ 很久以前，重金屬音樂曾經大為流行。
❻ 古典音樂對胎教很好。
❼ 享受用鋼琴或吉他彈奏流行音樂的樂趣。

024

電視節目(1)

MP3 024

1

連《れん》続《ぞく》ドラマ《ドラマ》

(名)連續劇

2

ミニシリーズ

(mini series)

(名)迷你影集

3

バラエティー《バラエティー》番《ばん》組《ぐみ》

(名)綜藝節目

4

リアリティーショー

(reality show)

(名)實境節目

5

ドキュメンタリー

(documentary)

(名)紀錄片

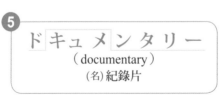

❶ 朝《あさ》の連続ドラマにはまります。

❷ 新人女優《しんじんじょゆう》が、ミニシリーズ部門《ぶもん》で主演女優賞《しゅえんじょゆうしょう》を獲得《かくとく》します。

❸ バラエティー番組はあまり見《み》ません。

❹ アメリカでは近年《きんねん》、私生活《しせいかつ》をテーマにしたリアリティーショーが人気《にんき》らしいです。

❺ 今回《こんかい》このドキュメンタリーを見《み》て、色々《いろいろ》と考《かんが》えさせられました。

學更多

	例句出現的		原形／接續原則	意義	詞性
❶	はまります	→	はまる	沉迷	動 I
❷	新人女優	→	新人女優	新進女演員	名詞
	ミニシリーズ部門で	→	ミニシリーズ部門＋で	在迷你影集部門	文型
	主演女優賞	→	主演女優賞	最佳女主角獎	名詞
	獲得します	→	獲得する	獲得	動Ⅲ
❸	あまり	→	あまり＋否定形	不太～	副詞
	見ません	→	見る	看	動 II
❹	アメリカでは	→	地點＋では	在～地點	文型
	私生活をテーマにした	→	名詞＋をテーマにする	以～為主題	文型
	人気	→	人気	受歡迎	名詞
	人気らしい	→	名詞＋らしい	好像～	文型
❺	今回	→	今回	這次	名詞
	見て	→	見る	看	動 II
	色々	→	色々	各式各樣	副詞
	考えさせられました	→	考えさせられる	被迫思考	考える的使役被動形

中譯

❶ 迷上晨間連續劇。

❷ 新進女演員在迷你影集部門得到最佳女主角獎。

❸ 不太看綜藝節目。

❹ 近年來在美國，以個人私生活為主題的實境節目好像很受歡迎。

❺ 這次看了這部紀錄片後，讓人不得不思考了許多事情。

025 電視節目(2)

MP3 025

1 料《りょう》理《り》番《ばん》組《ぐみ》

(名)烹飪節目

2 旅《りょ》行《こう》番《ばん》組《ぐみ》

(名)旅遊節目

3 クイズ《クイズ》番《ばん》組《ぐみ》

(名)益智遊戲節目

4 アニメ

(animation)

(名)卡通

5 子《こ》供《ども》番《ばん》組《ぐみ》

(名)兒童節目

❶ 料理番組は、献立《こんだて》を考《かんが》える上《うえ》で非《ひ》常《じょう》に参考《さんこう》になります。

❷ 旅行番組を見《み》ているとそこに行《い》った気分《きぶん》になっていいです。

❸ クイズ番組の司会者《しかいしゃ》に抜擢《ばってき》されます。

❹ アニメ番組《ばんぐみ》の放送《ほうそう》を毎《まい》週《しゅう》楽《たの》しみにしています。

❺ 子供番組は、子供《こども》と欠《か》かさず見《み》ています。

學更多

	例句出現的		原形／接續原則	意義	詞性
❶	献立	→	献立	菜單	名詞
	考える	→	考える	思考	動Ⅱ
	考える上で	→	動詞辭書形＋上で	在～方面	文型
	参考になります	→	参考になる	作為參考	動Ⅰ
❷	見て	→	見る	看	動Ⅱ
	見ている	→	動詞て形＋いる	目前狀態	文型
	見ていると	→	動詞ている形＋と	一～，就～	文型
	行った	→	行く	去	動Ⅰ
	なって	→	なる	變成	動Ⅰ
❸	抜擢されます	→	抜擢される	被提拔	抜擢する的被動形
❹	楽しみにして	→	楽しみにする	期待	動Ⅲ
	楽しみにしています	→	動詞て形＋いる	習慣做～	文型
❺	子供と	→	對象＋と	和～對象	文型
	欠かさ	→	欠かす	缺少	動Ⅰ
	欠かさず	→	動詞ない形＋ず	不～	文型
	見て	→	見る	看	動Ⅱ
	見ています	→	動詞て形＋いる	目前狀態	文型

中譯

❶ 烹飪節目在思考菜單時，非常值得參考。
❷ 看了旅遊節目，會有自己也到了當地遊歷的心情，感覺很不錯。
❸ 被提拔為益智遊戲節目的主持人。
❹ 每個星期都很期待卡通節目的播出。
❺ 每次都和小孩一起看兒童節目。

026 電視節目(3)

MP3 026

1 ニュース《ニュース》番組《ばんぐみ》

(名) 新聞節目

2 スポーツ《スポーツ》番組《ばんぐみ》

(名) 運動節目

3 トーク《トーク》番組《ばんぐみ》

(名) 談話性節目（脫口秀）

4 著名人風刺番組《ちょめいじんふうしばんぐみ》

(名) 名人嘲諷秀

5 オーディション《オーディション》番組《ばんぐみ》

(名) 選秀節目

❶ 新聞《しんぶん》を読《よ》む時間《じかん》がないので、ニュース番組は助《たす》かります。

❷ 彼《かれ》は、スポーツバーでビールを飲《の》みながらスポーツ番組を見《み》るのが好《す》きです。

❸ トーク番組では、ゲストの素顔《すがお》を見《み》ることができます。

❹ 著名人風刺番組は、見《み》ていてけっこう面白《おもしろ》いです。

❺ 友人《ゆうじん》がオーディション番組に出《で》ました。

學更多

	例句出現的		原形／接續原則	意義	詞性
❶	読む	→	読む	閱讀	動Ｉ
	ない	→	ない	沒有	い形
	ないので	→	い形容詞＋ので	因為～	文型
	助かります	→	助かる	有幫助、省事	動Ｉ
❷	スポーツバーで	→	地點＋で	在～地點	文型
	ビール	→	ビール	啤酒	名詞
	飲み	→	飲む	喝	動Ｉ
	飲みながら	→	動詞ます形＋ながら	一邊～，一邊～	文型
❸	ゲスト	→	ゲスト	來賓	名詞
	素顔	→	素顔	真實面貌	名詞
	見る	→	見る	看	動II
	見ることができます	→	動詞辭書形＋ことができる	可以做～	文型
❹	見て	→	見る	看	動II
	見ていて	→	動詞て形＋いる	目前狀態	文型
	けっこう	→	けっこう	相當	副詞
	面白い	→	面白い	有趣的	い形
❺	出ました	→	出る	參加	動II

中譯

❶ 沒時間看報，所以新聞節目幫了大忙。
❷ 他喜歡在運動酒吧裡，一邊喝啤酒一邊看運動節目。
❸ 在談話性節目中，可以看到來賓的真實面貌。
❹ 看名人嘲諷秀是相當有趣的。
❺ 朋友參加了選秀節目。

027 電影工作人員(1)

MP3 027

❶ 男優《だんゆう》 (名)男演員 ｜ 女優《じょゆう》 (名)女演員

❷ 特別《とくべつ》ゲスト《ゲスト》出演《しゅつえん》

(名)特別客串

在電影或戲劇中參與臨時性的演出。

❸ スタントマン

（stunt man）

(名)特技演員

❹ 代役《だいやく》

(名)替身

❺ エキストラ

（extra）

(名)臨時演員

❶ 主演《しゅえん》男優/女優賞《しょう》にノミネートされます。

❷ 大物女優《おおものじょゆう》の名前《なまえ》が特別ゲスト出演のクレジットに流《なが》れました。

❸ 危険《きけん》なシーンは、全《すべ》てスタントマンに任《まか》せました。

❹ ピアノを弾《ひ》くシーンは、代役を使《つか》っています。

❺ 一般人《いっぱんじん》のエキストラを募集《ぼしゅう》します。

學更多

	例句出現的		原形／接續原則	意義	詞性
❶	主演男優賞	→	主演男優賞	最佳男主角獎	名詞
	主演女優賞	→	主演女優賞	最佳女主角獎	名詞
	ノミネートされます	→	ノミネートされる	被提名	ノミネートする的被動形
❷	大物女優	→	大物女優	大牌女演員	名詞
	クレジット	→	クレジット	（電影）片尾名單	名詞
	流れました	→	流れる	播放	動II
❸	危険なシーン	→	危険＋な＋名詞	危險的～	文型
	シーン	→	シーン	場面	名詞
	全て	→	全て	全部	副詞
	任せました	→	任せる	委託	動II
❹	ピアノ	→	ピアノ	鋼琴	名詞
	弾く	→	弾く	彈奏	動I
	使って	→	使う	使用	動I
	使っています	→	動詞て形＋いる	目前狀態	文型
❺	募集します	→	募集する	招募	動III

中譯

❶ 被提名最佳男 / 女主角獎。

❷ 大牌女演員的名字，出現在特別客串的名單中。

❸ 危險的場面全都由特技演員上陣。

❹ 彈鋼琴的場面，使用了替身來演出。

❺ 招募素人臨時演員。

028

電影工作人員(2)

MP3 028

1 脚《きゃく》本《ほん》家《か》

(名) 編劇

2 殺《た》陣《て》師《し》

(名) 武術指導

3 美《び》術《じゅつ》スタッフ《スタッフ》

(名) 美術指導

在戲劇或電影中，負責整體的視覺設計與風格。

4 スタイリスト《スタイリスト》

(名) 服裝設計

5 メイクアップアーティスト

(makeup artist)

(名) 化妝師

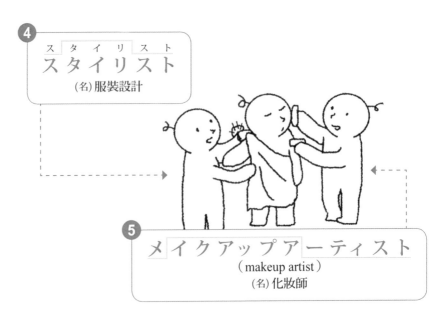

❶ 彼女《かのじょ》はドラマの出演《しゅつえん》をきっかけに、脚本家と結婚《けっこん》しました。

❷ 殺陣師が映画《えいが》のアクションシーンを考案《こうあん》しました。

❸ 美術スタッフが映画撮影《えいがさつえい》のために場景《じょうけい》をセットしています。

❹ 女優《じょゆう》がスタイリストに、彼女《かのじょ》の服装《ふくそう》について話《はなし》をしに行《い》きました。

❺ 彼《かれ》は、今《いま》やカリスマメイクアップアーティストとして、世界《せかい》で活躍《かつやく》しています。

學更多

	例句出現的		原形／接續原則	意義	詞性
❶	ドラマ	→	ドラマ	連續劇	名詞
	出演	→	出演	演出	名詞
	出演をきっかけに	→	名詞＋をきっかけに	以～為契機	文型
	結婚しました	→	結婚する	結婚	動Ⅲ
❷	アクションシーン	→	アクションシーン	武打場面	名詞
	考案しました	→	考案する	設計	動Ⅲ
❸	映画撮影のために	→	名詞＋のために	為了～	文型
	セットして	→	セットする	安排	動Ⅲ
	セットしています	→	動詞て形＋いる	正在做～	文型
❹	服装について	→	名詞＋について	關於～	文型
	話をしに行きました	→	話をしに行く	去討論	動Ⅰ
❺	今や	→	今や	現在已經	副詞
	カリスマ	→	カリスマ	權威、超凡	名詞
	メイクアップアーティストとして	→	名詞＋として	作為～	文型
	活躍して	→	活躍する	活躍	動Ⅲ
	活躍しています	→	動詞て形＋いる	目前狀態	文型

中譯

❶ 她因為參加連續劇的演出，和編劇結婚了。
❷ 武術指導設計了電影裡的武打場面。
❸ 美術指導正在為電影安排場景。
❹ 女演員去找服裝設計，討論她的服裝。
❺ 他現在已經是權威化妝師，在世界上非常活躍。

029 電影工作人員(3)

MP3 029

1 大道具《おおどうぐ》のスタッフ
(名)場景設計師

2 照明係《しょうめいがかり》
(名)燈光師

3 音声《おんせい》スタッフ
(名)收音人員

場記拍板：記錄電影片名、場次、鏡次等。拍攝時讓攝影機錄下拍板上的資料，有助於縮短後製剪輯的時間。

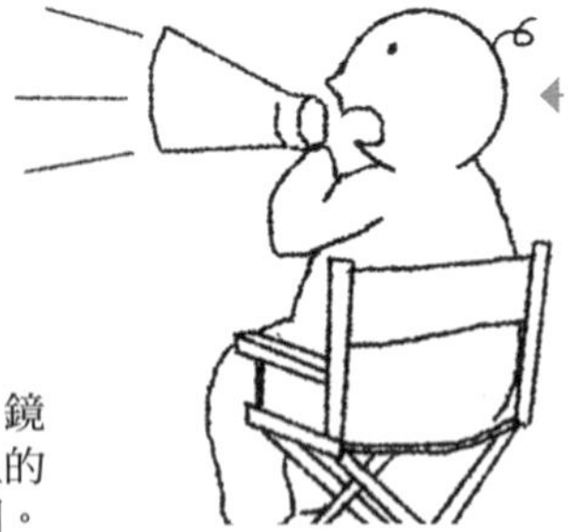

記錄拍攝現場狀況、負責拿拍板的人。

4 スクリプター
(scripter)
(名)場記

拍攝現場負責指導演員、安排鏡頭、調度場面的總指揮。

5 監督《かんとく》
(名)導演

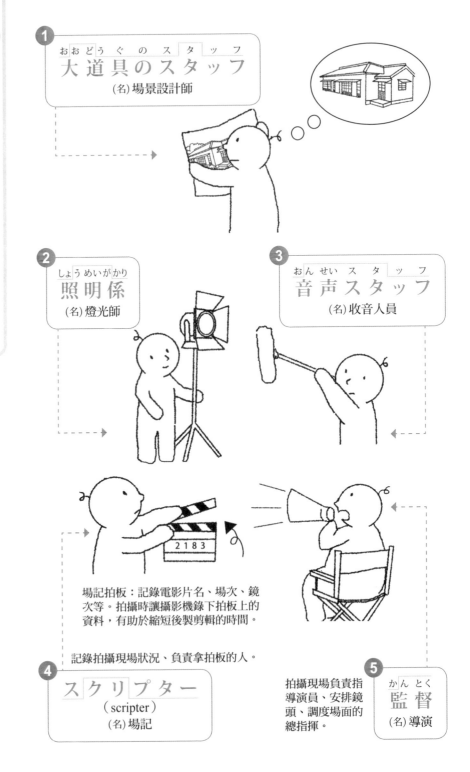

❶ 監督《かんとく》は映《うつ》し出《だ》されたセットにとても満足《まんぞく》できず、大道具のスタッフを解雇《かいこ》しました。

❷ このシーンは全《すべ》て、照明係の技術《ぎじゅつ》にかかっています。

❸ 音声スタッフは、一日中大型《いちにちじゅうおおがた》マイクを出演者《しゅつえんしゃ》の頭上《ずじょう》に掲《かか》げていないといけないので、とても体力《たいりょく》が必要《ひつよう》です。

❹ スクリプターの仕事《しごと》はカメラを注意深《ちゅういぶか》く観察《かんさつ》し、フィルムの連続再生《れんぞくさいせい》を保《たも》つことです。

❺ 監督の意向《いこう》で、このシーンはカットされました。

學更多

	例句出現的		原形／接續原則	意義	詞性
❶	映し出された	→	映し出される	被放映出	映し出す的被動形
	満足でき	→	満足できる	可以滿足	満足する的可能形
	満足できず	→	満足できない＋ず	不能滿足	文型
	解雇しました	→	解雇する	解僱	動Ⅲ
❷	シーン	→	シーン	場面、鏡頭	名詞
	かかって	→	かかる	關係到	動Ⅰ
	かかっています	→	動詞て形＋いる	目前狀態	名詞
❸	一日中	→	一日中	一整天	名詞
	掲げて	→	掲げる	舉起	動Ⅱ
	掲げていない	→	動詞て形＋いる	目前狀態	文型
	掲げていないといけない	→	掲げていない＋ないといけない	必須舉起	文型
	掲げていないといけないので	→	掲げていないといけない＋ので	因為必須舉起	文型
❹	注意深く	→	注意深い	謹慎的、注意的	い形
	観察し	→	観察する	仔細查看	動Ⅲ
	保つ	→	保つ	確保	動Ⅰ
❺	意向で	→	名詞＋で	因為～	文型
	カットされました	→	カットされる	被刪除	カットする的被動形

中譯

❶ 導演對場景的呈現很不滿意，解僱了場景設計師。
❷ 這一幕全靠燈光師的技術。
❸ 收音人員要把大型麥克風舉在演員頭上一整天，所以必須要很有體力。
❹ 場記的工作是要專注盯著攝影機，確保影片的連戲。
❺ 因為導演的意願，刪減了這一幕。

030 飯店設施(1)

MP3 030

1 フロントデスク
（front desk）
(名)登記入住櫃檯

2 受《うけ》付《つけ》
(名)服務台

3 ロビー
（lobby）
(名)飯店大廳

4 駐《ちゅう》車《しゃ》場《じょう》
(名)停車場

5 中《なか》庭《にわ》
(名)中庭花園

6 プール
（pool）
(名)游泳池

7 客《きゃく》室《しつ》
(名)房間

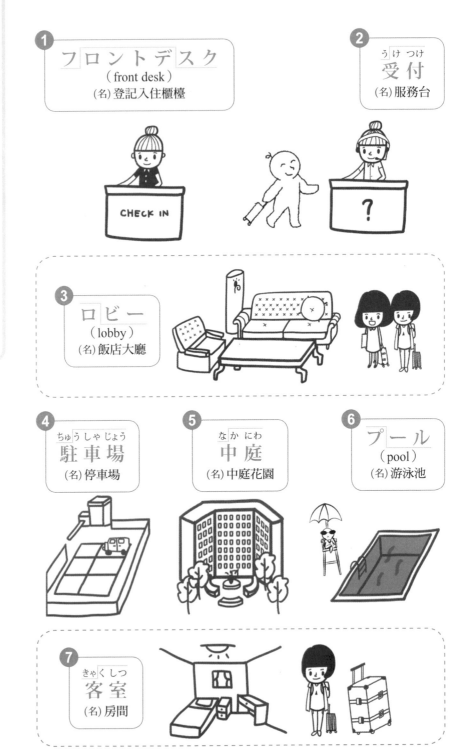

❶ フロントデスクは24時間《にじゅうよじかん》開《あ》いています。

❷ 日帰《ひがえ》りツアーの予約《よやく》は、受付までお願《ねが》いします。

❸ ロビーで待《ま》ち合《あ》わせします。

❹ 宿泊客《しゅくはくきゃく》は無料《むりょう》で駐車場を利用《りよう》できます。

❺ 中庭を散歩《さんぽ》して楽《たの》しみます。

❻ 子供達《こどもたち》をホテルのプールに連《つ》れて行《い》きます。

❼ 客室のタイプを選《えら》びます。

學更多

	例句出現的		原形／接續原則	意義	詞性
❶	開いて	→	開く	營業	動Ⅰ
	開いています	→	動詞て形＋いる	目前狀態	文型
❷	日帰りツアー	→	日帰りツアー	當天來回的旅遊行程	名詞
	受付まで	→	地點＋まで	移動到～地點	文型
	お願いします	→	お願いする	請求、拜託	動Ⅲ
❸	ロビーで	→	地點＋で	在～地點	文型
	待ち合わせします	→	待ち合わせする	碰面	動Ⅲ
❹	利用できます	→	利用できる	可以使用	利用する的可能形
❺	散歩して	→	散歩する	散步	動Ⅲ
	楽しみます	→	楽しむ	享受	動Ⅰ
❻	連れて行きます	→	連れて行く	帶某人去	動Ⅰ
❼	選びます	→	選ぶ	選擇	動Ⅰ

中譯

❶ 登記入住櫃檯是24小時營業的。
❷ 當天來回的旅遊預約請到服務台辦理。
❸ 在飯店大廳碰面。
❹ 住宿客人可以免費使用停車場。
❺ 在中庭花園享受散步的樂趣。
❻ 把孩子們帶去飯店的游泳池。
❼ 選擇房間的類型。

031 飯店設施(2)

MP3 031

1 リラクゼーションサロン
（relaxation salon）
(名) 休閒沙龍

2 スポーツジム
（sports gym）
(名) 健身房

3 サウナ
（sauna（芬））
(名) 三溫暖

4 レストラン
（restaurant（法））
(名) 餐廳

5 バンケットルーム
（Banquet room）
(名) 宴會廳

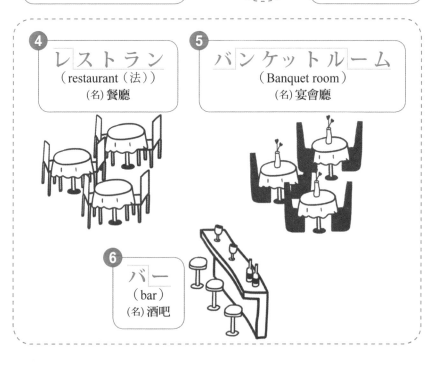

6 バー
（bar）
(名) 酒吧

7 セーフティーボックス
（safety box）
(名) 保險箱

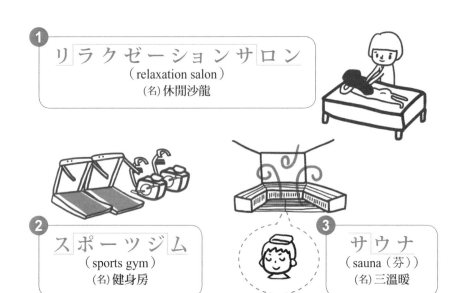

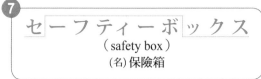

❶ リラクゼーションサロンで、旅《たび》の疲《つか》れを癒《いや》します。

❷ ２４時間利用可能《にじゅうよじかんりようかのう》のスポーツジムが付《つ》いています。

❸ 入浴後《にゅうよくご》サウナでリラックスします。

❹ ホテルのレストランは高《たか》いので、外《そと》で食事《しょくじ》をします。

❺ バンケットルームでは、パーティーが行《おこな》われています。

❻ バーは、夜７時《よるしちじ》より営業《えいぎょう》しています。

❼ セーフティーボックスの鍵《かぎ》をフロントに預《あず》けます。

學更多

	例句出現的		原形／接續原則	意義	詞性
❶	リラクゼーションサロンで	→	**地點＋で**	在～地點	文型
	癒します	→	**癒す**	解除、消除	動 I
❷	付いて	→	**付く**	附設	動 I
	付いています	→	**動詞て形＋いる**	目前狀態	文型
❸	リラックスします	→	**リラックスする**	放鬆	動Ⅲ
❹	高いので	→	**い形容詞＋ので**	因為～	文型
	食事をします	→	**食事をする**	用餐	動Ⅲ
❺	行われて	→	**行われる**	舉行	動Ⅱ
	行われています	→	**動詞て形＋いる**	正在做～	文型
❻	夜7時より	→	**時間點＋より**	從～時間點開始	文型
	営業して	→	**営業する**	營業	動Ⅲ
	営業しています	→	**動詞て形＋いる**	目前狀態	文型
❼	預けます	→	**預ける**	寄放	動Ⅱ

中譯

❶ 到休閒沙龍消除旅途的疲勞。
❷ 附有可以 24 小時使用的健身房。
❸ 洗澡後，利用三溫暖放鬆全身。
❹ 飯店的餐廳很貴，所以到外頭去用餐。
❺ 在宴會廳，派對正在舉行。
❻ 酒吧從晚上 7 點開始營業。
❼ 把保險箱的鑰匙寄放在櫃檯。

032 上衣樣式(1)

MP3 032

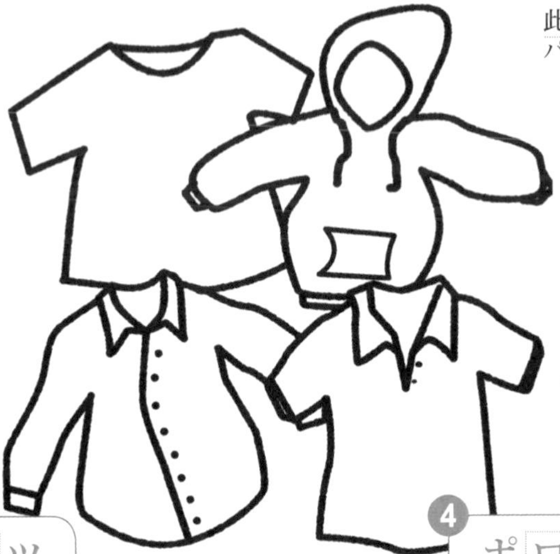

1 Tシャツ《ティーシャツ》
(名) T 恤

2 パーカー
（parka）
(名) 連帽上衣/連帽外套

此字也可以唸成パーカー。

3 シャツ
（shirt）
(名) 襯衫

4 ポロシャツ
（polo shirt）
(名) polo 衫

5 半《はん》袖《そで》
(名) 短袖

6 長《なが》袖《そで》
(名) 長袖

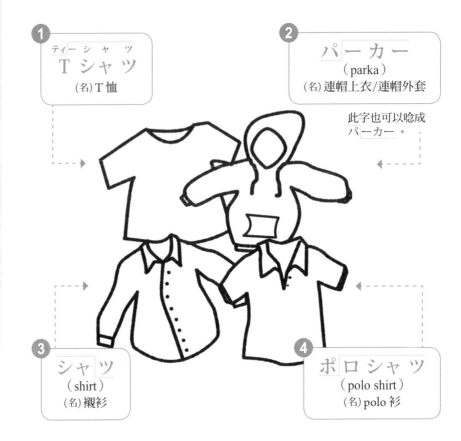

❶ 子供《こども》とお揃《そろ》いのTシャツに決《き》めます。

❷ 肌寒《はだざむ》いのでパーカーを羽織《はお》ります。

❸ お気《き》に入《い》りのシャツを汚《よご》してしまいます。

❹ 学校《がっこう》の制服《せいふく》はポロシャツです。

❺ 秋《あき》になると半袖の服《ふく》が割引《わりびき》になりだします。

❻ 長袖のパジャマを着《き》て寝《ね》ます。

學更多

	例句出現的		原形／接續原則	意義	詞性
❶	子供と	→	對象＋と	和～對象	文型
	お揃い	→	お揃い	同樣	名詞
	決めます	→	決める	決定	動II
❷	肌寒い	→	肌寒い	微寒的	い形
	肌寒いので	→	い形容詞＋ので	因為～	文型
	羽織ります	→	羽織る	披上	動I
❸	お気に入り	→	お気に入り	喜歡	名詞
	汚して	→	汚す	弄髒	動I
	汚してしまいます	→	動詞て形＋しまう	無法挽回的遺憾	文型
❹	制服	→	制服	制服	名詞
❺	秋＋になる	→	名詞＋になる	變成～	文型
	なると	→	動詞辭書形＋と	一～，就～	文型
	割引になりだします	→	割引になりだす	開始打折	動I
❻	パジャマ	→	パジャマ	睡衣	名詞
	着て	→	着る	穿	動II
	寝ます	→	寝る	睡覺	動II

中譯

❶ 決定和孩子穿同一款式的T恤。
❷ 覺得有點冷，所以披上連帽外套。
❸ 不小心弄髒了喜歡的襯衫。
❹ 學校的制服是polo衫。
❺ 到了秋天，短袖衣服就會開始打折。
❻ 穿長袖睡衣睡覺。

033 上衣樣式(2)

MP3 033

1 丸《まる》襟《えり》
(名)圓領

2 V《ブイ》ネック
(名)V領

3 スタンドカラー
(stand up collar)
(名)立領

4 U《ユー》ネック
(名)U領

5 ベアショルダー
(bare shoulder)
(名)露肩

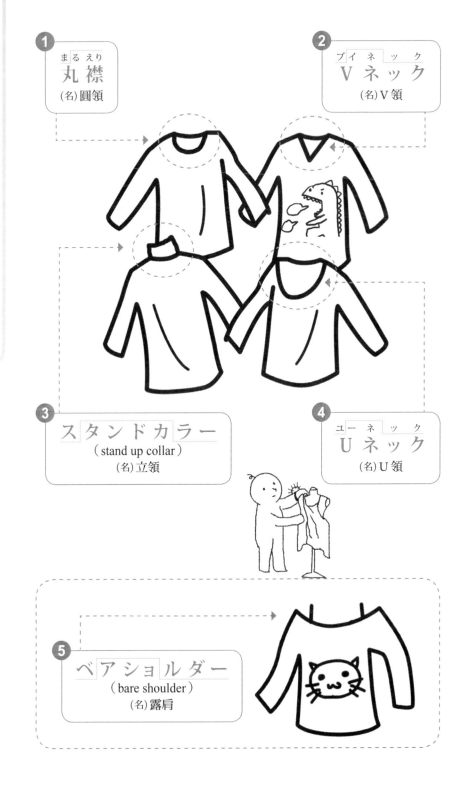

❶ 幼稚園《ようちえん》の女《おんな》の子《こ》の制服《せいふく》は丸襟です。

❷ 私《わたし》は男性《だんせい》がVネックにデニムを合《あ》わせた格好《かっこう》が好《す》きです。

❸ スタンドカラーのチャイナドレスを着《き》てみたいです。

❹ Uネックを着《き》ると、首《くび》が長《なが》く見《み》えます。

❺ ベアショルダーの服《ふく》を着《き》たいので、ダイエットします。

學更多

	例句出現的		原形／接續原則	意義	詞性
❶	幼稚園	→	**幼稚園**	幼稚園	名詞
	女の子	→	**女の子**	女孩子	名詞
❷	デニム	→	**デニム**	牛仔褲	名詞
	合わせた	→	**合わせる**	搭配	動II
	格好	→	**格好**	打扮	名詞
	好き	→	**好き**	喜歡	な形
❸	チャイナドレス	→	**チャイナドレス**	旗袍	名詞
	着て	→	**着る**	穿	動II
	着てみたい	→	**動詞て形＋みたい**	想要做～看看	文型
❹	着る	→	**着る**	穿	動II
	着ると	→	**動詞辭書形＋と**	如果～的話，就～	文型
	長く	→	**長い**	長的	い形
	見えます	→	**見える**	看起來	動II
❺	着たい	→	**動詞ます形＋たい**	想要做～	文型
	着たいので	→	**着たい＋ので**	因為想穿	文型
	ダイエットします	→	**ダイエットする**	減肥	動III

中譯

❶ 幼稚園的女孩子穿的制服是圓領的。
❷ 我喜歡男生穿 V 領搭配牛仔褲的打扮。
❸ 想穿看看立領的旗袍。
❹ 穿 U 領衣服的話，脖子看起來會比較長。
❺ 想要穿露肩的衣服，所以要減肥。

034 穿搭配件(1)

MP3 034

1

帽《ぼう》子《し》

(名) 帽子

2

マフラー

(muffler)

(名) 圍巾

3

サングラス

(sunglasses)

(名) 太陽眼鏡

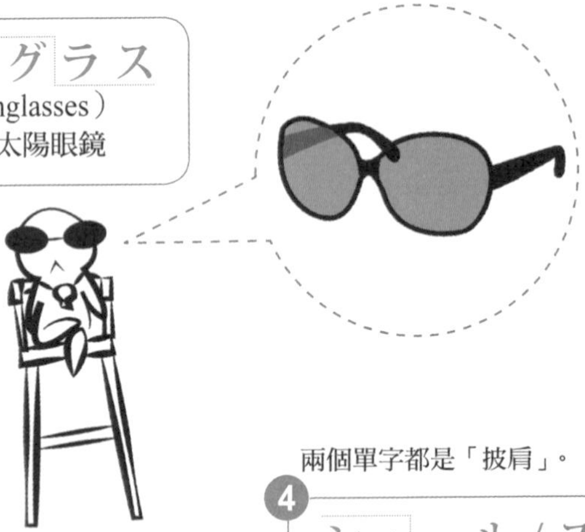

兩個單字都是「披肩」。

4

ショール / ストール

(shawl / stole)

(名) 披肩

5

ベルト

(belt)

(名) 腰帶

6

手《て》袋《ぶくろ》

(名) 手套

❶ 日《ひ》に焼《や》けないように、帽子を被《かぶ》ります。

❷ マフラーを巻《ま》いて出《で》かけると、首《くび》が温《あたた》かいです。

❸ 日《ひ》差《ざ》しが強《つよ》いので、サングラスをして運転《うんてん》します。

❹ ドレスの上《うえ》に、お洒落《しゃれ》なショール（ストール）を巻《ま》きます。

❺ 父《ちち》の誕生日《たんじょうび》のプレゼントは、皮《かわ》のベルトにしようと思《おも》います。

❻ 冬《ふゆ》は、手袋をしないと手《て》が寒《さむ》いです。

學更多

	例句出現的		原形／接續原則	意義	詞性
❶	日に焼けない	→	日に焼ける	曬黑	動Ⅱ
	日に焼けないように	→	動詞ない形＋ように	為了不要～	文型
	被ります	→	被る	戴	動Ⅰ
❷	巻いて	→	巻く	圍	動Ⅰ
	出かける	→	出かける	出門	動Ⅱ
	出かけると	→	動詞辭書形＋と	如果～的話，就～	文型
❸	強いので	→	い形容詞＋ので	因為～	文型
	サングラスをして	→	サングラスをする	戴太陽眼鏡	動Ⅲ
	運転します	→	運転する	開車	動Ⅲ
❹	お洒落なショール	→	お洒落＋な＋名詞	漂亮的～	文型
	巻きます	→	巻く	圍	動Ⅰ
❺	皮のベルトにし	→	名詞＋にする	決定成～	文型
	しようと思います	→	動詞意向形＋と思う	打算做～	文型
❻	手袋をしない	→	手袋をする	戴手套	動Ⅲ
	手袋をしないと	→	動詞ない形＋と	如果不～的話，就～	文型

中譯

❶ 為了避免曬黑要戴帽子。
❷ 圍圍巾出門的話，就會覺得脖子很溫暖。
❸ 因為陽光太強，所以戴上太陽眼鏡開車。
❹ 在禮服上，披上漂亮的披肩。
❺ 我打算選皮製腰帶當作父親的生日禮物。
❻ 冬天如果不戴手套，手就會很冷。

035 穿搭配件(2)

MP3 035

1 ブレスレット
(bracelet)
(名)手鍊/手鐲

2 腕《うで》時《ど》計《けい》
(名)手錶

3 指《ゆび》輪《わ》
(名)戒指

4 髪《かみ》止《ど》め
(名)髮夾

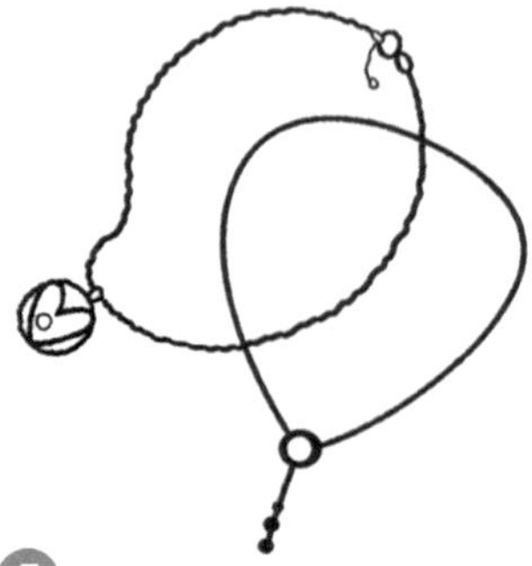

5 ネックレス
(necklace)
(名)項鍊

6 イヤリング
(earring)
(名)耳環

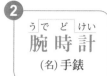

❶ 台湾《たいわん》では、翡翠《ひすい》のブレスレットをしている女性《じょせい》をよく見《み》かけます。

❷ 携帯電話《けいたいでんわ》が普及《ふきゅう》してから、腕時計をする人《ひと》が少《すく》なくなりました。

❸ 結婚《けっこん》指輪を指《ゆび》にはめます。

❹ 前髪《まえがみ》が落《お》ちてこないように、髪止めを付《つ》けます。

❺ ダイヤモンドのネックレスが欲《ほ》しいです。

❻ イヤリングを、片方《かたほう》無《な》くしてしまいました。

學更多

	例句出現的		原形／接續原則	意義	詞性
❶	ブレスレットをして	→	**ブレスレットをする**	戴手鐲	動Ⅲ
	ブレスレットをしている	→	**動詞て形＋いる**	目前狀態	文型
	見かけます	→	**見かける**	看見	動Ⅱ
❷	普及して	→	**普及する**	普及	動Ⅲ
	普及してから	→	**動詞て形＋から**	做～之後	文型
	腕時計をする	→	**腕時計をする**	戴手錶	文型
	少なく	→	**少ない**	少的	い形
	少なくなりました	→	**少な~~い~~＋くなる**	變少	文型
❸	はめます	→	**はめる**	戴上	動Ⅱ
❹	落ちてこない	→	**落ちてくる**	掉下來	動Ⅲ
	落ちてこないように	→	**動詞ない形＋ように**	為了不要～	文型
	付けます	→	**付ける**	別上	動Ⅱ
❺	欲しい	→	**欲しい**	想要	い形
❻	無くして	→	**無くす**	遺失	動Ⅰ
	無くしてしまいました	→	**動詞て形＋しまいました**	無法挽回的遺憾	文型

中譯

❶ 在台灣，經常可以看到佩戴翡翠手鐲的女性。
❷ 手機普及後，戴手錶的人變少了。
❸ 把結婚戒指戴到手指上。
❹ 別上髮夾，避免瀏海垂下來。
❺ 想要鑽石項鍊。
❻ 掉了一邊的耳環。

036

化粧品(1)

MP3 036

1 マニキュア
(manicure)
(名)指甲油

2 リップクリーム
(lip cream)
(名)護唇膏

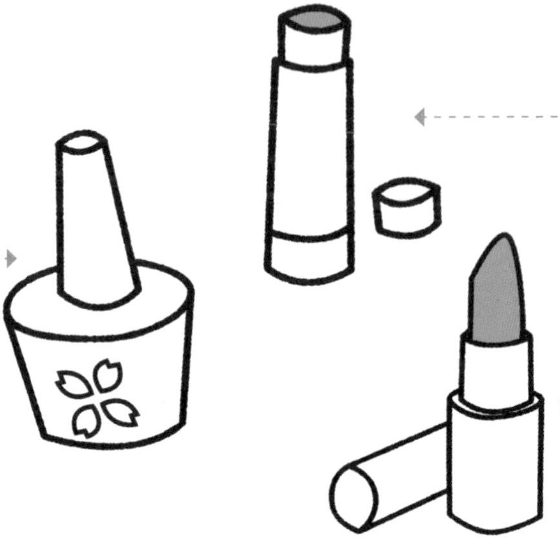

3 口《くち》紅《べに》
(名)口紅

4 パウダーファンデーション
(powder foundation)
(名)粉餅

5 チーク
(cheek)
(名)腮紅

❶ ネイルサロンでマニキュアをします。

❷ 乾燥《かんそう》した唇《くちびる》に、リップクリームを付《つ》けます。

❸ 口紅の色《いろ》を、大人《おとな》っぽいベージュに変《か》えました。

❹ スポンジでパウダーファンデーションをとる時《とき》は、一度《いちど》に粉末《ふんまつ》をつけすぎないようにするのがベストです。

❺ チークは、頬骨《ほおぼね》に沿《そ》って入《い》れます。

學更多

	例句出現的		原形／接續原則	意義	詞性
❶	ネイルサロン	→	ネイルサロン	指甲沙龍	名詞
	ネイルサロンで	→	地點＋で	在～地點	文型
	マニキュアをします	→	マニキュアをする	擦指甲油	動Ⅲ
❷	乾燥した	→	乾燥する	乾燥	動Ⅲ
	付けます	→	付ける	塗抹	動Ⅱ
❸	大人っぽい	→	名詞＋っぽい	有點～	文型
	ベージュ	→	ベージュ	米色	名詞
	変えました	→	変える	改變	動Ⅱ
❹	スポンジで	→	名詞＋で	利用～	文型
	とる	→	とる	沾取	動Ⅰ
	つけすぎない	→	つけすぎる	沾太多	動Ⅱ
	つけすぎないようにする	→	動詞ない形＋ようにする	盡量不要做～	文型
	ベスト	→	ベスト	最好的	な形
❺	沿って	→	沿う	沿著	動Ⅰ
	入れます	→	入れる	打上（腮紅）	動Ⅱ

中譯

❶ 在指甲沙龍擦指甲油。
❷ 在乾燥的嘴唇上，塗抹護唇膏。
❸ 把口紅的顏色改成帶有成熟感的米色。
❹ 用海綿沾取粉餅時，最好不要一次沾太多粉末。
❺ 順著顴骨打上腮紅。

037

化妝品(2)

MP3 037

1. 付《つ》け《け》睫《まつ》毛《げ》
(名)假睫毛

2. マスカラ
(mascara)
(名)睫毛膏

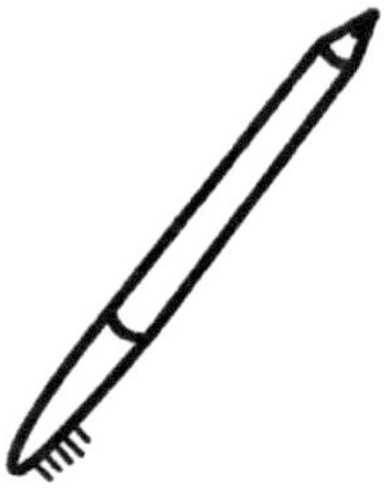

3. アイブローペンシル
(eyebrow pencil)
(名)眉筆

4. アイシャドー
(eye shadow)
(名)眼影

5. アイライナー
(eyeliner)
(名)眼線筆

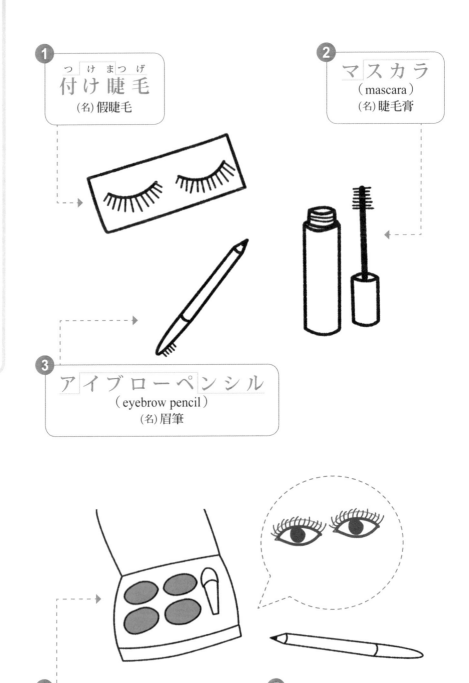

❶ 彼女《かのじょ》は付け睫毛を取《と》ると、まるで別人《べつじん》です。

❷ マスカラを付《つ》けると、ボリュームのある睫毛《まつげ》に仕《し》上《あ》げることができます。

❸ アイブローペンシルは、黒《くろ》よりもグレーの方《ほう》が軽《かる》い仕《し》上《あ》がりになります。

❹ 一重《ひとえ》まぶたの人《ひと》は、アイシャドーを入《い》れるのが難《むずか》しいです。

❺ アイライナーは、リキッドよりペンシルタイプの方《ほう》が描《か》きやすいです。

學更多

	例句出現的		原形／接續原則	意義	詞性
❶	取る	→	取る	拿掉	動 I
	取ると	→	動詞辭書形＋と	一～，就～	文型
	まるで	→	まるで	宛如	副詞
❷	付ける	→	付ける	塗抹	動 II
	付けると	→	動詞辭書形＋と	如果～的話，就～	文型
	ボリュームのある	→	ボリュームのある	濃密、有份量	動 I
	仕上げる	→	仕上げる	完成	動 II
	仕上げることができます	→	動詞辭書形＋ことができる	可以做～	文型
❸	黒よりも	→	名詞＋よりも	和～相比	文型
	グレーの方が	→	名詞＋の方が	～比較	文型
	仕上がり	→	仕上がり	完成的妝容	名詞
❹	一重まぶた	→	一重まぶた	單眼皮	名詞
	入れる	→	入れる	畫上（眼影）	動 II
❺	リキッド	→	リキッド	液體	名詞
	リキッドより	→	名詞＋より	和～相比	文型
	ペンシルタイプ	→	ペンシルタイプ	鉛筆類型	名詞
	描き	→	描く	畫	動 I
	描きやすい	→	動詞ます形＋やすい	容易做～	文型

中譯

❶ 她一拿下假睫毛，就好像另外一個人。

❷ 塗上睫毛膏，就能使睫毛變濃密。

❸ 和黑色的眉筆相比，灰色的眉筆更能畫出自然的妝容。

❹ 單眼皮的人要上眼影很不容易。

❺ 和眼線液相比，鉛筆型的眼線筆比較好畫眼線。

038 皮膚清潔保養品(1)

MP3 038

1. 化《け》粧《しょう》水《すい》
(名) 化妝水

2. 保《ほ》湿《しつ》スプレー
(名) 保濕噴霧

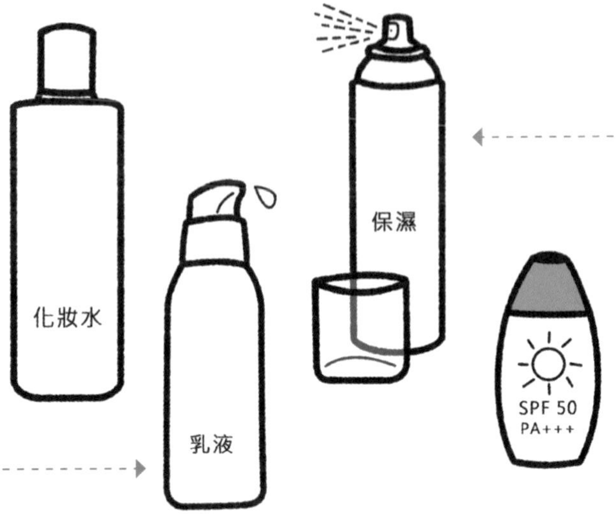

3. 乳《にゅう》液《えき》
(名) 乳液

4. 日《ひ》焼《や》け止《ど》めローション
(名) 防曬乳

●「SPF」是「Sun Protection Factor」（日光保護係數、防曬係數）的縮寫。
●「PA」是「Protection Grade of UVA」（紫外線長波的保護等級）。「PA+++」表示可延緩 8 倍以上曬黑的時間。

5. アイクリーム
（eye cream）
(名) 眼霜

6. ハンドクリーム
（hand cream）
(名) 護手霜

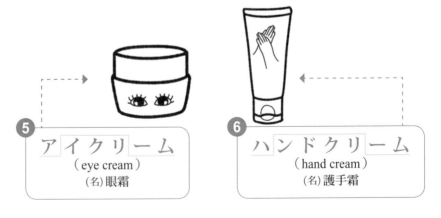

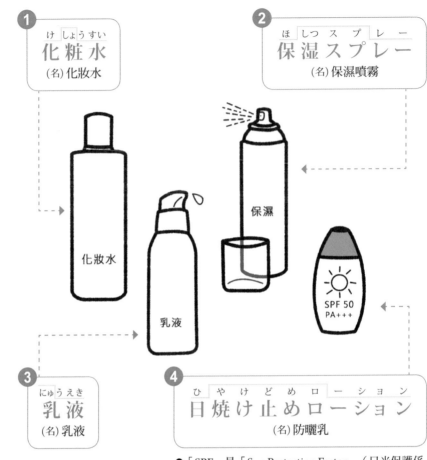

❶ 化粧水をコットンに湿《しめ》らせて、たっぷりと付《つ》けます。

❷ 保湿スプレーは、飛行機《ひこうき》に乗《の》った時《とき》に重宝《ちょうほう》しました。

❸ 化粧水《けしょうすい》の後《あと》、乳液を付《つ》けます。

❹ 外出前《がいしゅつまえ》に日焼け止めローションを塗《ぬ》ります。

❺ アイクリームにより、目《め》のくまが改善《かいぜん》されました。

❻ ハンドクリームを塗《ぬ》って手《て》を潤《うるお》します。

學更多

	例句出現的		原形／接續原則	意義	詞性
❶	コットン	→	コットン	化妝棉	名詞
	湿らせて	→	湿らせる	使濕潤	動II
	たっぷりと	→	たっぷり	充分	副詞
	付けます	→	付ける	塗抹	動II
❷	飛行機	→	飛行機	飛機	名詞
	乗った	→	乗る	搭乘	動I
	重宝しました	→	重宝する	方便、適用	動III
❸	化粧水の後	→	名詞＋の＋後	～之後	文型
	付けます	→	付ける	塗抹	動II
❹	塗ります	→	塗る	塗抹	動I
❺	アイクリームにより	→	名詞＋により	透過～	文型
	目のくま	→	目のくま	黑眼圈	名詞
	改善されました	→	改善される	被改善	改善する的被動形
❻	塗って	→	塗る	塗抹	動I
	潤します	→	潤す	滋潤	動I

中譯

❶ 將化妝棉用化妝水沾濕，充分地塗抹。
❷ 保濕噴霧在搭飛機時很好用。
❸ 擦過化妝水後，塗抹乳液。
❹ 出門前塗抹防曬乳。
❺ 眼霜改善了黑眼圈的問題。
❻ 抹上護手霜，滋潤雙手。

039 皮膚清潔保養品(2)

MP3 039

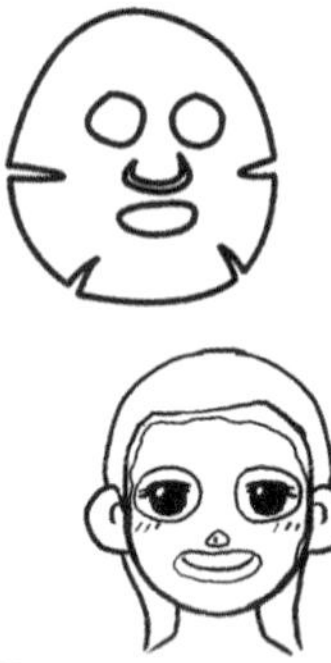

1 マスク

（mask）

(名) 面膜

2 シェービングフォーム

（shaving foam）

(名) 刮鬍膏

3 クレンジングオイル

（cleansing oil）

(名) 卸妝油

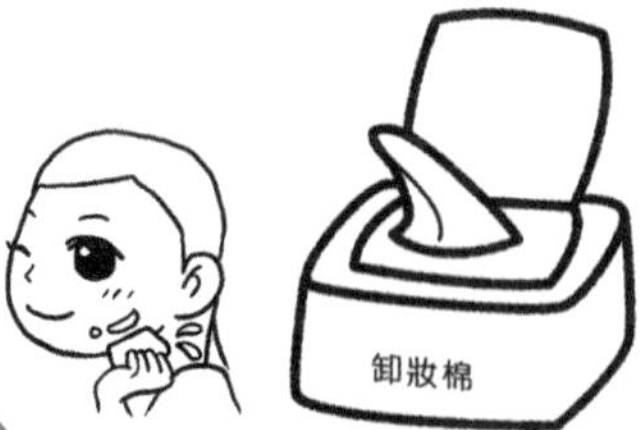

4 クレンジングコットン

（cleansing cotton）

(名) 卸妝棉

5 洗《せん》顔《がん》料《りょう》

(名) 洗面乳

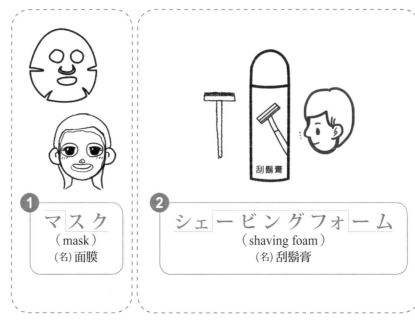

❶ 顔《かお》にマスクをしてリフレッシュします。

❷ 試《し》供《きょう》品《ひん》のシェービングフォームを使《つか》って、髭《ひげ》を剃《そ》ってみます。

❸ オリーブオイルからできたクレンジングオイルを試《ため》してみます。

❹ クレンジングコットンに適《てき》量《りょう》を取《と》って、拭《ふ》き取《と》ってください。

❺ 毎朝《まいあさ》、洗顔料で顔《かお》を洗《あら》います。

學更多

	例句出現的		原形／接續原則	意義	詞性
❶	マスクをして	→	マスクをする	敷面膜	動Ⅲ
	リフレッシュします	→	リフレッシュする	更新、活化	動Ⅲ
❷	試供品	→	試供品	試用品	名詞
	使って	→	使う	使用	動Ⅰ
	剃って	→	剃る	刮	動Ⅰ
	剃ってみます	→	動詞て形＋みる	做～看看	文型
❸	オリーブオイル	→	オリーブオイル	橄欖油	名詞
	オリーブオイルから	→	名詞＋から	由～組成	文型
	できた	→	できる	製作	動Ⅱ
	試して	→	試す	嘗試	動Ⅰ
	試してみます	→	動詞て形＋みる	做～看看	文型
❹	取って	→	取る	沾取	動Ⅰ
	拭き取って	→	拭き取る	擦掉	動Ⅰ
	拭き取ってください	→	動詞て形＋ください	請做～	文型
❺	毎朝	→	毎朝	每天早上	名詞
	洗顔料で	→	名詞＋で	利用～	文型
	洗います	→	洗う	清洗	動Ⅰ

中譯

❶ 敷上面膜，讓肌膚煥然一新。
❷ 用刮鬍膏的試用品刮鬍子。
❸ 嘗試使用以橄欖油製成的卸妝油。
❹ 請沾取適量的份量於卸妝棉上，再擦掉。
❺ 每天早上用洗面乳洗臉。

040 袋子(1)

MP3 040

1 ビニール《ビニール》袋《ぶくろ》
(名)塑膠袋

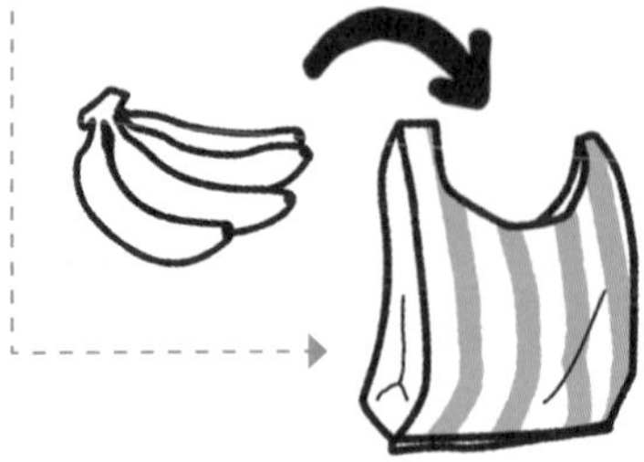

2 紙《かみ》袋《ぶくろ》
(名)紙袋

3 買《かい》物《もの》袋《ぶくろ》
(名)購物袋

4 ゴミ《ゴミ》袋《ぶくろ》
(名)垃圾袋

5 ジップロック
(Ziploc)
(名)夾鍊袋

6 保《ほ》温《おん》袋《ぶくろ》
(名)保溫袋

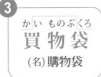

❶ ゴミを、ビニール袋に入《い》れてまとめます。

❷ プレゼントを、包装《ほうそう》して紙袋に入《い》れてもらいます。

❸ 最近《さいきん》では、店《みせ》に買物袋を持参《じさん》する人《ひと》が増《ふ》えてきました。

❹ ゴミ袋は有料《ゆうりょう》になりました。

❺ ジップロックに、洩《も》れる可能性《かのうせい》のあるものを入《い》れます。

❻ お弁当《べんとう》を保温袋に入《い》れて持《も》たせます。

學更多

	例句出現的		原形／接續原則	意義	詞性
❶	ゴミ	→	ゴミ	垃圾	名詞
	入れて	→	入れる	放入	動II
	まとめます	→	まとめる	集中	動II
❷	包装して	→	包装する	包裝	動III
	入れて	→	入れる	放入	動II
	入れてもらいます	→	動詞て形＋もらう	請別人為我做～	文型
❸	持参する	→	持参する	自備	動III
	増えて	→	増える	增加	動II
	増えてきました	→	動詞て形＋くる	逐漸～	文型
❹	有料	→	有料	收費	名詞
	なります	→	なる	變成	動I
❺	洩れる	→	洩れる	漏出	動II
	ある	→	ある	有（事或物）	動I
	入れます	→	入れる	放入	動II
❻	お弁当	→	お弁当	便當	名詞
	持たせます	→	持たせる	讓某人帶著	動II

中譯

❶ 把垃圾丟進塑膠袋裡集中起來。
❷ 請人把禮物包起來，放進紙袋。
❸ 最近自備購物袋到商店購物的人越來越多。
❹ 垃圾袋現在要收費了。
❺ 把有可能漏出來的東西放進夾鍊袋。
❻ 把便當裝到保溫袋裡讓（某人）帶走。

041

袋子(2)

MP3 041

1 衣《い》服《ふく》収《しゅう》納《のう》袋《ぶくろ》

(名)衣物收納袋

2 洗《せん》濯《たく》ネット《ネット》

(名)洗衣袋

3 ダストバッグ

(dust bag)

(名)防塵袋

4 ノートパソコンメッシュケース

(note personal computer mesh case)

(名)筆記型電腦防震袋

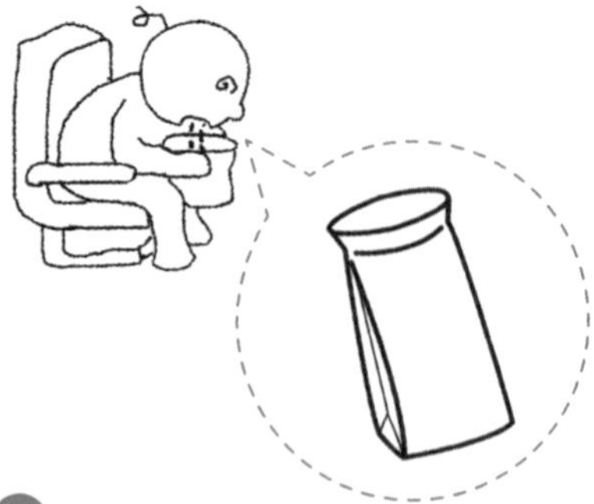

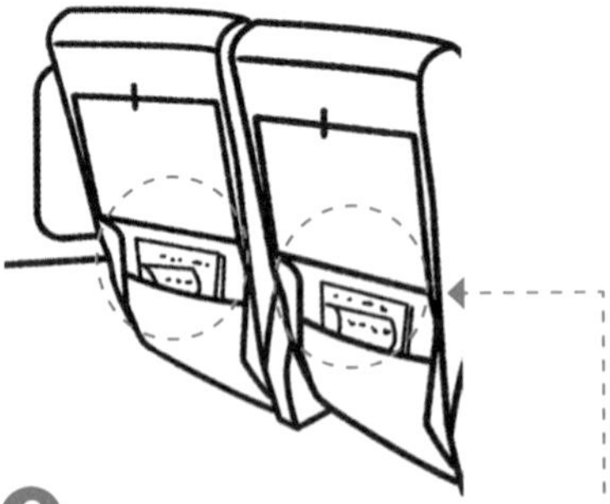

5 エチケット《エチケット》袋《ぶくろ》

(名)嘔吐袋

6 座《ざ》席《せき》の《の》ポケット《ポケット》

(名)機上座位置物袋

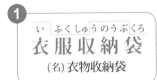

❶ 圧縮《あっしゅく》できるタイプの衣服収納袋は、場所《ばしょ》を取《と》らなくていいです。

❷ デリケートな衣類《いるい》は、洗濯ネットに入《い》れて洗濯《せんたく》します。

❸ バッグを買《か》ったらダストバッグが付《つ》いていました。

❹ ノートパソコンは、ノートパソコンメッシュケースに入《い》れて持《も》ち運《はこ》びするようにしています。

❺ 気分《きぶん》が悪《わる》くなったので、慌《あわ》ててエチケット袋を取《と》り出《だ》します。

❻ 座席のポケットに、機内誌等《きないしなど》が入《はい》っています。

學更多

	例句出現的		原形／接續原則	意義	詞性
❶	圧縮できる	→	圧縮できる	可以壓縮	圧縮する的可能形
	場所を取らなく	→	場所を取る	佔用空間	動Ⅰ
	場所を取らなくて	→	場所を取らな~~い~~＋くて	因為不佔用空間	文型
❷	デリケートな衣類	→	デリケート＋な＋名詞	纖柔的～	文型
	入れて	→	入れる	放入	動Ⅱ
	洗濯します	→	洗濯する	清洗	動Ⅲ
❸	買った	→	買う	買	動Ⅰ
	買ったら	→	動詞た形＋ら	做～之後	文型
	付いて	→	付く	附有	動Ⅰ
	付いていました	→	動詞て形＋いました	過去維持的狀態	文型
❹	持ち運びする	→	持ち運びする	搬運、攜帶	動Ⅲ
	持ち運びするようにしています	→	動詞辭書形＋ようにしている	盡量有在做～	文型
❺	気分が悪くなった	→	気分が悪~~い~~＋くなる	身體不舒服	文型
	気分が悪くなったので	→	気分が悪くなった＋ので	因為身體不舒服	文型
	慌てて	→	慌てる	急忙	動Ⅱ
	取り出します	→	取り出す	拿出	動Ⅰ
❻	入って	→	入る	裝有	動Ⅰ

中譯

❶ 可以壓縮的衣物收納袋不佔空間，很方便。
❷ 纖柔衣物要放進洗衣袋後再清洗。
❸ 買包包有附贈防塵袋。
❹ 盡量把筆記型電腦放進筆記型電腦防震袋再攜帶。
❺ 覺得不舒服，急忙把嘔吐袋拿出來。
❻ 機上座位置物袋放有機上雜誌等物品。

042 隨身提包(1)

MP3 042

1 財《さい》布《ふ》
(名)錢包

2 コインケース
(coin case)
(名)零錢包

3 携《けい》帯《たい》電《でん》話《わ》ケース《ケース》
(名)手機袋

4 化《け》粧《しょう》ポーチ《ポーチ》
(名)化妝包

5 ウエストポーチ
(waist pouch)
(名)腰包

6 バックパック
(backpack)
(名)後背包

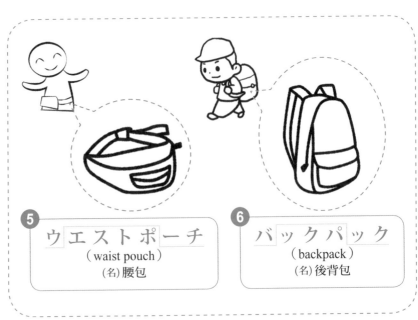

❶ 財布には、必要最低限《ひつようさいていげん》の現金《げんきん》しか入《い》れないようにしています。

❷ コインケースに小銭《こぜに》を入《い》れています。

❸ 防水《ぼうすい》機能《きのう》の付《つ》いた携帯電話ケースを、ダイビングが好《す》きな彼《かれ》にプレゼントしました。

❹ 化粧ポーチに化粧品《けしょうひん》を入《い》れて、常《つね》に持《も》ち歩《ある》きます。

❺ 海外旅行中《かいがいりょこうちゅう》は盗難防止《とうなんぼうし》のため、現金《げんきん》はウエストポーチに入《い》れて持《も》ち歩《ある》きます。

❻ バックパック一《ひと》つ背負《せお》って、ヨーロッパを回《まわ》ります。

學更多

	例句出現的		原形／接續原則	意義	詞性
❶	現金しか入れない	→	名詞＋しか＋動詞ない形	只做～	文型
	入れない	→	入れる	放入	動II
	しか入れないようにしています	→	しか+動詞ない形+ようにしている	盡量只做～	文型
❷	小銭	→	小銭	零錢	名詞
	入れて	→	入れる	放入	動II
	入れています	→	動詞て形＋いる	正在做～	文型
❸	付いた	→	付く	附有	動I
	ダイビング	→	ダイビング	潛水	名詞
	プレゼントしました	→	プレゼントする	贈送禮物	動III
❹	常に	→	常に	經常	副詞
	持ち歩きます	→	持ち歩く	隨身攜帶	動I
❺	盗難防止	→	盗難防止	防止遭竊	名詞
	盗難防止のため	→	名詞＋のため	為了～	文型
❻	背負って	→	背負う	背	動I
	回ります	→	回る	周遊、遍歷	動I

中譯

❶ 錢包裡盡量只放最低需求的現金。

❷ 把零錢放進零錢包。

❸ 送喜愛潛水的男朋友一個有防水功能的手機袋。

❹ 把化妝品放進化妝包，隨身攜帶。

❺ 在國外旅行時，為了預防遭竊，會把現金放進腰包隨身攜帶。

❻ 背著一個後背包，周遊歐洲。

043

随身提包(2)

MP3 043

❶ 手《て》提《さ》げかばん

(名) 手提包

❷ ビジネスバッグ

(business bag)

(名) 公事包

❸ 旅《りょ》行《こう》かばん

(名) 旅行袋

❹ スーツケース

(suitcase)

(名) 行李箱

❺ メッセンジャーバッグ

(messenger bag)

(名) 側背包

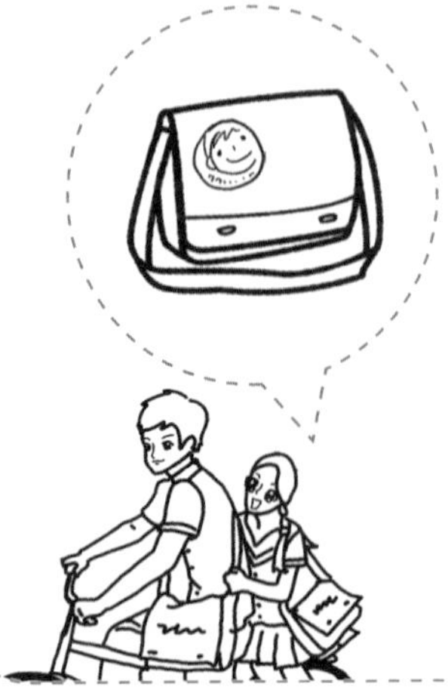

❻ ランドセル

(ransel (荷))

(名) 小學生的後背書包

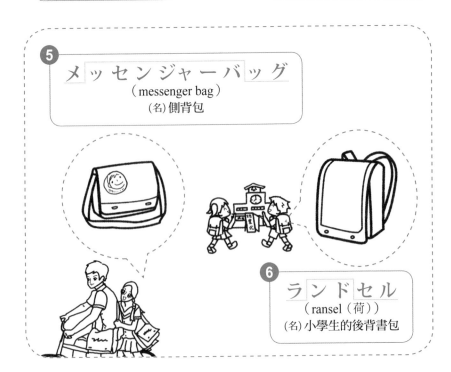

❶ 手提げかばんを下《さ》げて、ピアノのレッスンに行《い》きます。

❷ 父《ちち》は毎日《まいにち》、ビジネスバッグ片手《かたて》に仕事《しごと》に行《い》きます。

❸ 2泊3日《にはくみっか》の旅行《りょこう》なので、旅行かばん一《ひと》つで用《よう》は足《た》ります。

❹ 急《きゅう》に海外出張《かいがいしゅっちょう》が入《はい》り、慌《あわ》ててスーツケースを出《だ》します。

❺ 若《わか》い男性《だんせい》に人気《にんき》のメッセンジャーバッグは、よく売《う》れています。

❻ 一年生《いちねんせい》の息子《むすこ》は、小《ちい》さい体《からだ》に大《おお》きなランドセルを背負《せお》って学《がっ》校《こう》に行《い》きます。

學更多

	例句出現的		原形／接續原則	意義	詞性
❶	下げて	→	下げる	提	動II
	レッスンに行きます	→	レッスンに行く	去上課	動I
❷	片手	→	片手	一隻手	名詞
	仕事に行きます	→	仕事に行く	去上班	動I
❸	旅行なので	→	名詞＋な＋ので	因為～	文型
	用は足ります	→	用は足りる	夠用	慣用語
❹	急に	→	急に	突然	副詞
	入り	→	入る	得到	動I
	慌てて	→	慌てる	急忙	動II
	出します	→	出す	拿出來	動I
❺	売れて	→	売れる	暢銷	動II
	売れています	→	動詞て形＋いる	目前狀態	文型
❻	息子	→	息子	兒子	名詞
	大きな	→	大きな	大的	連體詞
	背負って	→	背負う	背	動I

中譯

❶ 提著手提包去上鋼琴課。
❷ 父親每天提著公事包去上班。
❸ 因為是 3 天 2 夜的旅行，一個旅行袋就夠用了。
❹ 突然有國外出差的機會，急忙拿出行李箱。
❺ 深受年輕男性歡迎的側背包賣得很好。
❻ 一年級的兒子用他小小的身軀，背著大大的小學生後背書包去上學。

044 時間(1)

MP3 044

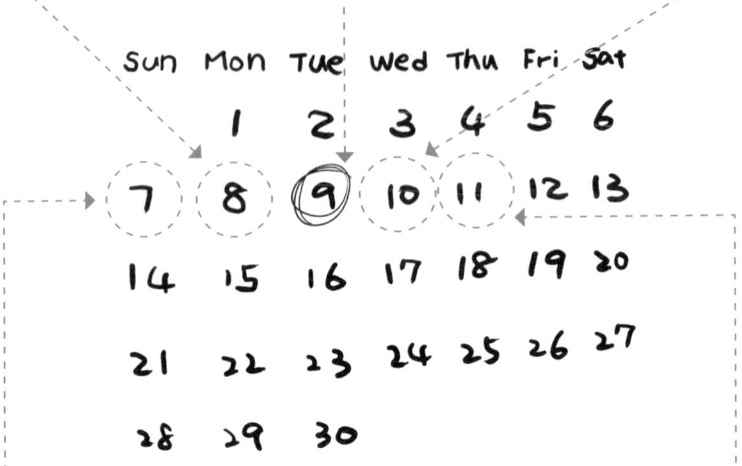

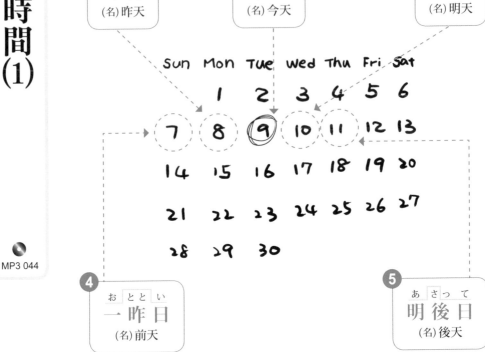

1 昨日《きのう》
(名)昨天

2 今日《きょう》
(名)今天

3 明日《あした》
(名)明天

4 一昨日《おととい》
(名)前天

5 明後日《あさって》
(名)後天

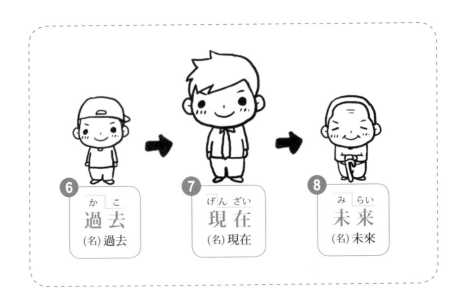

6 過《か》去《こ》
(名)過去

7 現《げん》在《ざい》
(名)現在

8 未《み》来《らい》
(名)未來

❶ 昨日は、一日中《いちにちじゅう》出《で》かけて、忙《いそが》しい日《ひ》でした。

❷ 今日も一日《いちにち》やっと終《お》わった！

❸ 明日も頑張《がんば》ろう。

❹ 一昨日までは、天気《てんき》がとても良《よ》かったです。

❺ 明後日は、待《ま》ちに待《ま》った日曜日《にちようび》だ。

❻ 過去の過《あやま》ちは忘《わす》れて、これから頑張《がんば》ればいいです。

❼ 駅前《えきまえ》の中華《ちゅうか》レストランは、改築《かいちく》のため現在休業中《きゅうぎょうちゅう》です。

❽ 未来の子供達《こどもたち》のために、美《うつく》しい地球《ちきゅう》を守《まも》りましょう。

學更多

	例句出現的		原形／接續原則	意義	詞性
❶	出かけて	→	出かける	外出	動II
❷	終わった	→	終わる	結束	動I
❸	頑張ろう	→	頑張る	加油	動I
❹	一昨日まで	→	時點＋まで	到～時點為止	文型
	良かった	→	良い	好的	い形
❺	待ちに待った	→	待ちに待った	盼望已久	慣用語
❻	忘れて	→	忘れる	忘記	動II
	頑張れば	→	頑張れば	如果努力的話，～	頑張る的條件形
	頑張ればいい	→	動詞條件形＋いい	做～的話，就可以	文型
❼	改築のため	→	名詞＋のため	因為～	文型
❽	子供達のために	→	名詞＋のために	為了～	文型
	守りましょう	→	守る	保護	動I

中譯

❶ 昨天一整天外出，真是忙碌的一天。
❷ 今天一天總算也結束了！
❸ 明天也加油吧。
❹ 到前天為止，天氣都很好。
❺ 後天就是盼望已久的星期天。
❻ 忘掉過去的錯誤，今後好好努力就可以了。
❼ 因為車站前的中式餐廳在改建，所以現在歇業中。
❽ 為了未來的孩子們，我們要保護美麗的地球。

045 時間(2)

MP3 045

1 月《つき》
(名)月

2 日《ひ》付《づけ》
(名)日期

3 時《じ》間《かん》
(名)小時

4 分《ふん》
(名)分

5 秒《びょう》
(名)秒

6 現《げん》地《ち》時《じ》間《かん》
(名)當地時間

7 時《じ》差《さ》
(名)時差

8 時《じ》間《かん》だ《だ》
(名)時間到

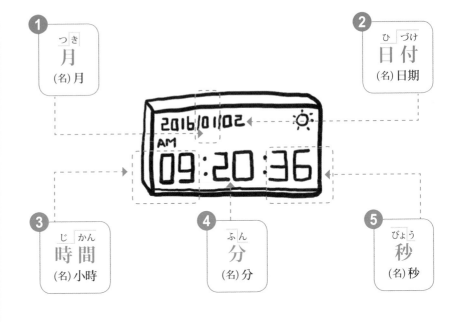

❶ 最近《さいきん》、月単位《たんい》で時間《じかん》が過《す》ぎていく気《き》がします。

❷ 今日《きょう》の日付は、何月何日《なんがつなんにち》ですか？

❸ 楽《たの》しいパーティーの3《さん》時間は、あっと言《い》う間《ま》に過《す》ぎてしまいました。

❹ 5分《ご》でもいいから、一人《ひとり》になりたいです。

❺ ロケット打《う》ち上《あ》げの秒読《よ》みが、始《はじ》まりました。

❻ アメリカ東部《とうぶ》の現地時間は、今何時《いまなんじ》ですか？

❼ 13時間《じゅうさんじかん》の時差があるので、国際電話《こくさいでんわ》をかけるのが難《むずか》しいです。

❽ もう寝《ね》る時間だよ、早《はや》く寝《ね》なさい！

學更多

	例句出現的		原形／接續原則	意義	詞性
❶	過ぎて	→	過ぎる	過去、消逝	動Ⅱ
	過ぎていく	→	動詞て形＋いく	做～下去	文型
	気がします	→	気がする	覺得	動Ⅲ
❷	何月何日	→	何月何日	幾月幾號	疑問詞
❸	過ぎてしまいました	→	動詞て形＋しまいました	動作快速完成	文型
❹	5分でもいい	→	名詞＋でもいい	即使～也可以	文型
	なり	→	なる	變成	動Ⅰ
	なりたい	→	動詞~~ます~~形＋たい	想要做～	文型
❺	秒読み	→	秒読み	讀秒倒數	名詞
❻	何時	→	何時	幾點	疑問詞
❼	あるので	→	動詞辭書形＋ので	因為～	文型
❽	寝る	→	寝る	睡覺	動Ⅱ
	寝なさい	→	動詞~~ます~~形＋なさい	命令晚輩去做～	文型

中譯

❶ 覺得最近的時間是以月為單位在流逝的。
❷ 今天的日期，是幾月幾號？
❸ 快樂的三小時派對一瞬間就過去了。
❹ 我想一個人獨處，即便是 5 分鐘也好。
❺ 火箭發射開始讀秒倒數。
❻ 現在美國東部的當地時間是幾點？
❼ 因為有 13 小時的時差，所以打國際電話的時機不好找。
❽ 睡覺時間到囉，趕快去睡覺！

046

方向&位置(1)

MP3 046

1
北《きた》
(名)北方

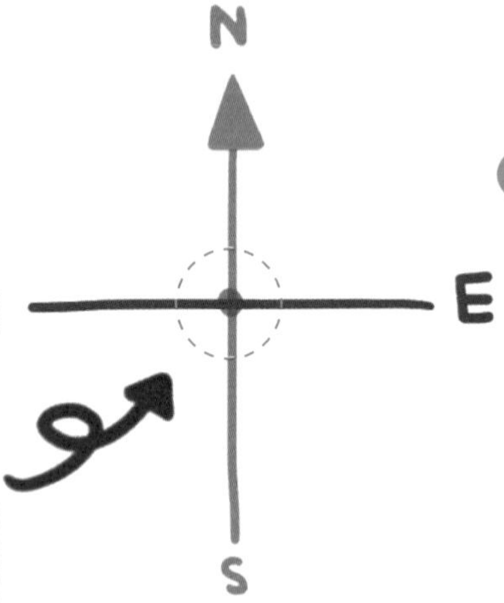

2
西《にし》
(名)西方

3
東《ひがし》
(名)東方

4
中《ちゅう》心《しん》点《てん》
(名)中心點

5
南《みなみ》
(名)南方

6
左《ひだり》
(名)左

7
右《みぎ》
(名)右

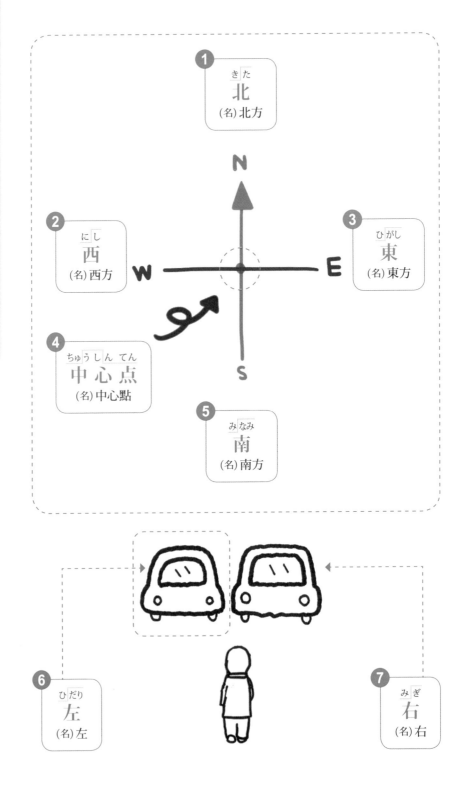

❶ この辺《あた》りは、北向《む》きに建《た》つ家《いえ》が多《おお》いです。

❷ この町《まち》の西にある時計台《とけいだい》は、とても有名《ゆうめい》な観光《かんこう》スポットです。

❸ 家《いえ》が東向《む》きに建《た》っています。

❹ ここを中心点にして、円《えん》を描《か》いてください。

❺ 今晩《こんばん》フランスから飛行機《ひこうき》で南に向《むか》かい、アフリカまで行《い》きます。

❻ そこの角《かど》を左に曲《ま》がってください。

❼ 写真《しゃしん》の右端《はし》の女性《じょせい》が 私《わたし》 です。

學更多

	例句出現的		原形／接續原則	意義	詞性
❶	辺り	→	辺り	附近	名詞
	北向き	→	北向き	朝向北方	名詞
	建つ	→	建つ	建造	動 I
❷	時計台	→	時計台	鐘塔	名詞
	観光スポット	→	観光スポット	觀光景點	名詞
❸	建って	→	建つ	建造	動 I
	建っています	→	動詞て形＋いる	目前狀態	文型
❹	ここを中心点にして	→	名詞＋を中心点にする	以～為中心點	文型
	描いて	→	描く	畫	動 I
	描いてください	→	動詞て形＋ください	請做～	文型
❺	向かい	→	向かう	前往	動 I
❻	曲がって	→	曲がる	轉彎	動 I
	曲がってください	→	動詞て形＋ください	請做～	文型
❼	右端	→	右端	右邊	名詞

中譯

❶ 這附近有很多房子都是建成朝向北方的。
❷ 在這座城市西方的鐘塔，是非常有名的觀光景點。
❸ 房子建成朝向東方的。
❹ 請以這裡為中心點畫圓。
❺ 今晚要從法國搭飛機，向南方飛往非洲。
❻ 請在那邊的轉角往左轉。
❼ 照片右邊的女生就是我。

047

方向&位置(2)

MP3 047

1 表《おもて》

(名)正面

2 裏《うら》

(名)反面

3 上《うえ》

(名)上面

3 下《した》

(名)下面

4 ～の上《うえ》に

(文型)在～之上

5 ～の後《うし》ろに

(文型)在～之後

6 ～の前《まえ》に

(文型)在～之前

7 ～の下《した》に

(文型)在～之下

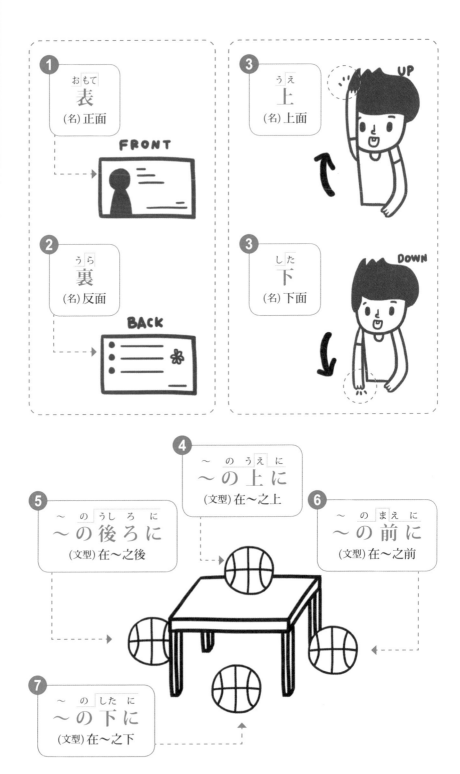

❶ このコインは、どちらが表かよく分《わ》かりません。

❷ この紙《かみ》は裏にも字《じ》があるので見落《みおと》さないようにしてください。

❸ 上の棚《たな》には本《ほん》、下の棚《たな》にはＣＤ《シーディー》を入《い》れています。

❹ 本《ほん》はたんすの上にありますよ。

❺ あなたの後ろにいた人《ひと》は誰《だれ》ですか？

❻ 駅《えき》の前にデパートがあります。

❼ 机《つくえ》の下に猫《ねこ》がいます。

學更多

	例句出現的		原形／接續原則	意義	詞性
❶	コイン	→	コイン	硬幣	名詞
	どちら	→	どちら	哪一邊	指示代名詞
	分かりません	→	分かる	知道	動 I
❷	あるので	→	動詞辭書形＋ので	因為～	文型
	見落さない	→	見落す	漏看	動 I
	見落さないようにして	→	動詞ない形＋ようにする	盡量不要做～	文型
	してください	→	動詞て形＋ください	請做～	文型
❸	棚	→	棚	櫃子	名詞
	入れて	→	入れる	放入	動 II
	入れています	→	動詞て形＋いる	正在做～	文型
❹	たんす	→	たんす	衣櫃	名詞
❺	いた	→	いる	在	動 II
❻	デパート	→	デパート	百貨公司	名詞
❼	います	→	いる	有（人或動物）	動 II

中譯

❶ 不太知道這個硬幣的正面是哪一邊。
❷ 這張紙的反面也有字，請不要漏看了。
❸ 把書放到上面的櫃子，CD 放到下面的櫃子。
❹ 書放在衣櫃上面喔。
❺ 在你後面的人是誰？
❻ 在車站前面有百貨公司。
❼ 在桌子下面有貓。

048 天氣(1)

MP3 048

❶ 雪《ゆき》が降《ふ》る

(動Ⅰ)下雪

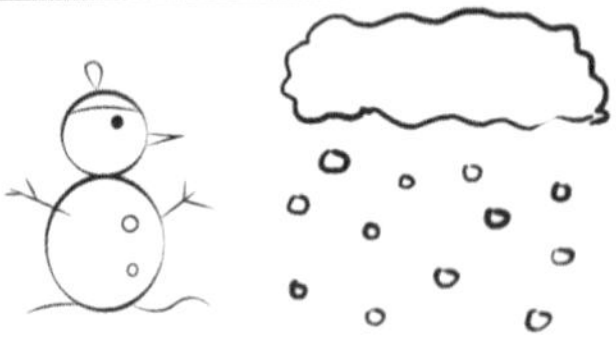

❷ 今《いま》まさに雪《ゆき》解《ど》け

(名)融雪中

❸ 雨《あめ》の降《ふ》った

(動Ⅰ)下雨的

❹ 暴《ぼう》風《ふう》雨《う》

(名)暴風雨

❺ 雲《くも》の多《おお》い

(い形)多雲

❻ 霧《きり》の出《で》る

(動Ⅱ)有霧

❼ 風《かぜ》の吹《ふ》く

(動Ⅰ)有風

❶ スキー場《じょう》に今年《ことし》もたくさん雪が降ることを願《ねが》います。

❷ 春《はる》の富士山《ふじさん》は、今まさに雪解けの季節《きせつ》です。

❸ 雨の降った日《ひ》は、お母《かあ》さんが傘《かさ》を持《も》って、迎《むか》えに来《き》てくれます。

❹ ものすごい暴風雨で、学校《がっこう》は休校《きゅうこう》になりました。

❺ 今日《きょう》は、雲の多い一日《いちにち》になりそうです。

❻ 霧の出た山《やま》の景色《けしき》は、まさに絶景《ぜっけい》です。

❼ 風の吹くところに風鈴《ふうりん》を飾《かざ》ります。

學更多

	例句出現的		原形／接續原則	意義	詞性
❶	スキー場	→	スキー場	滑雪場	名詞
	願います	→	願う	期望	動Ⅰ
❷	季節	→	季節	季節	名詞
❸	持って	→	持つ	帶	動Ⅰ
	迎えに来て	→	迎えに来る	來迎接	動Ⅲ
	迎えに来てくれます	→	動詞て形＋くれる	別人為我做～	文型
❹	ものすごい	→	ものすごい	驚人的	い形
	暴風雨で	→	名詞＋で	因為～	文型
	休校になりました	→	休校になる	停課	動Ⅰ
❺	雲の多い一日になり	→	名詞＋になる	變成～	文型
	なりそう	→	動詞ます形＋そう	可能會～	文型
❻	まさに	→	まさに	真正、實在	副詞
❼	飾ります	→	飾る	裝飾	動Ⅰ

中譯

❶ 希望滑雪場今年也大量下雪。
❷ 春天的富士山正是融雪中的季節。
❸ 下雨的日子，母親帶傘來接我。
❹ 因為驚人的暴風雨，所以學校停課。
❺ 今天可能會是多雲的一天。
❻ 有霧的山景，真是一大絕景。
❼ 把風鈴裝飾在有風的地方。

049

天氣(2)

MP3 049

1 寒《さむ》い

(い形) 寒冷的

2 涼《すず》しい

(い形) 涼爽的

3 氷《こおり》が張《は》る

(動 I) 結冰

4 太陽《たいよう》が照《て》った

(動 I) 陽光普照的

5 温暖《おんだん》(な)

(な形) 溫暖的

6 蒸《む》し暑《あつ》い

(い形) 悶熱的

7 乾燥《かんそう》した

(動Ⅲ) 乾燥的

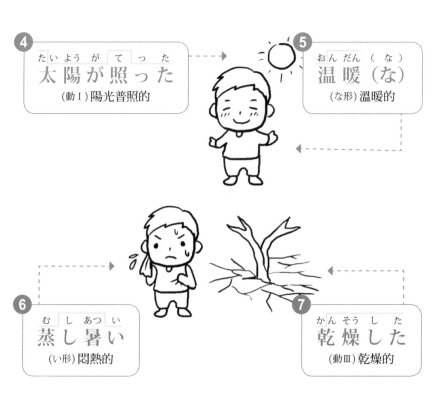

❶ 寒い日《ひ》は、家《いえ》の中《なか》でじっとしています。

❷ 今日《きょう》は風《かぜ》が気持《きも》ち良《よ》くて、家《いえ》の中《なか》よりも外《そと》の方《ほう》が涼しいです。

❸ ここは本当《ほんとう》は 湖《みずうみ》 ですが、冬場《ふゆば》は氷が張っているので、上《うえ》を歩《ある》くことができます。

❹ 昼間《ひるま》は太陽が照った砂漠《さばく》も、夜《よる》になると寒《さむ》くなります。

❺ ここは一年 中《いちねんじゅう》 温暖な気候《きこう》で、過《す》ごしやすいです。

❻ この地域《ちいき》の夏《なつ》は、蒸し暑いのが特 徴《とくちょう》 です。

❼ 砂漠《さばく》はとても雨《あめ》が少《すく》なく、非常《ひじょう》に乾燥した天気《てんき》です。

學更多

	例句出現的		原形／接續原則	意義	詞性
❶	じっとして	→	じっとする	待著、一動也不動	動Ⅲ
	じっとしています	→	動詞て形＋いる	習慣做～	文型
❷	気持ち良くて	→	気持ち良~~い~~＋くて	因為舒服	文型
	家の中よりも	→	名詞＋よりも	和～相比	文型
	外の方が	→	名詞＋の方が	～比較	文型
❸	歩くことができます	→	動詞辭書形＋ことができる	可以做～	文型
❹	夜になる	→	名詞＋になる	變成～	文型
	なると	→	動詞辭書形＋と	一～，就～	文型
	寒くなります	→	寒~~い~~＋くなる	變冷	文型
❺	温暖な気候で	→	名詞＋で	因為～	文型
	過ごし	→	過ごす	生活、過日子	動Ⅰ
	過ごしやすい	→	動詞ま~~す~~形＋やすい	容易做～	文型
❻	地域	→	地域	地區	名詞
❼	少なく	→	少ない	少的	い形

中譯

❶ 寒冷的日子裡，會在家裡待著。
❷ 今天的風感覺很舒服，和家裡比起來，外面是比較涼爽的。
❸ 這裡其實是一座湖，但是冬天時會結冰，所以可以在上面行走。
❹ 白天陽光普照的沙漠，一到夜晚也會變冷。
❺ 這裡的氣候一整年都是溫暖的，很適合生活。
❻ 這個地區的夏季特徵是悶熱的。
❼ 沙漠很少下雨，是非常乾燥的天氣。

050 常見商店(1)

MP3 050

1 雑《ざっ》貨《か》屋《や》
(名)雜貨店

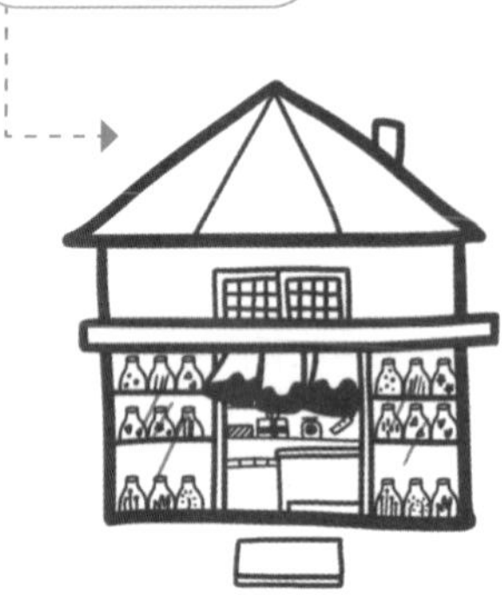

2 コンビニ
(convenience store)
(名)便利商店

3 スーパー
(supermarket)
(名)超級市場

4 玩具《おもちゃ》屋《や》
(名)玩具店

5 書《しょ》店《てん》
(名)書店

6 文《ぶん》房《ぼう》具《ぐ》屋《や》
(名)文具行

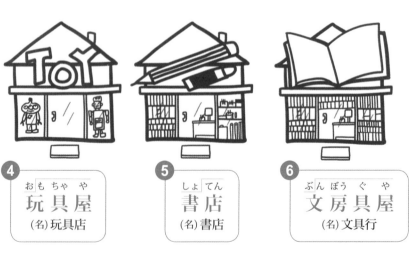

❶ 街角《まちかど》に、お洒落《しゃれ》な雑貨屋がオープンしました。

❷ コンビニで料金《りょうきん》を支払《しはら》うこともできます。

❸ スーパーで食品《しょくひん》を買《か》います。

❹ 海外《かいがい》の玩具屋の勢《いきお》いに押《お》され、多《おお》くの店《みせ》が倒産《とうさん》しました。

❺ 書店で、雑誌《ざっし》の立《た》ち読《よ》みをします。

❻ 最近《さいきん》は、文房具屋は少《すく》なくなりました。

學更多

	例句出現的		原形／接續原則	意義	詞性
❶	お洒落な雑貨屋	→	お洒落＋な＋名詞	漂亮的～	文型
	オープンしました	→	オープンする	開張	動Ⅲ
❷	コンビニで	→	地點＋で	在～地點	文型
	料金	→	料金	費用	名詞
	支払う	→	支払う	支付	動Ⅰ
	支払うこともできます	→	動詞辭書形＋こともできる	也可以做～	文型
❸	スーパーで	→	地點＋で	在～地點	文型
	買います	→	買う	買	動Ⅰ
❹	勢い	→	勢い	氣勢、勢力	名詞
	押され	→	押される	被壓倒	押す的被動形
	多く	→	多く	多數	名詞
	倒産しました	→	倒産する	倒閉	動Ⅲ
❺	書店で	→	地點＋で	在～地點	文型
	立ち読みをします	→	立ち読みをする	站著閱讀	動Ⅲ
❻	少なく	→	少ない	少的	い形
	少なくなりました	→	少ない＋くなりました	變少了	文型

中譯

❶ 在街角，新開了一間漂亮的雜貨店。
❷ 在便利商店也可以繳費。
❸ 在超級市場購買食品。
❹ 被國外玩具店的氣勢壓倒，許多商店倒閉了。
❺ 在書店裡站著看雜誌。
❻ 最近，文具行變少了。

051 常見商店(2)

MP3 051

1 屋《や》台《たい》
(名)小吃攤

2 レストラン
（restaurant（法））
(名)餐廳

3 オンラインストア
（online store）
(名)線上商店

「線上商店」也可以說「オンラインショップ」。

4 ショッピングセンター
（shopping center）
(名)購物中心

5 ディスカウントショップ
（discount shop）
(名)平價商店

6 リサイクルショップ
（recycle shop）
(名)二手商店

7 ブティック
（boutique（法））
(名)精品店

❶ 屋台でラーメンを食《た》べます。

❷ 久《ひさ》しぶりにレストランで食事《しょくじ》をします。

❸ 電化製品《でんかせいひん》は、オンラインストアで買《か》った方《ほう》が安《やす》いです。

❹ 田舎《いなか》に大型《おおがた》のショッピングセンターができました。

❺ ディスカウントショップは、商品《しょうひん》が安《やす》く購入《こうにゅう》できることで人《にん》気《き》です。

❻ リサイクルショップで、掘《ほ》り出《だ》し物《もの》が見《み》つかりました。

❼ 芸能人《げいのうじん》がブティックで買《か》い物《もの》をするのを見《み》ました。

學更多

	例句出現的		原形／接續原則	意義	詞性
❶	屋台で	→	**地點＋で**	在～地點	文型
	食べます	→	**食べる**	吃	動Ⅱ
❷	久しぶりに	→	**久しぶり**	隔了好久	な形
	レストランで	→	**地點＋で**	在～地點	文型
	食事をします	→	**食事をする**	吃飯	動Ⅲ
❸	買った	→	**買う**	買	動Ⅰ
	買った方が安い	→	**動詞た形＋方が安い**	做～比較便宜	文型
❹	できました	→	**できる**	建造	動Ⅱ
❺	安く	→	**安い**	便宜的	い形
	購入できる	→	**購入できる**	可以購買	購入する的可能形
❻	掘り出し物	→	**掘り出し物**	偶然找到的好東西	名詞
	見つかりました	→	**見つかる**	找到	動Ⅰ
❼	買い物をする	→	**買い物をする**	購物	動Ⅲ
	見ました	→	**見る**	看	動Ⅱ

中譯

❶ 在小吃攤吃拉麵。
❷ 隔了很久才去餐廳吃飯。
❸ 在線上商店買電器產品比較便宜。
❹ 在鄉下蓋了大型的購物中心。
❺ 在平價商店可以用便宜的價錢買到商品，所以很受消費者歡迎。
❻ 在二手商店挖到寶。
❼ 看到藝人在精品店購物。

052 常見成藥(1)

MP3 052

1 抗《こう》炎《えん》症《しょう》薬《やく》

(名)消炎藥

2 痛《いた》み止《ど》め

(名)止痛藥

3 胃《い》腸《ちょう》薬《やく》

(名)腸胃藥

4 アスピリン

（Aspirin）

(名)阿斯匹靈

5 解《げ》熱《ねつ》剤《ざい》

(名)退燒藥

6 咳《せき》止《ど》めシロップ

(名)咳嗽糖漿

❶ 抗炎症薬で炎症《えんしょう》を抑《おさ》えます。

❷ 痛み止めを処方《しょほう》してもらいます。

❸ 胃《い》の調子《ちょうし》がおかしいので、胃腸薬を飲《の》みます。

❹ アレルギーがあるので、アスピリンは飲《の》めません。

❺ 解熱剤を飲《の》んでも熱《ねつ》が下《さ》がらないので、病院《びょういん》へ行《い》きます。

❻ 子供《こども》の咳《せき》が止《と》まらないので、咳止めシロップを飲《の》ませます。

學更多

	例句出現的		原形／接續原則	意義	詞性
❶	抗炎症薬で	→	**名詞＋で**	利用～	文型
	抑えます	→	**抑える**	抑制	動Ⅱ
❷	処方して	→	**処方する**	開立處方	動Ⅲ
	処方してもらいます	→	**動詞て形＋もらう**	請別人為我做～	文型
❸	おかしい	→	**おかしい**	奇怪的	い形
	おかしいので	→	**い形容詞＋ので**	因為～	文型
❹	アレルギー	→	**アレルギー**	過敏	名詞
	ある	→	**ある**	有（事或物）	動Ⅰ
	あるので	→	**動詞辭書形＋ので**	因為～	文型
	飲めません	→	**飲める**	可以服用	飲む的可能形
❺	飲んで	→	**飲む**	服用	動Ⅰ
	飲んでも	→	**動詞て形＋も**	即使～，也～	文型
	熱が下がらない	→	**熱が下がる**	退燒	動Ⅰ
	熱が下がらないので	→	**動詞ない形＋ので**	因為不～	文型
❻	止まらない	→	**止まる**	停止	動Ⅰ
	止まらないので	→	**動詞ない形＋ので**	因為不～	文型
	飲ませます	→	**飲ませる**	讓～喝	飲む的使役形

中譯

❶ 使用消炎藥抑制發炎。
❷ 要求開立止痛藥的處方。
❸ 胃的狀況怪怪的，所以要吃腸胃藥。
❹ 因為會過敏，所以不能服用阿斯匹靈。
❺ 吃了退燒藥還是沒有退燒，所以前往醫院就診。
❻ 孩子咳個不停，所以讓他喝咳嗽糖漿。

053 常見成藥(2)

MP3 053

1 下痢《げり》止《ど》め薬《ぐすり》

(名) 止瀉藥

2 下剤《げざい》

(名) 瀉藥

3 目薬《めぐすり》

(名) 眼藥水

4 ワセリン

(Vaseline)

(名) 凡士林

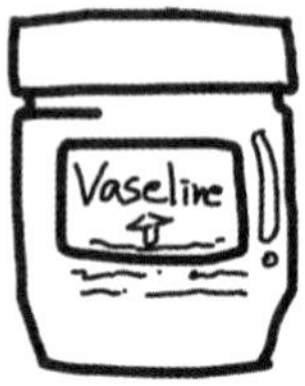

5 水虫用《みずむしよう》クリーム

(名) 香港腳藥膏

6 湿布《しっぷ》

(名) 痠痛貼布

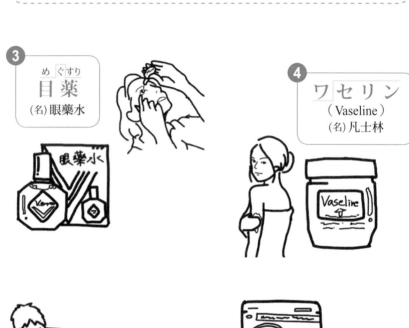

❶ 市販《しはん》の下痢止め薬を買《か》います。

❷ 便秘《べんぴ》がひどいので、下剤を飲《の》みます。

❸ 目《め》が乾《かわ》くため、目薬を差《さ》します。

❹ 唇《くちびる》が乾燥《かんそう》するので、ワセリンを塗《ぬ》りました。

❺ 市販《しはん》の水虫用クリームを塗《ぬ》っても、水虫《みずむし》が治《なお》りません。

❻ 足《あし》を捻挫《ねんざ》したので、湿布を貼《は》ります。

學更多

	例句出現的		原形／接續原則	意義	詞性
❶	買います	→	買う	買	動Ⅰ
❷	ひどい	→	ひどい	嚴重的	い形
	ひどいので	→	い形容詞＋ので	因為～	文型
	飲みます	→	飲む	服用	動Ⅰ
❸	乾く	→	乾く	乾澀	動Ⅰ
	乾くため	→	動詞辭書形＋ため	因為～	文型
	目薬を差します	→	目薬を差す	點眼藥水	動Ⅰ
❹	乾燥する	→	乾燥する	乾燥	動Ⅲ
	乾燥するので	→	動詞辭書形＋ので	因為～	文型
	塗りました	→	塗る	塗抹	動Ⅰ
❺	塗って	→	塗る	塗抹	動Ⅰ
	塗っても	→	動詞て形＋も	即使～，也～	文型
	水虫	→	水虫	香港腳	名詞
	治りません	→	治る	痊癒	動Ⅰ
❻	捻挫した	→	捻挫する	扭傷	動Ⅲ
	捻挫したので	→	動詞た形＋ので	因為～	文型
	貼ります	→	貼る	貼	動Ⅰ

中譯

❶ 買市面上販賣的止瀉藥。

❷ 因為嚴重便秘，所以要服用瀉藥。

❸ 眼睛很乾澀，所以要點眼藥水。

❹ 嘴唇很乾燥，所以塗了凡士林。

❺ 即使塗了市面上販售的香港腳藥膏，也治不好香港腳。

❻ 腳扭傷了，所以要貼痠痛貼布。

054

居家隔間(1)

MP3 054

1
リビングルーム
（living room）
(名) 客廳

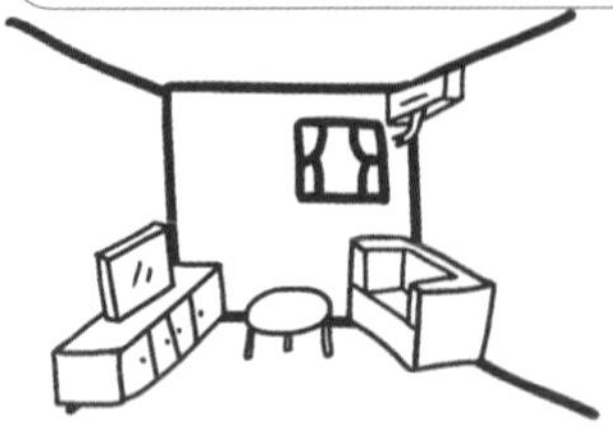

2
台《だい》所《どころ》
(名) 廚房

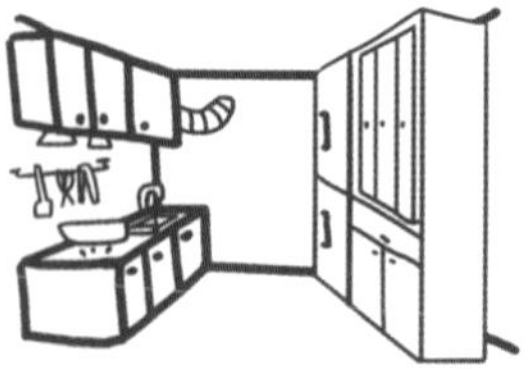

3
ダイニングルーム
（dining room）
(名) 飯廳

4
寝《しん》室《しつ》
(名) 臥室

5
クローゼット
（closet）
(名) 衣帽間

6
子《こ》供《ども》部《べ》屋《や》
(名) 嬰兒房

7
書《しょ》斎《さい》
(名) 書房

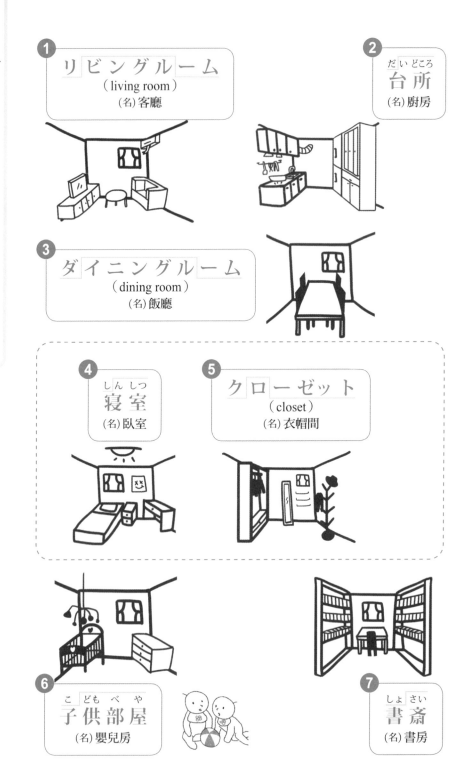

❶ リビングルームに花《はな》を飾《かざ》ります。

❷ 台所で料《りょう》理《り》を作《つく》ります。

❸ ダイニングルームで、家族《かぞく》が揃《そろ》って食《しょく》事《じ》をします。

❹ 寝室の模《も》様《よう》替《が》えをします。

❺ あの女優《じょゆう》はとても衣《い》装《しょう》持《も》ちなため、家《いえ》に大きなクローゼットがあれば、と希望《きぼう》しています。

❻ 姉《あね》は妊娠《にんしん》が分《わ》かってから、すぐに子供部屋を用意《ようい》し始《はじ》めました。

❼ 書斎の本棚《ほんだな》に、本《ほん》がたくさん並《なら》んでいます。

學更多

	例句出現的		原形／接續原則	意義	詞性
❶	飾ります	→	**飾る**	裝飾	動 I
❷	作ります	→	**作る**	製作	動 I
❸	揃って	→	**揃う**	聚集	動 I
	食事をします	→	**食事をする**	用餐	動Ⅲ
❹	模様替えをします	→	**模様替えをする**	改變樣子	動Ⅲ
❺	衣装持ち	→	**衣装持ち**	擁有很多衣服	名詞
	衣装持ちなため	→	**衣装持ち＋な＋ため**	因為有很多衣服	文型
	あれば	→	**あれば**	如果有的話，～	ある的條件形
	希望して	→	**希望する**	期望	動Ⅲ
	希望しています	→	**動詞て形＋いる**	目前狀態	文型
❻	分かって	→	**分かる**	知道	動 I
	分かってから	→	**動詞て形＋から**	做～之後	文型
	用意し	→	**用意する**	準備	動Ⅲ
	用意し始めました	→	**動詞ます形＋始める**	開始做～	文型
❼	並んで	→	**並ぶ**	排列	動 I

中譯

❶ 在客廳裡裝飾花卉。
❷ 在廚房做料理。
❸ 家人聚在飯廳一起用餐。
❹ 改變臥室的布置。
❺ 那個女明星有許多衣服，所以她希望家裡有一個很大的衣帽間。
❻ 姐姐知道懷孕後，就立刻開始準備嬰兒房。
❼ 書房的書架上擺了很多書。

055 居家隔間(2)

MP3 055

1 ベランダ
(veranda)
(名) 陽台

2 フレンチドア
(French door)
(名) 落地窗

3 玄《げん》関《かん》
(名) 玄關

4 バスルーム
(bathroom)
(名) 浴室

5 物《もの》置《おき》部《べ》屋《や》
(名) 儲藏室

6 地《ち》下《か》室《しつ》
(名) 地下室

7 車《しゃ》庫《こ》
(名) 車庫

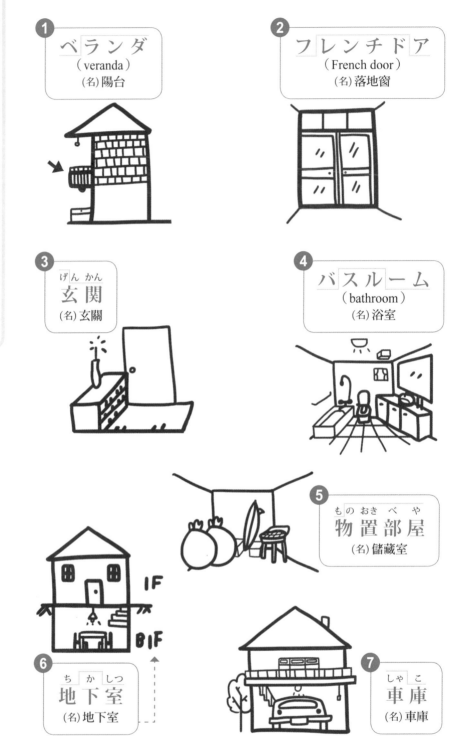

❶ ベランダで家庭菜園《かていさいえん》を楽《たの》しみます。

❷ フレンチドアを取《と》り付《つ》けて、ベランダに出《で》られるようにします。

❸ お客《きゃく》さんが来《く》る前《まえ》に、玄関の掃除《そうじ》をします。

❹ バスルームの掃除当番《そうじとうばん》を決《き》めます。

❺ この家《いえ》の物置部屋は古《ふる》いおもちゃと運動器具《うんどうきぐ》で溢《あふ》れています。

❻ 地下室は、夏《なつ》は涼《すず》しいですが冬《ふゆ》は寒《さむ》いです。

❼ 車庫に自転車《じてんしゃ》を入《い》れます。

學更多

	例句出現的		原形／接續原則	意義	詞性
❶	楽しみます	→	楽しむ	享受	動Ⅰ
❷	取り付けて	→	取り付ける	安裝	動Ⅱ
	出られる	→	出られる	可以出去	出る的可能形
	出られるようにします	→	出られる＋ようにする	為了可以出去	文型
❸	来る前に	→	動詞辭書形＋前に	做～之前	文型
	掃除をします	→	掃除をする	打掃	動Ⅲ
❹	当番	→	当番	值勤的人	名詞
	決めます	→	決める	決定	動Ⅱ
❺	古い	→	古い	老舊的	い形
	溢れて	→	溢れる	擠滿	動Ⅱ
❻	涼しい	→	涼しい	涼爽的	い形
	涼しいですが	→	い形容詞＋ですが	雖然～，但是～	文型
	寒い	→	寒い	寒冷的	い形
❼	入れます	→	入れる	放入	動Ⅱ

中譯

❶ 在陽台上享受家庭菜園的樂趣。
❷ 裝上落地窗，以便進出陽台。
❸ 在客人到來之前，打掃玄關。
❹ 決定負責清掃浴室的人。
❺ 這個家庭的儲藏室，堆滿了舊玩具和運動器材。
❻ 地下室夏天很涼爽，但冬天很冷。
❼ 把腳踏車放進車庫。

056 掃除用具(1)

MP3 056

❶ ワックス
（wax）
(名) 地板蠟

❷ 掃《そう》除《じ》機《き》
(名) 吸塵器

❸ バケツ
（bucket）
(名) 水桶

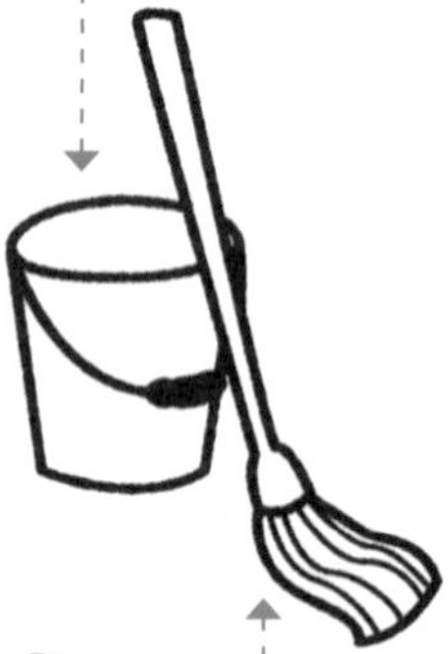

❹ モップ
（mop）
(名) 拖把

❺ 箒《ほうき》
(名) 掃把

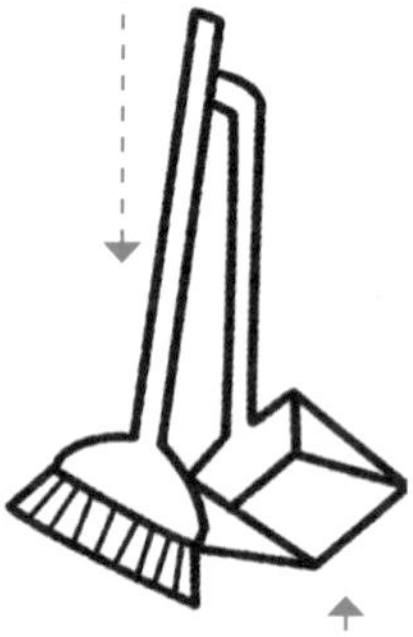

❻ 塵《ちり》取《と》り《り》
(名) 畚箕

❶ フローリングの床《ゆか》に、ワックスをかけます。

❷ 掃除機をかけて、部屋《へや》を綺麗《きれい》にします。

❸ バケツに水《みず》を入《い》れて運《はこ》びます。

❹ モップでタイルの床《ゆか》を拭《ふ》きます。

❺ 箒で玄関先《げんかんさき》を掃《は》きます。

❻ 塵取りでゴミを取《と》ります。

學更多

	例句出現的		原形／接續原則	意義	詞性
❶	フローリング	→	フローリング	木質地板	名詞
	床	→	床	地板	名詞
	ワックスをかけます	→	ワックスをかける	打地板蠟	動Ⅱ
❷	掃除機をかけて	→	掃除機をかける	操作吸塵器	動Ⅱ
	綺麗にします	→	綺麗にする	弄乾淨	動Ⅲ
❸	入れて	→	入れる	放入	動Ⅱ
	運びます	→	運ぶ	搬運	動Ⅰ
❹	モップで	→	名詞＋で	利用～	文型
	タイル	→	タイル	磁磚	名詞
	拭きます	→	拭く	擦拭	動Ⅰ
❺	箒で	→	名詞＋で	利用～	文型
	掃きます	→	掃く	打掃	動Ⅰ
❻	ゴミ	→	ゴミ	垃圾	名詞
	取ります	→	取る	清除	動Ⅰ

中譯

❶ 在木質地板上打地板蠟。
❷ 使用吸塵器將房間清理乾淨。
❸ 在水桶裡裝水後搬走。
❹ 用拖把擦拭磁磚地板。
❺ 用掃把打掃家門口。
❻ 用畚箕清垃圾。

057

掃除用具(2)

MP3 057

1 羽《はね》箒《ぼうき》
(名)雞毛撢子

2 ぞうきん《ぞうきん》
(名)抹布

3 ゴム《ゴム》手袋《てぶくろ》
(名)家事手套

4 たわし《たわし》
(名)清潔刷

5 クリーナー
(cleaner)
(名)清潔劑

❶ 羽箒で埃《ほこり》を取《と》ります。

❷ 廊下《ろうか》をぞうきんがけします。

❸ 洗剤類《せんざいるい》は、ゴム手袋をして扱《あつか》います。

❹ たわしでバスタブを磨《みが》きます。

❺ クリーナーでガラス窓《まど》を磨《みが》きます。

學更多

	例句出現的		原形／接續原則	意義	詞性
❶	羽箒で	→	名詞＋で	利用～	文型
	埃	→	埃	灰塵	名詞
	取ります	→	取る	清除	動Ⅰ
❷	廊下	→	廊下	走廊	名詞
	ぞうきんがけします	→	ぞうきんがけする	用抹布擦拭	動Ⅲ
❸	洗剤類	→	洗剤類	洗潔劑	名詞
	ゴム手袋をして	→	ゴム手袋をする	戴家事手套	動Ⅲ
	扱います	→	扱う	操作、使用	動Ⅰ
❹	たわしで	→	名詞＋で	利用～	文型
	バスタブ	→	バスタブ	浴缸	名詞
	磨きます	→	磨く	刷洗	動Ⅰ
❺	ガラス窓	→	ガラス窓	玻璃窗	名詞
	磨きます	→	磨く	擦	動Ⅰ

中譯

❶ 用雞毛撢子清灰塵。
❷ 用抹布擦走廊。
❸ 洗潔劑要戴上家事手套後再使用。
❹ 用清潔刷刷浴缸。
❺ 用清潔劑擦玻璃窗。

058 寵物用品(1)

MP3 058

❶ 犬《いぬ》小《ご》屋《や》

(名) 狗屋

❷ ケージ

(cage)

(名) 籠子

❸ 外《がい》出《しゅつ》用《よう》ケージ《ケージ》

(名) 外出提籠

❹ 餌《えさ》

(名) 飼料

❺ 餌《えさ》箱《ばこ》

(名) 飼料碗

❻ ペット《ペット》用《よう》ビスケット《ビスケット》

(名) 寵物餅乾

❶ 体調《たいちょう》が悪《わる》いのか、犬小屋から全然《ぜんぜん》出《で》てきません。

❷ 動物《どうぶつ》ホテルでは、動物《どうぶつ》は一匹《いっぴき》ずつケージに入《い》れられて過《す》ごします。

❸ 外出用ケージに猫《ねこ》を入《い》れて、車内《しゃない》に持《も》ち込《こ》みます。

❹ 動物《どうぶつ》の餌は、動物用《どうぶつよう》のものだけを与《あた》えるのがいいです。

❺ 餌箱に餌《えさ》を入《い》れると、あっという間《ま》に食《た》べてしまいます。

❻ ペット用ビスケットを、間食《かんしょく》として与《あた》えます。

學更多

	例句出現的		原形／接續原則	意義	詞性
❶	体調が悪い	→	**体調が悪い**	身體不舒服	い型
	体調が悪いのか	→	**体調が悪い＋のか**	是身體不舒服嗎？	文型
	出てきません	→	**出てくる**	出來	動Ⅲ
❷	一匹ずつ	→	**數量詞＋ずつ**	各～數量	文型
	入れられて	→	**入れられる**	被放入	入れる的被動形
	過ごします	→	**過ごす**	生活、過日子	動Ⅰ
❸	入れて	→	**入れる**	放入	動Ⅱ
	持ち込みます	→	**持ち込む**	帶進去	動Ⅰ
❹	与える	→	**与える**	給予	動Ⅱ
❺	入れる	→	**入れる**	放入	動Ⅱ
	入れると	→	**動詞辭書形＋と**	一～，就～	文型
	あっという間に	→	**あっという間に**	一下子	副詞
	食べて	→	**食べる**	吃	動Ⅱ
	食べてしまいます	→	**動詞て形＋しまう**	動作快速完成	文型
❻	間食	→	**間食**	點心	名詞
	間食として	→	**名詞＋として**	作為～	文型

中譯

❶ 小狗是身體不舒服嗎？牠完全不從狗屋裡出來。
❷ 在動物旅館裡，每一隻動物都被放在一個籠子裡生活。
❸ 把貓放進外出提籠帶到車子上。
❹ 動物的飼料，最好只給牠們吃動物專用的東西。
❺ 一把飼料倒進飼料碗裡，寵物一下子就吃光了。
❻ 給寵物餅乾當點心。

059 寵物用品(2)

MP3 059

1 猫《ねこ》砂《すな》
(名)貓砂

2 ペットウェア
（pet wear）
(名)寵物衣服

3 首《くび》輪《わ》
(名)項圈

4 リード
（lead）
(名)牽繩

「牽繩」也可以說「綱《つな》」。

5 蚤《のみ》取《と》りスプレー
(名)除蚤噴劑

❶ 猫砂を変《か》えたら、猫《ねこ》の機嫌《きげん》が悪《わる》いです。

❷ 小型《こがた》の犬《いぬ》にペットウェアを着《き》せると可愛《かわい》いです。

❸ 雌《めす》なので、ピンクの首輪を選《えら》びました。

❹ 犬《いぬ》の散歩《さんぽ》をする時《とき》、私《わたし》は必《かなら》ずリードを使《つか》います。

❺ 蚤《のみ》らしいものがいたので、蚤取りスプレーやシャンプーを使《つか》ってみます。

學更多

	例句出現的		原形／接續原則	意義	詞性
❶	変えた	→	**変える**	改變、更改	動Ⅱ
	変えたら	→	**動詞た形＋ら**	做～，結果～	文型
	機嫌が悪い	→	**機嫌が悪い**	心情不好	い形
❷	着せる	→	**着せる**	給～穿上衣服	動Ⅱ
	着せると	→	**動詞辭書形＋と**	如果～的話，就～	文型
❸	雌	→	**雌**	母的	名詞
	雌なので	→	**名詞＋な＋ので**	因為～	文型
	ピンク	→	**ピンク**	粉紅色	名詞
	選びました	→	**選ぶ**	選擇	動Ⅰ
❹	散歩をする	→	**散歩をする**	散步	動Ⅲ
	必ず	→	**必ず**	一定	副詞
	使います	→	**使う**	使用	動Ⅰ
❺	蚤らしいもの	→	**名詞＋らしい＋もの**	像～一樣的東西	文型
	いた	→	**いる**	有（人或動物）	動Ⅱ
	いたので	→	**動詞た形＋ので**	因為～	文型
	使って	→	**使う**	使用	動Ⅰ
	使ってみます	→	**動詞て形＋みる**	做～看看	文型

中譯

❶ 更換貓砂後，貓的心情很不好。
❷ 給小型犬穿上寵物衣服後，看起來好可愛。
❸ 性別是母的，所以選了粉紅色的項圈。
❹ 溜狗時，我一定會使用牽繩。
❺（寵物）身上好像有跳蚤之類的東西，所以試著用除蚤噴劑和洗毛精。

060 通訊設備(1)

MP3 060

❶ インターホン
(intercom)
(名) 對講機

❷ ファックス
(fax)
(名) 傳真機

❸ 電話《でんわ》
(名) 電話

❹ 赤《せき》外《がい》線《せん》通《つう》信《しん》
(名) 紅外線傳輸

利用紅外線傳遞數據的無線通訊技術。由於紅外線具直射特性，不適合傳輸障礙較多的地方。多數情況下傳輸距離短、傳輸速率不高。

❺ 携《けい》帯《たい》電《でん》話《わ》
(名) 手機

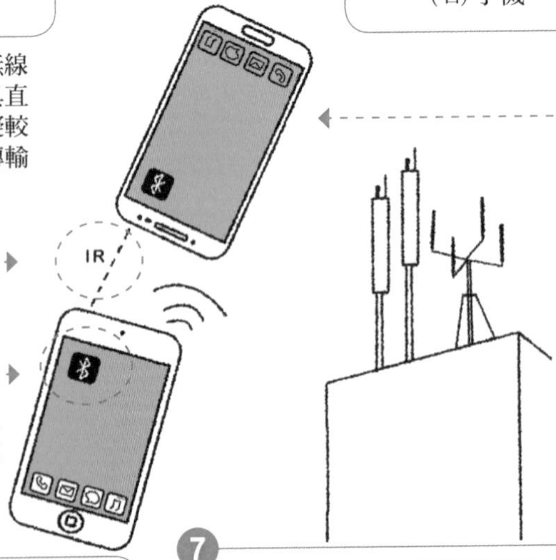

一種短距離的無線電通訊網路，裝置間可透過晶片互相傳輸，不必透過纜線。

❻ ブルートゥース
(Bluetooth)
(名) 藍牙傳輸

❼ 携《けい》帯《たい》電《でん》話《わ》基《き》地《ち》局《きょく》
(名) 手機基地台

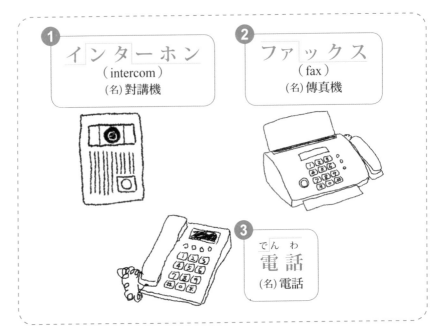

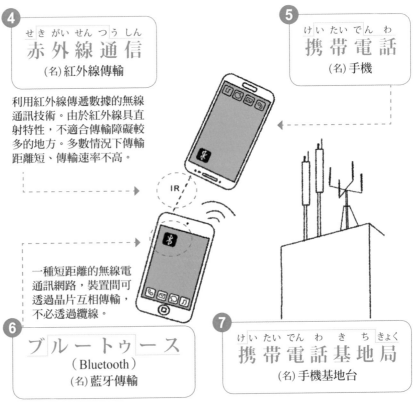

❶ ご用《よう》の方《かた》は、インターホンでお話《はな》しください。

❷ コンビニでは、ファックスの送受信《そうじゅしん》も行《おこな》えます。

❸ 私《わたし》から電話をかけます。

❹ 赤外線通信とは、赤外線《せきがいせん》を利用《りよう》して実現《じつげん》される無線《むせん》データ通信《つうしん》です。

❺ 携帯電話を買《か》い換《か》えます。

❻ ブルートゥースによって、周辺《しゅうへん》機《き》器《き》などをケーブルを使《つか》わずに接続《せつぞく》することができます。

❼ 携帯電話基地局が動植物《どうしょくぶつ》に与《あた》える影響《えいきょう》について、研究《けんきゅう》します。

學更多

	例句出現的		原形／接續原則	意義	詞性
❶	話し	→	話す	說話	動 I
	お話しください	→	お＋動詞ます形＋ください	請您做～	文型
❷	行えます	→	行える	可以進行	行う的可能形
❸	電話をかけます	→	電話をかける	打電話	動 II
❹	赤外線通信とは	→	名詞＋とは	所謂的～	文型
	利用して	→	利用する	利用	動 III
	実現される	→	実現される	被實行	実現する的被動形
❺	買い換えます	→	買い換える	買新的換掉舊的	動 II
❻	ブルートゥースによって	→	名詞＋によって	透過～	文型
	使わ	→	使う	使用	動 I
	使わずに	→	動詞ない形＋ずに	不要～	文型
	接続する	→	接続する	連接	動 III
	接続することができます	→	動詞辭書形＋ことができる	可以做～	文型
❼	与える	→	与える	給予	動 II
	影響について	→	名詞＋について	關於～	文型

中譯

❶ 有需要的人，請您用對講機講話。
❷ 在便利商店，也可以用傳真機收發文件。
❸ 由我打電話過去。
❹ 所謂的紅外線傳輸，是利用紅外線進行的無線資訊通信。
❺ 買新手機換掉舊的。
❻ 透過藍牙傳輸，可以在不使用纜線的狀況下，和周邊機器連線。
❼ 研究手機基地台對動植物造成的影響。

061 通訊設備(2)

MP3 061

1 ブロードバンドインターネット

（broadband Internet）

(名) 寬頻網路

傳統使用的每秒 56Kbps 類比數據機的傳輸速度稱為「窄頻」，超過 56 Kbps 以上則稱為「寬頻」。

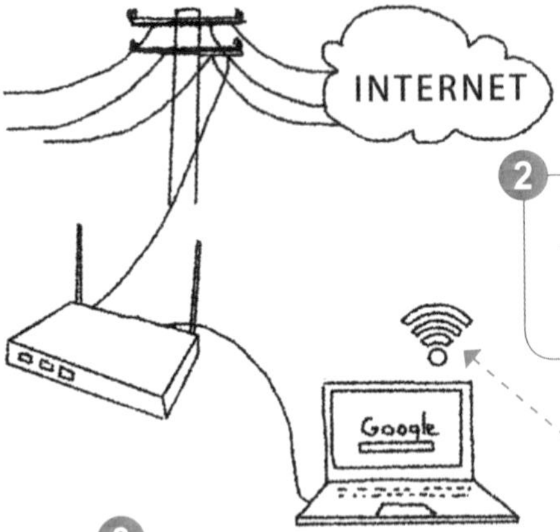

2 インターネット

（Internet）

(名) 網路

3 ワイヤレスインターネット

（wireless Internet）

(名) 無線網路

4 ネットビデオチャット

（net video chat）

(名) 網路視訊

5 インターネット《インターネット》電話《でんわ》

(名) 網路電話

6 ラジオ《ラジオ》番組《ばんぐみ》

(名) 廣播

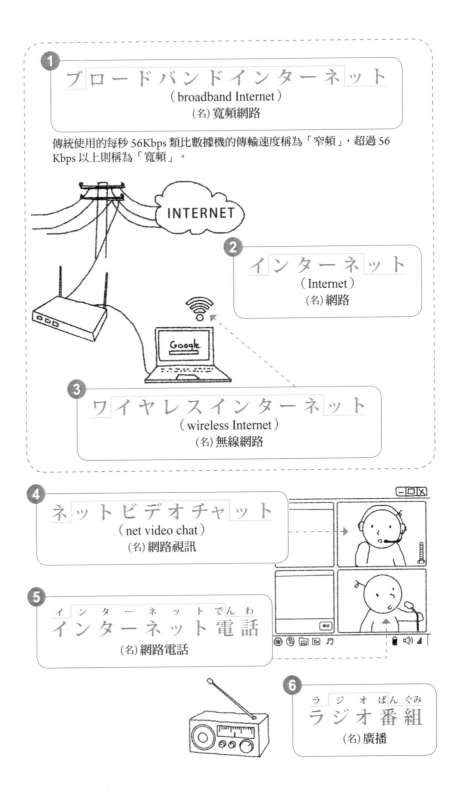

❶ ブロードバンドインターネットでは、高速《こうそく》な通信速度《つうしんそくど》が可能《かのう》となります。

❷ サーバーがダウンして、インターネットが使《つか》えません。

❸ このカフェでは、ワイヤレスインターネットを使用《しよう》することができます。

❹ 国際電話《こくさいでんわ》よりネットビデオチャットの方《ほう》が安《やす》いし、顔《かお》が見《み》られていいです。

❺ インターネット電話は安《やす》いですが、よく回線《かいせん》が乱《みだ》れます。

❻ 私《わたし》はよくネット上《じょう》で日本《にほん》のラジオ番組を聞《き》いて、ヒアリングの練習《れんしゅう》をしています。

學更多

	例句出現的		原形／接續原則	意義	詞性
❶	可能となります	→	可能＋となる	變成有可能	文型
❷	サーバー	→	サーバー	伺服器	名詞
	ダウンして	→	ダウンする	當機	動Ⅲ
	使えません	→	使える	可以使用	使う的可能形
❸	カフェでは	→	地點＋では	在～地點	文型
	使用する	→	使用する	使用	動Ⅲ
	使用することができません	→	動詞辭書形＋ことができません	無法做～	文型
❹	国際電話より	→	名詞＋より	和～相比	文型
	ネットビデオチャットの方が	→	名詞＋の方が	～比較	文型
	安いし	→	安い＋し	便宜，而且～	文型
	見られて	→	見られる	可以看見	見る的可能形
❺	安いですが	→	い形容詞＋ですが	雖然～，但是～	文型
	乱れます	→	乱れる	紊亂、混亂	動Ⅱ
❻	聞いて	→	聞く	聽	動Ⅰ
	ヒアリング	→	ヒアリング	聽力	名詞
	練習をして	→	練習をする	練習	動Ⅲ

中譯

❶ 使用寬頻網路可望有高速的傳輸速度。
❷ 伺服器當機，網路無法使用。
❸ 在這家咖啡廳可以使用無線網路。
❹ 網路視訊比國際電話便宜，而且可以看到對方的臉，很不錯。
❺ 網路電話很便宜，但是經常斷訊。
❻ 我常常在網路上聽日本的廣播練習聽力。

062 交通工具(1)

MP3 062

1 貨《か》物《もつ》トラック《トラック》
(名)載貨大卡車

2 RV《アールブイ》
(名)休旅車

3 自《じ》転《てん》車《しゃ》
(名)腳踏車

4 バイク
(bike)
(名)機車

5 オープンカー
(open car)
(名)敞篷車

6 バス
(bus)
(名)公車

❶ 大《おお》きくて長《なが》い貨物トラックの隣《となり》を運転《うんてん》するのは怖《こわ》いです。

❷ ＲＶとは、レジャー向《む》けの車《くるま》のことです。

❸ 自転車は、環境《かんきょう》に優《やさ》しい乗《の》り物《もの》です。

❹ バイクは、狭《せま》い道《みち》でも走行《そうこう》できるのが魅力《みりょく》です。

❺ オープンカーでドライブに出《で》かけます。

❻ バスの路線図《ろせんず》を入手《にゅうしゅ》します。

學更多

	例句出現的		原形／接續原則	意義	詞性
❶	大きく	→	大きい	大的	い形
	大きくて	→	大き~~い~~＋くて	大的，而且～	文型
	運転する	→	運転する	駕駛	動Ⅲ
	運転するのは	→	動詞辭書形＋のは	～這件事	文型
	怖い	→	怖い	恐怖的	い形
❷	ＲＶとは	→	名詞＋とは	所謂的～	文型
	レジャー	→	レジャー	休閒	名詞
	レジャー向けの車	→	名詞Ａ＋向けの＋名詞Ｂ	針對名詞Ａ的名詞Ｂ	文型
❸	環境に優しい	→	名詞＋に優しい	不會對～造成影響	文型
	乗り物	→	乗り物	交通工具	名詞
❹	狭い道でも	→	名詞＋でも	即使～，也～	文型
	走行できる	→	走行できる	可以行駛	走行する的可能形
❺	オープンカーで	→	交通工具＋で	搭乘～交通工具	文型
	ドライブに出かけます	→	ドライブに出かける	出去兜風	動Ⅱ
❻	入手します	→	入手する	得到	動Ⅲ

中譯

❶ 在載貨大卡車旁邊開車，感覺很恐怖。
❷ 休旅車是針對休閒取向而設計的汽車。
❸ 腳踏車是不會對環境造成影響的交通工具。
❹ 即使在狹窄的道路也能行駛，是機車的一大魅力。
❺ 開著敞篷車出去兜風。
❻ 拿到公車的路線圖。

063 交通工具(2)

MP3 063

1 人《じん》力《りき》車《しゃ》
(名)人力車

2 地《ち》下《か》鉄《てつ》
(名)地下鐵

3 ヘリコプター
(helicopter)
(名)直昇機

4 ヨット
(yacht)
(名)帆船

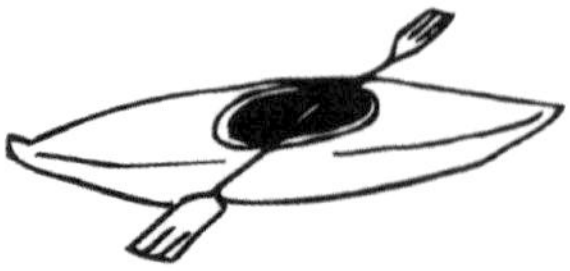

5 カヤック
(kayak)
(名)獨木舟

6 豪《ごう》華《か》クルーズ《クルーズ》
(名)豪華遊輪

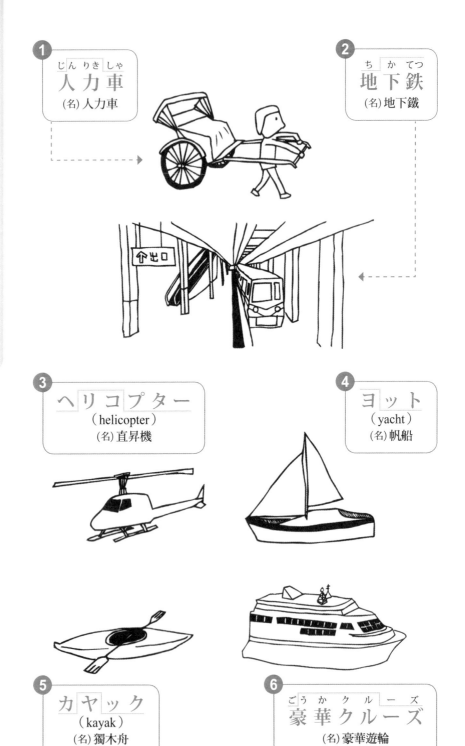

❶ 京都《きょうと》の町《まち》を人力車で移動《いどう》します。

❷ 地下鉄の一日乗車券《いちにちじょうしゃけん》を購入《こうにゅう》します。

❸ ヘリコプターが救助活動《きゅうじょかつどう》に当《あ》たります。

❹ ヨットのレースに参加《さんか》します。

❺ カヤックで湿原《しつげん》を移動《いどう》します。

❻ 豪華クルーズでカリブ海《かい》を航海《こうかい》します。

學更多

	例句出現的		原形／接續原則	意義	詞性
❶	人力車で	→	**交通工具＋で**	搭乘～交通工具	文型
	移動します	→	**移動する**	移動	動Ⅲ
❷	一日乗車券	→	**一日乗車券**	一日乘車票	名詞
	購入します	→	**購入する**	購買	動Ⅲ
❸	救助活動	→	**救助活動**	救援行動	名詞
	当たります	→	**当たる**	負責	動Ⅰ
❹	レース	→	**レース**	比賽	名詞
	参加します	→	**参加する**	參加	動Ⅲ
❺	カヤックで	→	**交通工具＋で**	搭乘～交通工具	文型
	湿原	→	**湿原**	濕原	名詞
	移動します	→	**移動する**	移動	動Ⅲ
❻	カリブ海	→	**カリブ海**	加勒比海	名詞
	航海します	→	**航海する**	航行	動Ⅲ

中譯

❶ 搭乘人力車在京都街道移動。
❷ 購買地下鐵的一日乘車票。
❸ 直昇機負責救援行動。
❹ 參加帆船比賽。
❺ 划著獨木舟，在濕原上移動。
❻ 搭乘豪華遊輪，在加勒比海航行。

064 交通號誌(1)

MP3 064

1 左《さ》折《せつ》禁《きん》止《し》

(名)禁止左轉

2 右《う》折《せつ》禁《きん》止《し》

(名)禁止右轉

3 転《てん》回《かい》禁《きん》止《し》

(名)禁止迴轉

「禁止迴轉」也可以說「ユーターン禁《きん》止《し》」。

4 一《いっ》方《ぽう》通《つう》行《こう》

(名)單行道

5 （前《ぜん》方《ぽう》に）学《がっ》校《こう》

(名)（前有）學校

6 （前《ぜん》方《ぽう》に）高《こう》速《そく》道《どう》路《ろ》

(名)（前有）高速公路

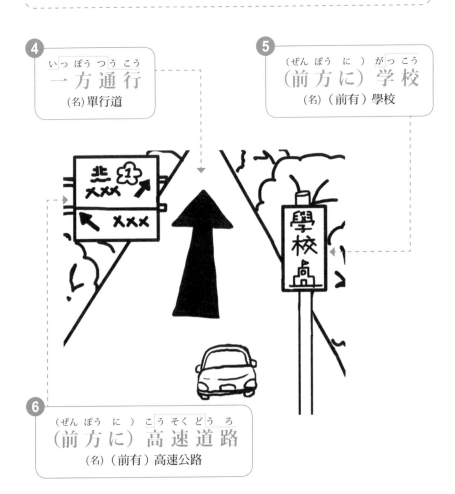

❶ この交差点《こうさてん》は左折禁止です。

❷ 右折禁止なのに右折《うせつ》してしまい、警察《けいさつ》に注意《ちゅうい》されました。

❸ ここは転回禁止なので、ユーターンできません。

❹ この道《みち》は狭《せま》いので一方通行です。

❺ 前方《ぜんぽう》に学校があるので、子供《こども》に注意《ちゅうい》しましょう。

❻ 前方《ぜんぽう》は高速道路なので、小型自動二輪車《こがたじどうにりんしゃ》は進入禁止《しんにゅうきんし》です。

學更多

	例句出現的		原形／接續原則	意義	詞性
❶	交差点	→	交差点	十字路口	名詞
❷	右折禁止なのに	→	名詞＋な＋のに	明明～，卻～	文型
	右折して	→	右折する	右轉	動Ⅲ
	右折してしまい	→	動詞て形＋しまう	無法挽回的遺憾	文型
	注意されました	→	注意される	被警告	注意する的被動形
❸	転回禁止なので	→	名詞＋な＋ので	因為～	文型
	ユーターンできません	→	ユーターンできる	可以迴轉	ユーターンする的可能形
❹	狭い	→	狭い	狹窄的	い形
	狭いので	→	い形容詞＋ので	因為～	文型
❺	ある	→	ある	有（事或物）	動Ⅰ
	あるので	→	動詞辭書形＋ので	因為～	文型
	注意しましょう	→	注意する	注意	動Ⅲ
❻	小型自動二輪車	→	小型自動二輪車	小型摩托車	名詞
	進入禁止	→	進入禁止	禁止進入	名詞

中譯

❶ 這個十字路口禁止左轉。

❷ 明明禁止右轉卻不小心右轉了，結果被警察警告。

❸ 這裡禁止迴轉，所以不能迴車。

❹ 這條路很窄，所以規劃為單行道。

❺ 前面有學校，要注意孩童。

❻ 前面是高速公路，所以禁止小型摩托車（排氣量 50 CC ～ 125 CC 的摩托車）進入。

065 交通號誌(2)

MP3 065

1 方《ほう》向《こう》表《ひょう》示《じ》

(名) 方向標示

2 青《あお》信《しん》号《ごう》の動《どう》画《が》標《ひょう》識《しき》

(名) 行人通行小綠人動畫號誌

台灣的「小綠人號誌」除維持世界通用的小綠人行人標誌外，還加入「通知轉換紅燈的讀秒倒數」，以及人形走動的動畫。

3 制《せい》限《げん》速《そく》度《ど》

(名) 速限

4 速《そく》度《ど》違《い》反《はん》取締《とりしまり》

(名) 測速照相

5 横《おう》断《だん》歩《ほ》道《どう》

(名) 斑馬線

❶ 前方《ぜんぽう》の方向表示を頼《たよ》りに、目的地《もくてきち》へ急《いそ》ぎます。

❷ 青信号の動画標識は台湾《たいわん》ならではです。

❸ 制限速度を守《まも》って運転《うんてん》します。

❹ この辺《へん》で最近警察《さいきんけいさつ》が頻繁《ひんぱん》に速度違反取締を行《おこな》っているので、注意《ちゅうい》が必要《ひつよう》です。

❺ 道《みち》を渡《わた》る時《とき》は、横断歩道を渡《わた》りましょう。

學更多

	例句出現的		原形／接續原則	意義	詞性
❶	方向表示を頼りに	→	名詞＋を頼りに	依循～	文型
	目的地へ	→	地點＋へ	往～地點	文型
	急ぎます	→	急ぐ	趕緊	動Ⅰ
❷	台湾ならでは	→	名詞＋ならでは	只有～才有	文型
❸	守って	→	守る	遵守	動Ⅰ
	運転します	→	運転する	駕駛	動Ⅲ
❹	この辺	→	この辺	這附近	名詞
	この辺で	→	地點＋で	在～地點	文型
	頻繁に	→	頻繁	頻繁、屢次	な形
	行って	→	行う	實行	動Ⅰ
	行っている	→	動詞て形＋いる	目前狀態	文型
	行っているので	→	動詞ている形＋ので	因為～	文型
	注意	→	注意	注意	名詞
	必要	→	必要	必須	な形
❺	渡る	→	渡る	穿過	動Ⅰ
	渡りましょう	→	渡る	穿過	動Ⅰ

中譯

❶ 依循前方的方向標示趕往目的地。
❷ 行人通行小綠人動畫號誌是台灣獨有的。
❸ 遵守速限開車。
❹ 最近這附近經常有警察在做測速照相，所以必須多加注意。
❺ 過馬路時，要走斑馬線。

066

交通號誌(3)

MP3 066

1 落《らく》石《せき》注《ちゅう》意《い》
(名)小心落石

2 路《ろ》面《めん》凹《おう》凸《とつ》あり
(名)路面顛簸

3 まわり道《みち》
(名)車輛改道

4 工《こう》事《じ》中《ちゅう》
(名)施工中

5 進《しん》入《にゅう》禁《きん》止《し》
(名)禁止進入

❶ 山道《やまみち》では、至《いた》る所《ところ》に落石注意の標識《ひょうしき》があります。

❷ 路面凹凸あり！速度《そくど》を落《お》として運転《うんてん》してください。

❸ いつも通《とお》る道《みち》が工事中《こうじちゅう》で、まわり道を余儀《よぎ》なくされます。

❹ この道路《どうろ》は、いつ来《き》ても工事中です。

❺ 今日《きょう》はお祭《まつ》りで、ここからは進入禁止らしいです。

學更多

	例句出現的		原形／接續原則	意義	詞性
❶	山道では	→	地點＋では	在～地點	文型
	至る所	→	至る所	到處	名詞
	標識	→	標識	標誌	名詞
	あります	→	ある	有（事或物）	動 I
❷	落として	→	落とす	降低	動 I
	運転して	→	運転する	駕駛	動Ⅲ
	運転してください	→	動詞て形＋ください	請做～	文型
❸	いつも	→	いつも	平常	名詞
	通る	→	通る	經過、通過	動 I
	工事中で	→	名詞＋で	因為～	文型
	まわり道を余儀なくされます	→	名詞＋を余儀なくされる	不得不～	文型
❹	いつ	→	いつ	什麼時候	疑問詞
	来て	→	来る	來	動Ⅲ
	来ても	→	動詞て形＋も	即使～，也～	文型
❺	お祭り	→	お祭り	祭典	名詞
	お祭りで	→	名詞＋で	因為～	文型
	進入禁止らしい	→	名詞＋らしい	好像～	文型

中譯

❶ 山路上，到處都有小心落石的標誌。
❷ 路面顛簸！請放慢速度行駛。
❸ 平常行經的道路正在施工，只好讓車輛改道。
❹ 不論什麼時候經過這條路，都是施工中。
❺ 因為今天有祭典，所以從這裡開始好像禁止進入。

067 駕車狀況(1)

MP3 067

1 前進《ぜんしん》(する)
(名・動Ⅲ)前進

1 バック(する)
(名・動Ⅲ)倒車

2 転回《てんかい》
(名)迴轉

「迴轉」也可以說「ユーターン」。

3 ブレーキを踏《ふ》む
(動Ⅰ)踩煞車

4 急《きゅう》ブレーキ
(名)緊急煞車

5 車《くるま》を停《と》める
(動Ⅱ)停車

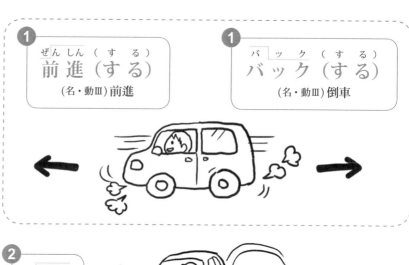

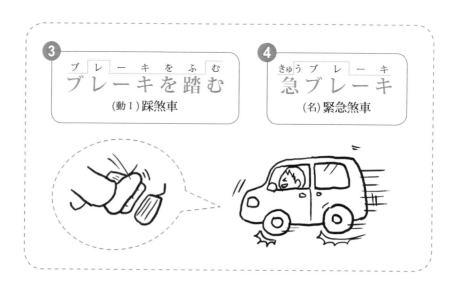

❶ 車《くるま》を前進/バックさせます。

❷ 転回禁止《きんし》の表示《ひょうじ》がないので、ここでユーターンできます。

❸ 警察《けいさつ》がいたので、ブレーキを踏んで速度《そくど》を落《お》としました。

❹ 猫《ねこ》が飛《と》び出《だ》してきたので、慌《あわ》てて急ブレーキを踏《ふ》みました。

❺ 突然《とつぜん》気分《きぶん》が悪《わる》くなったので、車を停めて外《そと》の空気《くうき》を吸《す》うことにしました。

學更多

	例句出現的		原形／接續原則	意義	詞性
❶	前進させます	→	前進させる	使～前進	前進する的使役形
	バックさせます	→	バックさせる	使～後退	バックする的使役形
❷	ない	→	ない	沒有	い形
	ないので	→	い形容詞＋ので	因為～	文型
	ユーターンできます	→	ユーターンできる	可以迴轉	ユーターンする的可能形
❸	いた	→	いる	有（人或動物）	動II
	いたので	→	動詞た形＋ので	因為～	文型
	落としました	→	落とす	降低	動I
❹	飛び出して	→	飛び出す	跑出來	動I
	飛び出してきた	→	動詞て形＋くる	做～出來	文型
	飛び出してきたので	→	動詞た形＋ので	因為～	文型
	慌てて	→	慌てる	急忙	動II
	急ブレーキを踏みました	→	急ブレーキを踏む	緊急煞車	動I
❺	気分が悪く	→	気分が悪い	不舒服	い形
	気分が悪くなった	→	気分が悪~~い~~＋くなる	變成不舒服	文型
	吸う	→	吸う	呼吸	動I
	吸うことにしました	→	動詞辭書形+ことにしました	決定做～了	文型

中譯

❶ 讓車子前進 / 倒車。
❷ 因為沒有禁止迴轉的標誌，所以可以在這裡迴轉。
❸ 因為有警察，所以踩剎車放慢速度。
❹ 貓突然跑出來，趕緊緊急煞車。
❺ 突然覺得不舒服，所以決定停車呼吸外面的空氣。

068

駕車狀況(2)

MP3 068

1 加《か》速《そく》(する)

(名・動Ⅲ)加速

2 制《せい》限《げん》速《そく》度《ど》を超《こ》える

(動Ⅱ)超速

3 減《げん》速《そく》(する)

(名・動Ⅲ)減速

4 ギアチェンジ

(gear change)

(名)換檔

5 左《さ》折《せつ》(する)

(名・動Ⅲ)左轉

5 右《う》折《せつ》(する)

(名・動Ⅲ)右轉

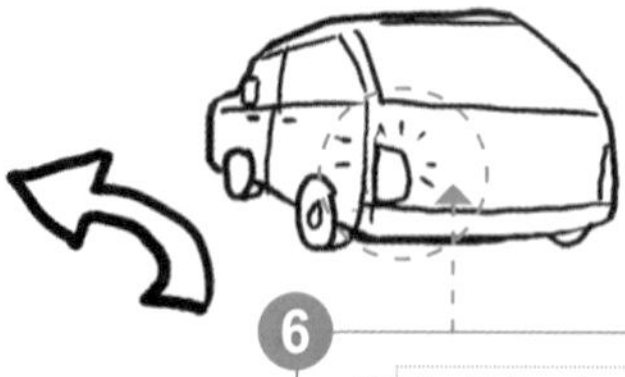

6 方《ほう》向《こう》指《し》示《じ》器《き》を出《だ》す

(動Ⅰ)打方向燈

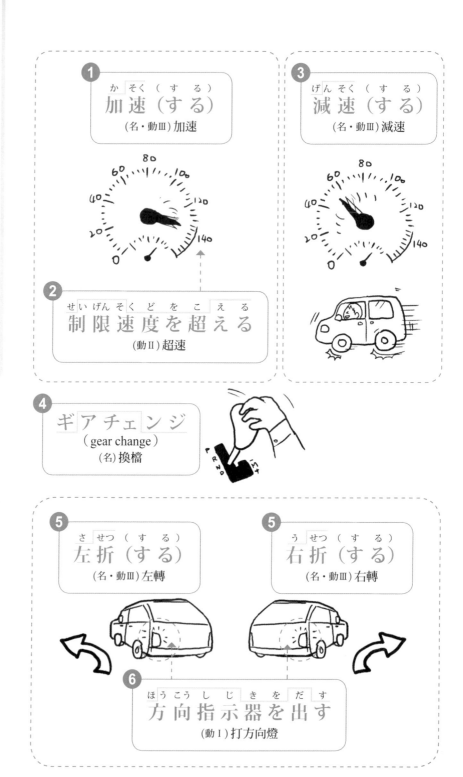

❶ アクセルとブレーキを旨《うま》く使《つか》い分《わ》けて、加速します。

❷ 制限速度を超えると、スピード違反《いはん》で捕《つか》まるリスクがあります。

❸ 速度《そくど》が速《はや》すぎます。すぐに減速してください。

❹ ギアチェンジが下手《へた》なので、オートマチックの車《くるま》にしました。

❺ 左折/右折する時《とき》は、必《かなら》ず死角《しかく》を目視《もくし》するようにしましょう。

❻ 曲《ま》がる前《まえ》に方向指示器を出して、後《うし》ろの車《くるま》に知《し》らせます。

學更多

	例句出現的		原形／接續原則	意義	詞性
❶	旨く	→	旨い	靈活的	い形
	使い分けて	→	使い分ける	分別使用	動 II
❷	制限速度を超えると	→	動詞辭書形＋と	一～，就～	文型
	スピード違反	→	スピード違反	超速	名詞
	スピード違反で	→	名詞＋で	因為～	文型
	捕まる	→	捕まる	被逮捕	動 I
❸	速すぎます	→	速すぎる	太快	動 II
	減速してください	→	動詞て形＋ください	請做～	文型
❹	下手	→	下手	不擅長	な形
	下手なので	→	な形容詞＋な＋ので	因為～	文型
	車にします	→	名詞＋にする	決定成～	文型
❺	目視する	→	目視する	看	動 I
	目視するようにしましょう	→	動詞辭書形+ようにしましょう	盡量做～	文型
❻	曲がる	→	曲がる	轉彎	動 I
	曲がる前に	→	動詞辭書形＋前に	做～之前	文型
	知らせます	→	知らせる	告知	動 II

中譯

❶ 靈活地使用油門和剎車來加速。
❷ 一旦超速，就會有因為超速而被逮捕的風險。
❸ 速度太快了，請立刻減速。
❹ 不太會換檔，所以選擇自動排檔車。
❺ 左轉 / 右轉時，一定要注意死角的視野。
❻ 轉彎前要打方向燈，告知後面的車子。

069

駕車狀況(3)

MP3 069

1 追《お》い越《こ》し

(名) 超車

2 車《くるま》の事故《じこ》

(名) 車禍

3 接触《せっしょく》

(名) 擦撞

4 衝突《しょうとつ》（する）

(名・動Ⅲ) 衝撞

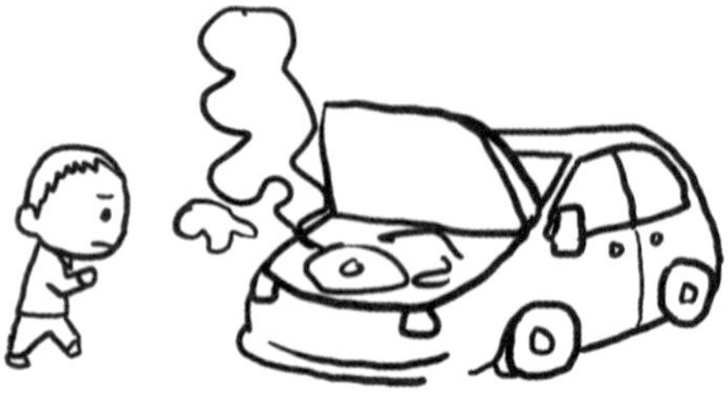

5 動《うご》かなくなる

(動Ⅰ) 拋錨

❶ 追い越し禁止区域《きんしくいき》なので、ここで前《まえ》の車《くるま》を追《お》い抜《ぬ》くことはできません。

❷ くれぐれも、車の事故には気《き》をつけてください。

❸ 単《たん》なる接触事故《じこ》だったが、一応警察《いちおうけいさつ》に通報《つうほう》しました。

❹ トラックと衝突事故《じこ》を起《お》こしましたが、命《いのち》に別状《べつじょう》はありませんでした。

❺ 車《くるま》が故障《こしょう》したのか、急《きゅう》に動かなくなりました。

學更多

	例句出現的		原形／接續原則	意義	詞性
❶	禁止区域なので	→	名詞＋な＋ので	因為～	文型
	追い抜く	→	追い抜く	超越	動Ⅰ
	追い抜くことはできません	→	動詞辭書形＋ことはできません	無法做～	文型
❷	くれぐれも	→	くれぐれも	千萬、務必	副詞
	気をつけて	→	気をつける	小心	動Ⅱ
	気をつけてください	→	動詞て形＋ください	請做～	文型
❸	単なる	→	単なる	僅僅	連體詞
	接触事故だったが	→	名詞た形＋が	雖然～，但是～	文型
	一応	→	一応	首先、暫且	副詞
	通報しました	→	通報する	通報	動Ⅲ
❹	起こしました	→	起こす	發生	動Ⅰ
	起こしましたが	→	起こしました＋が	雖然發生了，但是～	文型
	別状	→	別状	異狀	名詞
	ありませんでした	→	ある	有（事或物）	動Ⅰ
❺	故障した	→	故障する	故障	動Ⅲ
	故障したのか	→	故障した＋のか	是故障嗎？	文型
	急に	→	急に	突然	副詞

中譯

❶ 這裡是禁止超車的區域，所以不能在這裡越過前方的車子。

❷ 請千萬小心，避免發生車禍。

❸ 雖然只是單純的擦撞事故，還是先報警了。

❹ 雖然和卡車發生衝撞事故，但是沒有生命危險。

❺ 車子是故障嗎？突然拋錨。

070 個性（正面）(1)

MP3 070

1 楽《らっ》観《かん》的《てき》（な）

（な形）樂觀

2 積《せっ》極《きょく》的《てき》（な）

（な形）積極

3 自《じ》信《しん》を持《も》った

（動Ⅰ）自信的

4 責《せき》任《にん》感《かん》がある

（動Ⅰ）有責任感

5 ねばり強《づよ》い

（い形）堅強的

6 独《どく》立《りつ》している

（動Ⅲ）獨立的

❶ 楽観的に物事《ものごと》を考《かんが》えます。

❷ 積極的に父《ちち》を旅行《りょこう》に誘《さそ》います。

❸ 彼《かれ》のその妙《みょう》に自信を持った態度《たいど》が気《き》に入《い》りません。

❹ 責任感がある上司《じょうし》でこそ、みんなに好《す》かれます。

❺ 何事《なにごと》も、一生懸命《いっしょうけんめい》やってねばり強く物事《ものごと》を行《おこな》う姿勢《しせい》が大切《たいせつ》です。

❻ まだ１８歳《じゅうはっさい》なのに、親元《おやもと》を離《はな》れて独立しています。

學更多

	例句出現的		原形／接續原則	意義	詞性
❶	考えます	→	考える	思考	動Ⅱ
❷	誘います	→	誘う	邀約	動Ⅰ
❸	妙に	→	妙に	莫名、奇妙地	副詞
	気に入りません	→	気に入る	喜歡	動Ⅰ
❹	上司でこそ	→	名詞＋で＋こそ	正因為是～	文型
	好かれます	→	好かれる	被喜歡	好く的被動形
❺	何事	→	何事	任何事情	名詞
	何事も	→	何事＋も	任何事情都～	文型
	一生懸命	→	一生懸命	拼命	副詞
	やって	→	やる	做	動Ⅰ
	行う	→	行う	進行	動Ⅰ
	大切	→	大切	重要	な形
❻	１８歳なのに	→	名詞＋な＋のに	明明～，卻～	文型
	親元	→	親元	父母的家	名詞
	離れて	→	離れる	離開	動Ⅱ

中譯

❶ 樂觀思考事情。
❷ 積極邀父親去旅行。
❸ 我不喜歡他那種莫名自信的態度。
❹ 正因為是個有責任感的上司，才會被大家喜歡。
❺ 凡事都拼命做、堅強的做事態度是非常重要的。
❻ 明明才 18 歲就離開父母身邊，過著獨立的生活。

071 個性（正面）(2)

MP3 071

1 心《こころ》が広《ひろ》い
(い形) 心胸開闊的

2 誠《せい》実《じつ》（な）
(な形) 誠實

3 ユーモアがある《ユーモアがある》
(動 I) 幽默的

4 人《ひと》付《づ》き合《あ》いが旨《うま》い
(い形) 隨和的

5 熱《ねっ》心《しん》（な）
(な形) 熱心的

6 優《やさ》しい
(い形) 友善的

❶ 心が広い彼女《かのじょ》は、色々《いろいろ》なボランティアをしています。

❷ 誠実で、正直《しょうじき》な男性《だんせい》は、女性《じょせい》に好《す》かれます。

❸ 先生《せんせい》は教《おし》え方《かた》が旨《うま》いだけでなく、ユーモアがあります。

❹ 自分《じぶん》は、人付き合いが旨い方《ほう》だと思《おも》います。

❺ 教育《きょういく》熱心な両親《りょうしん》は、教育《きょういく》にお金《かね》を使《つか》うことを惜《お》しみません。

❻ 私《わたし》の母《はは》は、とても優しい親切《しんせつ》な人《ひと》です。

學更多

	例句出現的		原形／接續原則	意義	詞性
❶	色々なボランティア	→	色々＋な＋名詞	各式各樣的～	文型
	ボランティア	→	ボランティア	義工	名詞
	して	→	する	從事、擔任	動Ⅲ
	しています	→	動詞て形＋いる	目前狀態	文型
❷	誠実で	→	誠実＋で	誠實，而且～	文型
	正直な男性	→	正直＋な＋名詞	正直的～	文型
	好かれます	→	好かれる	被喜歡	好く的被動形
❸	教え方	→	教え方	教法	名詞
	旨い	→	旨い	高明的	い形
	旨いだけでなく	→	い形容詞＋だけでなく	不只～，而且～	文型
❹	人付き合いが旨い方だと思います	→	名詞＋だ＋と思う	覺得～	文型
❺	使う	→	使う	使用	動Ⅰ
	惜しみません	→	惜しむ	吝惜	動Ⅰ
❻	とても	→	とても	非常	副詞
	親切な人	→	親切＋な＋名詞	親切的～	文型

中譯

❶ 心胸開闊的她，擔任各種義工。
❷ 誠實而且正直的男性，會受到女性青睞。
❸ 老師不只教學手段高超，而且很幽默。
❹ 我自認是個隨和的人。
❺ 對教育很熱心的父母，不惜把錢花在教育上。
❻ 我的母親是非常友善的、親切的人。

072

個性（負面）(1)

MP3 072

1 悲《ひ》観《かん》的《てき》（な）

(な形) 悲觀

2 気《き》が弱《よわ》い

(い形) 懦弱的

3 疑《うたが》い深《ぶか》い

(い形) 多疑的

4 短《たん》気《き》（な）

(な形) 沒耐性

5 責《せき》任《にん》感《かん》がない

(い形) 沒有責任感的

6 だらだらしている

(動Ⅲ) 懶散的

❶ どうして、そんな悲観的な言《い》い方《かた》をするんですか？

❷ 夫《おっと》は母《はは》の前《まえ》に出《で》ると、とたんに気が弱くなります。

❸ 妻《つま》は疑い深いから困《こま》ります。

❹ 短気な性格《せいかく》を直《なお》したいです。

❺ 現代《げんだい》の政治家《せいじか》の多《おお》くは、責任感がありません。

❻ 社長《しゃちょう》は、「だらだらしている奴《やつ》はクビだ」と言《い》いました。

學更多

	例句出現的		原形／接續原則	意義	詞性
❶	どうして	→	どうして	為什麼	疑問詞
	そんな	→	そんな	那樣的	な形
	悲観的な言い方をする	→	悲観的＋な＋言い方をする	說話悲觀	文型
	言い方をするんですか	→	動詞辭書形＋んですか	關心好奇、期待回答	文型
❷	出る	→	出る	出現	動II
	出ると	→	動詞辭書形＋と	一～，就～	文型
	とたんに	→	とたんに	頓時	副詞
	気が弱くなります	→	気が弱~~い~~＋くなる	變懦弱	文型
❸	疑い深いから	→	い形容詞＋から	因為～	文型
	困ります	→	困る	困擾	動I
❹	直し	→	直す	修正	動I
	直したい	→	動詞~~ます~~形＋たい	想要做～	文型
❺	多く	→	多く	多數	名詞
❻	クビ	→	クビ	開除	名詞
	言いました	→	言う	說	動I

中譯

❶ 為什麼要說那麼悲觀的話呢？
❷ 丈夫一面對母親，頓時就變成一副懦弱的樣子。
❸ 妻子的性格很多疑，讓人很困擾。
❹ 想要修正沒耐性的性格。
❺ 現代的政治家，有許多都是沒有責任感的。
❻ 社長說「懶散的人要開除」。

073

個性（負面）(2)

MP3 073

❶ 傲《ごう》慢《まん》（な）

（な形）傲慢

❷ 残《ざん》虐《ぎゃく》（な）

（な形）殘暴

❸ 自《じ》分《ぶん》勝《かっ》手《て》（な）

（な形）自私

❹ ずるい

（い形）狡猾的

❺ 裏《うら》表《おもて》のある

（動Ⅰ）表裡不一

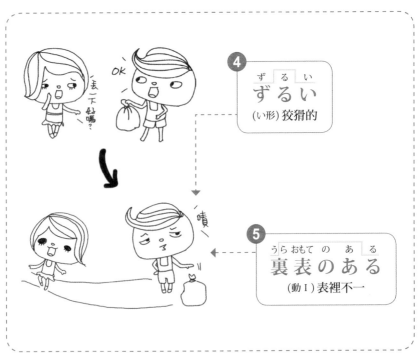

❶ 彼《かれ》のその傲慢な態度《たいど》が気《き》になります。

❷ テロという残虐な行為《こうい》は、許《ゆる》されません。

❸ 彼《かれ》は子供《こども》の頃《ころ》から甘《あま》やかされたので、自分勝手です。

❹ そんな風《ふう》に横取《よこど》りするなんて、ずるいですよ！

❺ 彼《かれ》は裏表のある人《ひと》で、よく見《み》えないところで人《ひと》の悪口《わるくち》を言《い》っています。

學更多

	例句出現的		原形／接續原則	意義	詞性
❶	気になります	→	気になる	在意	動Ⅰ
❷	テロ	→	テロ	恐怖行動	名詞
	テロという残虐な行為	→	名詞A＋という＋名詞B	名詞A這樣的名詞B	文型
	許されません	→	許される	被原諒	許す的被動形
❸	子供の頃	→	子供の頃	小時候	名詞
	子供の頃から	→	時點＋から	從～時點開始	文型
	甘やかされた	→	甘やかされる	被溺愛	甘やかす的被動形
	甘やかされたので	→	甘やかされた＋ので	因為被溺愛	文型
❹	そんな風に	→	そんな＋風に	那樣	文型
	横取りする	→	横取りする	搶奪	動Ⅲ
	横取りするなんて	→	動詞辭書形＋なんて	表示竟然	文型
❺	よく	→	よく	經常	副詞
	見えない	→	見える	看得見	動Ⅱ
	悪口	→	悪口	壞話	名詞
	言って	→	言う	說	動Ⅰ
	言っています	→	動詞て形＋いる	目前狀態	文型

中譯

❶ 很在意他那種傲慢的態度。
❷ 恐怖行動這種殘暴的行為，是不會被原諒的。
❸ 他從小就被溺愛，所以變得很自私。
❹ 那樣子搶奪，真是狡猾的人！
❺ 他是一個表裡不一的人，常常在背後說人壞話。

074
情緒（正面）

MP3 074

1 希《き》望《ぼう》に満《み》ちた

(動Ⅱ)充滿希望的

2 光《こう》栄《えい》に思《おも》う

(動Ⅰ)感到光榮

3 思《おも》いがけず大《おお》喜《よろこ》びした

(動Ⅲ)喜出望外的

4 冷《れい》静《せい》（な）

(な形)冷靜

5 満《まん》足《ぞく》した

(動Ⅲ)滿足的/知足的

6 感《かん》動《どう》的《てき》（な）

(な形)感激的

7 安《あん》心《しん》感《かん》

(名)安心

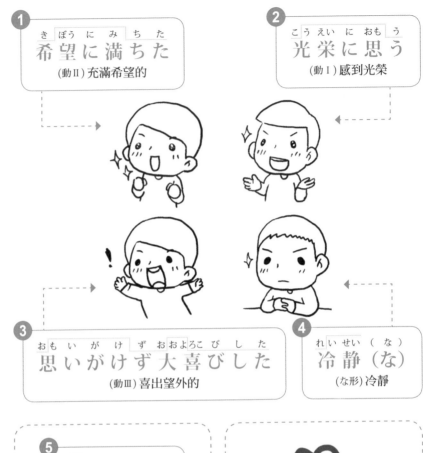

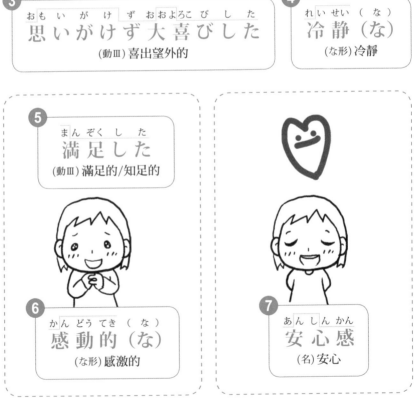

❶ 子供達《こどもたち》に希望に満ちた未来《みらい》を残《のこ》してやるのが、大人《おとな》の責任《せきにん》です。

❷ このような賞《しょう》をいただいて、非常《ひじょう》に光栄に思います。

❸ 娘《むすめ》の突然《とつぜん》の帰国《きこく》に、父《ちち》は思いがけず大喜びしました。

❹ 冷静な判断《はんだん》が期待《きたい》されます。

❺ 久々《ひさびさ》のご馳走《ちそう》に満足しました。

❻ 何《なん》とも感動的な話《はなし》ですね！

❼ 仲《なか》の良い《よい》友達《ともだち》と一緒《いっしょ》にいると、とても安心感を覚《おぼ》えます。

學更多

	例句出現的		原形／接續原則	意義	詞性
❶	残して	→	残す	留下	動Ⅰ
	残してやる	→	動詞て形＋やる	為下位立場者做～	文型
❷	いただいて	→	いただく	得到	動Ⅰ
	非常に	→	非常に	非常地	副詞
❸	帰国	→	帰国	回國	名詞
❹	期待されます	→	期待される	被期待	期待する的被動形
❺	久々	→	久々	隔了好久	な形
	ご馳走	→	馳走	豐盛的食物	名詞
❻	何とも	→	何とも	實在、多麼	副詞
❼	仲の良い	→	仲の良い	感情很好的	い形
	友達と一緒に	→	對象＋と一緒に	和～對象一起	文型
	いる	→	いる	在	動Ⅱ
	いると	→	動詞辭書形＋と	如果～的話，就～	文型
	覚えます	→	覚える	感覺	動Ⅱ

中譯

❶ 大人的責任，就是留給孩子們一個充滿希望的未來。
❷ 獲得這種獎項，是非常讓人感到光榮的一件事。
❸ 女兒突然回國，讓做父親的有喜出望外的感覺。
❹ 被期許做出冷靜的判斷。
❺ 好久沒吃這麼豐盛的料理，覺得很滿足。
❻ 多麼令人感激的話啊！
❼ 和很好的朋友在一起時，會覺得非常安心。

075

情緒（負面）(1)

MP3 075

❶ 怒《おこ》った

(動Ⅰ) 生氣的

❷ うんざりした

(動Ⅲ) 厭煩的

❸ ヒステリック（な）

(な形) 歇斯底里的

❹ 気《き》をもむ

(動Ⅰ) 焦慮

❺ 嫉妬《しっと》した

(動Ⅲ) 嫉妒的

❻ 悶々《もんもん》とした

(動Ⅲ) 鬱鬱寡歡的

❼ 傷《きず》つき悲《かな》しい

(い形) 悲傷的

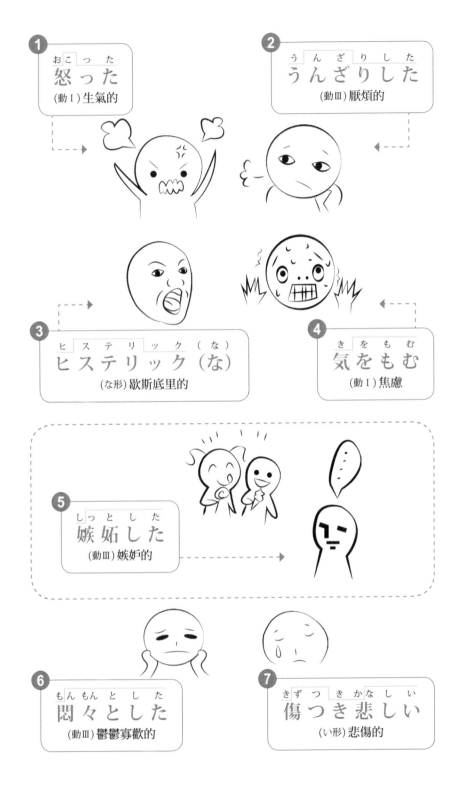

❶ 怒った時《とき》の顔《かお》は、とても怖《こわ》いです。

❷ 両親《りょうしん》の喧嘩《けんか》には、もううんざりしました。

❸ ヒステリックな人《ひと》は、見《み》ていてみっともないです。

❹ 母《はは》が息子《むすこ》の帰《かえ》りを待《ま》ち、気をもみます。

❺ 嫉妬した同僚《どうりょう》は、彼女《かのじょ》に嫌《いや》がらせをし始《はじ》めました。

❻ 今《いま》までずっと、悶々とした思《おも》いで過《す》ごしていました。

❼ 誰《だれ》でも、傷つき悲しい思《おも》いをすることはあります。

學更多

	例句出現的		原形／接續原則	意義	詞性
❶	怖い	→	怖い	可怕的	い形
❷	喧嘩	→	喧嘩	吵架	名詞
❸	見て	→	見る	看	動II
	見ていて	→	動詞て形＋いる	目前狀態	文型
	みっともない	→	みっともない	難看的、不體面的	い形
❹	待ち	→	待つ	等待	動I
❺	嫌がらせをし	→	嫌がらせをする	故意找對方的麻煩	動III
	嫌がらせをし始めました	→	動詞~~ます~~形＋始める	開始做～	文型
❻	ずっと	→	ずっと	一直	副詞
	思い	→	思い	心情	名詞
	過ごして	→	過ごす	生活、過日子	動I
	過ごしていました	→	動詞て形＋いました	過去維持的狀態	文型
❼	傷つき悲しい思いをする	→	い形容詞＋思いをする	覺得～	文型

中譯

❶ 生氣的表情非常可怕。
❷ 對於父母親的吵架，已經產生厭煩的感覺了。
❸ 歇斯底里的人實在很難看。
❹ 母親焦慮的等待兒子歸來。
❺ 嫉妒的同事，開始找她的麻煩。
❻ 至今一直過著鬱鬱寡歡的生活。
❼ 不論是誰，都有覺得悲傷的時候。

076

情緒（負面）(2)

MP3 076

❶ 失望《しつぼう》した
(動Ⅲ) 失望的

❷ 後悔《こうかい》した
(動Ⅲ) 後悔的

❸ 挫折《ざせつ》した
(動Ⅲ) 挫折的

❹ うしろめたい
(い形) 內疚的

❺ 気《き》まずい
(い形) 尷尬的

❻ 恥《は》ずかしい
(い形) 羞愧的

❼ 恐《おそ》れた
(動Ⅱ) 恐懼的

❶ 今回《こんかい》の一連《いちれん》の騒動《そうどう》には、失望しました。

❷ 失敗《しっぱい》を後悔した彼《かれ》は、その後《ご》とても慎重《しんちょう》になりました。

❸ 挫折した経験《けいけん》のない人《ひと》には、なかなか分《わ》かりません。

❹ みんなに迷惑《めいわく》をかけ、うしろめたい気《き》持《も》ちになりました。

❺ 二人《ふたり》の関係《かんけい》は、気まずいものになってしまいました。

❻ 恥ずかしい出来事《できごと》としか言《い》いようがありません。

❼ 彼女《かのじょ》は、とても恐れた様相《ようそう》を見《み》せました。

學更多

	例句出現的		原形／接續原則	意義	詞性
1	一連	→	一連	一連串	名詞
2	その後	→	その後	後來、之後	副詞
	慎重になりました	→	名詞＋になる	變成～	文型
3	なかなか分かりません	→	なかなか＋動詞否定形	不容易做～、一直不做～	文型
	分かりません	→	分かる	理解	動 I
4	迷惑をかけ	→	迷惑をかける	添麻煩	動 II
	気持ちになりました	→	名詞＋になる	變成～	文型
5	なって	→	なる	變成	動 I
	なってしまいました	→	動詞て形＋しまいました	無法挽回的遺憾	文型
6	出来事	→	出来事	事件	名詞
	出来事としか言いようがありません	→	名詞＋としか言いようがありません	只能說是～	文型
7	様相	→	様相	樣子	名詞
	見せました	→	見せる	給～看	動 II

中譯

❶ 這次的一連串騷動，讓人很失望。
❷ 因為失敗而感到後悔的他，後來變得非常謹慎。
❸ 沒有挫折經驗的人，是很難理解的。
❹ 給大家添麻煩，覺得很內疚。
❺ 兩人之間的關係變得很尷尬。
❻ 只能說是很羞愧的事件。
❼ 她露出非常恐懼的樣子。

077 品徳(1)

MP3 077

1 勇《ゆう》気《き》
(名) 勇敢/勇氣

2 正《せい》義《ぎ》感《かん》
(名) 正義感

3 知《ち》恵《え》
(名) 智慧

4 温《おん》和《わ》(な)
(な形) 温和

5 寛《かん》大《だい》に許《ゆる》す
(動 I) 寬恕

6 公《こう》正《せい》(な)
(な形) 公正

❶ 勇気を出《だ》して彼《かれ》に告白《こくはく》しました。

❷ 彼《かれ》は、非常《ひじょう》に正義感に溢《あふ》れた政治家《せいじか》でした。

❸ ちょっと知恵を貸《か》してください。

❹ 温和な性格《せいかく》のため、人《ひと》に好《す》かれます。

❺ 父《ちち》は、何《なに》があっても、最後《さいご》には寛大に許します。

❻ 公正な取引《とりひき》をするよう指導《しどう》します。

學更多

	例句出現的		原形／接續原則	意義	詞性
❶	出して	→	出す	拿出	動Ⅰ
	告白しました	→	告白する	告白	動Ⅲ
❷	非常に	→	非常に	非常地	副詞
	溢れた	→	溢れる	充滿	動Ⅱ
❸	ちょっと	→	ちょっと	一點	副詞
	知恵を貸して	→	知恵を貸す	提供智慧、幫忙出主意	動Ⅰ
	知恵を貸してください	→	動詞て形＋ください	請做～	文型
❹	温和な性格のため	→	名詞＋のため	因為～	文型
	好かれます	→	好かれる	被喜歡	好く的被動形
❺	あって	→	ある	有（事或物）	動Ⅰ
	あっても	→	動詞て形＋も	即使～，也～	文型
❻	取引をする	→	取引をする	交易	動Ⅲ
	取引をするよう	→	動詞辭書形＋よう	叫別人做～	文型
	指導します	→	指導する	教導、指導	動Ⅲ

中譯

❶ 拿出勇氣向他告白了。
❷ 他是一個非常有正義感的政治家。
❸ 請幫我出一點主意。
❹ 因為性格溫和，所以很受大家喜愛。
❺ 不論發生什麼事，父親最後還是會寬恕。
❻ 教導從事公正的交易。

078 品徳(2)

MP3 078

1 慎重《しんちょう》（な）

（な形）謹慎

2 純潔《じゅんけつ》（な）

（な形）純潔

3 善良《ぜんりょう》（な）

（な形）善良

4 利他的《りたてき》（な）

（な形）無私

5 謙遜《けんそん》（する）

（名・動Ⅲ）謙遜

6 真心《まごころ》がこもった

（動Ⅰ）誠懇

❶ 彼《かれ》は慎重に物事《ものごと》を決《き》めます。

❷ 純潔とは、けがれがなく心《こころ》が清《きよ》らかなことです。

❸ 善良な市民《しみん》を騙《だま》す詐欺犯罪《さぎはんざい》が、増加《ぞうか》しています。

❹ 彼《かれ》は生涯《しょうがい》に渡《わた》って、利他的な生《い》き方《かた》を全《まっと》うしました。

❺ 彼《かれ》はいつも、褒《ほ》められても謙遜します。

❻ 真心がこもったプレゼントに、感動《かんどう》しました。

學更多

	例句出現的		原形／接續原則	意義	詞性
❶	物事	→	物事	事情	名詞
	決めます	→	決める	決定	動Ⅱ
❷	純潔とは	→	名詞＋とは	所謂的～	文型
	けがれ	→	けがれ	汙穢	名詞
	なく	→	ない	沒有	い形
	清らかなこと	→	清らか＋な＋名詞	清澈的～	文型
❸	騙す	→	騙す	欺騙	動Ⅰ
	増加して	→	増加する	增加	動Ⅲ
	増加しています	→	動詞て形＋いる	目前狀態	文型
❹	生涯に渡って	→	名詞＋に渡って	在～範圍內	文型
	生き方	→	生き方	生活方式	名詞
	全うしました	→	全うする	完成、結束	動Ⅲ
❺	褒められ	→	褒められる	被誇獎	褒める的被動形
	褒められても	→	褒められて＋も	即使被誇獎～，也～	文型
❻	プレゼント	→	プレゼント	禮物	名詞
	感動しました	→	感動する	感動	動Ⅲ

中譯

❶ 他很謹慎地做決定。
❷ 所謂的純潔，是指心靈沒有受到污染、非常清澈。
❸ 欺騙善良市民的詐欺案件越來越多。
❹ 他終其一生都貫徹無私的生活方式。
❺ 他即使被誇獎，也總是很謙遜。
❻ 滿懷誠懇贈送的禮讓人很感動。

079 減肥方式(1)

MP3 079

1 ダイエット《ダイエット》相談《そうだん》

(名)減重門診

2 ダイエットレシピ

（diet recipe）

(名)減肥食譜

3 置《お》き換《か》えメニュー《メニュー》

(名)代餐

4 低《てい》インシュリン《インシュリン》

(名)低醣

5 低《てい》カロリー《カロリー》

(名)低卡路里

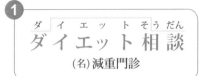

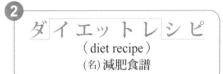

❶ ダイエット相談は栄養士《えいようし》が担当《たんとう》します。

❷ 彼女《かのじょ》はダイエットのために毎日《まいにち》ダイエットレシピを参考《さんこう》に料《りょう》理《り》をしてカロリー摂取《せっしゅ》をコントロールしています。

❸ 妹《いもうと》はとても痩《や》せましたが、彼女《かのじょ》はまだ置き換えメニューでダイエットしたいと思《おも》っています。

❹ 低インシュリンダイエットを試《ため》してみます。

❺ 私《わたし》は普段《ふだん》炭酸水《たんさんすい》など、低カロリー飲料《いんりょう》を飲《の》みます。

學更多

	例句出現的		原形／接續原則	意義	詞性
❶	担当します	→	**担当する**	負責	動Ⅲ
❷	ダイエットのために	→	**名詞＋のために**	為了～	文型
	料理をして	→	**料理をする**	做菜	名詞
	カロリー摂取	→	**カロリー摂取**	熱量攝取	名詞
	コントロールして	→	**コントロールする**	控制	動Ⅲ
	コントロールしています	→	**動詞て形＋いる**	習慣做～	文型
❸	痩せました	→	**痩せる**	瘦	動Ⅱ
	痩せましたが	→	**痩せました＋が**	雖然瘦，但是～	文型
	置き換えメニューで	→	**名詞＋で**	利用～	文型
	ダイエットし	→	**ダイエットする**	減肥	動Ⅲ
	ダイエットしたい	→	**動詞ます形＋たい**	想要做～	文型
	ダイエットしたいと思っています	→	**動詞たい形＋と＋思っている**	想要做～	文型
❹	試して	→	**試す**	嘗試	動Ⅰ
	試してみます	→	**動詞て形＋みる**	做～看看	文型
❺	普段	→	**普段**	平常	名詞
	炭酸水	→	**炭酸水**	碳酸水、氣泡水	名詞
	飲みます	→	**飲む**	喝	動Ⅰ

中譯

❶ 減重門診由營養師負責。

❷ 她為了減肥，每天都會參考減肥食譜做菜，控制熱量攝取。

❸ 妹妹已經很瘦了，但她仍想吃代餐減肥。

❹ 嘗試低醣減肥法。

❺ 我平常會喝氣泡水之類的低卡飲料。

080 減肥方式(2)

MP3 080

1 スポーツジム
(sports gym)
(名) 健身房

2 カロリー消費《しょうひ》
(名) 消耗熱量

3 運動《うんどう》
(名) 運動

4 節食《せっしょく》する
(動Ⅲ) 節食

5 ダイエットの計画《けいかく》
(名) 減肥計劃

❶ スポーツジムの会員《かいいん》になります。

❷ 姉《あね》は毎日《まいにち》ジョギングをしてカロリー消費をしています。

❸ 毎日適《まいにちてき》度《ど》の運動をします。

❹ 節食するより、食《しょく》事《じ》の内容《ないよう》を改善《かいぜん》した方《ほう》がいいと思《おも》います。

❺ ダイエットの計画を立《た》てても、すぐ挫折《ざせつ》してしまいます。

學更多

	例句出現的		原形／接續原則	意義	詞性
❶	会員になります	→	名詞＋になる	成為～	文型
❷	ジョギングをして	→	ジョギングをする	慢跑	動Ⅲ
	カロリー消費をして	→	カロリー消費をする	消耗熱量	動Ⅲ
	カロリー消費をしています	→	動詞て形＋いる	習慣做～	文型
❸	毎日	→	毎日	每天	名詞
	運動をします	→	運動をする	做運動	動Ⅲ
❹	節食するより	→	動詞辭書形＋より	和～相比	文型
	改善した	→	改善する	改善	動Ⅲ
	改善した方がいい	→	動詞た形＋方がいい	做～比較好	文型
	いいと思います	→	い形容詞＋と＋思う	覺得～	文型
❺	立てて	→	立てる	擬定	動Ⅱ
	立てても	→	動詞て形＋も	即使～，也～	文型
	すぐ	→	すぐ	立刻	副詞
	挫折して	→	挫折する	挫折	動Ⅲ
	挫折してしまいます	→	動詞て形＋しまう	無法挽回的遺憾	文型

中譯

❶ 成為健身房的會員。

❷ 姊姊每天都慢跑來消耗熱量。

❸ 每天做適度的運動。

❹ 與其節食，還不如改善飲食內容會比較好。

❺ 即使擬定了減肥計劃，也會立刻遭遇挫折。

081

減肥方式(3)

MP3 081

1

減《げん》量《りょう》センター《センター》

(名)瘦身中心

2

ダイエットサプリメント

（diet supplement）

(名)減肥藥

「ダイエットサプリメント」可縮寫為「ダイエットサプリ」。

3

ダイエットクリーム

（diet cream）

(名)瘦身霜

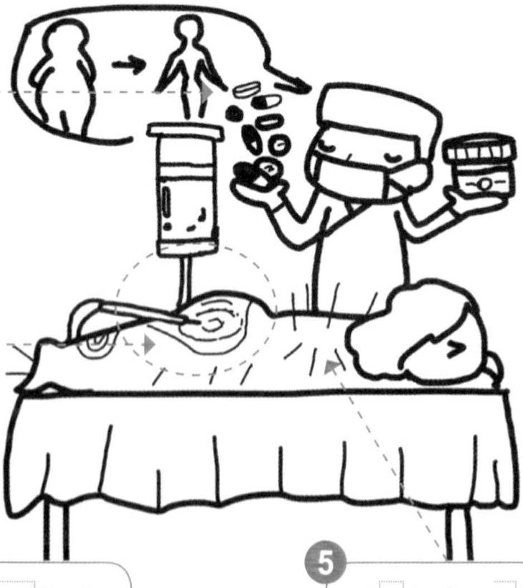

4

脂《し》肪《ぼう》吸《きゅう》引《いん》

(名)抽脂

5

針《はり》灸《きゅう》/針《しん》灸《きゅう》

(名)針灸

兩個單字都是「針灸」。

❶ 減量センターに、ダイエットの相談《そうだん》に行《い》きます。

❷ あれらのダイエットサプリメントはあなたのダイエットを手《て》助《だす》けします。

❸ ダイエットクリームは、効《き》くのかどうか分《わ》かりません。

❹ 脂肪吸引の手術《しゅじゅつ》を行《おこな》う際《さい》は、副作用《ふくさよう》について理解《りかい》することが大切《たいせつ》です。

❺ 針灸（針灸《しんきゅう》）とマッサージを受《う》けに行《い》きました。

學更多

	例句出現的		原形／接續原則	意義	詞性
❶	ダイエット	→	ダイエット	減肥	名詞
	相談に行きます	→	相談に行く	去諮詢	動Ⅰ
❷	あれら	→	あれら	那些	指示代名詞
	手助けします	→	手助けする	幫助	動Ⅲ
❸	効く	→	効く	有效	動Ⅰ
	効くのかどうか	→	動詞辭書形＋の＋かどうか	是否～	文型
	分かりません	→	分かる	知道	動Ⅰ
❹	行う	→	行う	進行	動Ⅰ
	行う際	→	動詞辭書形＋際	做～的時候	文型
	副作用について	→	名詞＋について	關於～	文型
	理解する	→	理解する	了解	動Ⅲ
	大切	→	大切	重要	な形
❺	針灸とマッサージ	→	名詞A＋と＋名詞B	名詞A和名詞B	文型
	マッサージを受けに行きました	→	マッサージを受けに行く	去做按摩	動Ⅰ

中譯

❶ 到瘦身中心做減肥諮詢。
❷ 那些減肥藥會幫助你減重。
❸ 不知道瘦身霜是否有效。
❹ 做抽脂手術時，先了解會有什麼副作用是很重要的。
❺ 去做針灸和按摩。

082 身體不適(1)

MP3 082

1
くしゃみが出《で》る
(動Ⅱ)打噴嚏

2
鼻《はな》水《みず》が出《で》る
(動Ⅱ)流鼻水

3
鼻《はな》が詰《つ》まる
(動Ⅰ)鼻塞

4
頭《ず》痛《つう》
(名)頭痛

5
発《はつ》熱《ねつ》
(名)發燒

❶ 花粉症《かふんしょう》でくしゃみが出ます。

❷ 風邪《かぜ》で鼻水が出て止《と》まりません。

❸ 鼻が詰まるので、鼻《はな》づまり用《よう》のスプレーをします。

❹ 肩《かた》こりから来《く》る頭痛に、度々《たびたび》悩《なや》まされます。

❺ 発熱の症状《しょうじょう》が出《で》ます。

學更多

	例句出現的		原形／接續原則	意義	詞性
❶	花粉症	→	花粉症	花粉症	名詞
	花粉症で	→	名詞＋で	因為～	文型
❷	風邪で	→	名詞＋で	因為～	文型
	止まりません	→	止まる	停止	動 I
❸	鼻が詰まるので	→	動詞辭書形＋ので	因為～	文型
	鼻づまり用	→	鼻づまり用	鼻塞專用	名詞
	スプレー	→	スプレー	噴劑	名詞
	スプレーをします	→	スプレーをする	噴噴劑	動III
❹	肩こり	→	肩こり	肩膀酸痛	名詞
	肩こりから来る	→	名詞＋から来る	來自於～	文型
	度々	→	度々	屢次	副詞
	悩まされます	→	悩まされる	因某事而被迫煩惱	悩む的使役被動形
❺	症状	→	症状	症狀	名詞
	出ます	→	出る	出現	動II

中譯

❶ 因為花粉症而打噴嚏。
❷ 因為感冒，流鼻水流不停。
❸ 因為鼻塞，所以要噴鼻塞用的噴劑。
❹ 經常為了肩膀酸痛引起的頭痛苦惱。
❺ 出現發燒的症狀。

083 身體不適(2)

MP3 083

① 咳《せき》

(名)咳嗽

② 喉《のど》が痛《いた》い

(い形)喉嚨痛

③ 痰《たん》が絡《から》む

(動Ⅰ)喉嚨有痰

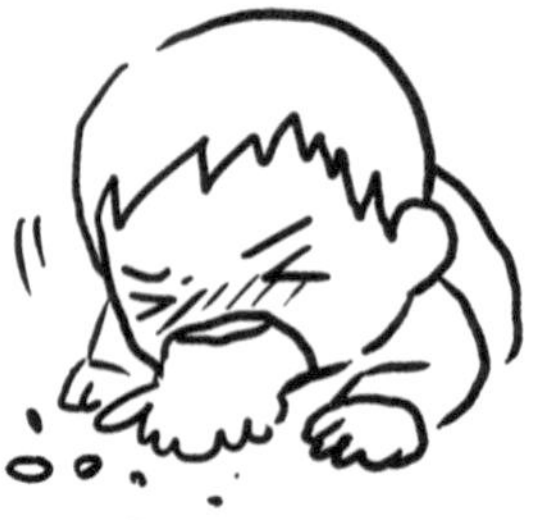

④ 嘔《おう》吐《と》

(名)嘔吐

⑤ 下《げ》痢《り》

(名)腹瀉

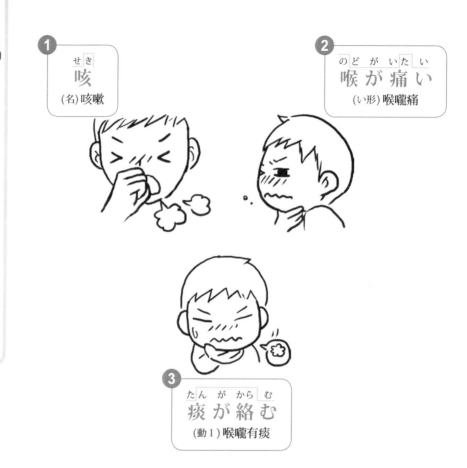

❶ 咳を止《と》めるために、水《みず》を飲《の》みます。

❷ 喉が痛いので、風邪《かぜ》の引《ひ》き始《はじ》めかもしれません。

❸ 風邪《かぜ》は治《なお》りましたが、痰が絡む状態《じょうたい》が続《つづ》いています。

❹ 嘔吐を繰《く》り返《かえ》します。

❺ 海外旅行中《かいがいりょこうちゅう》、現地《げんち》の食事《しょくじ》が合《あ》わず下痢になりました。

學更多

	例句出現的		原形／接續原則	意義	詞性
❶	止める	→	止める	停止	動II
	止めるために	→	動詞辭書形＋ために	為了～	文型
	飲みます	→	飲む	喝	動 I
❷	喉が痛いので	→	い形容詞＋ので	因為～	文型
	風邪の引き始め	→	風邪の引き始め	感冒初期	名詞
	風邪の引き始めかもしれません	→	名詞＋かもしれません	可能是～	文型
❸	治りました	→	治る	痊癒	動 I
	治りましたが	→	治りました＋が	雖然痊癒了，但是～	文型
	続いて	→	続く	持續	動 I
	続いています	→	動詞て形＋いる	目前狀態	文型
❹	繰り返します	→	繰り返す	反覆	動 I
❺	現地	→	現地	當地	名詞
	合わ	→	合う	合適	動 I
	合わず	→	動詞ない形＋ず	不～	文型
	下痢になりました	→	下痢になる	變成腹瀉	動 I

中譯

❶ 喝水以止住咳嗽。

❷ 覺得喉嚨痛，可能是感冒的初期症狀。

❸ 感冒雖然痊癒了，但是喉嚨有痰的情況一直持續著。

❹ 反覆嘔吐。

❺ 在國外旅行時，吃不慣當地的食物，出現腹瀉的情況。

084 身體不適(3)

MP3 084

1 寒《さむ》気《け》がする

(動Ⅲ) 發冷

2 全《ぜん》身《しん》筋《きん》肉《にく》痛《つう》

(名) 全身痠痛

3 呼《こ》吸《きゅう》困《こん》難《なん》

(名) 呼吸困難

4 気《き》を失《うしな》う

(動Ⅰ) 失去意識

5 意《い》識《しき》不《ふ》明《めい》になる

(動Ⅰ) 昏迷

❶ 熱《ねつ》が上《あ》がる前《まえ》に寒気がします。

❷ 昨日《きのう》運動《うんどう》のしすぎで、全身筋肉痛です。

❸ 肺炎《はいえん》で呼吸困難になります。

❹ ショックのあまり、気を失います。

❺ 頭《あたま》を打《う》って、意識不明になります。

學更多

	例句出現的		原形／接續原則	意義	詞性
❶	熱	→	熱	體溫、熱度	名詞
	上がる	→	上がる	上升	動 I
	上がる前に	→	動詞辭書形＋前に	做～之前	文型
❷	昨日	→	昨日	昨天	名詞
	しすぎ	→	しすぎ	做太多	名詞
	しすぎで	→	名詞＋で	因為～	文型
❸	肺炎	→	肺炎	肺炎	名詞
	肺炎で	→	名詞＋で	因為～	文型
	呼吸困難になります	→	呼吸困難になる	變成呼吸困難	動 I
❹	ショック	→	ショック	衝擊、打擊	名詞
	ショックのあまり	→	名詞＋のあまり	太～	文型
❺	頭	→	頭	頭部	名詞
	打って	→	打つ	打、擊	動 I

中譯

❶ 發燒之前會發冷。
❷ 昨天運動過度，感覺全身痠痛。
❸ 因為肺炎的關係，覺得呼吸困難。
❹ 受到太大的衝擊，失去意識。
❺ 打到頭部昏迷過去。

085 身體損傷(1)

MP3 085

1 内《ない》臓《ぞう》器《き》官《かん》の《の》傷《しょう》害《がい》

(名)內傷

2 内《ない》出《しゅっ》血《けつ》

(名)內出血

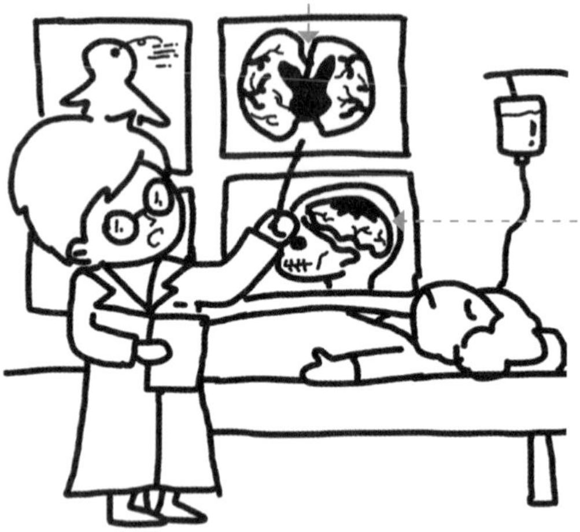

3 やけど《やけど》

(名)燒燙傷/灼傷

4 凍《とう》傷《しょう》

(名)凍傷

❶ 解剖《かいぼう》の結果《けっか》、内臓器官の傷害が見《み》つかりました。

❷ 大丈夫《だいじょうぶ》、軽《かる》い内出血です。

❸ 幸《さいわ》い、軽度《けいど》のやけどで済《す》みました。

❹ 山《やま》で遭難《そうなん》して、凍傷になりました。

學更多

	例句出現的		原形／接續原則	意義	詞性
❶	解剖	→	解剖	解剖	名詞
	見つかりました	→	見つかる	發現	動 I
❷	大丈夫	→	大丈夫	沒關係	な形
	軽い	→	軽い	輕微的	い形
❸	幸い	→	幸い	幸好	副詞
	軽度	→	軽度	輕度	名詞
	やけどで済みました	→	名詞＋で済みました	～就解決了	文型
❹	山で	→	地點＋で	在～地點	文型
	遭難して	→	遭難する	遇難	動 III
	凍傷になりました	→	凍傷になる	變成凍傷	動 I

中譯

❶ 解剖的結果，發現有內傷。
❷ 沒關係，只是輕微的內出血。
❸ 幸好只是輕度的燒燙傷。
❹ 在山上遇難，凍傷了。

086

身體損傷(2)

MP3 086

1 肉《にく》離《ばな》れ
(名) 拉傷

2 捻《ねん》挫《ざ》（する）
(名・動Ⅲ) 扭傷

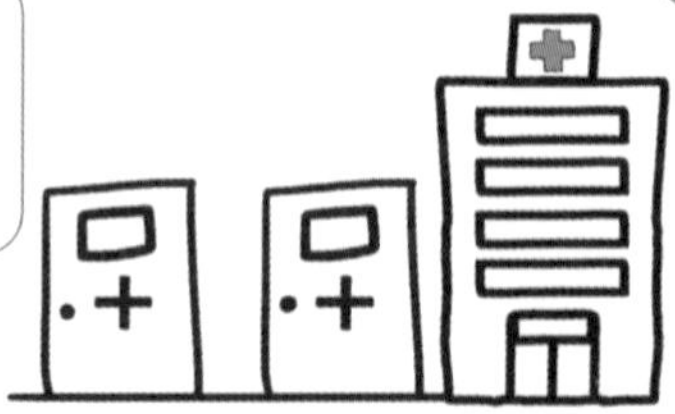

3 脱《だっ》臼《きゅう》（する）
(名・動Ⅲ) 脫臼

4 骨《こっ》折《せつ》（する）
(名・動Ⅲ) 骨折

❶ 重《おも》たいものを運《はこ》ぶ時《とき》は、誰《だれ》かに手伝《てつだ》ってもらうことで肉離れを防《ふせ》ぐことができます。

❷ 準《じゅん》備《び》運動《うんどう》をしなかったから捻挫したんだと思《おも》います。

❸ 無理《むり》に腕《うで》を曲《ま》げたら、肩《かた》を脱臼してしまいました。

❹ 骨粗《こつそ》しょう症《しょう》は老人《ろうじん》の骨折の主《おも》な原因《げんいん》です。

學更多

	例句出現的		原形／接續原則	意義	詞性
❶	重たい	→	重たい	重的	い形
	運ぶ	→	運ぶ	搬運	動Ⅰ
	手伝って	→	手伝う	幫忙	動Ⅰ
	手伝ってもらう	→	動詞て形＋もらう	請別人為我做～	文型
	防ぐ	→	防ぐ	預防	動Ⅰ
	防ぐことができます	→	動詞辭書形＋ことができる	可以做～	文型
❷	準備運動をしなかった	→	準備運動をする	做暖身運動	動Ⅲ
	準備運動をしなかったから	→	準備運動をしなかった＋から	因為沒有做暖身運動	文型
	捻挫したんだ	→	動詞た形＋んだ	表示原因理由	文型
	捻挫したんだと思う	→	動詞た形＋んだ＋と思う	覺得因為～	文型
❸	無理に	→	無理	強行	な形
	曲げ	→	曲げる	彎曲	動Ⅱ
	曲げたら	→	動詞た＋ら	做～，結果～	文型
	脱臼してしまいました	→	動詞て形＋しまいました	無法挽回的遺憾	文型
❹	骨粗しょう症	→	骨粗しょう症	骨質疏鬆症	名詞
	主な原因	→	主＋な＋名詞	主要的～	文型

中譯

❶ 搬運重物時，找人一起幫忙可以預防肌肉拉傷的情形。
❷ 我想是因為沒有做暖身運動才會扭傷的。
❸ 強行彎曲手臂，結果肩膀脫臼了。
❹ 骨質疏鬆症是造成老人骨折的主要原因。

087

身體損傷(3)

MP3 087

1 青《あお》痣《あざ》
(名)瘀青

2 創《そう》傷《しょう》
(名)創傷

3 出《しゅっ》血《けつ》(する)
(名・動Ⅲ)流血

4 擦《すり》傷《きず》
(名)擦傷

5 刺《さし》傷《きず》
(名)刺傷

6 切《きり》傷《きず》
(名)割傷

7 弾《だん》傷《しょう》
(名)槍傷

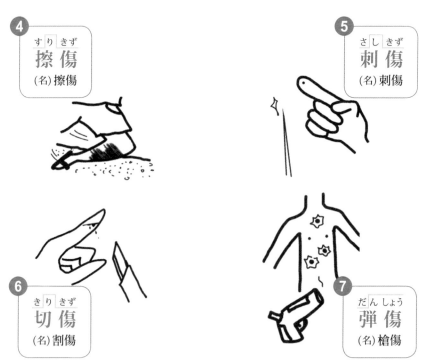

❶ 足《あし》を打《う》ったら、青痣になりました。

❷ 目立《めだ》った創傷、外傷《がいしょう》は見当《みあ》たりません。

❸ 出血しなかっただけ良《よ》かったです。

❹ やんちゃな家《うち》の子供《こども》はよく動《うご》き回《まわ》るので、あちらこちらに擦傷があります。

❺ これは、子供《こども》の頃《ころ》からの刺傷です。

❻ 切傷自体《じたい》は浅《あさ》く、縫《ぬ》わなくても数日《すうじつ》で治《なお》るようです。

❼ 弾傷と見《み》られる傷《きず》が、見《み》つかりました。

學更多

	例句出現的		原形／接續原則	意義	詞性
❶	打った	→	打つ	打、擊	動Ⅰ
	打ったら	→	動詞た形＋ら	做～，結果～	文型
❷	目立った	→	目立つ	顯眼	動Ⅰ
	見当たりません	→	見当たる	找到	動Ⅰ
❸	出血しなかっただけ	→	出血しなかった＋だけ	只要沒有流血	文型
❹	やんちゃな	→	やんちゃ	調皮的	な形
	動き回る	→	動き回る	到處動來動去	動Ⅰ
	動き回るので	→	動詞辭書形＋ので	因為～	文型
❺	子供の頃から	→	時點＋から	從～時點	文型
❻	浅く	→	浅い	淺的	い形
	縫わなく	→	縫う	縫	動Ⅰ
	縫わなくても	→	縫わない＋くても	即使不縫合，也～	文型
	治る	→	治る	痊癒	動Ⅰ
❼	見られる	→	見られる	可以視為	見る的可能形
	見つかりました	→	見つかる	找到	動Ⅰ

中譯

❶ 打到腳，結果瘀青了。

❷ 找不到明顯的創傷、外傷。

❸ 沒有流血就不錯了。

❹ 我們家調皮的孩子經常到處動來動去，所以身體到處都有擦傷。

❺ 這是小時候就有的刺傷。

❻ 割傷本身不深，即使不縫合，似乎也只要幾天就可以痊癒。

❼ 找到槍傷的傷口了。

088 手的動作(1)

MP3 088

1 拾《ひろ》う

(動Ⅰ)撿拾

2 ラケットを握《にぎ》る

(動Ⅰ)握住球拍

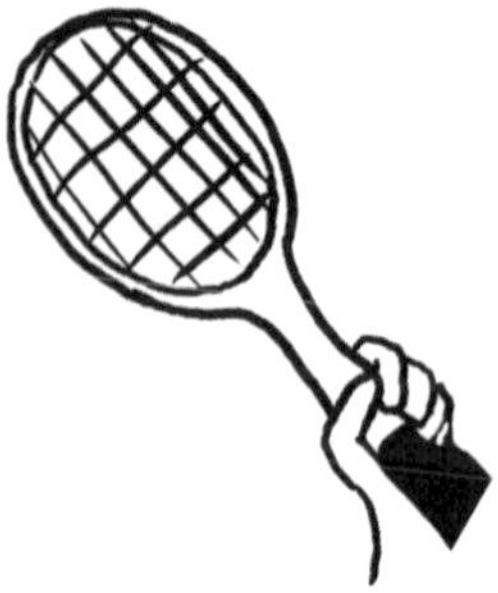

3 お椀《わん》を持《も》つ

(動Ⅰ)拿碗

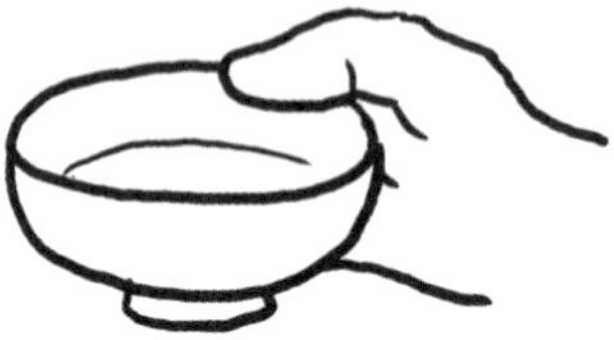

4 傘《かさ》を差《さ》す

(動Ⅰ)撐傘

「開門」也可以說「扉《とびら》を開《あ》ける」。

5 ドアを開《あ》ける

(動Ⅱ)開門

6 ノックする

(動Ⅲ)敲門

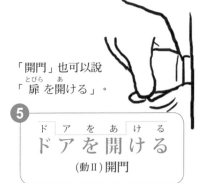

❶ ゴミを拾います。

❷ テニスのラケットを握って、ボールが来《く》るのを待《ま》ちます。

❸ お椀を持って、味噌汁《みそしる》を飲《の》みます。

❹ 雨《あめ》が降《ふ》ってきたので、慌《あわ》てて傘を差します。

❺ 両《りょう》手《て》がふさがっているので、ドアを開けてもらってもいいですか？

❻ トイレに入《はい》る前《まえ》に、ノックします。

學更多

	例句出現的		原形／接續原則	意義	詞性
❶	ゴミ	→	ゴミ	垃圾	名詞
❷	来る	→	来る	來	動Ⅲ
	待ちます	→	待つ	等待	動Ⅰ
❸	飲みます	→	飲む	喝	動Ⅰ
❹	降って	→	降る	下（雨）	動Ⅰ
	降ってきた	→	動詞て形＋くる	做～起來	文型
	降ってきたので	→	動詞た形＋ので	因為～	文型
	慌てて	→	慌てる	急忙	動Ⅱ
❺	ふさがって	→	ぶさがる	占滿	動Ⅰ
	ふざがっている	→	動詞て形＋いる	目前狀態	文型
	ふざがっているので	→	動詞ている形＋ので	因為～	文型
	開けてもらってもいいですか	→	動詞て形+もらってもいいですか	可以請你為我做～嗎	文型
❻	トイレ	→	トイレ	廁所	名詞
	入る	→	入る	進入	動Ⅰ
	入る前に	→	動詞辭書形＋前に	做～之前	文型

中譯

❶ 撿拾垃圾。
❷ 握住網球球拍，等球打過來。
❸ 拿碗喝味噌湯。
❹ 下起雨來了，所以趕緊撐傘。
❺ 我的雙手拿滿了東西，可以請你開門嗎？
❻ 進入廁所前，要敲門。

089 手的動作(2)

MP3 089

1 手《て》を繋《つな》ぐ

(動Ⅰ)牽手

2 握手《あくしゅ》する

(動Ⅲ)握手

3 拳《こぶし》を握《にぎ》る

(動Ⅰ)握拳

4 指《ゆび》で指《さ》す

(動Ⅰ)用手指出

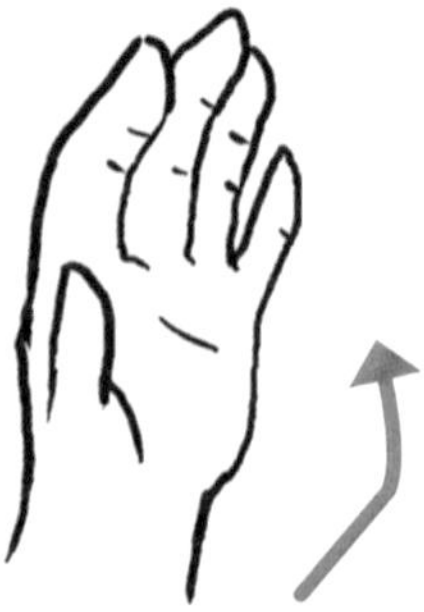

5 手《て》を挙《あ》げる

(動Ⅱ)舉手

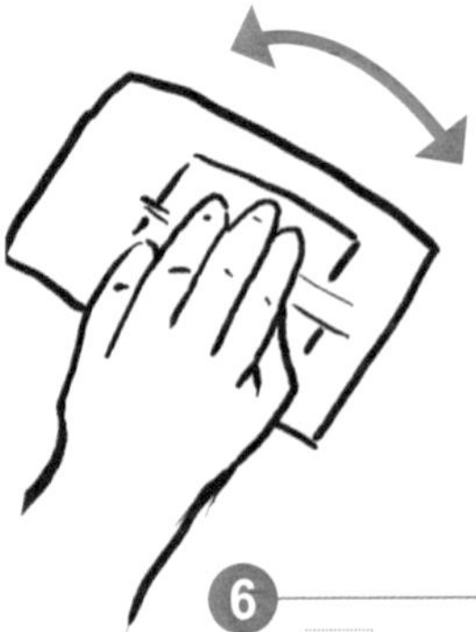

6 手《て》を振《ふ》る

(動Ⅰ)揮手

❶ 子供《こども》が、お母《かあ》さんと手を繋ぎます。

❷ 互《たが》いに協力《きょうりょく》することを誓《ちか》って、パートナーと握手します。

❸ 勝者《しょうしゃ》は拳を握って、高《たか》く上《あ》げました。

❹ 進《すす》むべき方向《ほうこう》を、指で指します。

❺ 手を挙げて合図《あいず》します。

❻ 知《し》らない人《ひと》が私《わたし》の注意《ちゅうい》を引こうと手を振りました。

學更多

	例句出現的		原形／接續原則	意義	詞性
❶	子供	→	子供	小孩	名詞
	お母さん	→	お母さん	母親	名詞
	お母さんと	→	對象＋と	和～對象	文型
❷	互いに	→	互いに	互相	副詞
	協力する	→	協力する	合作	動Ⅲ
	誓って	→	誓う	發誓	動Ⅰ
	パートナー	→	パートナー	夥伴	名詞
❸	勝者	→	勝者	獲勝者	名詞
	高く	→	高い	高的	い形
	上げました	→	上げる	舉起	動Ⅱ
❹	進む	→	進む	前進	動Ⅰ
	進むべき	→	動詞辭書形＋べき	應該做～	文型
❺	合図します	→	合図する	打暗號	動Ⅲ
❻	知らない	→	知る	認識	動Ⅰ
	注意を引こう	→	注意を引く	引起注意	動Ⅰ

中譯

❶ 小孩和母親牽手。
❷ 和夥伴握手，宣誓要互相合作。
❸ 獲勝者握拳高舉。
❹ 用手指出該走的方向。
❺ 舉手打暗號。
❻ 陌生人揮手想要引起我的注意。

090 手的動作(3)

MP3 090

1

押《お》す
(動Ⅰ)推

2

引《ひ》く
(動Ⅰ)拉

3

触《ふ》れる
(動Ⅱ)觸摸

触《さわ》る
(動Ⅰ)觸摸

兩個單字都是「觸摸」。

4

揉《も》む
(動Ⅰ)捏

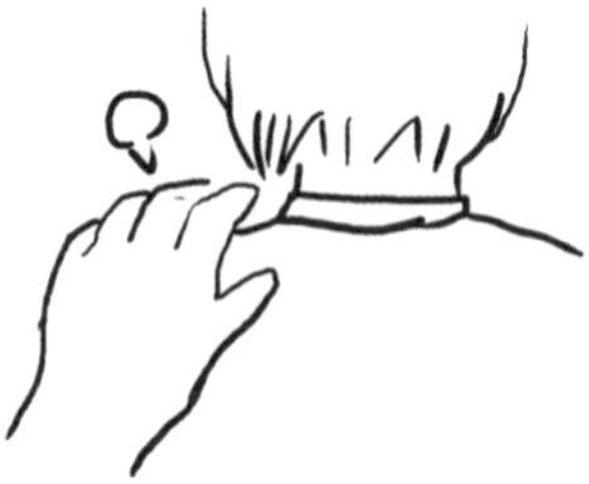

5

肩《かた》を叩《たた》く
(動Ⅰ)拍肩膀

6

腰《こし》を抱《だ》き寄《よ》せる
(動Ⅱ)攬腰過來

❶ 彼《かれ》は強《つよ》くドアを押すと、素早《すばや》く離《はな》れていきました。

❷ 彼女《かのじょ》は二《ふた》つの大《おお》きなスーツケースを引きながら、急《いそ》いで駅《えき》に向《む》かいました。

❸ 物《もの》に触れる（触る）と、全《すべ》てにあなたの指紋《しもん》が残《のこ》ります。

❹ マッサージするために、筋肉《きんにく》を手《て》で揉みます。

❺ 先生《せんせい》は彼《かれ》の肩を叩くと、小《ちい》さな声《こえ》で話《はな》すように 注《ちゅう》 意《い》しました。

❻ 可愛《かわい》い 娘《むすめ》 の腰を抱き寄せます。

學更多

	例句出現的		原形／接續原則	意義	詞性
❶	強く	→	**強い**	強勁的	い形
	素早く	→	**素早い**	快速的	い形
	離れて	→	**離れる**	離開	動II
	離れていきました	→	**動詞て形＋いく**	做～而去	文型
❷	引きながら	→	**動詞~~ます~~形＋ながら**	一邊～，一邊～	文型
	急いで	→	**急ぐ**	急忙	動I
	向かいました	→	**向かう**	前往	動I
❸	触れると	→	**動詞辭書形＋と**	如果～的話，就～	文型
	残ります	→	**残る**	留下	動I
❹	マッサージする	→	**マッサージする**	按摩	動III
	マッサージするために	→	**動詞辭書形＋ために**	為了～	文型
❺	話す	→	**話す**	說話	動I
	話すように	→	**動詞辭書形＋ように**	叫別人要做～	文型
	注意しました	→	**注意する**	警告	動III
❻	可愛い	→	**可愛い**	可愛的	い形

中譯

❶ 他用力推門，就迅速離開了。
❷ 她拉著兩個大行李箱，匆忙趕向車站。
❸ 如果觸摸東西，你的指紋全都會留下來。
❹ 用手捏肌肉來按摩。
❺ 老師拍了他的肩膀，警告他講話小聲一點。
❻ 把可愛的女兒攬過來。

091 腿的動作(1)

MP3 091

1 追《お》いかける
(動II)追趕

2 走《はし》る
(動I)跑

3 跳《と》びはねる
(動II)跳躍

4 はって進《すす》む
(動I)爬行

5 歩《ある》く
(動I)走

6 立《た》つ
(動I)站起來

6 座《すわ》る
(動I)坐下

❶ 野山《のやま》でウサギを追いかけます。

❷ 下《くだ》り坂《ざか》を走って降《お》りました。

❸ リスがうれしそうに跳びはねます。

❹ 軍人《ぐんじん》が、低《ひく》い姿勢《しせい》ではって進みます。

❺ 山道《やまみち》を、友達《ともだち》と話《はな》しながらゆっくり歩きます。

❻ 人間《にんげん》は、足《あし》の筋肉《きんにく》が発達《はったつ》しているおかげで、立つ/座ることができます。

學更多

	例句出現的		原形／接續原則	意義	詞性
❶	野山	→	**野山**	山野	名詞
	野山で	→	**地點＋で**	在～地點	文型
	ウサギ	→	**ウサギ**	兔子	名詞
❷	下り坂	→	**下り坂**	下坡路	名詞
	降りました	→	**降りる**	下來	動Ⅱ
❸	リス	→	**リス**	松鼠	名詞
	うれし	→	**うれしい**	高興的	い形
	うれしそう	→	**うれし~~い~~＋そう**	好像很高興的樣子	文型
❹	姿勢で	→	**名詞＋で**	採取～	文型
❺	話し	→	**話す**	說話	動Ⅰ
	話しながら	→	**動詞ま~~す~~形＋ながら**	一邊～，一邊～	文型
	ゆっくり	→	**ゆっくり**	悠閒地	副詞
❻	発達して	→	**発達する**	發達	動Ⅲ
	発達している	→	**動詞て形＋いる**	目前狀態	文型
	発達しているおかげで	→	**動詞ている形＋おかげで**	多虧～	文型
	座ることができます	→	**動詞辭書形＋ことができる**	可以做～	文型

中譯

❶ 在山野中追趕兔子。

❷ 跑下下坡路。

❸ 松鼠好像很高興地跳躍。

❹ 軍人壓低身體，爬行前進。

❺ 一邊和朋友說話，一邊悠閒地走在山路上。

❻ 人類的腳的肌肉很發發達，所以可以站起來 / 坐下。

092 腿的動作(2)

MP3 092

❶ 跨《また》ぐ
(動Ⅰ)跨越

❷ 上《あ》げる
(動Ⅱ)抬

❸ 踏《ふ》む
(動Ⅰ)踩

❹ 蹴《け》る
(動Ⅱ)踢

❺ しゃがむ
(動Ⅰ)蹲下

❻ ひざまずく
(動Ⅰ)跪下

❶ 家《いえ》のフェンスを跨いで超《こ》えます。

❷ 足《あし》の浮腫《むく》みが取《と》れないので、足《あし》を高《たか》い所《ところ》に上げて固定《こてい》します。

❸ 間違《まちが》えて他人《たにん》の足《あし》を踏んでしまった際《さい》は、素早《すばや》く相手《あいて》に謝罪《しゃざい》すべきです。

❹ うっかり小石《こいし》を蹴ってしまい、つま先《さき》が痛《いた》くて死《し》にそうです。

❺ ヨガのしゃがむポーズは得意《とくい》です。

❻ 国王《こくおう》の前《まえ》にひざまずきます。

學更多

	例句出現的		原形／接續原則	意義	詞性
❶	フェンス	→	フェンス	圍欄	名詞
	超えます	→	超える	超越、越過	動II
❷	浮腫み	→	浮腫み	水腫	名詞
	取れない	→	取れる	消除	動II
	固定します	→	固定する	固定	動III
❸	踏んでしまった	→	動詞て形＋しまった	無法挽回的遺憾	文型
	素早く	→	素早い	快速的	い形
	謝罪す	→	謝罪する	道歉	動III
	謝罪すべき	→	謝罪＋すべき	應該道歉	文型
❹	うっかり	→	うっかり	不小心	副詞
	蹴ってしまい	→	動詞て形＋しまう	無法挽回的遺憾	文型
	痛くて	→	痛~~い~~＋くて	很痛	文型
	死に	→	死ぬ	死亡	動I
	死にそう	→	動詞ます形＋そう	好像快要～的樣子	文型
❺	ヨガ	→	ヨガ	瑜珈	名詞
	得意	→	得意	擅長	な形
❻	国王の前に	→	名詞＋の前に	在～的前面	文型

中譯

❶ 跨越過房子的圍欄。
❷ 腿的水腫消不下去，所以把腿抬到高處固定。
❸ 不小心踩到別人的腳時，應該迅速跟對方道歉。
❹ 不小心踢到小石頭，腳尖痛得要命。
❺ 我擅長做瑜珈的蹲下姿勢。
❻ 在國王面前跪下。

093 身體的動作

MP3 093

1 逆《さか》立《だ》ちする
(動Ⅲ) 倒立

2 伸《の》ばす
(動Ⅰ) 伸展

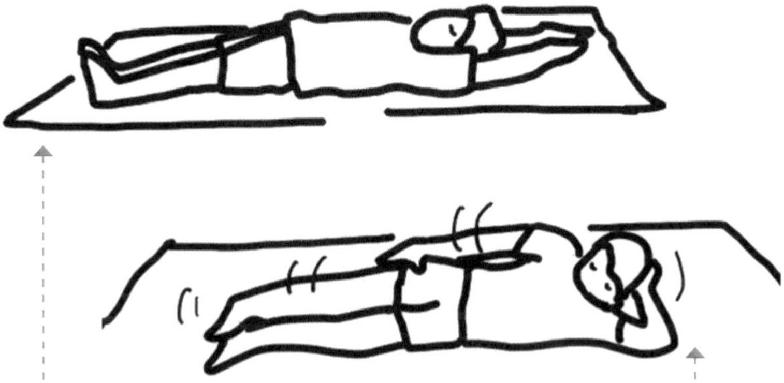

3 寝《ね》転《ころ》がる
(動Ⅰ) 躺下

4 体《からだ》の向《む》きを変《か》える
(動Ⅱ) 轉身

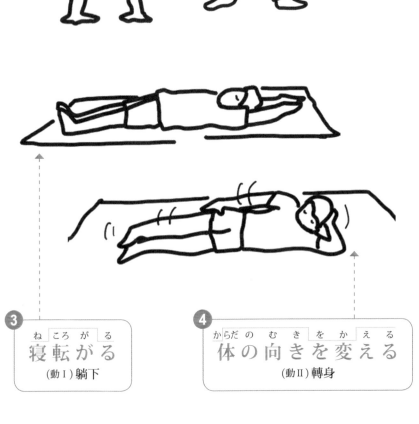

❶ 猿《さる》がショーで逆立ちします。

❷ ストレッチで全身《ぜんしん》の筋肉《きんにく》を伸ばします。

❸ 疲《つか》れたので、ソファーの上《うえ》に寝転がります。

❹ 赤《あか》ちゃんが、体の向きを変えることができるようになりました。

學更多

	例句出現的		原形／接續原則	意義	詞性
❶	猿	→	**猿**	猴子	名詞
	ショー	→	**ショー**	表演	名詞
	ショーで	→	**場合＋で**	在～場合	文型
❷	ストレッチ	→	**ストレッチ**	伸展運動	名詞
	ストレッチで	→	**名詞＋で**	利用～	文型
	筋肉	→	**筋肉**	肌肉	名詞
❸	疲れた	→	**疲れる**	疲累	動II
	疲れたので	→	**動詞た形＋ので**	因為～	文型
	ソファー	→	**ソファー**	沙發	名詞
	ソファーの上に	→	**名詞＋の上に**	在～的上面	文型
❹	赤ちゃん	→	**赤ちゃん**	嬰兒	名詞
	変えることができる	→	**動詞辭書形＋ことができる**	可以做～	文型
	できるようになりました	→	**できる＋ようになりました**	變成可以做了	文型

中譯

❶ 猴子在表演中倒立。
❷ 透過伸展運動，伸展全身的肌肉。
❸ 覺得疲累，所以在沙發上躺下來休息。
❹ 嬰兒會轉身了。

094 形容身材(1)

MP3 094

1 洋《よう》ナ《ナ》シ《シ》型《がた》

(名)梨型

2 リ《リ》ン《ン》ゴ《ゴ》型《がた》

(名)蘋果型

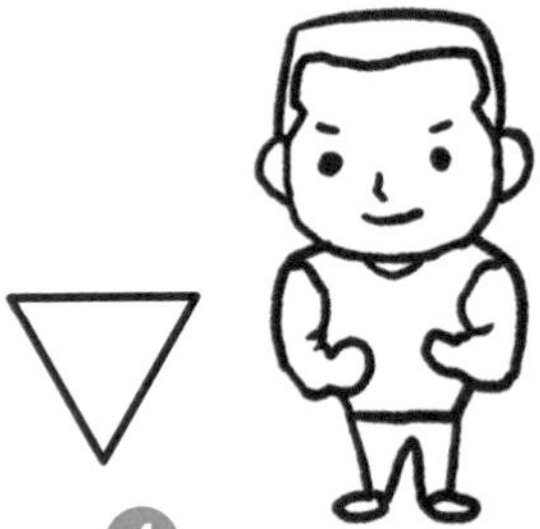

3 砂《すな》時《ど》計《けい》型《がた》

(名)沙漏型

4 逆《ぎゃく》三《さん》角《かっ》形《けい》

(名)倒三角形

5 肩《かた》幅《はば》が《が》広《ひろ》い《い》

(い形)肩膀寬闊的

6 お《お》尻《しり》が《が》大《おお》き《き》い《い》

(い形)寬臀的

❶ 洋ナシ型体型《たいけい》は皮《ひ》下《か》脂肪型《しぼうがた》肥《ひ》満《まん》です。

❷ リンゴ型体型《たいけい》は内蔵《ないぞう》脂《し》肪型《ぼうがた》肥《ひ》満《まん》です。

❸ 腰《こし》がくびれた砂時計型の体型《たいけい》になりたいです。

❹ 水泳選手《すいえいせんしゅ》の逆三角形の体《からだ》は美《うつく》しいです。

❺ 肩幅が広い男性《だんせい》が好《この》みです。

❻ 南米《なんべい》では、お尻が大きい女性《じょせい》が受《う》けるらしいです。

學更多

	例句出現的		原形／接續原則	意義	詞性
❶	肥満	→	肥満	肥胖	名詞
❷	内蔵	→	内蔵	內臟	名詞
❸	くびれた	→	くびれる	物體的中間比兩端細	動II
	体型になり	→	名詞＋になる	變成～	文型
	なりたい	→	動詞~~ます~~形＋たい	想要做～	文型
❹	水泳選手	→	水泳選手	游泳選手	名詞
	美しい	→	美しい	賞心悅目的	い形
❺	好み	→	好み	喜歡	名詞
❻	南米	→	南米	南美洲	名詞
	南米では	→	地點＋では	在～地點	文型
	受ける	→	受ける	受歡迎	動II
	受けるらしい	→	動詞辭書形＋らしい	好像～	文型

中譯

❶ 梨型的體型，屬於皮下脂肪型肥胖。
❷ 蘋果型的體型，屬於內臟脂肪型肥胖。
❸ 想變成腰部纖細的沙漏型身材。
❹ 游泳選手的倒三角形體形很好看。
❺ 我喜歡肩膀寬闊的男性。
❻ 在南美洲，寬臀的女性好像很受歡迎。

095 形容身材(2)

MP3 095

1 筋《きん》肉《にく》の発《はっ》達《たつ》した

(動Ⅲ)肌肉發達的

2 たるんだ

(動Ⅰ)肌肉鬆弛的

3 たくましい

(い形)壯碩

4 背《せ》が低《ひく》くごつい

(い形)矮壯

5 割《わ》れた腹《ふっ》筋《きん》

(名)六塊肌

6 背《せ》が高《たか》くがっちりしている

(動Ⅲ)高壯

❶ 筋肉の発達したボディービルダーの体《からだ》は、まさに筋肉美《きんにくび》です。

❷ たるんだ二《に》の腕《うで》を鍛《きた》えなおします。

❸ こんなにたくさんの荷物《にもつ》を全部《ぜんぶ》運《はこ》んでくれるなんて、本当《ほんとう》にたくましい若者《わかもの》です。

❹ 背が低くごっつい彼《かれ》の特技《とくぎ》は、柔道《じゅうどう》です。

❺ このボクサーの割れた腹筋が羨《うらや》ましいです。

❻ 背が高くがっちりしている男性《だんせい》が好《この》みです。

學更多

	例句出現的		原形／接續原則	意義	詞性
❶	ボディービルダー	→	**ボディービルダー**	健美先生	名詞
	まさに	→	**まさに**	真正、實在	副詞
	筋肉美	→	**筋肉美**	肌肉美	名詞
❷	二の腕	→	**二の腕**	上臂	名詞
	鍛え	→	**鍛える**	鍛鍊	動II
	鍛えなおします	→	**動詞ます形＋なおす**	重新做～	文型
❸	こんなに	→	**こんなに**	這麼	副詞
	運ん	→	**運ぶ**	搬運	動I
	運んでくれる	→	**動詞て形＋くれる**	別人為我做～	文型
	運んでくれるなんて	→	**動詞辭書形＋なんて**	表示竟然	文型
	本当に	→	**本当に**	真的	副詞
	若者	→	**若者**	年輕人	名詞
❹	特技	→	**特技**	專長	名詞
❺	ボクサー	→	**ボクサー**	拳擊手	名詞
	羨ましい	→	**羨ましい**	羨慕的	い形
❻	好み	→	**好み**	喜歡	名詞

中譯

❶ 肌肉發達的健美先生的身體，真是充滿了肌肉美。
❷ 重新鍛練肌肉鬆弛的上臂。
❸ 竟然可以把這麼多的行李全搬過來，真的是很壯碩的年輕人。
❹ 身材矮壯的他，專長是柔道。
❺ 這個拳擊手的六塊肌讓人很羨慕。
❻ 我喜歡高壯的男性。

096 形容身材(3)

MP3 096

1 スマート（な）

(な形) 苗條

2 曲線《きょくせん》が美《うつく》しい

(い形) 曲線優美

3 スタイルがいい

(い形) 魔鬼身材

4 セクシー（な）

(な形) 火辣

5 プロポーションがいい

(い形) 身材勻稱

❶ スマートな体《からだ》を維持《いじ》する秘訣《ひけつ》を教《おし》えてください。

❷ ミロのビーナスは、美《うつく》しくしとやかで、曲線が美しいです。

❸ 彼女《かのじょ》は美人《びじん》でスタイルがいいです。

❹ セクシーでちょっと大人《おとな》っぽいドレスを着《き》ます。

❺ 姉妹揃《しまいそろ》ってプロポーションがいいです。

學更多

	例句出現的		原形／接續原則	意義	詞性
❶	維持する	→	**維持する**	維持	動Ⅲ
	教えて	→	**教える**	告訴	動Ⅱ
	教えてください	→	**動詞て形＋ください**	請做～	文型
❷	ビーナス	→	**ビーナス**	維納斯	名詞
	美しく	→	**美しい**	美麗的	い形
	しとやか	→	**しとやか**	端莊	な形
	しとやかで	→	**しとやか＋で**	端莊，而且～	文型
❸	美人で	→	**美人＋で**	美人，而且～	文型
❹	セクシーで	→	**セクシー＋で**	火辣，而且～	文型
	大人	→	**大人**	大人	名詞
	大人っぽい	→	**名詞＋っぽい**	有點～	文型
	ドレス	→	**ドレス**	禮服	名詞
	着ます	→	**着る**	穿	動Ⅱ
❺	姉妹	→	**姉妹**	姊妹	名詞
	姉妹揃って	→	**名詞＋揃って**	～全都	文型

中譯

❶ 請告訴我維持苗條身材的祕訣。
❷ 米羅所做的維納斯雕像，體形美麗端莊、曲線優美。
❸ 她是個美人，而且擁有魔鬼身材。
❹ 穿火辣又帶點大人感的衣服。
❺ 姊妹全都是身材勻稱。

097

高矮胖瘦(1)

MP3 097

1 背《せ》が高《たか》い
(い形)高

2 背《せ》が低《ひく》い
(い形)矮

3 太《ふと》った
(動Ⅰ)肥胖的

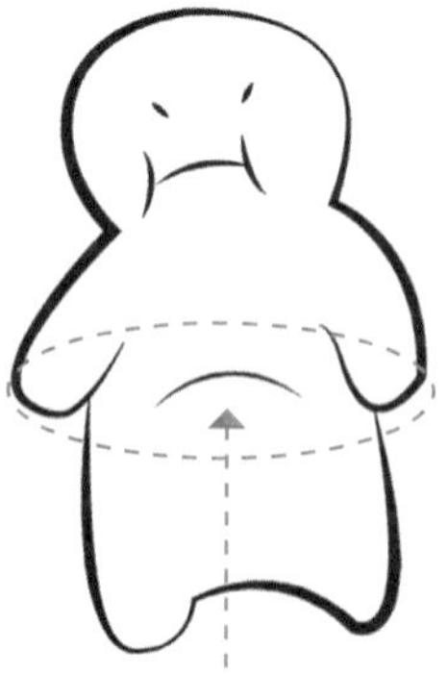

4 わき腹《ばら》の贅《ぜい》肉《にく》
(名)水桶腰

5 お腹《なか》が出《で》た
(動Ⅱ)小腹凸出

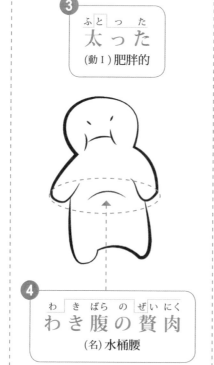

❶ 彼《かれ》は私《わたし》よりも背が高いです。

❷ 背が低いことを気《き》にして、いつもハイヒールを履《は》いています。

❸ 太った人《ひと》は嫌《きら》いです。

❹ わき腹の贅肉を、何《なん》とかして落《お》としたいです。

❺ 中年《ちゅうねん》に差《さ》し掛《か》かったせいか、最近《さいきん》お腹が出てきました。

學更多

	例句出現的		原形／接續原則	意義	詞性
❶	私よりも	→	名詞＋よりも	和～相比	文型
❷	気にして	→	気にする	在意	動Ⅲ
	いつも	→	いつも	總是	副詞
	ハイヒール	→	ハイヒール	高跟鞋	名詞
	履い	→	履く	穿（鞋）	動Ⅰ
	履いています	→	動詞て形＋いる	習慣做～	文型
❸	嫌い	→	嫌い	討厭	な形
❹	何とかして	→	何とかする	設法	動Ⅲ
	落とし	→	落とす	減少	動Ⅰ
	落としたい	→	動詞~~ます~~形＋たい	想要做～	文型
❺	差し掛かった	→	差し掛かる	臨近	動Ⅰ
	差し掛かったせいか	→	動詞た形＋せいか	可能因為～	文型
	出てきました	→	動詞て形＋くる	做～出來	文型

中譯

❶ 他的身高比我高。
❷ 在意身高矮，所以總是穿著高跟鞋。
❸ 討厭肥胖的人。
❹ 想辦法甩掉水桶腰。
❺ 可能是臨近中年的關係吧？最近小腹凸出來了。

098 高矮胖瘦(2)

MP3 098

1 ぶくぶく太《ふと》った

(動Ⅰ)臃腫的

2 ガリガリに痩《や》せた

(動Ⅱ)瘦得皮包骨的

3 中《ちゅう》肉《にく》中《ちゅう》背《ぜい》

(名)身材適中

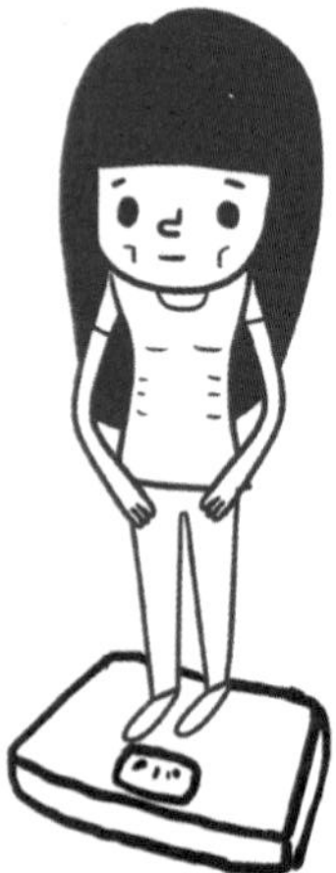

4 太《ふと》りすぎ

(名)過重

5 痩《や》せすぎ

(名)過輕

❶ ぶくぶく太った金魚《きんぎょ》が水槽《すいそう》で泳《およ》いでいます。

❷ 病《びょう》気《き》でガリガリに痩せた祖父《そふ》を見《み》るのが辛《つら》いです。

❸ 犯人《はんにん》は中肉中背の男性《だんせい》で、年齢《ねんれい》は４０歳前《よんじゅっさいぜん》後《ご》です。

❹ 家《うち》の猫《ねこ》は太りすぎです。

❺ 最近《さいきん》のモデルは痩せすぎです。

學更多

	例句出現的		原形／接續原則	意義	詞性
❶	ぶくぶく	→	ぶくぶく	肥胖	副詞
	太った	→	太る	肥胖	動Ⅰ
	水槽	→	水槽	水槽、魚缸	名詞
	水槽で	→	地點＋で	在～地點	文型
	泳いで	→	泳ぐ	游泳	動Ⅰ
	泳いでいます	→	動詞て形＋いる	目前狀態	文型
❷	病気で	→	名詞＋で	因為～	文型
	ガリガリ	→	ガリガリ	骨瘦如柴	副詞
	痩せた	→	痩せる	瘦	動Ⅱ
	祖父	→	祖父	祖父	名詞
	見る	→	見る	看	動Ⅱ
	辛い	→	辛い	痛苦的	い形
❸	４０歳前後	→	年齢＋前後	～歲左右	文型
❹	猫	→	猫	貓	名詞
❺	モデル	→	モデル	模特兒	名詞

中譯

❶ 臃腫的金魚在魚缸裡游動。

❷ 看到因生病而瘦得皮包骨的祖父，心裡很痛苦。

❸ 犯人是一個身材適中的男性，年齡在 40 歲左右。

❹ 家裡的貓體重過重。

❺ 現在的模特兒，體重都過輕。

099 日常數學(1)

MP3 099

❶ アラビア《アラビア》数字《すうじ》

(名)阿拉伯數字

0 1 2 3 4

5 6 7 8 9

❷ 奇数《きすう》

(名)奇數

1、3、5、

7、9 …

❸ 偶数《ぐうすう》

(名)偶數

2、4、6、

8、10 …

❹ 足算《たしざん》

(名)加法

2 + 2 = 4

❺ 引算《ひきざん》

(名)減法

2 − 2 = 0

2 × 2 = 4

❻ 掛算《かけざん》

(名)乘法

2 ÷ 2 = 1

❼ 割算《わりざん》

(名)除法

❶ 4歳《よんさい》で、アラビア数字を書《か》く練習《れんしゅう》をはじめました。

❷ 表《おもて》には、奇数のページだけ印刷《いんさつ》します。

❸ 偶数のページを、裏《うら》のページに印刷《いんさつ》します。

❹ 幼稚園《ようちえん》の年長《ねんちょう》だと、簡単《かんたん》な足算ができます。

❺ 小学校《しょうがっこう》の一年生《いちねんせい》で、引算ができるようになりました。

❻ 掛算は、小学校《しょうがっこう》の二年生《にねんせい》で勉強《べんきょう》しました。

❼ 割算は、掛算《かけざん》が分《わ》かっていないと難《むずか》しいです。

學更多

	例句出現的		原形／接續原則	意義	詞性
❶	書く	→	書く	寫	動I
	はじめました	→	はじめる	開始	動II
❷	奇数のページだけ	→	名詞＋だけ	只有～	文型
	印刷します	→	印刷する	印刷	動III
❸	裏	→	裏	背面	名詞
❹	幼稚園の年長だと	→	名詞＋だ＋と	如果～的話，就～	文型
	できます	→	できる	可以、會	動II
❺	できる	→	できる	可以、會	動II
	できるようになりました	→	できる＋ようになりました	變成會做了	文型
❻	勉強しました	→	勉強する	學習	動III
❼	分かって	→	分かる	知道、懂	動I
	分かっていない	→	分かって＋いない	不懂的狀態	文型
	分かっていないと	→	分かっていない＋と	如果不懂的話，就～	文型
	難しい	→	難しい	困難的	い形

中譯

❶ 4歲時，開始練習寫阿拉伯數字。
❷ 正面只印刷奇數頁。
❸ 偶數頁印刷在背面頁。
❹ 幼稚園的大班生，就可以算簡單的加法。
❺ 小學一年級的學生就會減法了。
❻ 乘法是在小學二年級學的。
❼ 不懂乘法的話，就很難學除法。

100 日常數學(2)

MP3 100

❶ 九《く》九《く》表《ひょう》
(名)九九乘法表

2x1=2　3x1=3
2x2=4　3x2=6
2x3=6　3x3=9
2x4=8　3x4=12
.　.
.　.
2x9=18　3x9=27

❷ 四《し》捨《しゃ》五《ご》入《にゅう》（する）
(名・動Ⅲ)四捨五入

下圖表示「小數點第一位」四捨五入

12. 9 = 13

❸ 小《しょう》数《すう》点《てん》
(名)小數點

12 . 9

❹ 平《へい》均《きん》値《ち》
(名)平均值

(175+185) / 2
= 180

❺ 合《ごう》計《けい》
(名)總合/總計

175+185
= 360

❻ 計《けい》算《さん》
(名)計算

175+185 = ?

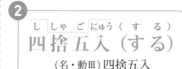

❶ 日本人《にほんじん》で、九九表を暗記《あんき》していない人《ひと》はいません。

❷ 小数点以下《しょうすうてんいか》は、四捨五入して考《かんが》えてください。

❸ 小数点が出《で》てくると、突然計算《とつぜんけいさん》ができなくなる人《ひと》がいます。

❹ 身長《しんちょう》の平均値を求《もと》めてグラフにします。

❺ 合計金額《きんがく》はいくらですか？

❻ アメリカ人《じん》には、計算が苦手《にがて》な人《ひと》が多《おお》いです。

學更多

	例句出現的		原形／接續原則	意義	詞性
❶	暗記して	→	暗記する	背誦	動Ⅲ
	暗記していない	→	暗記して＋いない	沒有背誦的狀態	文型
	いません	→	いる	有（人或動物）	動Ⅱ
❷	考えて	→	考える	思考	動Ⅱ
	考えてください	→	動詞て形＋ください	請做～	文型
❸	出て	→	出る	出現	動Ⅱ
	出てくる	→	動詞て形＋くる	做～出來	文型
	出てくると	→	動詞辭書形＋と	一～，就～	文型
	できなく	→	できる	可以、會	動Ⅱ
	できなくなる	→	できない＋くなる	變成不會	文型
	います	→	いる	有（人或動物）	動Ⅱ
❹	求めて	→	求める	求出	動Ⅱ
	グラフにします	→	名詞＋にする	做成～	文型
❺	いくら	→	いくら	多少	名詞
❻	苦手な人	→	苦手＋な＋名詞	不擅長的～	文型
	多い	→	多い	很多的	い形

中譯

❶ 日本人裡，沒有人沒有背誦九九乘法表。
❷ 小數點以下，請用四捨五入來思考解題。
❸ 有人一旦遇到小數點，就突然不會計算了。
❹ 算出身高的平均值，做成圖表。
❺ 總計金額是多少？
❻ 很多美國人都不擅於計算。

101 數學符號

MP3 101

1. **足《た》す**
(動Ⅰ) 相加（＋）

2. **引《ひ》く**
(動Ⅰ) 相減（－）

3. **掛《か》ける**
(動Ⅱ) 相乘（×）

4. **割《わ》る**
(動Ⅰ) 相除（÷）

5. **より大《おお》きい**
(い形) 大於（＞）

6. **等《とう》号《ごう》**
(名) 等於符號（＝）

7. **より小《ち》さい**
(い形) 小於（＜）

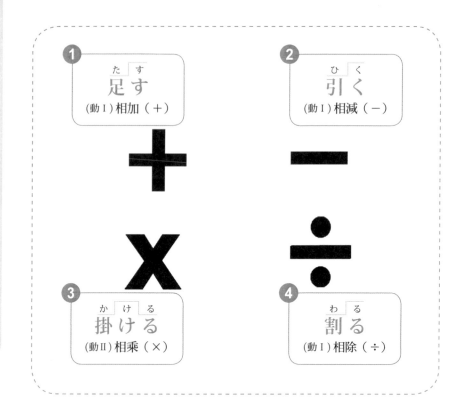

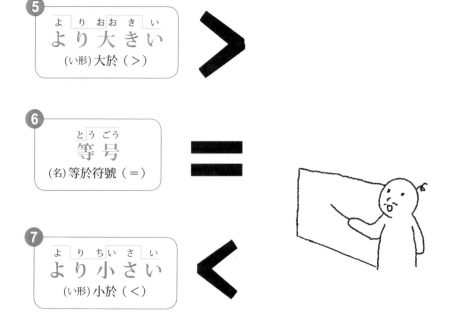

❶ 1《いち》足す1《いち》は2《に》です。（1＋1=2）

❷ 2《に》引く1《いち》は1《いち》です。（2-1=1）

❸ 2《に》掛ける2《に》は4《よん》です。（2×2=4）

❹ 4《よん》割る2《に》は2《に》です。（4÷2=2）

❺ A《エー》はB《ビー》より大きいです。（A＞B）

❻ 等号は、英語《えいご》でイコールと言《い》います。

❼ A《エー》はB《ビー》より小さいです。（A＜B）

學更多

	例句出現的		原形／接續原則	意義	詞性
❶	1足す1は2です	→	名詞A＋は＋名詞B＋です	名詞A是名詞B	文型
❷	2引く1は1です	→	名詞A＋は＋名詞B＋です	名詞A是名詞B	文型
❸	2掛ける2は4です	→	名詞A＋は＋名詞B＋です	名詞A是名詞B	文型
❹	4割る2は2です	→	名詞A＋は＋名詞B＋です	名詞A是名詞B	文型
❺	Bより	→	名詞＋より	和～相比	文型
	大きい	→	大きい	大的	い形
❻	英語	→	英語	英文	名詞
	英語で	→	名詞＋で	利用～	文型
	イコール	→	イコール	等於、等號	名詞
	言います	→	言う	說	動Ⅰ
	イコールと言います	→	名詞＋と言う	稱為～	文型
❼	Bより	→	名詞＋より	和～相比	文型
	小さい	→	小さい	小的	い形

中譯

❶ 1加1等於2。
❷ 2減1等於1。
❸ 2乘2等於4。
❹ 4除2等於2。
❺ A大於B。
❻ 等於符號用英文叫做「eaual（イコール）」。
❼ A小於B。

102 標點符號

MP3 102

1 読《とう》点《てん》

(名)逗號（、）

、

2 句《く》点《てん》

(名)句號（。）

。

！

？

3 感《かん》嘆《たん》符《ふ》

(名)驚嘆號（！）

4 クエスチョンマーク

（question mark）

(名)問號（？）

5 括《かっ》弧《こ》

(名)括號（ ）

（　）

6 引《いん》用《よう》符《ふ》

(名)引號（ “ ” ）

“　”

7 斜《しゃ》線《せん》

(名)斜線（／）

／

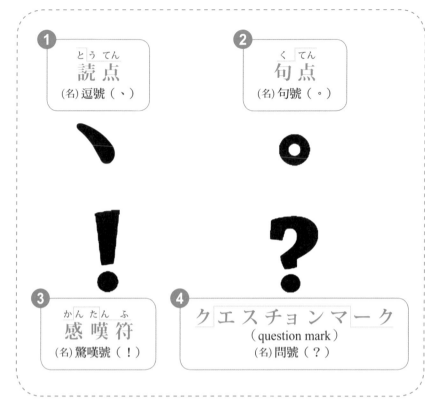

❶ 文中《ぶんちゅう》に読点をつけます。

❷ 文末《ぶんまつ》に句点をつけます。

❸ 驚《おどろ》きの感情《かんじょう》を示《しめ》すため、文末《ぶんまつ》に感嘆符を付《つ》けます。

❹ 英語《えいご》の疑問文《ぎもんぶん》の最後《さいご》には、クエスチョンマークを付《つ》けます。

❺ 括弧で囲《かこ》んだ部分《ぶぶん》を先《さき》に計算《けいさん》します。

❻ セリフに引用符をつけます。

❼ 文中《ぶんちゅう》の語句《ごく》を、斜線で仕切《しき》ります。

學更多

	例句出現的		原形／接續原則	意義	詞性
❶	文中	→	**文中**	句中、文章之中	名詞
	付けます	→	**付けます**	加上	動Ⅱ
❷	文末	→	**文末**	句尾、文章結尾	名詞
❸	驚き	→	**驚き**	驚訝	名詞
	感情	→	**感情**	情緒	名詞
	示す	→	**示す**	表示	動Ⅰ
	示すために	→	**動詞辭書形＋ために**	為了～	文型
❹	疑問文	→	**疑問文**	疑問句	名詞
❺	括弧で	→	**名詞＋で**	利用～	文型
	囲んだ	→	**囲む**	包圍	動Ⅰ
	計算します	→	**計算する**	計算	動Ⅲ
❻	セリフ	→	**セリフ**	台詞	名詞
❼	語句	→	**語句**	詞句、語句	名詞
	斜線で	→	**名詞＋で**	利用～	文型
	仕切ります	→	**仕切る**	區隔	動Ⅰ

中譯

❶ 在句中加上逗號。
❷ 在句尾加上句號。
❸ 為了表達驚訝的情緒，在句尾加上驚嘆號。
❹ 英文在疑問句的最後會加上問號。
❺ 用括號括起來的部分要先計算。
❻ 在台詞上加上引號。
❼ 用斜線來區隔文章中間的語句。

103 度量衡(1)

MP3 103

1 ミリメートル
（millimètre（法））
(名)公釐

10公釐 = 1公分

2 センチメートル
（centimètre（法））
(名)公分

「センチメートル」可縮寫為「センチ」。

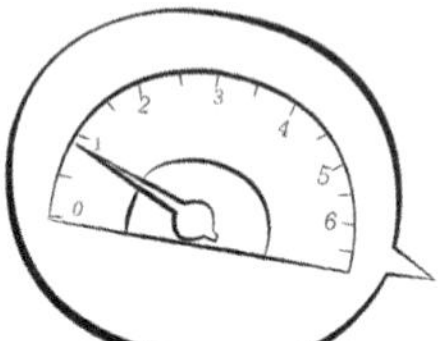

3 メートル
（mètre（法））
(名)公尺

1公尺 = 100公分

4 キロメートル
（kilomètre（法））
(名)公里

1公里 = 1000公尺

5 インチ
（inch）
(名)吋

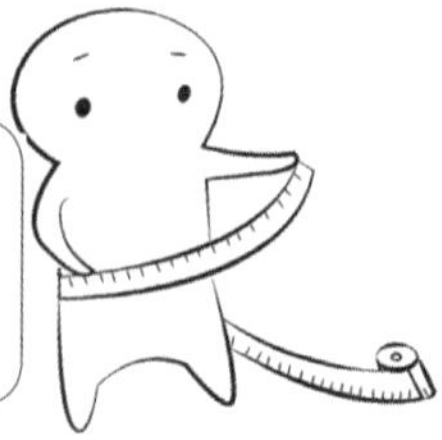

1吋 = 2.54公分

6 ヤード
（yard）
(名)碼

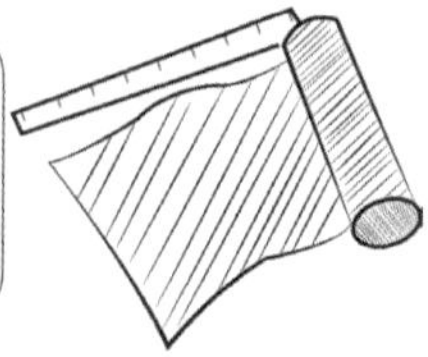

1碼 = 36吋

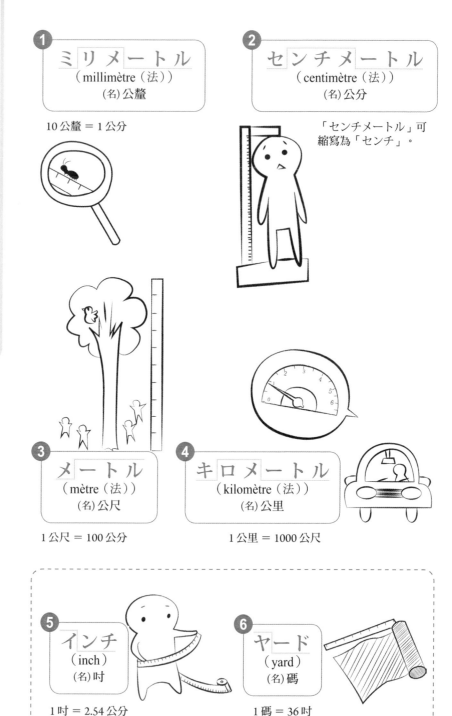

❶ ドリルで、直径《ちょっけい》5《ご》ミリメートルの穴《あな》を開《あ》けてください。

❷ 足《あし》のサイズは何《なん》センチメートルですか？

❸ 小学校《しょうがっこう》には、５０《ごじゅう》メートルプールがあります。

❹ 毎日《まいにち》3《さん》キロメートル歩《ある》くことにしています。

❺ 長《なが》さを測《はか》る時《とき》に、インチという単位《たんい》を使《つか》います。

❻ アメリカでは、布《ぬの》はヤードで測《はか》ります。

學更多

	例句出現的		原形／接續原則	意義	詞性
❶	ドリル	→	ドリル	鑽子	名詞
	ドリルで	→	名詞＋で	利用～	文型
	開けて	→	開ける	打開	動II
	開けてください	→	動詞て形＋ください	請做～	文型
❷	サイズ	→	サイズ	尺寸	名詞
❸	あります	→	ある	有（事或物）	動I
❹	歩く	→	歩く	走路	動I
	歩くことにしています	→	動詞辭書形＋ことにしている	習慣做～	文型
❺	測る	→	測る	測量	動I
	測る時	→	動詞辭書形＋時	做～的時候	文型
	インチという単位	→	名詞A＋という＋名詞B	稱為名詞A的名詞B	文型
	使います	→	使う	使用	動I
❻	アメリカでは	→	地點＋では	在～地點	文型
	ヤードで	→	名詞＋で	利用～	文型
	測ります	→	測る	測量	動I

中譯

❶ 請用鑽子鑽開直徑 5 公釐的洞。
❷ 腳的尺寸是幾公分？
❸ 小學裡，有 50 公尺長的游泳池。
❹ 習慣每天走 3 公里的路。
❺ 測量長度時，是用「吋」這種單位。
❻ 在美國，布是用「碼」來做為測量單位。

104 度量衡(2)

MP3 104

1. キログラム
（kilogramme（法））
(名)公斤

1公斤 = 1000公克

2. グラム
（gramme（法））
(名)公克

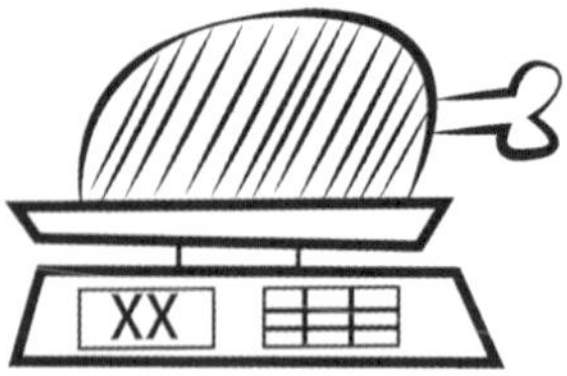

3. オンス
（ounce）
(名)盎司

1盎司 =（約）28.3495公克

4. ポンド
（pound）
(名)磅

1磅 =（約）0.45公斤

5. リットル
（litre（法））
(名)公升

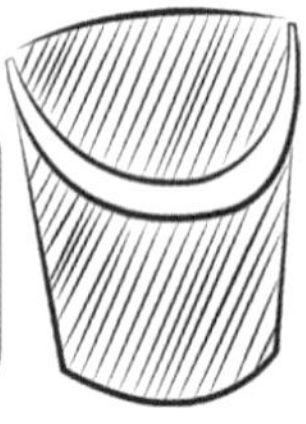

1公升 = 1000毫升

6. C《シー》 C《シー》
(名)毫升（c.c.）

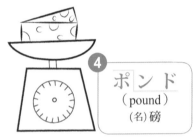

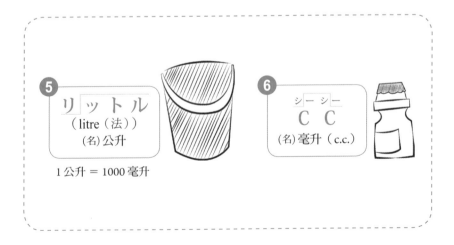

❶ この果物《くだもの》は、日本円《にほんえん》にして１《いち》キログラムたったの４０円《よんじゅうえん》です。

❷ １０００《せん》グラムは１《いち》キログラムです。

❸ 新生児《しんせいじ》が一度《いちど》に飲《の》めるミルクの量《りょう》は、約《やく》２《に》オンスだと言《い》われています。

❹ 彼《かれ》は毎日３０分《まいにちさんじゅっぷん》ジョギングをし、３ヶ月後《さんかげつご》には１０《しゅっ》ポンド痩《や》せました。

❺ 一日《いちにち》に少《すく》なくとも、１《いち》リットル以上《いじょう》の水《みず》を飲《の》むようにしましょう。

❻ このドリンクの容量《ようりょう》は７００《ななひゃく》CCあります。

學更多

	例句出現的		原形／接續原則	意義	詞性
❶	たった	→	たった	只	副詞
❷	キログラム	→	キログラム	公斤	名詞
❸	一度	→	一度	一次	名詞
	飲める	→	飲める	可以喝	飲む的可能形
	言われて	→	言われる	被說	言う的被動形
	2オンスだと言われています	→	名詞＋だ＋と言われている	據說～	文型
❹	ジョギングをし	→	ジョギングをする	慢跑	動Ⅲ
	痩せました	→	痩せる	瘦	動Ⅱ
❺	少なくとも	→	少なくとも	至少	副詞
	飲む	→	飲む	喝	動Ⅰ
	飲むようにしましょう	→	動詞辭書形＋ようにしましょう	盡量做～	文型
❻	ドリンク	→	ドリンク	飲料	名詞
	あります	→	ある	有（事或物）	動Ⅰ

中譯

❶ 這種水果用日圓買，1 公斤只要 40 日圓。
❷ 1000 公克等於 1 公斤。
❸ 據說新生兒一次可以喝下的牛奶量，大約是 2 盎司。
❹ 他每天慢跑三十分鐘，三個月後瘦了 10 磅。
❺ 一天至少要喝 1 公升以上的水。
❻ 這杯飲料的容量有 700 毫升。

105

平面幾何圖形(1)

MP3 105

1

三《さん》角《かっ》形《けい》

(名) 三角形

三條線段所組成的閉合平面圖形。

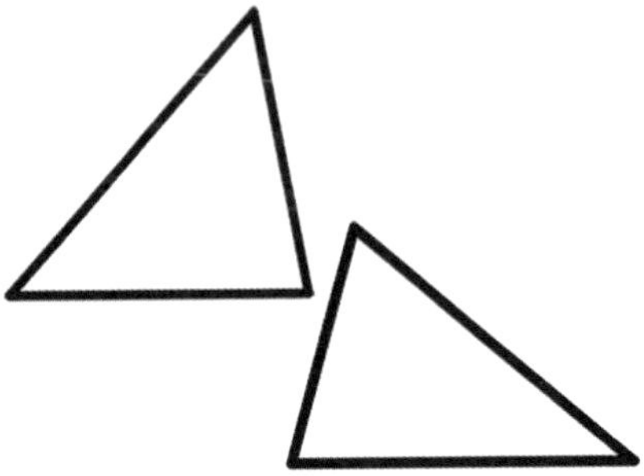

2

正《せい》三《さん》角《かっ》形《けい》

(名) 正三角形

三邊等長，三個角都是 60 度的三角形。

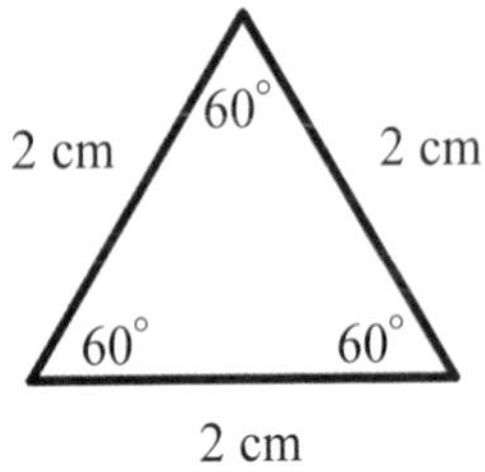

3

二《に》等《とう》辺《へん》三《さん》角《かっ》形《けい》

(名) 等腰三角形

至少有兩個邊等長的三角形。

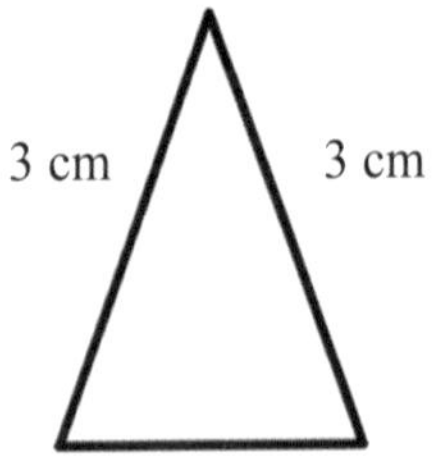

4

直《ちょっ》角《かく》三《さん》角《かっ》形《けい》

(名) 直角三角形

有一個角為直角的三角形。

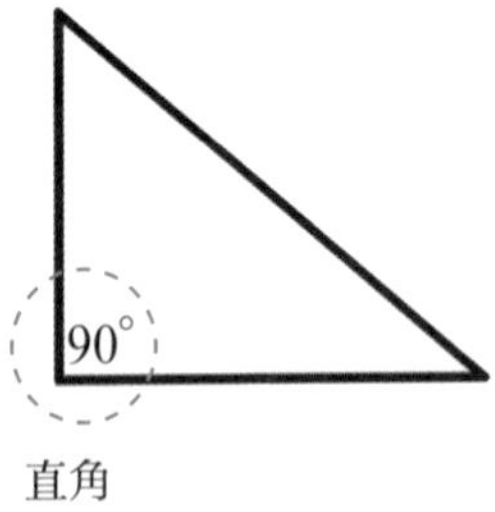

5

星《ほし》形《がた》

(名) 星形

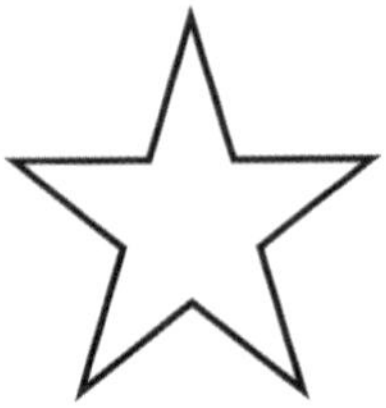

三角形《さんかっけい》

❶ 三角形のおにぎりを食《た》べます。

❷ 正三角形の三辺《さんぺん》の長《なが》さは、等《ひと》しいです。

❸ 二《ふた》つの辺《へん》の長《なが》さが等《ひと》しい三角形《さんかっけい》を、二等辺三角形と言《い》います。

❹ 三平方《さんへいほう》の定理《ていり》を使《つか》って、直角三角形の三辺《さんぺん》の長《なが》さを求《もと》めます。

❺ ニンジンを星形に切《き》って、子供《こども》のお弁当《べんとう》に入《い》れます。

學更多

	例句出現的		原形／接續原則	意義	詞性
❶	おにぎり	→	**おにぎり**	飯糰	名詞
	食べます	→	**食べる**	吃	動II
❷	長さ	→	**長さ**	長度	名詞
	等しい	→	**等しい**	相等的	い形
❸	二等辺三角形と言います	→	**名詞＋と言う**	稱為～	文型
❹	三平方の定理	→	**三平方の定理**	畢氏定理	名詞
	使って	→	**使う**	使用	動I
	求めます	→	**求める**	求出	動II
❺	ニンジン	→	**ニンジン**	胡蘿蔔	名詞
	切って	→	**切る**	切	動I
	お弁当	→	**お弁当**	便當	名詞
	入れます	→	**入れる**	放入	動II

中譯

❶ 吃三角形的飯糰。
❷ 正三角形的三個邊是等長的。
❸ 兩個邊等長的三角形叫做「等腰三角形」。
❹ 用「畢氏定理」求出直角三角形的三個邊長。
❺ 把胡蘿蔔切成星形，放進孩子的便當裡。

106 平面幾何圖形(2)

MP3 106

① 正《せい》方《ほう》形《けい》

(名) 正方形

四邊等長，四個角都是直角的平面圖形。

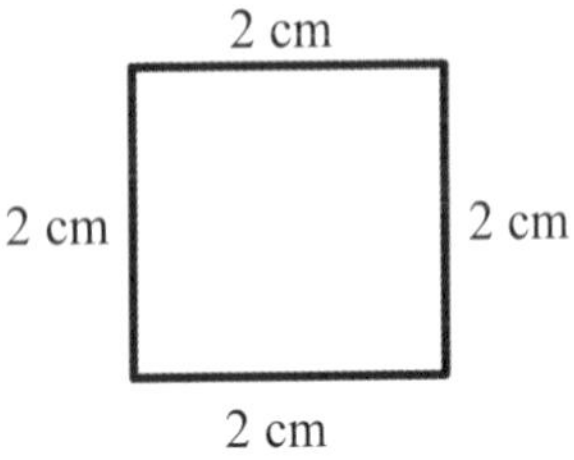

② 長《ちょう》方《ほう》形《けい》

(名) 長方形

四個角都是直角的平面圖形。正方形也是矩形的一種。

③ 平《へい》行《こう》四《し》辺《へん》形《けい》

(名) 平行四邊形

兩組對邊平行且等長的四邊形。

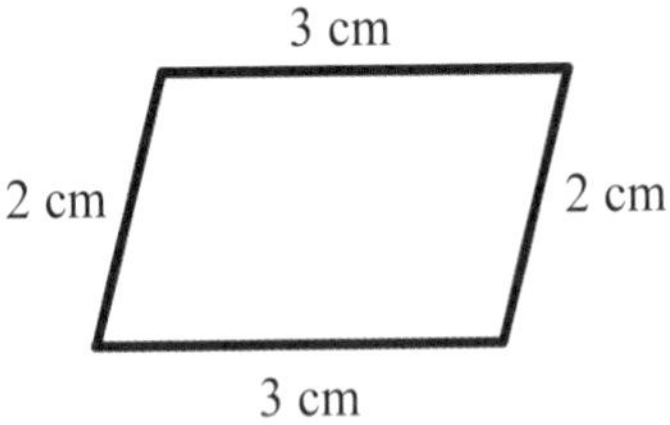

④ 凧《たこ》型《がた》

(名) 鷂形/鳶形

兩鄰邊相等，對角線互相垂直的四邊形。

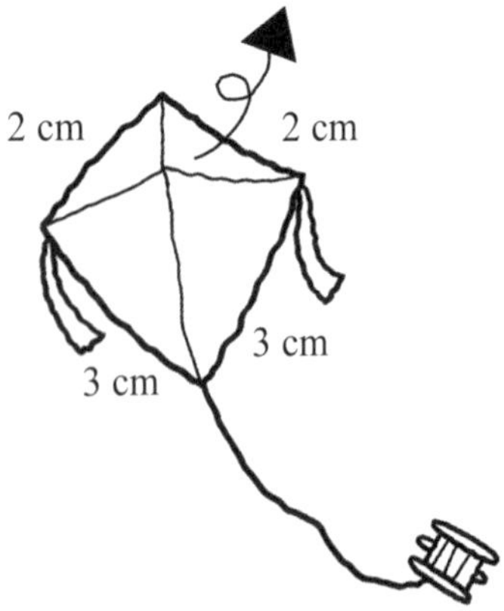

⑤ 菱《ひし》形《がた》

(名) 菱形

四邊相等，對角線互相垂直平分的四邊形。

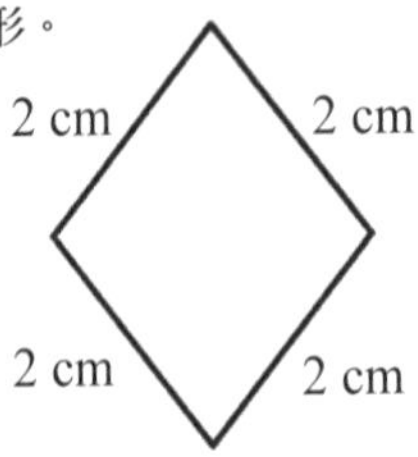

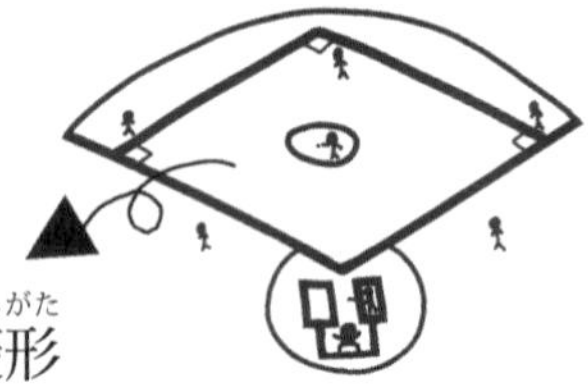

菱形《ひしがた》

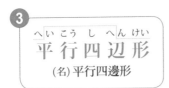

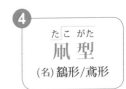

❶ 正方形のコタツを部屋《へや》に置《お》きます。

❷ 長方形のテーブルを買《か》います。

❸ 平行四辺形であるならば、２組《ふたくみ》の向《む》かい合《あ》う辺《へん》はそれぞれ等《ひと》しいです。

❹ 凧型とは、凧《たこ》の形《かたち》に似《に》ていることから名付《なづ》けられました。

❺ 菱形は、ダイヤとも言《い》います。

學更多

	例句出現的		原形／接續原則	意義	詞性
❶	コタツ	→	コタツ	暖爐桌	名詞
	置きます	→	置く	放置	動Ⅰ
❷	テーブル	→	テーブル	桌子	名詞
	買います	→	買う	買	動Ⅰ
❸	平行四辺形であるならば	→	名詞＋であるならば	如果是～	文型
	向かい合う	→	向かい合う	相對	動Ⅰ
	それぞれ	→	それぞれ	各自、分別	副詞
	等しい	→	等しい	相等的	い形
❹	凧型とは	→	名詞＋とは	所謂的～	文型
	凧	→	凧	風箏	名詞
	似て	→	似る	相似	動Ⅱ
	似ている	→	動詞て形＋いる	目前狀態	文型
	似ていることから	→	名詞＋から	因為～	文型
	名づけられました	→	名づけられる	被取名	名づける的被動形
❺	ダイヤ	→	ダイヤ	鑽石	名詞
	ダイヤとも言います	→	名詞＋とも言う	也稱為～	文型

中譯

❶ 在房間裡放置正方形的暖爐桌。
❷ 買長方形的桌子。
❸ 如果是平行四邊形，兩組相對的邊是各自等長的。
❹ 所謂的「鷂形」，就是因為像「風箏」的形狀而如此命名。
❺「菱形」也稱為「ダイヤ（鑽石形）」。

107

平面幾何圖形(3)

MP3 107

1 台《だい》形《けい》

(名)梯形

僅有一組對邊平行的四邊形。

2 五《ご》角《かっ》形《けい》

(名)五角形

五個邊、五個角的閉合平面圖形。

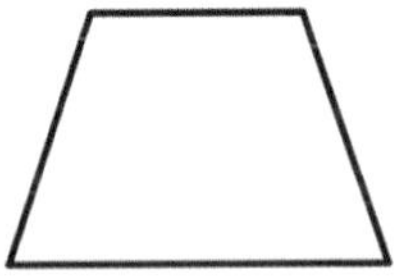

3 円《えん》形《けい》

(名)圓形

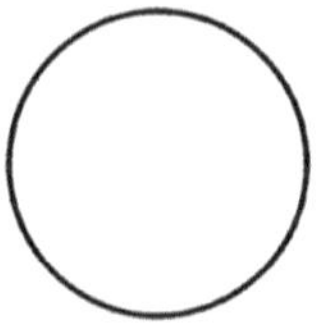

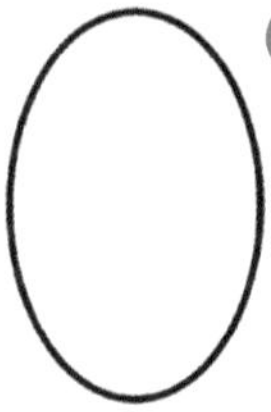

4 楕《だ》円《えん》形《けい》

(名)橢圓形

5 扇形《おおぎがた》

(名)扇形

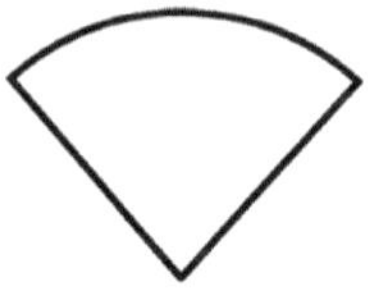

扇形《おうぎがた》

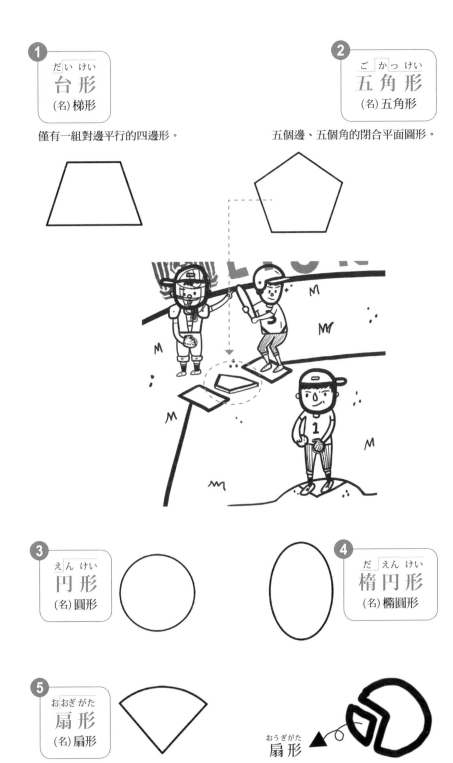

❶ 台形の面積《めんせき》の求《もと》め方《かた》は、上辺《じょうへん》 ＋《たす》 底辺《ていへん》 ×《かける》 高《たか》さ ÷《わる》 2《に》です。

❷ 五角形の各辺《かくへん》を均等《きんとう》に描《か》くのは、難《むずか》しいです。

❸ 母《はは》は、ストレスで円形脱毛症《だつもうしょう》になりました。

❹ 楕円形は、別名《べつめい》卵型《たまごがた》とも言《い》います。

❺ 扇形の紙《かみ》を丸《まる》めると、円錐《えんすい》になります。

學更多

	例句出現的		原形／接續原則	意義	詞性
❶	求め方	→	求め方	求法	名詞
	上辺	→	上辺	上底	名詞
	底辺	→	底辺	下底	名詞
❷	均等に	→	均等	均等	な形
	描く	→	描く	畫	動 I
	描くのは	→	動詞辭書形＋のは	～這件事	文型
	難しい	→	難しい	困難的	い形
❸	ストレス	→	ストレス	壓力	名詞
	ストレスで	→	名詞＋で	因為～	文型
	円形脱毛症	→	円形脱毛症	圓形禿頭症	名詞
	円形脱毛症になりました	→	名詞＋になる	變成～	文型
❹	別名	→	別名	別名、別稱	名詞
	卵型	→	卵型	蛋形	名詞
	卵型とも言います	→	名詞＋とも言う	也稱為～	文型
❺	丸める	→	丸める	弄成圓的	動 II
	丸めると	→	動詞辭書形＋と	如果～的話，就～	文型
	円錐	→	円錐	圓錐	名詞

中譯

❶ 梯形的面積求法是上底 ＋ 下底 × 高 ÷ 2 。
❷ 要等長畫出五角形的各個邊，是很困難的事情。
❸ 母親因為壓力的關係，得到圓形禿頭症。
❹ 「橢圓形」的別名也稱為「蛋形」。
❺ 把扇形的紙捲一圈就會變成圓錐形。

108 報紙各版新聞(1)

MP3 108

❶ ヘッドライン

(headline)

(名)頭條

❷ 各地《かくち》の言《い》い伝《つた》え

(名)各地軼聞

❸ 国内《こくない》

(名)國內

❸ 海外《かいがい》

(名)國際

❹ 経済《けいざい》

(名)財經

❺ 政治《せいじ》

(名)政治

❻ 生活《せいかつ》

(名)生活

❼ 社会《しゃかい》

(名)社會

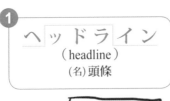

❶ 今日《きょう》のニュースのヘッドラインをチェックします。

❷ どんな土地《とち》にも、各地の言い伝えがあるものです。

❸ 国内/海外の話題《わだい》に、もっと目《め》を向《む》けるべきです。

❹ 経済は、相変《あいか》わらず思《おも》わしくありません。

❺ 政治が乱《みだ》れれば、治安《ちあん》も悪《わる》くなります。

❻ 国民《こくみん》の生活習慣《しゅうかん》を改善《かいぜん》します。

❼ 不法移民《ふほういみん》は、時《とき》に社会に大《おお》きな被害《ひがい》を引《ひ》き起《お》こすことがあります。

學更多

	例句出現的		原形／接續原則	意義	詞性
❶	チェックします	→	チェックする	確認	動Ⅲ
❷	あるものです	→	動詞辭書形＋ものです	本來就～	文型
❸	目を向ける	→	目を向ける	關注	動Ⅱ
	目を向けるべき	→	動詞辭書形＋べき	應該做～	文型
❹	相変わらず	→	相変わらず	照舊	副詞
	思わしくありません	→	思わし~~い~~＋くありません	不滿意	文型
❺	乱れれば	→	乱れれば	如果不平靜的話，～	乱れる的條件形
	治安も	→	名詞＋も	～也	文型
	悪くなりました	→	悪~~い~~＋くなりました	變不好了	文型
❻	改善します	→	改善する	改善	動Ⅲ
❼	不法移民	→	不法移民	非法移民	名詞
	時に	→	時に	有時候	副詞
	引き起こす	→	引き起こす	引起	動Ⅰ

中譯

❶ 確認今天的頭條新聞。

❷ 任何地方都會有各地軼聞。

❸ 應該更加關注國內 / 國際的話題。

❹ 財經狀況一樣讓人不滿意。

❺ 政治如果不安定，治安也會跟著敗壞。

❻ 改善國民的生活習慣。

❼ 有時候，非法移民會對社會造成極大的損傷。

109 報紙各版新聞(2)

MP3 109

1

娯《ご》楽《らく》
(名)娯樂

2

旅《りょ》行《こう》
(名)旅遊

3

芸《げい》術《じゅつ》
(名)藝文

4
科《か》学《がく》技《ぎ》術《じゅつ》
(名)科技

5
スポーツ
(sports)
(名)運動

6
健《けん》康《こう》
(名)健康

❶ 娯楽番組《ばんぐみ》の司会《しかい》を担当《たんとう》します。

❷ 面白《おもしろ》い旅行の特集《とくしゅう》記事《きじ》を読《よ》みます。

❸ 新聞《しんぶん》の芸術欄《らん》は定期的《ていきてき》に美術展《びじゅつてん》の案内《あんない》を載《の》せます。

❹ 科学技術の発展《はってん》とともに、人々《ひとびと》の暮《く》らしは便利《べんり》になりました。

❺ ここ数日《すうじつ》、新聞《しんぶん》のスポーツ欄《らん》はサッカーワールドカップ関連《かんれん》の報道《ほうどう》ばかりです。

❻ タバコやお酒《さけ》は、健康に害《がい》を及《およ》ぼすことがあります。

學更多

	例句出現的		原形／接續原則	意義	詞性
❶	司会	→	司会	主持人	名詞
	担当します	→	担当する	擔任	動Ⅲ
❷	特集記事	→	特集記事	專題報導	名詞
	読みます	→	読む	閱讀	動Ⅰ
❸	案内	→	案内	資訊	名詞
	載せます	→	載せる	刊登	動Ⅱ
❹	発展とともに	→	名詞＋とともに	隨著～	文型
	暮らし	→	暮らし	生活	名詞
	便利になりました	→	便利＋になりました	變方便了	文型
❺	サッカーワールドカップ	→	サッカーワールドカップ	世界盃足球賽	名詞
	関連	→	関連	相關、關聯	名詞
	報道	→	報道	報導	名詞
	報道ばかり	→	名詞＋ばかり	淨～、只～	文型
❻	タバコやお酒	→	名詞Ａ＋や＋名詞Ｂ	名詞Ａ和名詞Ｂ	文型
	害を及ぼす	→	害を及ぼす	危及、危害	動Ⅰ

中譯

❶ 擔任娛樂節目的主持人。
❷ 閱讀有趣的旅遊專題報導
❸ 報紙的藝文版會定期刊登美術展的資訊。
❹ 隨著科技的發展，人們的生活也越來越方便了。
❺ 這幾天的報紙運動版都是世界盃足球賽的相關報導。
❻ 香煙和酒都會危害健康。

110

各種出版品(1)

MP3 110

1 新《しん》聞《ぶん》
(名)報紙

2 週《しゅう》刊《かん》誌《し》
(名)週刊

3 雑《ざっ》誌《し》
(名)雜誌

4 説《せつ》明《めい》書《しょ》
(名)說明書

5 カタログ
(catalogue)
(名)型錄

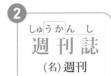

❶ インターネットの普《ふ》及《きゅう》で、新聞を定《てい》期《き》購《こう》読《どく》する人《ひと》が減《へ》りました。

❷ 週刊誌を立《た》ち読《よ》みします。

❸ ファッション雑誌で流《りゅう》行《こう》をチェックします。

❹ 説明書をよく読《よ》んで、問題《もんだい》を解決《かいけつ》します。

❺ カタログを見《み》て商《しょう》品《ひん》を注《ちゅう》文《もん》します。

學更多

	例句出現的		原形／接續原則	意義	詞性
❶	インターネット	→	**インターネット**	網路	名詞
	普及	→	**普及**	普及	名詞
	普及で	→	**名詞＋で**	因為～	文型
	定期購読する	→	**定期購読する**	定期訂閱	動Ⅲ
	減りました	→	**減る**	減少	動Ⅰ
❷	立ち読みします	→	**立ち読みする**	站著閱讀	動Ⅲ
❸	ファッション	→	**ファッション**	時尚、流行	名詞
	ファッション雑誌で	→	**名詞＋で**	利用～	文型
	チェックします	→	**チェックする**	確認	動Ⅲ
❹	よく	→	**よく**	仔細	副詞
	読んで	→	**読む**	閱讀	動Ⅰ
	解決します	→	**解決する**	解決	動Ⅲ
❺	見て	→	**見る**	看	動Ⅱ
	注文します	→	**注文する**	訂購	動Ⅲ

中譯

❶ 因為網路的普及，現在定期訂閱報紙的人減少了。
❷ 站著翻閱週刊。
❸ 透過時尚雜誌，確認流行趨勢。
❹ 仔細閱讀說明書，解決問題。
❺ 翻閱型錄，訂購商品。

111

各種出版品(2)

MP3 111

1

電《でん》子《し》ブック

(名)電子書

2

ディスク

（disc）

(名)光碟

3

オーディオブック

（audio book）

(名)有聲書

4

辞《じ》書《しょ》

(名)字典

5

絵《え》本《ほん》

(名)繪本

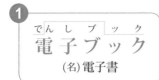

❶ 電子ブックをダウンロードします。

❷ ディスクにデータを保存《ほぞん》します。

❸ オーディオブックを使《つか》って本《ほん》を楽《たの》しみます。

❹ 辞書で分《わ》からない言葉《ことば》を調《しら》べます。

❺ 毎晩《まいばん》、子供《こども》に絵本を読《よ》んでやります。

學更多

	例句出現的		原形／接續原則	意義	詞性
❶	ダウンロードします	→	ダウンロードする	下載	動Ⅲ
❷	データ	→	データ	資料	名詞
	保存します	→	保存する	保存	動Ⅲ
❸	使って	→	使う	使用	動Ⅰ
	本	→	本	書本	名詞
	楽しみます	→	楽しむ	享受	動Ⅰ
❹	辞書で	→	名詞＋で	利用～	文型
	分からない	→	分かる	理解	動Ⅰ
	言葉	→	言葉	詞彙	名詞
	調べます	→	調べる	查詢	動Ⅱ
❺	毎晩	→	毎晩	每天晚上	名詞
	読んで	→	読む	朗讀	動Ⅰ
	読んでやります	→	動詞て形＋やる	為下位立場者做～	文型

中譯

❶ 下載電子書。
❷ 把資料保存在光碟裡。
❸ 聽有聲書，享受書本的內容。
❹ 用字典查詢不懂的詞彙。
❺ 每天晚上為孩子朗讀繪本。

112 各種學校(1)

MP3 112

1 託《たく》児《じ》所《しょ》
(名)托兒所

2 幼《よう》稚《ち》園《えん》
(名)幼稚園

3 小《しょう》学《がっ》校《こう》
(名)小學

4 中《ちゅう》学《がっ》校《こう》
(名)中學

5 高《こう》校《こう》
(名)高中

❶ 共働《ともばたら》きなので、託児所に子供《こども》を預《あず》けています。

❷ 今日《きょう》は息子《むすこ》の幼稚園の初登校《はつとうこう》日《び》でしたが、特《とく》に問題《もんだい》はありませんでした。

❸ 来年《らいねん》から、いよいよ小学校に行《い》きます。

❹ 中学校の学習内容《がくしゅうないよう》は、より高度《こうど》なものとなります。

❺ 高校の数学《すうがく》は、もう忘《わす》れました。

學更多

	例句出現的		原形／接續原則	意義	詞性
❶	共働き	→	共働き	夫妻都上班賺錢	名詞
	共働きなので	→	名詞＋な＋ので	因為～	文型
	預けて	→	預ける	寄託、寄放	動II
	預けています	→	動詞て形＋いる	目前狀態	文型
❷	初登校日	→	初登校日	第一天上課	名詞
	特に	→	特に	特別	副詞
	ありませんでした	→	ある	有（事或物）	動I
❸	来年	→	来年	明年	名詞
	来年から	→	時點＋から	從～時點開始	文型
	いよいよ	→	いよいよ	終於	副詞
	小学校に行きます	→	小学校に行く	上小學	動I
❹	より	→	より	更加	副詞
	高度なもの	→	高度＋な＋名詞	高程度的～	文型
	ものとなります	→	名詞＋となる	變成～	文型
❺	もう	→	もう	已經	副詞
	忘れました	→	忘れる	忘記	動II

中譯

❶ 因為夫妻都在上班賺錢，所以把孩子送到托兒所。
❷ 今天是兒子幼稚園上課的第一天，沒發生什麼特別的問題。
❸ （小孩）明年就要上小學了。
❹ 中學的學習內容變得更加困難。
❺ 高中數學已經忘記了。

113 各種學校(2)

MP3 113

1 大《だい》学《がく》

(名)大學

2 大《だい》学《がく》院《いん》

(名)研究所

3 塾《じゅく》

(名)補習班

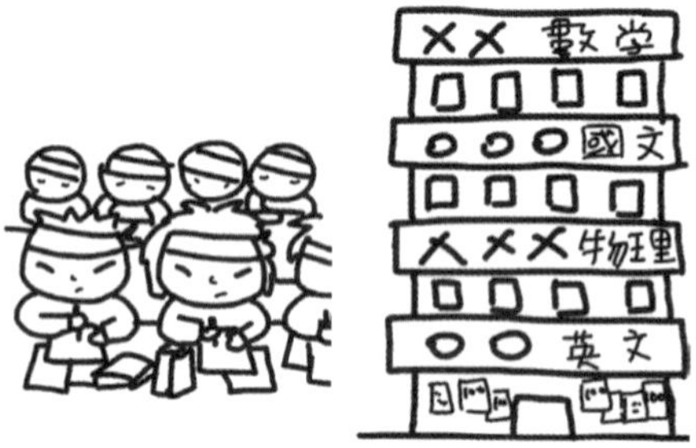

4 公《こう》立《りつ》学《がっ》校《こう》

(名)公立學校

5 私《し》立《りつ》学《がっ》校《こう》

(名)私立學校

❶ 大学の講義《こうぎ》内容《ないよう》が難《むずか》しくて、とてもついていけません。

❷ 大学院へ進《すす》むのを諦《あきら》めます。

❸ 塾に通《かよ》って、受験合格《じゅけんごうかく》を目指《めざ》します。

❹ 公立学校の授業料《じゅぎょうりょう》は無料《むりょう》です。

❺ 私立学校の授業料《じゅぎょうりょう》は高《たか》いです。

學更多

	例句出現的		原形／接續原則	意義	詞性
❶	講義	→	**講義**	課程	名詞
	難しく	→	**難しい**	困難的	い形容詞
	難しくて	→	**難し~~い~~＋くて**	因為很難	文型
	とても	→	**とても＋否定形**	怎麼也～	文型
	ついていけません	→	**ついていける**	可以跟上	ついていく的可能形
❷	大学院へ	→	**名詞＋へ**	前往～	文型
	進む	→	**進む**	上升	動 I
	諦めます	→	**諦める**	放棄	動 II
❸	塾に通って	→	**塾に通う**	上補習班	動 I
	受験合格	→	**受験合格**	考試合格	名詞
	目指します	→	**目指す**	以～為目標	動 I
❹	授業料	→	**授業料**	學費	名詞
	無料	→	**無料**	免費	名詞
❺	高い	→	**高い**	貴的	い形

中譯

❶ 大學的課程內容很困難，怎麼也跟不上進度。
❷ 放棄上研究所念書的計畫。
❸ 到補習班上課，以通過考試為目標。
❹ 公立學校的學費是免費的。
❺ 私立學校的學費很昂貴。

114 各種學校(3)

MP3 114

❶ 防《ぼう》衛《えい》学《がっ》校《こう》

(名)軍校

❷ 音《おん》楽《がく》学《がっ》校《こう》

(名)音樂學校

❸ 看《かん》護《ご》学《がっ》校《こう》

(名)護校

❹ 特《とく》殊《しゅ》教《きょう》育《いく》学《がっ》校《こう》

(名)特殊教育學校

❺ 専《せん》門《もん》学《がっ》校《こう》

(名)專門學校

❶ 防衛学校の卒業者《そつぎょうしゃ》の中《なか》には、将来《しょうらい》自衛隊《じえいたい》の幹部《かんぶ》になる者《もの》も少《すく》なくありません。

❷ 音楽学校で声楽《せいがく》を学《まな》びます。

❸ 看護学校は女子《じょし》が多《おお》いです。

❹ 障害《しょうがい》がある子供達《こどもたち》は、特殊教育学校に通《かよ》います。

❺ 専門学校で服飾《ふくしょく》の勉強《べんきょう》をします。

學更多

	例句出現的		原形／接續原則	意義	詞性
❶	卒業者	→	**卒業者**	畢業生	名詞
	幹部になる	→	**名詞＋になる**	成為～	文型
	者	→	**者**	人	名詞
	少なくありません	→	**少ない＋くありません**	不少	文型
❷	音楽学校で	→	**地點＋で**	在～地點	文型
	声楽	→	**声楽**	聲樂	名詞
	学びます	→	**学ぶ**	學習	動Ⅰ
❸	女子	→	**女子**	女生	名詞
	多い	→	**多い**	很多的	い形
❹	障害	→	**障害**	（身體或精神）障礙	名詞
	ある	→	**ある**	有（事或物）	動Ⅰ
	通います	→	**通う**	上學、往返	動Ⅰ
❺	専門学校で	→	**地點＋で**	在～地點	文型
	服飾	→	**服飾**	服飾	名詞
	勉強をします	→	**勉強をする**	學習	動Ⅲ

中譯

❶ 軍校的畢業生當中，有不少人將來會成為自衛隊的幹部。
❷ 在音樂學校學聲樂。
❸ 護校的女生很多。
❹ 有身心障礙的孩子們，會到特殊教育學校上課。
❺ 在專門學校學習服飾課程。

115 哺乳動物(1)

MP3 115

1 ライオン
(lion)
(名)獅子

2 虎《とら》
(名)老虎

3 豹《ひょう》
(名)豹

4 狼《おおかみ》
(名)狼

5 熊《くま》
(名)熊

6 北《ほっ》極《きょく》熊《ぐま》
(名)北極熊

❶ ライオンは、百獣《ひゃくじゅう》の王《おう》と言《い》われます。

❷ 虎は絶滅《ぜつめつ》の危機《きき》にあります。

❸ 豹の足《あし》は物凄《ものすご》く速《はや》いです。

❹ 狼は、西洋《せいよう》に伝《つた》わる子供《こども》向《む》けの物語《ものがたり》に、度々《たびたび》出《で》てきます。

❺ この辺《あた》りには熊が出没《しゅつぼつ》するので、注意《ちゅうい》してください。

❻ 北極熊は、陸上最大《りくじょうさいだい》の肉食獣《にくしょくじゅう》です。

學更多

	例句出現的		原形／接續原則	意義	詞性
❶	百獣の王と言われます	→	**名詞＋と言われる**	被稱為～	文型
❷	絶滅	→	**絶滅**	絕種	名詞
	あります	→	**ある**	有（事或物）	動 I
❸	物凄く	→	**物凄い**	驚人的	い形
	速い	→	**速い**	快速的	い形
❹	伝わる	→	**伝わる**	流傳	動 I
	子供向けの物語	→	**名詞A＋向けの＋名詞B**	針對名詞A的名詞B	文型
	物語	→	**物語**	故事	名詞
	度々	→	**度々**	屢次	副詞
	出て	→	**出る**	出現	動 II
	出てきます	→	**動詞て形＋くる**	做～出來	文型
❺	出没する	→	**出没する**	出沒	動 III
	出没するので	→	**動詞辭書形＋ので**	因為～	文型
	注意して	→	**注意する**	注意	動 III
	注意してください	→	**動詞て形＋ください**	請做～	文型
❻	肉食獣	→	**肉食獣**	肉食動物	名詞

中譯

❶ 獅子被稱為百獸之王。
❷ 老虎有瀕臨絕種的危機。
❸ 豹跑起來快得驚人。
❹ 狼經常出現在西方所流傳的，專供孩子閱讀的故事當中。
❺ 這附近有熊出沒，所以請多加注意。
❻ 北極熊是陸地上最大的肉食動物。

116 哺乳動物(2)

MP3 116

1 牛《うし》
(名)牛

2 キリン《キリン》
(名)長頸鹿

3 シマウマ《シマウマ》
(名)斑馬

4 象《ぞう》
(名)大象

5 コアラ
(koala)
(名)無尾熊

6 ラクダ《ラクダ》
(名)駱駝

❶ 牛がのびのびと草《くさ》を食《た》べています。

❷ キリンは、動物《どうぶつ》の中《なか》で一番首《いちばんくび》が長《なが》いです。

❸ シマウマの縞模様《しまもよう》は、本当《ほんとう》に美《うつく》しいです。

❹ 象は、インドでは神聖《しんせい》な動物《どうぶつ》だとされます。

❺ コアラは水《みず》を飲《の》みません。

❻ ラクダに乗《の》った商人《しょうにん》が、砂漠《さばく》を行《い》き交《か》います。

學更多

	例句出現的		原形／接續原則	意義	詞性
❶	のびのび	→	**のびのび**	悠閒	副詞
	食べて	→	**食べる**	吃	動II
	食べています	→	**動詞て形＋いる**	目前狀態	文型
❷	動物の中で	→	**範圍＋で**	在～範圍	文型
	一番	→	**一番**	最	副詞
	首	→	**首**	脖子	名詞
❸	縞模様	→	**縞模様**	條紋花樣	名詞
	本当に	→	**本当に**	真的	副詞
	美しい	→	**美しい**	漂亮的	い形
❹	インド	→	**インド**	印度	名詞
	インドでは	→	**地點＋では**	在～地點	文型
	神聖な	→	**神聖**	神聖	な形
	神聖な動物だとされます	→	**名詞＋だ＋とされる**	被視為～	文型
❺	飲みません	→	**飲む**	喝	動I
❻	乗った	→	**乗る**	騎乘	動I
	行き交います	→	**行き交う**	往來	動I

中譯

❶ 牛悠閒地吃草。
❷ 長頸鹿是所有動物中，脖子最長的。
❸ 斑馬的條紋真的很漂亮。
❹ 大象在印度被視為神聖的動物。
❺ 無尾熊是不喝水的。
❻ 騎著駱駝的商人，在沙漠中往來。

117 天然災害(1)

MP3 117

1 水《すい》害《がい》
(名) 水災

2 旱《かん》魃《ばつ》
(名) 旱災

3 火《か》山《ざん》噴《ふん》火《か》
(名) 火山爆發

4 地《じ》震《しん》
(名) 地震

5 山《やま》火《か》事《じ》
(名) 森林大火

6 津《つ》波《なみ》
(名) 海嘯

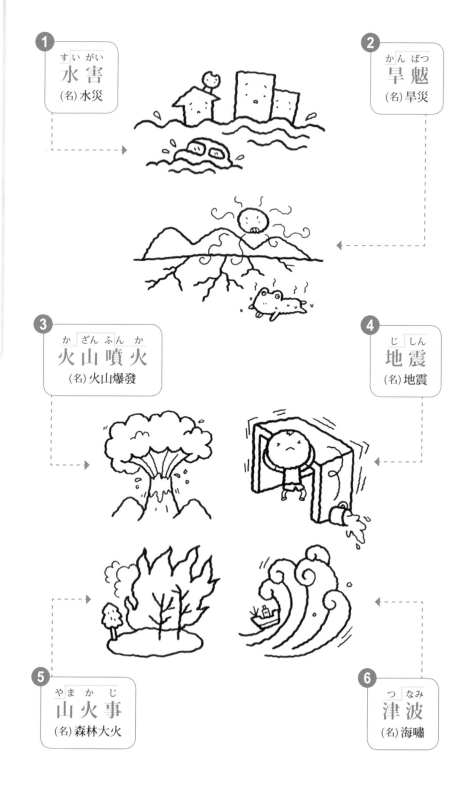

❶ 大雨《おおあめ》で水害が懸念《けねん》されます。

❷ 近年《きんねん》、旱魃の影響《えいきょう》で、オーストラリアの農業《のうぎょう》は打撃《だげき》を受《う》けています。

❸ 火山噴火による火山灰《かざんばい》で、町《まち》は灰色《はいいろ》と化《か》しました。

❹ 近年《きんねん》、大型《おおがた》の地震が世界各地《せかいかくち》で起《お》きています。

❺ 乾燥《かんそう》しているので、山火事が起《お》こると大変《たいへん》です。

❻ 東日本大震災《ひがしにほんだいしんさい》の津波で、多《おお》くの人々《ひとびと》の命《いのち》が奪《うば》われました。

學更多

	例句出現的		原形／接續原則	意義	詞性
❶	大雨で	→	名詞＋で	因為～	文型
	懸念されます	→	懸念される	被擔心	懸念する的被動形
❷	受けて	→	受ける	受到	動Ⅱ
❸	火山噴火による	→	名詞＋による	因為～	文型
	火山灰で	→	名詞＋で	因為～	文型
	灰色と化しました	→	灰色と化す	變成灰色	動Ⅰ
❹	世界各地で	→	地點＋で	在～地點	文型
	起きて	→	起きる	發生	動Ⅱ
	起きています	→	動詞て形＋いる	目前狀態	文型
❺	乾燥して	→	乾燥する	乾燥	動Ⅲ
	乾燥している	→	動詞て形＋いる	目前狀態	文型
	乾燥しているので	→	動詞ている形＋ので	因為～	文型
	起こる	→	起こる	發生	動Ⅰ
	起こると	→	動詞辭書形＋と	如果～的話，就～	文型
	大変	→	大変	不得了	な形
❻	津波で	→	名詞＋で	因為～	文型
	奪われました	→	奪われる	被奪走	奪う的被動形

中譯

❶ 因為大雨造成的水災令人擔心。

❷ 近年來，因為旱災的影響，澳洲的農業受到了衝擊。

❸ 火山爆發帶來的火山灰，使得整個城鎮化為灰色世界。

❹ 近年來，大型地震在世界各地發生。

❺ 因為很乾燥，如果發生森林大火就不得了了。

❻ 因為日本東北大地震引發的海嘯，使得許多人的性命被奪走。

118 天然災害(2)

MP3 118

1 竜《たつ》巻《まき》

(名)龍捲風

2 台《たい》風《ふう》

(名)颱風

3 雹《ひょう》

(名)冰雹

對流雲系旺盛時，雲中水蒸氣凝結成冰粒降下。

4 雪《な》崩《だれ》

(名)雪崩

5 山《やま》崩《くず》れ

(名)山崩

6 土《ど》石《せき》流《りゅう》

(名)土石流

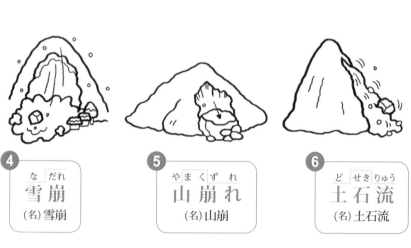

❶ アメリカ中《ちゅう》部《ぶ》では、竜巻がよく起《お》こります。

❷ 台風は、突然進路《とつぜんしんろ》を変えて北《ほく》上《じょう》しました。

❸ 今日《きょう》は、季節《きせつ》はずれの雹が降《ふ》りました。

❹ 雪山《ゆきやま》を登《のぼ》る時《とき》は、雪崩に注《ちゅう》意《い》しなければなりません。

❺ 木《き》が切《き》り倒《たお》され土《ど》壌《じょう》が緩《ゆる》んでいるので、山崩れが懸念《けねん》されます。

❻ 山道《やまみち》では、土石流に注《ちゅう》意《い》してください。

學更多

	例句出現的		原形／接續原則	意義	詞性
❶	アメリカ中部では	→	**地點＋では**	在～地點	文型
	起こります	→	**起こる**	發生	動Ⅰ
❷	進路	→	**進路**	路徑	名詞
	変えて	→	**変える**	改變	動Ⅱ
	北上しました	→	**北上する**	北上	動Ⅲ
❸	季節はずれ	→	**季節はずれ**	不合季節	名詞
	降りました	→	**降る**	降（雨、雪）	動Ⅰ
❹	登る	→	**登る**	攀登	動Ⅰ
	注意しなければ	→	**注意する**	小心	動Ⅲ
	注意しなければなりません	→	**動詞ない形＋なければならない**	必須做～	文型
❺	切り倒され	→	**切り倒される**	被砍倒	切り倒す的被動形
	緩んで	→	**緩む**	鬆軟	動Ⅰ
	緩んでいる	→	**動詞て形＋いる**	目前狀態	文型
	緩んでいるので	→	**動詞ている形＋ので**	因為～	文型
	懸念されます	→	**懸念される**	被擔心	懸念する的被動形
❻	注意して	→	**注意する**	小心	動Ⅲ
	注意してください	→	**動詞て形＋ください**	請做～	文型

中譯

❶ 美國中部經常發生龍捲風。

❷ 颱風突然改變路徑北上了。

❸ 今天下了這種季節不該有的冰雹。

❹ 攀登雪山時，必須小心發生雪崩。

❺ 因為樹木被砍倒、土壤鬆軟，擔心會發生山崩。

❻ 在山路上，請小心土石流。

119

風&雨類型(1)

MP3 119

1 無《む》風《ふう》
(名) 無風

2 微《び》風《ふう》
(名) 微風

3 強《きょう》風《ふう》
(名) 強風

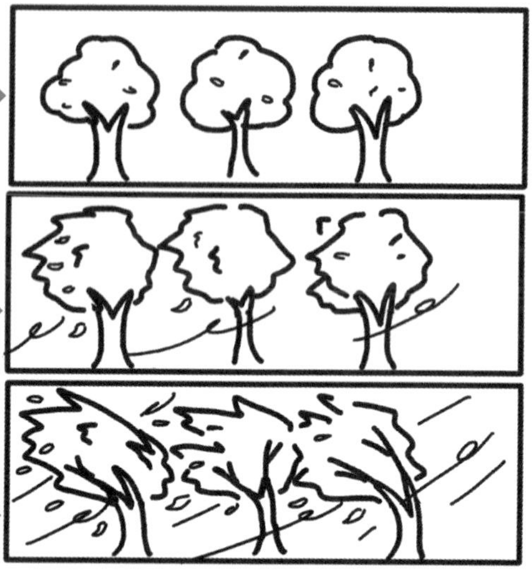

4 局《きょく》地《ち》的《てき》な《な》雨《あめ》
(名) 局部雨

5 に《に》わ《わ》か《か》雨《あめ》
(名) 陣雨

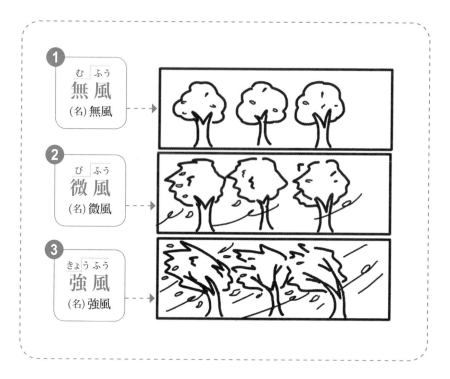

❶ 今日《きょう》は、無風で海《うみ》は穏《おだ》やかです。

❷ 扇風機《せんぷうき》を微風にセットします。

❸ 強風波浪《はろう》注意《ちゅうい》報《ほう》が出《で》ているので、ご注意《ちゅうい》ください。

❹ 一時間《いちじかん》に２０《にじゅう》ミリの、局地的な雨が降《ふ》ります。

❺ 所々《ところどころ》、にわか雨が降《ふ》る所《ところ》があります。

學更多

	例句出現的		原形／接續原則	意義	詞性
❶	無風で	→	**無風＋で**	無風，而且～	文型
	穏やか	→	**穏やか**	平穩的	な形
❷	扇風機	→	**扇風機**	電風扇	名詞
	セットします	→	**セットする**	設定	動Ⅲ
❸	注意報	→	**注意報**	警報	名詞
	出て	→	**出る**	發出	動Ⅱ
	出ている	→	**動詞て形＋いる**	目前狀態	文型
	出ているので	→	**動詞ている形＋ので**	因為～	文型
	注意	→	**注意**	注意	動作性名詞
	ご注意ください	→	**ご＋動作性名詞＋ください**	請您做～	文型
❹	ミリ	→	**ミリ**	公釐	名詞
	降ります	→	**降る**	下（雨）	動Ⅰ
❺	所々	→	**所々**	有些地方	名詞
	あります	→	**ある**	有（事或物）	動Ⅰ

中譯

❶ 今天無風，而且海面很平穩。
❷ 把電風扇設定成微風。
❸ 已經發出注意強風強浪的警報，請您特別注意。
❹ 一小時內，會下 20 公釐的局部雨。
❺ 有些地方會下陣雨。

120

風&雨類型(2)

MP3 120

1 小《こ》雨《さめ》
(名)毛毛雨

2 人《じん》工《こう》降《こう》雨《う》
(名)人造雨

3 雷《らい》雨《う》
(名)雷雨

4 天《てん》気《き》雨《あめ》
(名)太陽雨

5 どしゃぶりの雨《あめ》
(名)傾盆大雨

❶ 小雨の中《なか》、運動会《うんどうかい》が行《おこな》われました。

❷ 人工降雨の技術《ぎじゅつ》は、現在開発中《げんざいかいはつちゅう》です。

❸ 運転《うんてん》の途中《とちゅう》、激《はげ》しい雷雨に襲《おそ》われます。

❹ 天気雨は、「狐《きつね》の嫁入《よめい》り」とも言《い》われます。

❺ どしゃぶりの雨に遭《あ》い、びしょ濡《ぬ》れになってしまいました。

學更多

	例句出現的		原形／接續原則	意義	詞性
❶	小雨の中	→	**名詞＋の中**	在～當中	文型
	行われました	→	**行われる**	舉行	動II
❷	開発中	→	**開発中**	開發中	名詞
❸	運転	→	**運転**	駕駛	名詞
	途中	→	**途中**	途中、路上	名詞
	激しい	→	**激しい**	猛烈的	い形
	襲われます	→	**襲われる**	被襲擊	襲う的被動形
❹	狐の嫁入り	→	**狐の嫁入り**	出太陽卻下雨	慣用語
	狐の嫁入りとも言われます	→	**名詞＋とも言われる**	也被稱為～	文型
❺	遭い	→	**遭う**	遭遇	動 I
	びしょ濡れ	→	**びしょ濡れ**	濕透	名詞
	びしょ濡れになって	→	**名詞＋になる**	變成～	文型
	なってしまいました	→	**動詞て形＋しまいました**	無法挽回的遺憾	文型

中譯

❶ 在毛毛雨中，舉行了運動會。
❷ 人造雨的技術，目前正在開發當中。
❸ 開車途中，遭受猛烈的雷雨襲擊。
❹ 「太陽雨」在日文中也被稱為「狐の嫁入り（出太陽卻下雨）」。
❺ 遇到傾盆大雨，全身都濕透了。

121 水的型態

MP3 121

1 井《い》戸《ど》
(名) 水井

2 池《いけ》
(名) 池塘

3 滝《たき》
(名) 瀑布

4 海《うみ》
(名) 海洋

5 川《かわ》
(名) 河流

6 湖《みずうみ》
(名) 湖泊

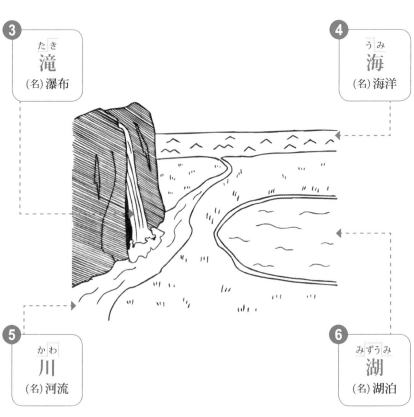

❶ 井戸を掘《ほ》って水《みず》を得《え》ます。

❷ 古《ふる》池や 蛙《かわず》 飛《と》び込《こ》む水《みず》の音《おと》・・・

❸ この滝には、 昔《むかし》から多《おお》くの言《い》い伝《つた》えがあります。

❹ 彼《かれ》は、海辺《べ》に暮《く》らして毎日《まいにち》釣《つ》りをするのが夢《ゆめ》です。

❺ 川の流《なが》れは速《はや》いので、ここで泳《およ》ぐのは危険《きけん》です。

❻ 湖のほとりに、小《ちい》さな別荘《べっそう》を持《も》っています。

學更多

	例句出現的		原形／接續原則	意義	詞性
❶	掘って	→	**掘る**	挖掘	動 I
	得ます	→	**得る**	取得	動 II
❷	古池	→	**古池**	古老的池塘	名詞
	蛙	→	**蛙**	青蛙	名詞
	飛び込む	→	**飛び込む**	跳入	動 I
❸	昔から	→	**時點＋から**	從～時點開始	文型
	言い伝え	→	**言い伝え**	傳說	名詞
❹	海辺	→	**海辺**	海邊	名詞
	暮らして	→	**暮らす**	生活	動 I
	釣りをする	→	**釣りをする**	釣魚	動 III
❺	速い	→	**速い**	快速的	い形
	速いので	→	**い形容詞＋ので**	因為～	文型
	泳ぐ	→	**泳ぐ**	游泳	動 I
	泳ぐのは	→	**動詞辭書形＋のは**	～這件事	文型
❻	ほとり	→	**ほとり**	旁邊	名詞
	持って	→	**持つ**	擁有	動 I
	持っています	→	**動詞て形＋いる**	目前狀態	文型

中譯

❶ 挖掘水井取水。
❷ 古老的池塘，青蛙跳入池塘的水聲⋯（此為日本俳句家「松尾芭蕉」的俳句。）
❸ 這個瀑布從以前就有許多傳說。
❹ 他的夢想就是在海邊生活，每天釣魚。
❺ 河流的流速很快，在這裡游泳很危險。
❻ 在湖泊旁邊擁有一間小別墅。

122 職稱(1)

MP3 122

1 株《かぶ》主《ぬし》
(名)股東

2 執《しっ》行《こう》委《い》員《いん》長《ちょう》
(名)執行長

3 理《り》事《じ》長《ちょう》
(名)董事長

4 部《ぶ》長《ちょう》
(名)經理

5 社《しゃ》長《ちょう》
(名)總經理

6 管《かん》理《り》職《しょく》
(名)主管

7 副《ふく》社《しゃ》長《ちょう》
(名)副總經理

❶ 株主総会《そうかい》で、会社《かいしゃ》への批判《ひはん》が多《おお》く寄《よ》せられます。

❷ 執行委員長の任務《にんむ》を依頼《いらい》されたので、受《う》けることにしました。

❸ あの女優《じょゆう》は有名《ゆうめい》なアパレル企業《きぎょう》の理事長でもあります。

❹ 部長に昇進《しょうしん》し、責任《せきにん》が重《おも》くなります。

❺ 社長の方針《ほうしん》で、今回《こんかい》のプロジェクトに、多大《ただい》な予算《よさん》が投入《とうにゅう》されました。

❻ 管理職となると、残業《ざんぎょう》は必須《ひっす》です。

❼ 副社長に就任《しゅうにん》したものの、この部長《ぶちょう》とやっていく自信《じしん》がありません。

學更多

	例句出現的		原形／接續原則	意義	詞性
❶	寄せられます	→	寄せられる	被聚集	寄せる的被動形
❷	依頼された	→	依頼される	被委託	依頼する的被動形
	依頼されたので	→	依頼された＋ので	因為被委託	文型
	受けることにしました	→	動詞辭書形＋ことにしました	決定做～了	文型
❸	アパレル	→	アパレル	服飾	名詞
	理事長でもあります	→	名詞＋でもある	也是～	文型
❹	昇進し	→	昇進する	晉升	動Ⅲ
	重くなりました	→	重い＋くなりました	變重了	文型
❺	投入されました	→	投入される	被投入	投入する的被動形
❻	管理職となる	→	名詞＋となる	成為～	文型
	管理職となると	→	動詞辭書形＋と	一～，就～	文型
❼	就任した	→	就任する	就職	動Ⅲ
	就任したものの	→	動詞た形＋ものの	雖然～，但是～	文型
	やって	→	やる	做	動Ⅰ
	やっていく	→	動詞て形＋いく	做～下去	文型

中譯

❶ 在股東大會上，收到很多對公司的批評。
❷ 受託擔任執行長，所以決定接下這份工作。
❸ 那個女明星也是知名服飾公司的董事長。
❹ 晉升為經理，責任變重。
❺ 按照總經理的方針，在這次的專案投注大量的預算。
❻ 一旦成為主管，加班就是必不可少的事情。
❼ 雖然擔任了副總經理，但是沒有自信能和這個經理共事。

123

職稱(2)

MP3 123

1 アシスタント

（assistant）

(名)助理

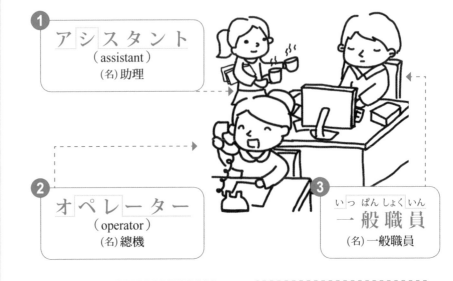

2 オペレーター

（operator）

(名)總機

3 一《いっ》般《ぱん》職《しょく》員《いん》

(名)一般職員

4 派《は》遣《けん》社《しゃ》員《いん》

(名)約聘人員

5 パート

（part time）

(名)兼職人員

此字也可以唸成パート。

6 プロジェクト《プロジェクト》責《せき》任《にん》者《しゃ》

(名)專案負責人

7 営《えい》業《ぎょう》マン《マン》

(名)業務員

❶ 良《よ》きアシスタントとして、上司《じょうし》を補佐《ほさ》していきたいです。

❷ 0《ゼロ》を押《お》すと、オペレーターに繋《つな》がります。

❸ 一般職員でいた方《ほう》がある意味《いみ》、気楽《きらく》です。

❹ 派遣社員を雇《やと》って、費用《ひよう》を削減《さくげん》します。

❺ パートの福利厚生《ふくりこうせい》を改善《かいぜん》します。

❻ 突然《とつぜん》、自分《じぶん》がプロジェクト責任者に抜擢《ばってき》されました。

❼ 弟《おとうと》は外交的《がいこうてき》な性格《せいかく》なので、私《わたし》は彼《かれ》が良《よ》い営業マンになると思《おも》います。

學更多

	例句出現的		原形／接續原則	意義	詞性
❶	良き	→	**良き**	好的	連體詞
	アシスタントとして	→	**名詞＋として**	作為～	文型
	補佐して	→	**補佐する**	協助	動Ⅲ
	補佐していき	→	**動詞て形＋いく**	做～下去	文型
	補佐していきたい	→	**動詞ます形＋たい**	想要做～	文型
❷	押すと	→	**動詞辭書形＋と**	如果～的話，就～	文型
	繋がります	→	**繋がる**	連接	動Ⅰ
❸	一般職員でいた	→	**身分＋でいる**	以～身分	文型
	いた方が気楽	→	**動詞た形＋方が気楽**	做～比較輕鬆	文型
❹	雇って	→	**雇う**	雇用	動Ⅰ
❺	改善します	→	**改善する**	改善	動Ⅲ
❻	抜擢されました	→	**抜擢される**	被提拔	抜擢する的被動形
❼	外交的な性格なので	→	**名詞＋な＋ので**	因為～	文型
	営業マンになる	→	**名詞＋になる**	成為～	文型
	なると思います	→	**動詞辭書形＋と思う**	覺得～	文型

中譯

❶ 想成為一個好助理，協助上司工作。

❷ 只要按下 0 ，就可以接通總機。

❸ 某種意義上，做一個一般職員還比較輕鬆。

❹ 雇用約聘人員，削減費用。

❺ 改善兼職人員的福利待遇。

❻ 我突然被提拔為專案負責人。

❼ 因為弟弟的個性很外向，我覺得他會是個很棒的業務員。

124 各種判決(1)

MP3 124

❶ 拘《こう》留《りゅう》する
(動Ⅲ) 羈押/拘留

❷ 無《む》罪《ざい》
(名) 無罪

❸ 公《こう》判《はん》後《ご》釈《しゃく》放《ほう》(する)
(名・動Ⅲ) 當庭釋放

❹ 有《ゆう》期《き》懲《ちょう》役《えき》
(名) 有期徒刑

❺ 無《む》期《き》懲《ちょう》役《えき》
(名) 無期徒刑

❻ 死《し》刑《けい》
(名) 死刑

❼ 仮《か》釈《しゃく》放《ほう》
(名) 假釋

❶ 訴《うった》えられた殺人犯《さつじんはん》が拘留されました。裁判《さいばん》が始《はじ》まるまで継続《けいぞく》して拘留され、保釈《ほしゃく》はありません。

❷ 被告人《ひこくにん》は無罪を主張《しゅちょう》しています。

❸ 彼《かれ》の身柄《みがら》は、公判後釈放されました。

❹ 有期懲役には、刑《けい》の満期《まんき》があります。

❺ 被告人《ひこくにん》を、無期懲役の刑《けい》に処《しょ》します。

❻ 死刑の判決《はんけつ》が下《くだ》されます。

❼ 仮釈放が認《みと》められます。

學更多

	例句出現的		原形／接續原則	意義	詞性
❶	訴えられた	→	訴えられる	被控告	訴える的被動形
	始まる	→	始まる	開始	動Ⅰ
	始まるまで	→	動詞辭書形＋まで	到～之前	文型
	継続して	→	継続する	繼續	動Ⅲ
	ありません	→	ある	有（事或物）	動Ⅰ
❷	主張して	→	主張する	主張	動Ⅲ
	主張しています	→	動詞て形＋いる	目前狀態	文型
❸	身柄	→	身柄	在押對象本人	名詞
❹	満期	→	満期	期滿、到期	名詞
	あります	→	ある	有（事或物）	動Ⅰ
❺	処します	→	処する	處罰	動Ⅲ
❻	下されます	→	下される	被下達	下す的被動形
❼	認められます	→	認められる	被准許	認める的被動形

中譯

❶ 遭受控告的殺人犯被羈押，在審判前將一直被拘留且不得交保。
❷ 被告主張自己無罪。
❸ 他被當庭釋放。
❹ 有期徒刑的刑期，有期滿的時候。
❺ 將被告處以無期徒刑。
❻ 下達死刑的判決。
❼ 獲得假釋。

125 各種判決(2)

MP3 125

1 起《き》訴《そ》

(名) 起訴

2 不《ふ》起《き》訴《そ》

(名) 不起訴

3 執《しっ》行《こう》猶《ゆう》予《よ》

(名) 緩刑

4 労《ろう》働《どう》作《さ》業《ぎょう》

(名) 勞動服務

5 罰《ばっ》金《きん》刑《けい》

(名) 易科罰金

6 公《こう》民《みん》権《けん》剥《はく》奪《だつ》

(名) 褫奪公權

7 国《こく》外《がい》追《つい》放《ほう》(する)

(名・動Ⅲ) 驅逐出境

❶ 起訴罪名《ざいめい》は武装強盗《ぶそうごうとう》です。

❷ 証拠《しょうこ》不十分《ふじゅうぶん》で、不起訴となりました。

❸ 執行猶予中《ちゅう》に罪《つみ》を犯《おか》すと、執行猶予《しっこうゆうよ》が取《と》り消《け》されます。

❹ ほとんどの刑務所《けいむしょ》で、受刑者《じゅけいしゃ》の労働作業が義務化《ぎむか》されています。

❺ もしも裁判官《さいばんかん》が被告人《ひこくにん》に正当《せいとう》な理由《りゆう》があると認《みと》めた場合《ばあい》、彼《かれ》は罰金刑に処《しょ》すことができます。

❻ 彼《かれ》は公民権剥奪以降《いこう》も、政府《せいふ》に対《たい》して抗議《こうぎ》を続《つづ》けました。

❼ 入国管理局《にゅうこくかんりきょく》から上陸《じょうりく》を認《みと》められず、国外追放されます。

學更多

	例句出現的		原形／接續原則	意義	詞性
❶	武装強盗	→	武装強盗	持槍搶劫	名詞
❷	証拠不十分で	→	名詞＋で	因為～	文型
	不起訴となりました	→	名詞＋となる	變成～	文型
❸	罪を犯す	→	罪を犯す	犯罪	動 I
	罪を犯すと	→	動詞辭書形＋と	如果～的話，就～	文型
	取り消されます	→	取り消される	被取消	取り消す的被動形
❹	義務化されて	→	義務化される	被強制規定	義務化する的被動形
	義務化されています	→	義務化されて＋いる	被強制規定的狀態	文型
❺	認めた	→	認める	認為	動 II
	処す	→	処す	處罰	動 I
	処すことができます	→	動詞辭書形＋ことができる	可以做～	文型
❻	政府に対して	→	名詞＋に対して	對於～	文型
	続けました	→	続ける	持續	動 II
❼	認められ	→	認められる	被允許	認める的被動形
	認められず	→	認められない ＋ず	不～	文型

中譯

❶ 起訴的罪名，定為持槍搶劫。

❷ 證據不足，所以不起訴。

❸ 緩刑期間如果犯罪，緩刑就會被取消。

❹ 大部分的監獄規定囚犯要參與勞動服務。

❺ 法官如果認為被告有正當理由，他可以判處被告易科罰金。

❻ 被褫奪公權後，他仍然持續對政府進行抗議。

❼ 入境管理局不允許入境，被驅逐出境。

126 違法行為(1)

MP3 126

1 違《い》法《ほう》

(名)違法

2 抜《ぬ》け道《みち》

(名)（法律）漏洞

3 汚《お》職《しょく》

(名)貪污

4 資《し》金《きん》洗《せん》浄《じょう》

(名)洗錢

5 脱《だつ》税《ぜい》

(名)逃漏稅

6 誹《ひ》謗《ぼう》

(名)誹謗

7 口《くち》添《ぞ》えする

(動Ⅲ)關說

❶ 数年《すうねん》に渡《わた》って、違法行為《こうい》を繰《く》り返《かえ》してきました。

❷ 法律《ほうりつ》には、必《かなら》ず抜け道があるものです。

❸ 政治家《せいじか》の汚職が発覚《はっかく》します。

❹ 自分《じぶん》の口座《こうざ》が、資金洗浄に使《つか》われてしまいます。

❺ 脱税、横領《おうりょう》の罪《つみ》により、刑《けい》が処《しょ》されます。

❻ 彼《かれ》の言動《げんどう》は、誹謗行為《こうい》に当《あ》たります。

❼ 第三者《だいさんしゃ》が口添えしたことによって、問題《もんだい》は解決《かいけつ》しました。

學更多

	例句出現的		原形／接續原則	意義	詞性
❶	渡って	→	渡る	持續	動Ⅰ
	繰り返して	→	繰り返す	反覆	動Ⅰ
	繰り返してきました	→	動詞て形＋きました	做～下來	文型
❷	ある	→	ある	有（事或物）	動Ⅰ
	あるものです	→	動詞辭書形＋ものです	本來就～	文型
❸	発覚します	→	発覚する	暴露	動Ⅲ
❹	使われて	→	使われる	被使用	使う的被動形
	使われてしまいます	→	動詞て形＋しまう	無法挽回的遺憾	文型
❺	横領	→	横領	侵佔	名詞
	横領の罪により	→	名詞＋により	因為～	文型
	処されます	→	処される	被處罰	処する的被動形
❻	当たります	→	当たる	相當於	動Ⅰ
❼	口添えしたことによって	→	名詞＋によって	透過～	文型
	解決しました	→	解決する	解決	動Ⅲ

中譯

❶ 反覆進行違法行為長達數年。
❷ 法律一定會有法律漏洞。
❸ 政治家的貪污行為曝光。
❹ 自己的帳戶被用來洗錢。
❺ 因為逃漏稅、侵佔的罪名被判刑。
❻ 他的言行相當於誹謗。
❼ 透過第三者的關說，問題解決了。

127 違法行為(1)

MP3 127

❶ 文《ぶん》書《しょ》偽《ぎ》造《ぞう》

(名)偽造文書

❷ 著《ちょ》作《さく》権《けん》違《い》反《はん》

(名)侵犯著作權

❸ 詐《さ》欺《ぎ》

(名)詐欺

❹ 麻《ま》薬《やく》を吸《す》う

(動Ⅰ)吸毒

❺ 窃《せっ》盗《とう》

(名)偷竊

❻ 不《ふ》法《ほう》移《い》民《みん》

(名)非法移民

❼ 密《みつ》貿《ぼう》易《えき》

(名)走私

❶ 文書偽造の罪《つみ》で警察《けいさつ》に連行《れんこう》されます。

❷ 著作権違反の罪《つみ》に問《と》われます。

❸ 結婚《けっこん》詐欺に遭《あ》ってしまいます。

❹ 一度《いちど》麻薬を吸うと、止《や》めるのは難《むずか》しいです。

❺ マフィアグループの幹部《かんぶ》が、窃盗罪《ざい》で逮捕《たいほ》されます。

❻ ここで働《はたら》く者《もの》の中《なか》には、不法移民も少《すく》なくないです。

❼ これまで密貿易に従事《じゅうじ》し、危《あぶ》ない橋《はし》を渡《わた》ってきました。

學更多

	例句出現的		原形／接續原則	意義	詞性
❶	文書偽造の罪で	→	名詞＋で	因為～	文型
	連行されます	→	連行される	（犯人）被帶走	連行する的被動形
❷	問われます	→	問われる	被控告	問う的被動形
❸	遭って	→	遭う	遭遇	動 I
	遭ってしまいます	→	動詞て形＋しまう	無法挽回的遺憾	文型
❹	麻薬を吸うと	→	動詞辭書形＋と	一～，就～	文型
	止める	→	止める	戒掉	動 II
❺	マフィア	→	マフィア	黑手黨	名詞
	窃盗罪で	→	名詞＋で	因為～	文型
	逮捕されます	→	逮捕される	被逮捕	逮捕する的被動形
❻	働く	→	働く	工作	動 I
	少なくない	→	少ない＋くない	不少	文型
❼	従事し	→	従事する	從事	動 III
	危ない橋を渡って	→	危ない橋を渡る	鋌而走險	動 I
	危ない橋を渡ってきました	→	動詞て形＋きました	做～下來	文型

中譯

❶ 因為偽造文書的罪名被警察帶走。
❷ 被控告侵犯著作權罪。
❸ 遇到結婚詐欺。
❹ 一旦吸毒，要戒掉就很難了。
❺ 黑手黨的幹部因為偷竊罪被捕。
❻ 在這裡工作的人當中，有不少是非法移民。
❼ 到目前為止一直從事走私行為，鋌而走險。

128 書(1)

MP3 128

1 表《おもて》表《びょう》紙《し》
(名)封面

2 裏《うら》表《びょう》紙《し》
(名)封底

3 背《せ》表《びょう》紙《し》
(名)書背

4 リボン
(ribbon)
(名)絲帶

5 バーコード
(bar code)
(名)條碼

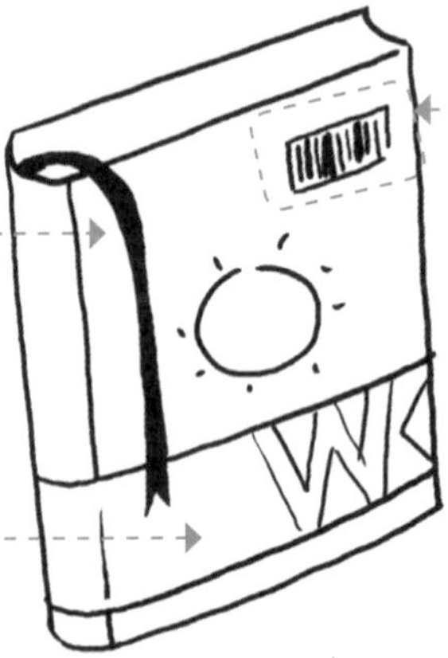

6 帯《おび》
(名)書腰

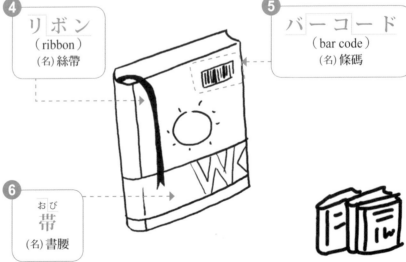

❶ 表表紙に、過去《かこ》の自分《じぶん》の写真《しゃしん》を使《つか》います。

❷ 裏表紙を、コーヒーで汚《よご》してしまいました。

❸ 背表紙に、本《ほん》の題名《だいめい》が書《か》き込《こ》まれます。

❹ 本《ほん》に付《つ》いているリボンは、しおりとも言《い》います。

❺ 各製品《かくせいひん》にバーコードを付《つ》けます。

❻ 本《ほん》を購入後《こうにゅうご》、帯を取《と》ってしまいます。

學更多

	例句出現的		原形／接續原則	意義	詞性
❶	自分	→	自分	自己	名詞
	使います	→	使う	使用	動 I
❷	コーヒーで	→	名詞＋で	因為～	文型
	汚して	→	汚す	弄髒	動 I
	汚してしまいました	→	動詞て形＋しまいました	無法挽回的遺憾	文型
❸	題名	→	題名	標題	名詞
	書き込まれます	→	書き込まれる	被寫上	書き込む的被動形
❹	付いて	→	付く	附有	動 I
	付いている	→	動詞て形＋いる	目前狀態	文型
	しおり	→	しおり	書籤	名詞
	しおりとも言います	→	名詞＋とも言う	也稱為～	文型
❺	付けます	→	付ける	標上	動 II
❻	購入後	→	購入後	購買後	名詞
	取って	→	取る	取下	動 I
	取ってしまいます	→	動詞て形＋しまう	動作快速完成	文型

中譯

❶ 封面放上自己以前的相片。
❷ 封底被咖啡弄髒了。
❸ 書名寫在書背上。
❹ 附在書上的絲帶，在日文中也稱為「しおり（書籤）」。
❺ 把各個產品標上條碼。
❻ 購書後，取下書腰。

129
書(2)

MP3 129

1 ブックカバー
（book cover）
(名)書皮

2 表紙《ひょうし》カバー《カバー》折《お》り《り》込《こ》み《み》
(名)封面折口

3 付録《ふろく》
(名)附錄

4 本文《ほんぶん》
(名)內文

5 序《じょ》
(名)序

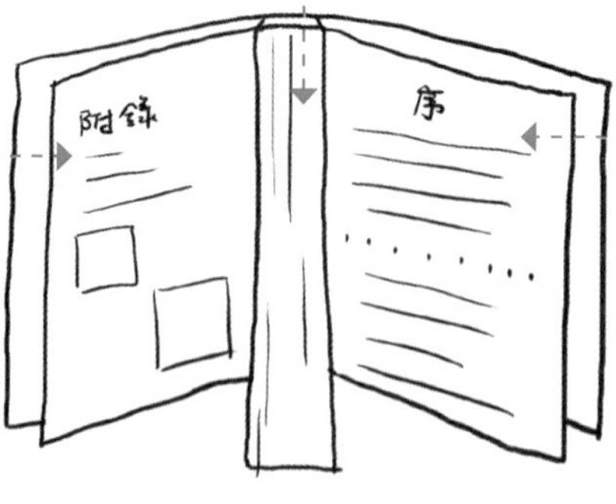

6 索引《さくいん》
(名)索引

7 著作権《ちょさくけん》ページ《ページ》
(名)版權頁

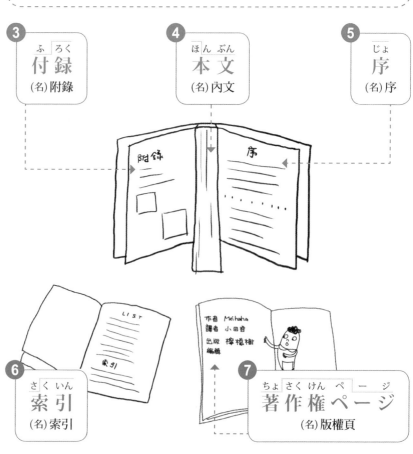

❶ 本《ほん》を汚《よご》さないように、ブックカバーを付《つ》けます。

❷ 表紙カバー折り込み部分《ぶぶん》に、メッセージを書《か》きます。

❸ この本《ほん》の巻末《かんまつ》には、楽《たの》しい付録が付《つ》いています。

❹ 本文の作成《さくせい》に取《と》り掛《か》かります。

❺ 序の部分《ぶぶん》から執筆《しっぴつ》をはじめることにします。

❻ 本《ほん》の最後《さいご》に索引が付《つ》いていると、後《あと》で調《しら》べるのに便利《べんり》です。

❼ 著作権ページには、作者《さくしゃ》をはじめ出版社《しゅっぱんしゃ》の情報《じょうほう》が載《の》っています。

學更多

	例句出現的		原形／接續原則	意義	詞性
❶	汚さない	→	汚す	弄髒	動 I
	汚さないように	→	動詞ない形＋ように	為了不要～	文型
	付けます	→	付ける	套上、安裝上	動 II
❷	書きます	→	書く	寫	動 I
❸	付いて	→	付く	附有	動 I
❹	作成	→	作成	製作、擬定	名詞
	取り掛かります	→	取り掛かる	著手進行	動 I
❺	執筆	→	執筆	寫作	名詞
	はじめる	→	はじめる	開始	動 II
	はじめることにします	→	動詞辭書形＋ことにする	決定做～	文型
❻	付いていると	→	動詞ている形＋と	如果～的話，就～	文型
	調べる	→	調べる	查詢	動 II
	調べるのに	→	動詞辭書形＋のに	在～方面	文型
❼	作者をはじめ	→	名詞＋をはじめ	以～為首	文型
	載って	→	載る	記載	動 I

中譯

❶ 套上書皮，避免弄髒書本。
❷ 在封面折口的部分，寫上資訊。
❸ 這本書的卷末，附有輕鬆有趣的附錄。
❹ 著手進行內文的寫作。
❺ 決定從序的部分開始寫作。
❻ 在書本最後附上索引的話，之後要查資料就會很方便。
❼ 版權頁上，記載著包括作者在內的出版社資訊。

130 報紙(1)

MP3 130

1 ヘッドライン
（head line）
(名)頭條

2 コラム
（column）
(名)專欄

3 社説《しゃせつ》
(名)社論

4 特集《とくしゅう》
(名)專題報導

5 連載《れんさい》
(名)連載

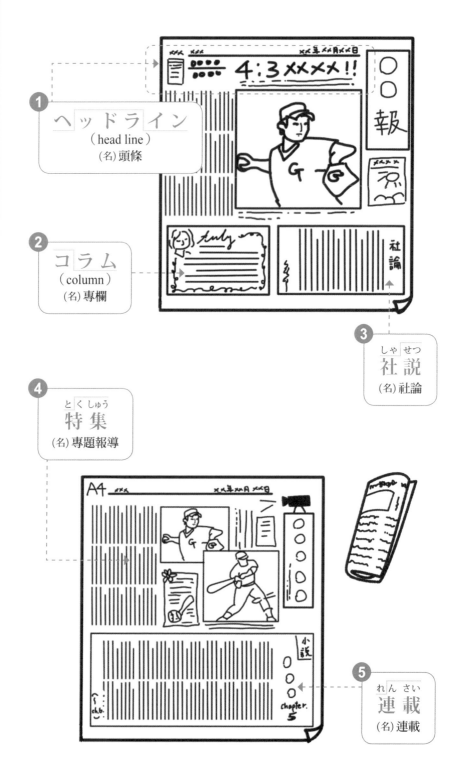

❶ 今日《きょう》のヘッドラインニュースに注目《ちゅうもく》します。

❷ このコラムの執筆者《しっぴつしゃ》が好《す》きです。

❸ 新聞《しんぶん》の社説は、毎日《まいにち》必《かなら》ず読《よ》むようにしています。

❹ ニュース番組《ばんぐみ》の特集を見《み》て、衝撃《しょうげき》を受《う》けました。

❺ 雑誌《ざっし》の連載小説《しょうせつ》が、終《つい》に映画《えいが》化《か》されることになりました。

學更多

	例句出現的		原形／接續原則	意義	詞性
❶	注目します	→	注目する	注目、關注	動Ⅲ
❷	執筆者	→	執筆者	作者	名詞
	好き	→	好き	喜歡	な形
❸	新聞	→	新聞	報紙	名詞
	必ず	→	必ず	一定	副詞
	読む	→	読む	閱讀	動Ⅰ
	読むようにしています	→	動詞辭書形＋ようにしている	盡量有在做～	文型
❹	ニュース番組	→	ニュース番組	新聞節目	名詞
	見て	→	見る	看	動Ⅱ
	受けました	→	受ける	受到	動Ⅱ
❺	終に	→	終に	終於	副詞
	映画化される	→	映画化される	被拍成電影	映画化する的被動形
	映画化されることになりました	→	映画化される＋ことになりました	(非自己一個人)決定拍成電影了	文型

中譯

❶ 關注今天的頭條新聞。
❷ 我喜歡這個專欄的作者。
❸ 盡量每天一定要閱讀報紙的社論。
❹ 收看新聞節目的專題報導後，大受衝擊。
❺ 雜誌上的連載小說，終於要被拍成電影了。

131 報紙(2)

MP3 131

1 全面広告《ぜんめんこうこく》
(名)全版廣告

2 分類広告《ぶんるいこうこく》
(名)分類廣告

3 謝罪広告《しゃざいこうこく》
(名)道歉啟事

4 訂正《ていせい》（する）
(名・動Ⅲ)更正（啟事）

5 お便《たよ》りコーナー
(名)讀者來函專欄

❶ 会社《かいしゃ》は、新聞《しんぶん》の全面広告で、新製品《しんせいひん》を大々的《だいだいてき》に宣伝《せんでん》しました。

❷ 分類広告のページで、求人情報《きゅうじんじょうほう》を見《み》ます。

❸ 彼《かれ》は相手方《あいてがた》を誹謗《ひぼう》したため、相手方《あいてがた》はもっとも影響力《えいきょうりょく》のある新聞《しんぶん》で謝罪広告を載《の》せるように要求《ようきゅう》しました。

❹ 新聞《しんぶん》がある人《ひと》の年齢《ねんれい》を間違《まちが》えて報道《ほうどう》したため、次《つぎ》の号《ごう》で訂正し、お詫《わ》びしました。

❺ お便りコーナーでは、読者《どくしゃ》からの手紙《てがみ》を紹介《しょうかい》します。

學更多

	例句出現的		原形／接續原則	意義	詞性
❶	大々的に	→	大々的	大規模的	な形
	宣伝しました	→	宣伝する	宣傳	動Ⅲ
❷	ページで	→	地點＋で	在～地點	文型
	求人情報	→	求人情報	徵才廣告	名詞
	見ます	→	見る	看	動Ⅱ
❸	誹謗した	→	誹謗する	誹謗	動Ⅲ
	誹謗したため	→	動詞た形＋ため	因為～	文型
	影響力のある	→	影響力のある	有影響力	動Ⅰ
	載せる	→	載せる	刊登	動Ⅱ
	載せるように	→	動詞辭書形＋ように	叫別人做～	文型
	要求しました	→	要求する	要求	動Ⅲ
❹	間違えて	→	間違える	搞錯	動Ⅱ
	報道した	→	報道する	報導	動Ⅲ
	報道したため	→	動詞た形＋ため	因為～	文型
	お詫び	→	詫びる	道歉	動Ⅱ
	お詫びしました	→	お＋動詞ます形＋しました	(動作涉及對方的)做~了	文型
❺	紹介します	→	紹介する	介紹	動Ⅲ

中譯

❶ 公司透過報紙的全版廣告，大規模地宣傳新產品。

❷ 參考分類廣告頁的徵才廣告。

❸ 他因為毀謗對方的關係，對方要求在最具影響力的報紙上刊登道歉啟事。

❹ 報紙報錯了某人的年紀，所以在下一期更正並道歉。

❺ 在讀者來函專欄中，介紹讀者寫來的信件。

132 報紙(3)

MP3 132

1 テレビ番《ばん》組《ぐみ》表《ひょう》

(名)電視節目表

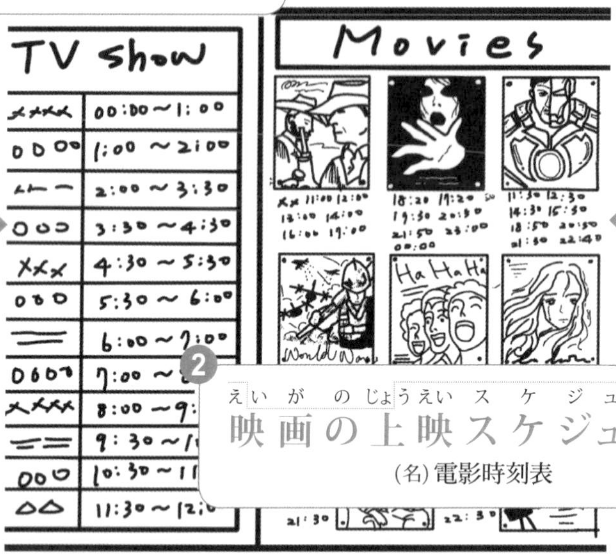

2 映画《えいが》の上映《じょうえい》スケジュール

(名)電影時刻表

3 四《よん》コマ漫画《まんが》

(名)連環漫畫

「連環漫畫」也可以說「三《さん》コマ漫画《まんが》」。

4 クロスワードパズル

（cross word puzzle）

(名)填字遊戲

5 風刺《ふうし》漫画《まんが》

(名)諷刺漫畫

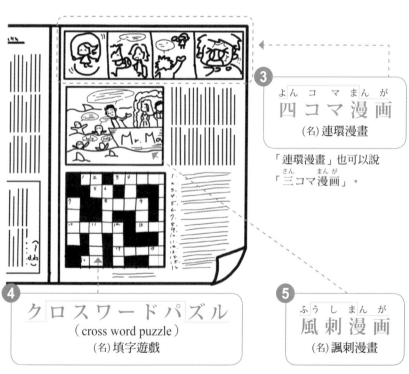

❶ テレビ番組表は、新聞《しんぶん》に載《の》っています。

❷ 映画の上映スケジュールは、インターネットで確認《かくにん》できます。

❸ 新聞《しんぶん》に毎日掲載《まいにちけいさい》される四コマ漫画は、本当《ほんとう》に面白《おもしろ》いです。

❹ クロスワードパズルは、頭《あたま》の体操《たいそう》になります。

❺ 風刺漫画は、社会問題《しゃかいもんだい》や政治《せいじ》をコミカルに描《えが》いています。

學更多

	例句出現的		原形／接續原則	意義	詞性
❶	載って	→	載る	刊載	動 I
	載っています	→	動詞て形＋いる	目前狀態	文型
❷	インタネットで	→	名詞＋で	利用	文型
	確認できます	→	確認できる	可以確認	確認する的可能形
❸	掲載される	→	掲載される	被刊載	掲載する的被動形
	本当に	→	本当に	真的	副詞
	面白い	→	面白い	有趣的	い形
❹	頭の体操	→	頭の体操	訓練腦力、腦力體操	名詞
	頭の体操になります	→	名詞＋になる	變成～	文型
❺	社会問題や政治	→	名詞Ａ＋や＋名詞Ｂ	名詞Ａ和名詞Ｂ	文型
	コミカルに	→	コミカル	有趣的、滑稽的	な形
	描いて	→	描く	描繪	動 I
	描いています	→	動詞て形＋いる	目前狀態	文型

中譯

❶ 電視節目表刊登在報紙上。
❷ 透過網路可以確認電影時刻表。
❸ 每天刊載於報紙上的連環漫畫，真的很有趣。
❹ 填字遊戲可以訓練腦力。
❺ 諷刺漫畫以滑稽的手法描繪社會問題和政治議題。

133

雜誌(1)

MP3 133

1 表《ひょう》紙《し》の人《ひと》

(名)封面人物

2 今《こん》期《き》号《ごう》のテーマ

(名)本期主題

3 目《もく》次《じ》

(名)目錄

4 コラム

(column)

(名)專欄

5 報《ほう》道《どう》

(名)報導

6 読《どく》者《しゃ》からのお便《たよ》り

(名)讀者投書

❶ 雑誌《ざっし》の表紙の人は、有名《ゆうめい》なハリウッド女優《じょゆう》らしいです。

❷ 今期号のテーマは環境問題《かんきょうもんだい》です。

❸ 目次を見《み》て、面白《おもしろ》そうなので買《か》います。

❹ コラムの執筆者《しっぴつしゃ》を募《つの》ります。

❺ 新聞《しんぶん》の報道内容《ないよう》とは異《こと》なる独自《どくじ》の見解《けんかい》を発表《はっぴょう》します。

❻ 読者からのお便りコーナーでは、毎月《まいつき》楽《たの》しい話題《わだい》が盛《も》り沢山《だくさん》です。

學更多

	例句出現的		原形／接續原則	意義	詞性
❶	有名なハリウッド女優	→	有名＋な＋名詞	有名的～	文型
	ハリウッド	→	ハリウッド	好萊塢	名詞
	女優らしい	→	名詞＋らしい	好像～	文型
❷	テーマ	→	テーマ	主題	名詞
❸	見て	→	見る	看	動Ⅱ
	面白そう	→	面白い＋そう	好像很有趣	文型
	面白そうなので	→	面白そう＋な＋ので	因為好像很有趣	文型
	買います	→	買う	買	動Ⅰ
❹	執筆者	→	執筆者	作者	名詞
	募ります	→	募る	招募	動Ⅰ
❺	異なる	→	異なる	不同	動Ⅰ
	発表します	→	発表する	發表	動Ⅲ
❻	コーナー	→	コーナー	欄位	名詞
	楽しい	→	楽しい	有趣的	い形
	盛り沢山	→	盛り沢山	分量很多、內容豐富	な形

中譯

❶ 雜誌的封面人物，好像是有名的好萊塢女演員。

❷ 本期主題是環境議題。

❸ 看過目錄後，覺得好像很有趣，所以要買下來。

❹ 招募專欄作者。

❺ 發表有異於報紙上報導內容的獨特見解。

❻ 在讀者投書專欄中，每個月都有很多有趣的話題。

134 雑誌(2)

MP3 134

① 次《じ》号《ごう》の予《よ》告《こく》
(名)下期預告

② 広《こう》告《こく》
(名)廣告

③ 原《げん》稿《こう》募《ぼ》集《しゅう》
(名)徵稿（啟事）

④ 抽《ちゅう》選《せん》
(名)抽獎活動

⑤ 定《てい》期《き》購《こう》読《どく》優《ゆう》待《たい》
(名)訂購優惠

⑥ 当《とう》選《せん》者《しゃ》一《いち》覧《らん》
(名)中獎名單

⑦ 付《ふ》録《ろく》
(名)隨書贈品

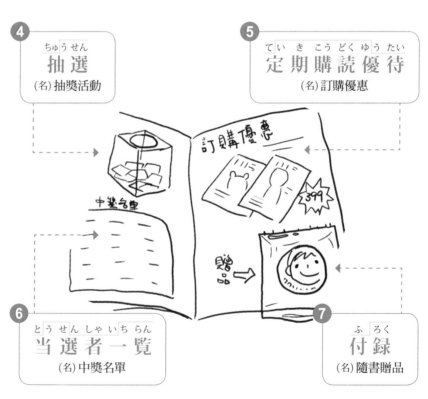

❶ 次号の予告のページを編集《へんしゅう》、掲載《けいさい》します。

❷ この雑誌《ざっし》は広告ページが多《おお》すぎます。

❸ 話題《わだい》を集《あつ》めるために、一般人《いっぱんじん》にも原稿募集を呼《よ》びかけました。

❹ A社《エーしゃ》の新発売《しんはつばい》のパソコンを、抽選で１０名《じゅうめい》の方《かた》にプレゼントします。

❺ 定期購読《ていきこうどく》のお客様《きゃくさま》は、定期購読優待の特典《とくてん》を受《う》けることができます。

❻ 先月号《せんげつごう》のパソコンの当選者一覧を掲載《けいさい》します。

❼ 今月号《こんげつごう》の付録に、トートバッグが付《つ》いてきます。

學更多

	例句出現的		原形／接續原則	意義	詞性
❶	掲載します	→	**掲載する**	刊載	動Ⅲ
❷	多すぎます	→	**多すぎる**	太多	動Ⅱ
❸	集める	→	**集める**	收集	動Ⅱ
	集めるために	→	**動詞辭書形＋ために**	為了～	文型
	呼びかけました	→	**呼びかける**	呼籲、號召	動Ⅱ
❹	新発売	→	**新発売**	新上市	名詞
	プレゼントします	→	**プレゼントする**	贈送禮物	動Ⅲ
❺	特典	→	**特典**	優惠	名詞
	受ける	→	**受ける**	得到	動Ⅱ
	受けることができます	→	**動詞辭書形＋ことができる**	可以做～	文型
❻	掲載します	→	**掲載する**	刊載	動Ⅲ
❼	トートバッグ	→	**トートバッグ**	大手提包、托特包	名詞
	付いてきます	→	**付いてくる**	附送	動Ⅲ

中譯

❶ 編輯、刊載下期預告的頁面。

❷ 這本雜誌的廣告頁太多了。

❸ 為了收集新話題，也對一般人號召徵稿。

❹ 透過抽獎活動抽出 10 個人，贈送 A 公司新上市的電腦。

❺ 定期訂閱的讀者，可以享有訂購優惠。

❻ 刊載上個月贈送電腦的中獎名單。

❼ 本月號的隨書贈品，是附贈大手提包。

135 桌上型電腦

MP3 135

1 スクリーン
(screen)
(名)螢幕

2 マウス
(mouse)
(名)滑鼠

3 キーボード
(keyboard)
(名)鍵盤

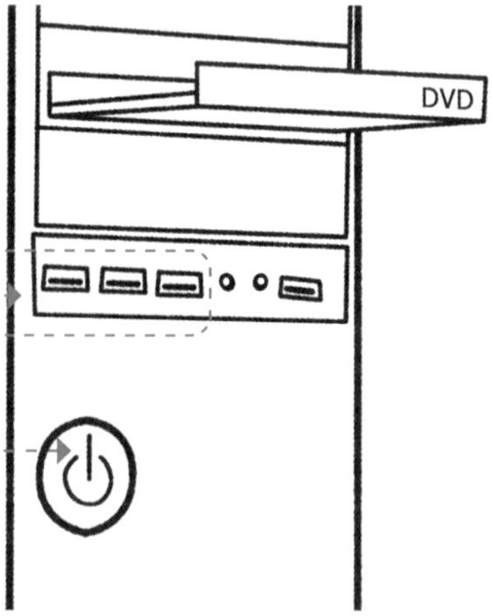

4 U《ユー》S《エス》B《ビー》ポート《ポート》
(名)USB 插槽

5 ディスクドライブ
(disk drive)
(名)光碟機

6 電《でん》源《げん》スイッチ《スイッチ》
(名)開機鍵

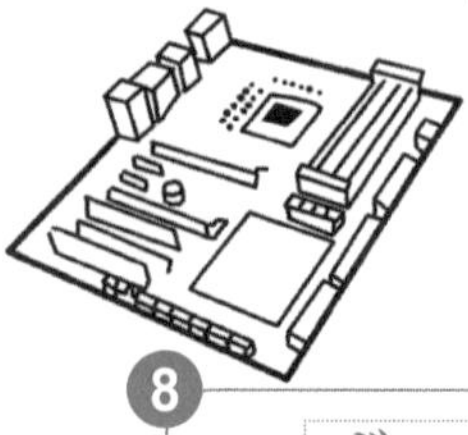

7 ハードディスク
(hard disk)
(名)硬碟

8 マザーボード
(motherboard)
(名)主機板

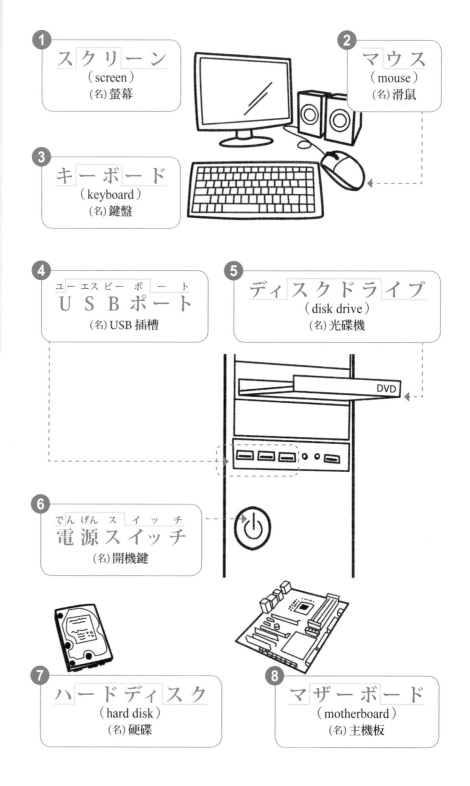

❶ パソコンのスクリーンが小《ちい》さすぎて、目《め》が疲《つか》れます。

❷ ワイヤレスのマウスを使《つか》ってみます。

❸ 付属《ふぞく》のキーボードが使《つか》いにくいので、別途購入《べっとこうにゅう》します。

❹ USBポートに、ＵＳＢ《ユーエスビー》ケーブルを接続《せつぞく》します。

❺ ディスクドライブとは、補助記憶装置《ほじょきおくそうち》の一種《いっしゅ》です。

❻ 電源スイッチを入《い》れて、パソコンを起動《きどう》します。

❼ ハードディスクにデータを保存《ほぞん》します。

❽ マザーボードの生産量《せいさんりょう》では、世界一《せかいいち》です。

學更多

	例句出現的		原形／接續原則	意義	詞性
❶	小さすぎて	→	小さすぎる	太小	動Ⅱ
	疲れます	→	疲れる	疲累	動Ⅱ
❷	使って	→	使う	使用	動Ⅰ
	使ってみます	→	動詞て形＋みる	做～看看	文型
❸	使い	→	使う	使用	動Ⅰ
	使いにくい	→	動詞~~ます~~形＋にくい	不容易做～	文型
	別途購入します	→	別途購入する	另外購買	動Ⅲ
❹	接続します	→	接続する	連接	動Ⅲ
❺	補助記憶装置	→	補助記憶装置	輔助記憶裝置	名詞
❻	入れて	→	入れる	開啟（電源）	動Ⅱ
	起動します	→	起動する	啟動	動Ⅲ
❼	保存します	→	保存する	保存	動Ⅲ
❽	世界一	→	世界一	世界第一	名詞

中譯

❶ 電腦的螢幕太小，看得眼睛很累。

❷ 試著使用無線滑鼠。

❸ 附贈的鍵盤不好用，所以另外購買一個。

❹ 把 USB 線連接到 USB 插槽。

❺ 光碟機是輔助記憶裝置的一種。

❻ 開啟開機鍵，啟動電腦。

❼ 把資料保存在硬碟裡。

❽ 主機板的生產量是世界第一。

136 脚踏車(1)

MP3 136

1 ハンドル
(handle)
(名)握把

2 ボトルケージ
(bottle cage)
(名)水壺架

3 サドル
(saddle)
(名)坐墊

4 ギア
(gear)
(名)齒輪/段速

5 チェーン
(chain)
(名)鍊條

6 泥《どろ》よ《よ》け《け》
(名)擋泥板

7 ペダル
(pedal)
(名)腳踏板

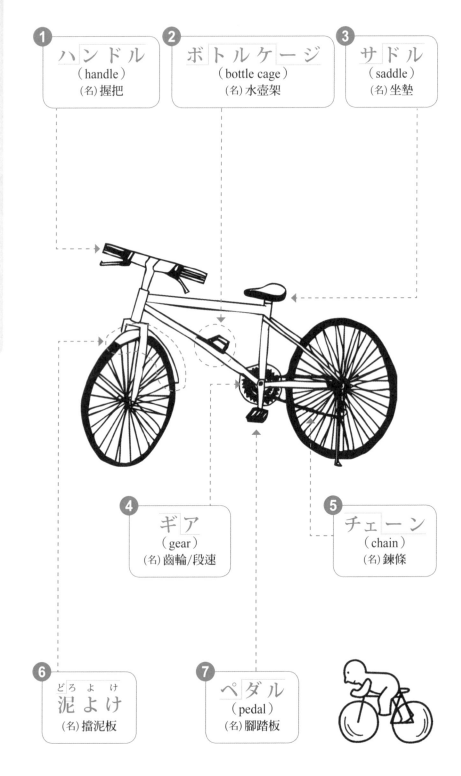

❶ 自転車《じてんしゃ》のハンドルには、多《おお》くの種類《しゅるい》があります。

❷ ボトルケージが付《つ》いていると、ペットボトルの水《みず》を入《い》れることができます。

❸ サドルが高《たか》すぎて、乗《の》るのが怖《こわ》いです。

❹ 向《む》かい風《かぜ》なので、ギアチェンジします。

❺ チェーンが外《はず》れて、大変《たいへん》な思《おも》いをします。

❻ 泥よけのない自転車《じてんしゃ》だと、雨《あめ》の日《ひ》に困《こま》ります。

❼ 坂道《さかみち》は、ペダルをこぐのが辛《つら》いです。

學更多

	例句出現的		原形／接續原則	意義	詞性
❶	あります	→	ある	有（事或物）	動 I
❷	付いて	→	付く	附有	動 I
	付いている	→	動詞て形＋いる	目前狀態	文型
	付いていると	→	動詞ている形＋と	如果～的話，就～	文型
	入れることができます	→	動詞辭書形＋ことができる	可以做～	文型
❸	高すぎて	→	高すぎる	太高	動 II
❹	向かい風	→	向かい風	逆風	名詞
	向かい風なので	→	名詞＋な＋ので	因為～	文型
	ギアチェンジします	→	ギアチェンジする	變速	動 III
❺	外れて	→	外れる	鬆脫	動 II
	大変な思いをします	→	大変な思いをする	吃盡苦頭	動 III
❻	自転車だと	→	名詞＋だ＋と	如果～的話，就～	文型
	困ります	→	困る	困擾	動 I
❼	こぐ	→	こぐ	踩	動 I

中譯

❶ 腳踏車的握把有很多種。
❷ 如果有附水壺架，就可以放寶特瓶的瓶裝水。
❸ 坐墊太高，騎起來很恐怖。
❹ 因為逆風，所以要變速。
❺ 鍊條鬆掉，吃盡苦頭。
❻ 沒有擋泥板的腳踏車，在下雨時會很傷腦筋。
❼ 在坡道上踩腳踏板，是很辛苦的。

137 腳踏車(2)

MP3 137

1 電《でん》柱《ちゅう》
(名)電線桿

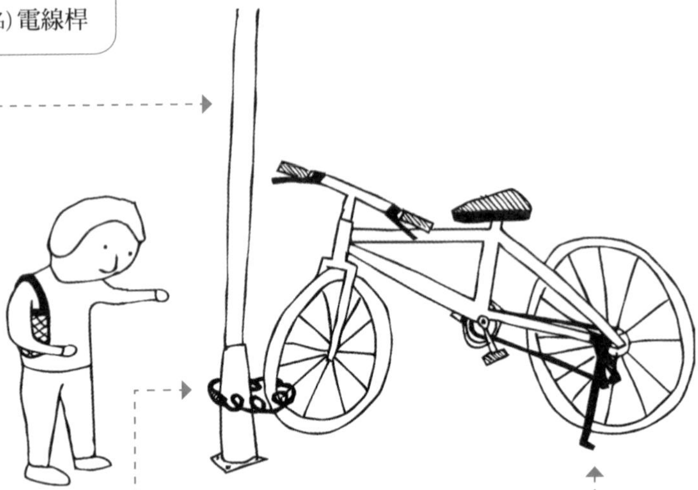

2 自《じ》転《てん》車《しゃ》用《よう》ロ《ロ》ッ《ッ》ク《ク》
(名)腳踏車鎖

3 スタンド
(stand)
(名)停車腳架

4 補《ほ》助《じょ》輪《りん》
(名)輔助輪

5 車《しゃ》輪《りん》
(名)車輪

❶ 台風《たいふう》が襲来《しゅうらい》した際《さい》、たくさんの電柱が強風《きょうふう》で倒《たお》れ、深刻《しんこく》な停《てい》電《でん》を引《ひ》き起《お》こしました。

❷ 自転車用ロックをしておかないと、盗難《とうなん》に遭《あ》いますよ。

❸ スタンドで自転車《じてんしゃ》を立《た》てます。

❹ 小学生《しょうがくせい》になったので、補助輪を取《と》って練習《れんしゅう》します。

❺ 段差《だんさ》を落《お》ちて、車輪が曲《ま》がってしまいました。

學更多

	例句出現的		原形／接續原則	意義	詞性
❶	襲来した	→	襲来する	來襲	動Ⅲ
	襲来した際	→	動詞た形＋際	做～的時候	文型
	強風で	→	名詞＋で	因為～	文型
	倒れ	→	倒れる	倒塌	動Ⅱ
	引き起こしました	→	引き起こす	引起	動Ⅰ
❷	ロックをして	→	ロックをする	上鎖	動Ⅲ
	ロックをしておかない	→	動詞て形＋おく	事前準備	文型
	ロックをしておかないと	→	動詞ない形＋と	如果不～的話，就～	文型
	遭います	→	遭う	遭遇	動Ⅰ
❸	スタンドで	→	名詞＋で	利用～	文型
	立てます	→	立てる	立起來	動Ⅱ
❹	小学生になった	→	名詞＋になる	成為～	文型
	なったので	→	動詞た形＋ので	因為～	文型
	取って	→	取る	拿掉	動Ⅰ
	練習します	→	練習する	練習	動Ⅲ
❺	落ちて	→	落ちる	掉下去	動Ⅱ
	曲がって	→	曲がる	歪掉	動Ⅰ
	曲がってしまいました	→	動詞て形＋しまいました	無法挽回的遺憾	文型

中譯

❶ 颱風來襲時，很多電線桿被強風吹倒，造成嚴重的斷電。
❷ 沒有上腳踏車鎖的話，就會被偷喔。
❸ 用停車腳架把腳踏車立起來。
❹ 已經是小學生了，所以練習拿下輔助輪騎腳踏車。
❺ 掉到高低不平的路面，車輪歪掉了。

138 汽車外觀(1)

MP3 138

1 ドアミラー
（door mirror）
(名)後視鏡

2 フロントガラス
（front glass）
(名)擋風玻璃

3 ワイパー
（wiper）
(名)雨刷

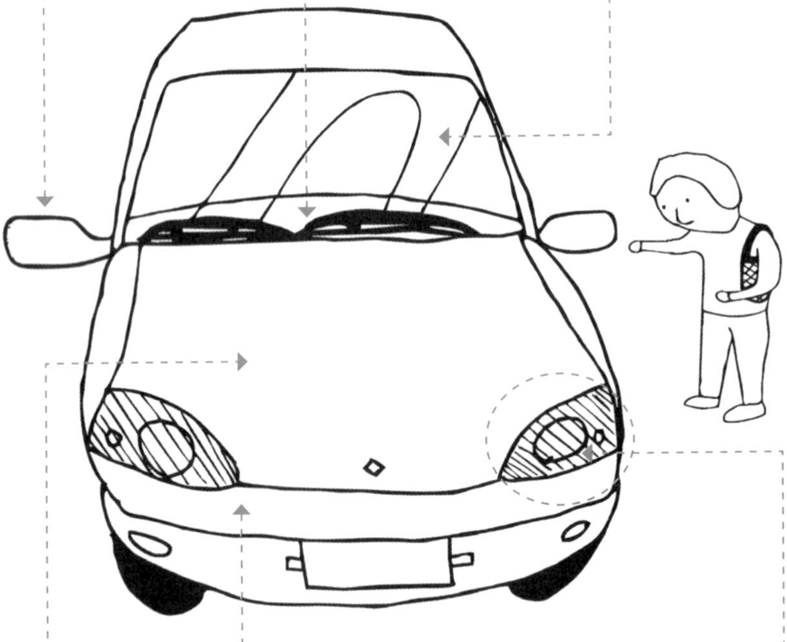

4 バンパー
（bumper）
(名)保險桿

裝配在汽車前後的橫向金屬桿，作用是減少意外碰撞時對車體造成的損害。

5 ボンネット
（bonnet）
(名)引擎蓋

6 ヘッドライト
（headlight）
(名)大燈

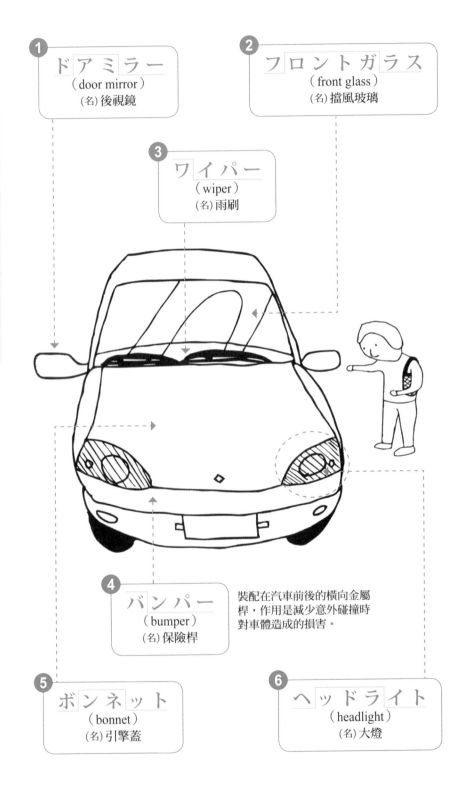

❶ ドアミラーを確認《かくにん》して、道《みち》を曲《ま》がります。

❷ 雨《あめ》でフロントガラスが曇《くも》って、前《まえ》が見《み》えません。

❸ 豪雨《ごうう》で、ワイパーを動《うご》かしても前《まえ》が見《み》にくいです。

❹ ショックな事《こと》に、車《くるま》のバンパーをぶつけてしまいました。

❺ 石《いし》が当《あ》たって、ボンネットが凹《へこ》みました。

❻ 霧《きり》で見渡《みわた》しが悪《わる》いので、ヘッドライトを使《つか》います。

學更多

	例句出現的		原形／接續原則	意義	詞性
❶	確認して	→	**確認する**	確認	動Ⅲ
	曲がります	→	**曲がる**	轉彎	動Ⅰ
❷	曇って	→	**曇る**	模糊不清	動Ⅰ
	見えません	→	**見える**	看得到	動Ⅱ
❸	動かして	→	**動かす**	啟動、操縱	動Ⅰ
	動かしても	→	**動詞て形＋も**	即使～，也～	文型
	見	→	**見る**	看	動Ⅱ
	見にくい	→	**動詞ます形＋にくい**	不容易做～	文型
❹	ショックな事に	→	**ショック＋な＋事に**	令人震驚的是～	文型
	ぶつけて	→	**ぶつける**	碰撞上	動Ⅱ
	ぶつけてしまいました	→	**動詞て形＋しまいました**	無法挽回的遺憾	文型
❺	当たって	→	**当たる**	碰上、撞上	動Ⅰ
	凹みました	→	**凹む**	凹陷	動Ⅰ
❻	悪いので	→	**い形容詞＋ので**	因為～	文型
	使います	→	**使う**	使用	動Ⅰ

中譯

❶ 確認後視鏡後再轉彎。

❷ 因為雨水使得擋風玻璃變得模糊不清，看不到前方。

❸ 因為豪雨的關係，即使啟動雨刷也看不清楚前方。

❹ 令人震驚的是，撞上了車子的保險桿。

❺ 引擎蓋被石頭打到，凹掉了。

❻ 因為霧氣使得視線變差，所以打開大燈。

139

汽車外觀(2)

MP3 139

1 トランク
(trunk)
(名)行李廂

2 サンルーフ
(sunroof)
(名)天窗

3 方《ほう》向《こう》指《し》示《じ》灯《とう》
(名)方向燈

4 テールランプ
(tail lamp)
(名)車尾燈

5 ナンバープレート
(number plate)
(名)車牌

6 排《はい》気《き》管《かん》
(名)排氣管

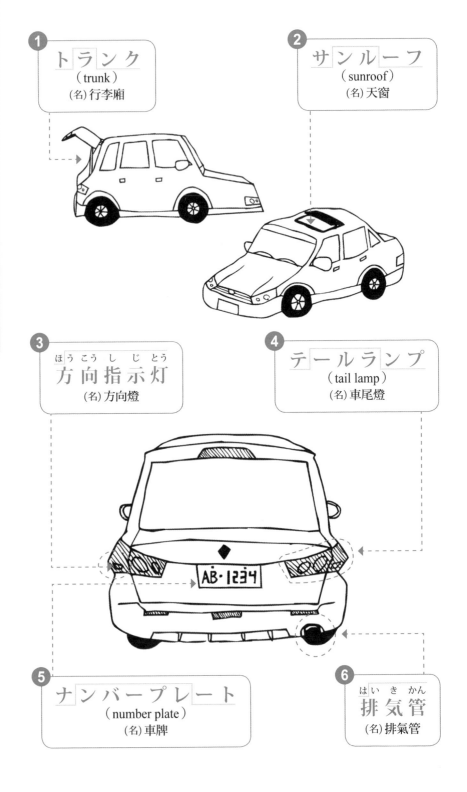

❶ トランクに荷物《にもつ》を入《い》れます。

❷ サンルーフを開《あ》けてドライブに出《で》かけると、気《き》持《も》ちいいです。

❸ 前《まえ》の車《くるま》は、方向指示灯が点滅《てんめつ》したままです。

❹ テールランプが壊《こわ》れていたらしく、警察《けいさつ》に注《ちゅう》意《い》されました。

❺ 当《あ》て逃《に》げされたので、相《あい》手《て》の車《くるま》のナンバープレートを控《ひか》えます。

❻ この車《くるま》は、排気管が左《さ》右《ゆう》に出《で》ています。

學更多

	例句出現的		原形／接續原則	意義	詞性
❶	入れます	→	入れる	放入	動II
❷	開けて	→	開ける	打開	動II
	ドライブに出かける	→	ドライブに出かける	出去兜風	動II
	ドライブに出かけると	→	動詞辭書形＋と	如果～的話，就～	文型
❸	点滅した	→	点滅する	忽亮忽滅	動III
	点滅したまま	→	動詞た形＋まま	持續～狀態	文型
❹	壊れて	→	壊れる	壞掉	動II
	壊れていた	→	動詞て形＋いた	過去維持的狀態	文型
	壊れていたらしく	→	壊れていた＋らしい	好像壞掉了	文型
	注意されました	→	注意される	被警告	注意する的被動形
❺	当て逃げされた	→	当て逃げされる	被對方擦撞車子後逃逸	当て逃げする的被動形
	当て逃げされたので	→	当て逃げされた＋ので	因為被對方擦撞車子後逃逸	文型
	控えます	→	控える	記下來	動II
❻	出て	→	出る	出現	動II
	出ています	→	動詞て形＋いる	目前狀態	文型

中譯

❶ 把行李放進行李廂。
❷ 打開天窗兜風的話，會覺得很舒服。
❸ 前面車子的方向燈，一直在閃爍。
❹ 車尾燈好像壞了，被警察警告。
❺ 被對方擦撞車子後逃逸，所以記下對方車子的車牌號碼。
❻ 這輛車的排氣管是左右兩邊都有安裝。

140 飛機

MP3 140

1 機《き》首《しゅ》
(名)機頭

2 翼《つばさ》
(名)機翼

3 胴《どう》体《たい》
(名)機身

4 尾《お》
(名)機尾

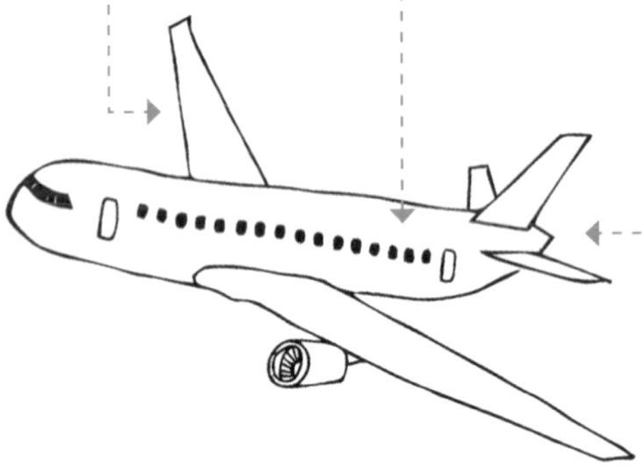

5 操《そう》縦《じゅう》室《しつ》
(名)駕駛艙

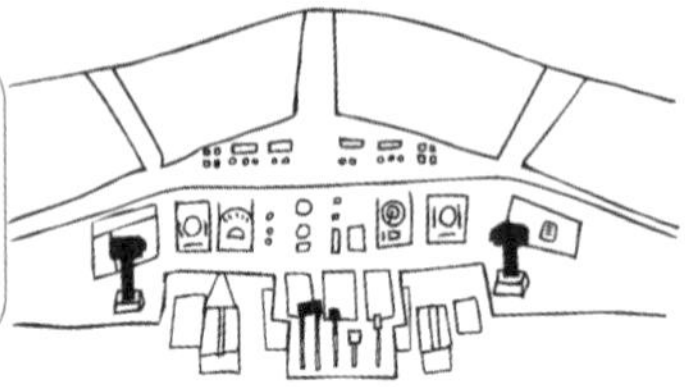

6 客《きゃく》室《しつ》
(名)機艙

7 貨《か》物《もつ》室《しつ》
(名)行李艙

8 主《しゅ》脚《きゃく》
(名)起落架

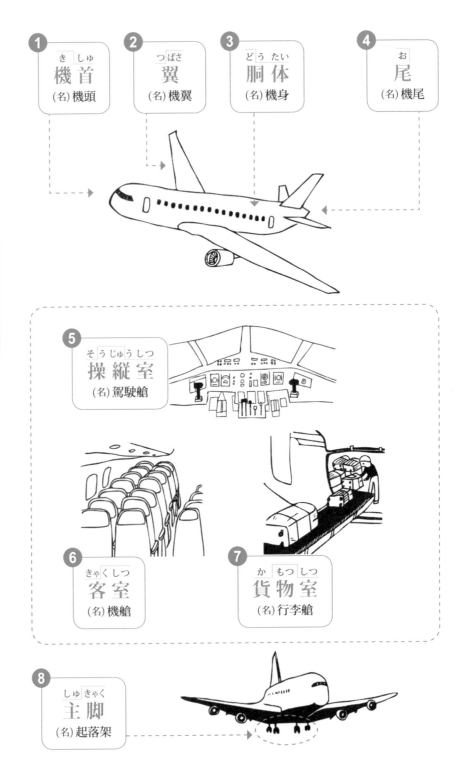

❶ 飛行機《ひこうき》が、機首を上《うえ》に向《む》けて離陸《りりく》しました。

❷ 翼の付近《ふきん》の座席《ざせき》に座《すわ》ります。

❸ ここで胴体着陸《ちゃくりく》するしかありません。

❹ 尾には、各航空会社《かくこうくうがいしゃ》のマークが付《つ》いています。

❺ 機長《きちょう》が子供《こども》を操縦室に入《い》れたことが、問題《もんだい》になりました。

❻ 客室乗務員《じょうむいん》のサービスが悪《わる》いです。

❼ ペットの入《はい》ったケージは、貨物室に移《うつ》されました。

❽ 主脚は、機体《きたい》の重心部分《じゅうしんぶぶん》に取《と》り付《つ》けられています。

學更多

	例句出現的		原形／接續原則	意義	詞性
❶	向けて	→	向ける	向	動II
	離陸しました	→	離陸する	起飛	動III
❷	座ります	→	座る	坐	動I
❸	胴体着陸する	→	胴体着陸する	用機身著陸	動III
	胴体着陸するしかありません	→	動詞辭書形＋しかありません	只好做～	文型
❹	付いて	→	付く	附有	動I
	付いています	→	動詞て形＋いる	目前狀態	文型
❺	入れた	→	入れる	讓～進入	動II
	問題になりました	→	問題になる	釀成問題	動I
❻	サービス	→	サービス	服務	名詞
❼	入った	→	入る	裝有	動I
	移されました	→	移される	被搬移	移す的被動形
❽	取り付けられて	→	取り付けられる	被安裝	取り付ける的被動形

中譯

❶ 飛機機頭朝上後起飛了。
❷ 坐在機翼附近的座位。
❸ 現在只能用機身著陸了。
❹ 機尾都有各個航空公司的標誌。
❺ 機長讓小孩進入駕駛艙一事，釀成了問題。
❻ 空服員的服務態度很差。
❼ 裝有寵物的籠子，被移到行李艙。
❽ 起落架安裝在機體的重心處。

141

機車(1)

MP3 141

1 バックミラー
(back mirror)
(名)後照鏡

2 ハンドル
(handle)
(名)龍頭

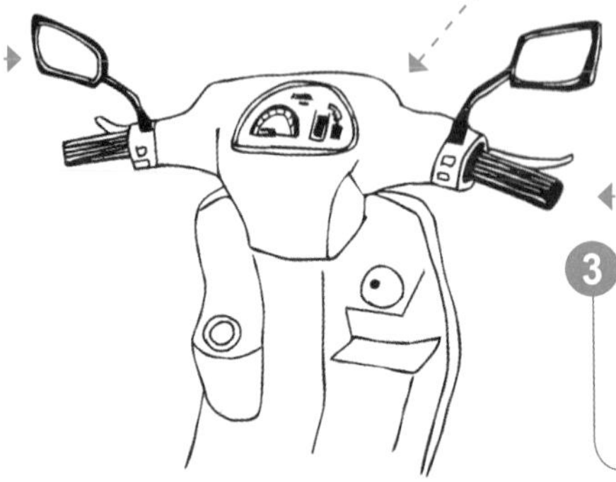

3 アクセル
(accelerator)
(名)油門

4 前方《ぜんぽう》シート《シート》
(名)前座

4 タンデムシート
(tandem seat)
(名)後座

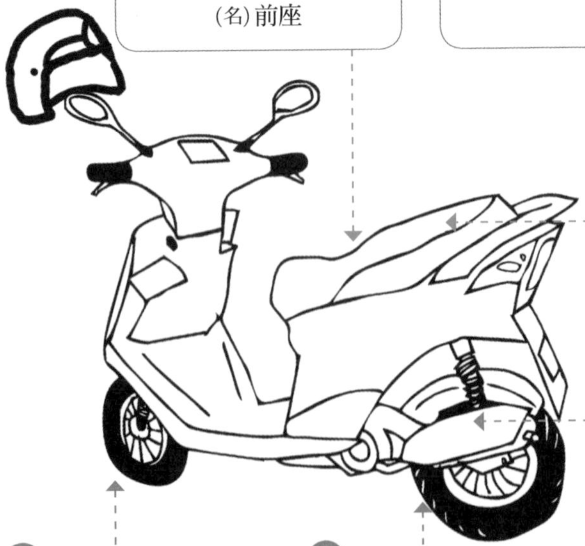

5 前輪《ぜんりん》
(名)前輪

5 後輪《こうりん》
(名)後輪

6 排気管《はいきかん》
(名)排氣管

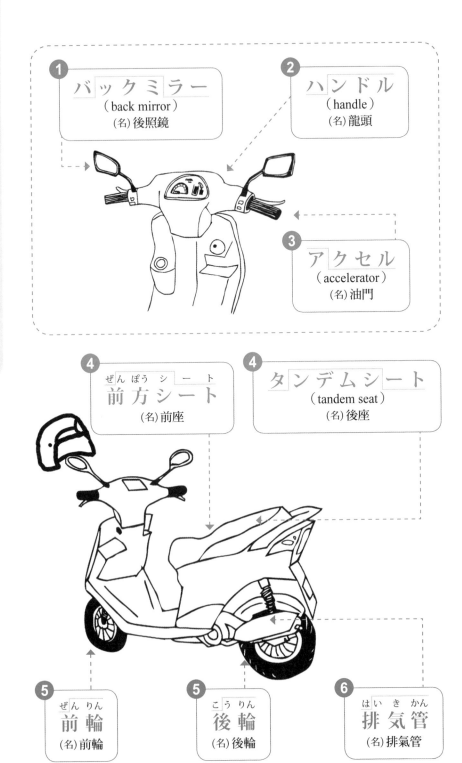

❶ バックミラーで、後方《こうほう》の車両《しゃりょう》を確認《かくにん》します。

❷ ハンドルさばきが上手《うま》いです。

❸ アクセルで速度《そくど》を上《あ》げます。

❹ 兄《あに》がバイクで出勤《しゅっきん》する彼女《かのじょ》を送《おく》っていきます。兄《あに》は前方シートに座《すわ》り、彼女《かのじょ》はタンデムシートに座《すわ》ります。

❺ 前輪/後輪がパンクします。

❻ 排気管を交換《こうかん》します。

學更多

	例句出現的		原形／接續原則	意義	詞性
❶	バックミラーで	→	**名詞＋で**	利用～	文型
	確認します	→	**確認する**	確認	動Ⅲ
❷	さばき	→	**さばき**	掌控	名詞
	上手い	→	**上手い**	高明的、巧妙的	い形
❸	アクセルで	→	**名詞＋で**	利用～	文型
	上げます	→	**上げる**	提高	動Ⅱ
❹	バイク	→	**バイク**	機車	名詞
	バイクで	→	**交通工具＋で**	搭乘～交通工具	文型
	出勤する	→	**出勤する**	上班	動Ⅲ
	彼女	→	**彼女**	女朋友	名詞
	送っていきます	→	**送っていく**	送某人去	動Ⅰ
	座り	→	**座る**	坐	動Ⅰ
❺	パンクします	→	**パンクする**	爆胎	動Ⅲ
❻	交換します	→	**交換する**	更換	動Ⅲ

中譯

❶ 透過後照鏡確認後方的車輛。
❷ 掌控龍頭的技巧很高超。
❸ 催油門，加快速度。
❹ 哥哥騎機車載女朋友去上班。哥哥坐前座，女朋友坐後座。
❺ 前輪 / 後輪爆胎。
❻ 更換排氣管。

142

機車(2)

MP3 142

1 ヘッドライト

(headlight)

(名) 車頭燈

2 荷《に》物《もつ》入《い》れ《れ》

(名) 置物籃

3 方《ほう》向《こう》指《し》示《じ》灯《とう》

(名) 車後方向燈

4 ナンバープレート

(number plate)

(名) 車牌

5 バイク《バイク》用《よう》U《ユー》字《じ》ロック《ロック》

(名) 機車大鎖

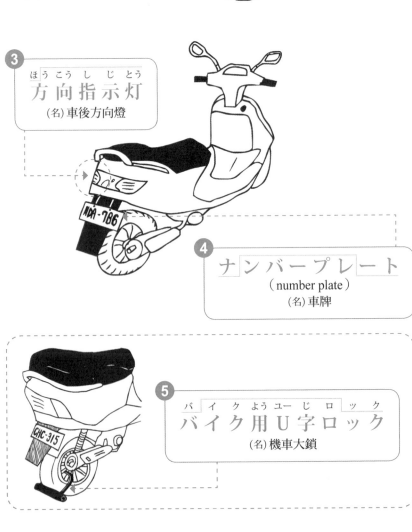

❶ ヘッドライトをオンにします。

❷ 荷物入れに、ヘルメットを入《い》れておきます。

❸ 後方《こうほう》の車両《しゃりょう》に、方向指示灯で曲《ま》がる方向《ほうこう》を知《し》らせます。

❹ ナンバープレートを申請《しんせい》します。

❺ 盗難防止《とうなんぼうし》に備《そな》えて、バイク用U字ロックを買《か》います。

學更多

	例句出現的		原形／接續原則	意義	詞性
❶	オン	→	オン	開著的狀態	名詞
	オンにします	→	オンにする	打開	動Ⅲ
❷	ヘルメット	→	ヘルメット	安全帽	名詞
	入れて	→	入れる	放入	動Ⅱ
	入れておきます	→	動詞て形＋おく	妥善處理	文型
❸	車両	→	車両	車輛	名詞
	方向指示灯で	→	名詞＋で	利用～	文型
	曲がる	→	曲がる	轉彎	動Ⅰ
	知らせます	→	知らせる	告知	動Ⅱ
❹	申請します	→	申請する	申請	動Ⅲ
❺	盗難防止	→	盗難防止	防止遭竊	名詞
	備えて	→	備える	防備	動Ⅱ
	買います	→	買う	買	動Ⅰ

中譯

❶ 打開車頭燈。
❷ 把安全帽放進置物籃裡。
❸ 利用車後方向燈，告知後方車輛要轉彎的方向。
❹ 申請車牌。
❺ 為了防止遭竊，要買機車大鎖。

143 手機(1)

MP3 143

1 タッチスクリーン
（touch screen）
(名) 觸控螢幕

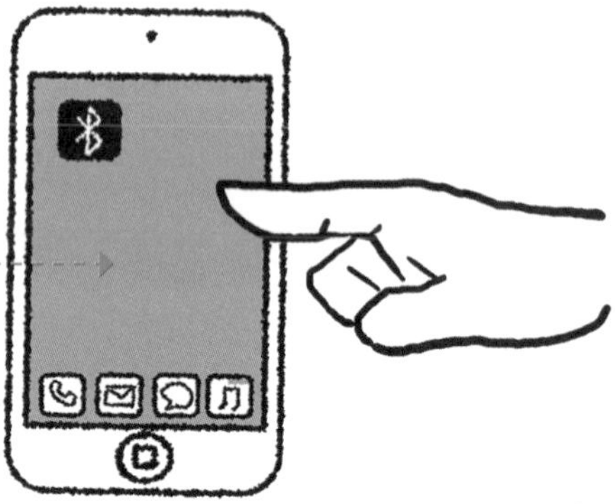

2 エンターキー
（enter key）
(名) 確認鍵

3 電《でん》源《げん》
(名) 電源鍵

4 キーパッド
（keypad）
(名) 數字按鍵

5 スターキー
（star key）
(名) 米字鍵

6 シャープキー
（sharp key）
(名) 井字鍵

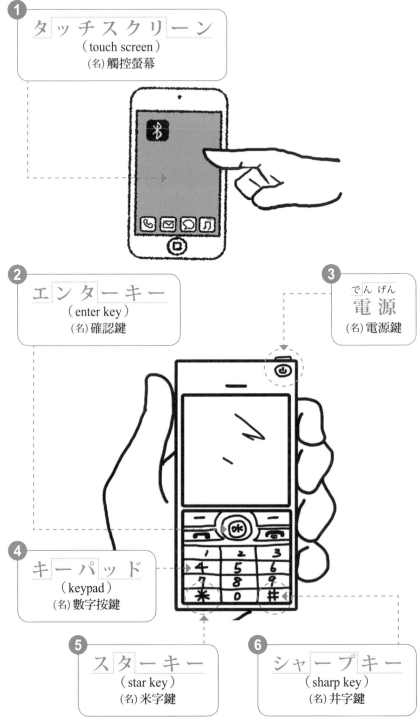

❶ スマホのタッチスクリーンが壊《こわ》れて操作《そうさ》できなくなりました。

❷ エンターキーを押《お》してメッセージを送信《そうしん》します。

❸ 映画《えいが》を見《み》る前《まえ》に、電源を切《き》ります。

❹ 携帯電話《けいたいでんわ》のキーパッドは電話《でんわ》またはメッセージを送信《そうしん》する際《さい》に用《もち》います。

❺ スターキーは米印《こめじるし》とも言《い》います。

❻ 録音《ろくおん》が終《お》わったら、シャープキーを押《お》してください。

學更多

	例句出現的		原形／接續原則	意義	詞性
❶	スマホ	→	スマホ	智慧型手機	名詞
	壊れて	→	壊れる	壞掉	動Ⅱ
	操作できなく	→	操作できる	可以操作	操作する的可能形
	操作できなくなりました	→	操作できな~~い~~＋くなりました	變成無法操作了	文型
❷	押して	→	押す	按壓	動Ⅰ
	送信します	→	送信する	發送	動Ⅲ
❸	見る	→	見る	看	動Ⅱ
	見る前に	→	動詞辭書形＋前に	做～之前	文型
	切ります	→	切る	關掉	動Ⅰ
❹	電話またはメッセージ	→	名詞A＋または＋名詞B	名詞A或是名詞B	文型
	送信する	→	送信する	發送	動Ⅲ
	用います	→	用いる	使用	動Ⅱ
❺	米印とも言います	→	名詞＋とも言う	也稱為～	文型
❻	終わった	→	終わる	完成、結束	動Ⅰ
	終わったら	→	動詞た形＋ら	做～之後	文型
	押してください	→	動詞て形＋ください	請做～	文型

中譯

❶ 智慧型手機的觸控螢幕壞掉，無法正常操作。
❷ 按下確認鍵發送簡訊。
❸ 看電影前，按電源鍵關機。
❹ 手機上的數字按鍵，可以用來打電話或是發送簡訊。
❺「米字鍵」在日文中也稱為「米印（米字符號）」。
❻ 錄音後，請按下井字鍵。

144

手機(2)

MP3 144

1 SIM《シム》カードスロット《カードスロット》

(名)SIM卡插槽

2 メモリーカードスロット

（memory card slot）

(名)記憶卡插槽

3 バッテリー《バッテリー》収納部《しゅうのうぶ》

(名)電池插槽

4 スマホケース

（smartphone case）

(名)手機殼

5 ストラップホール

（strap hole）

(名)吊飾孔

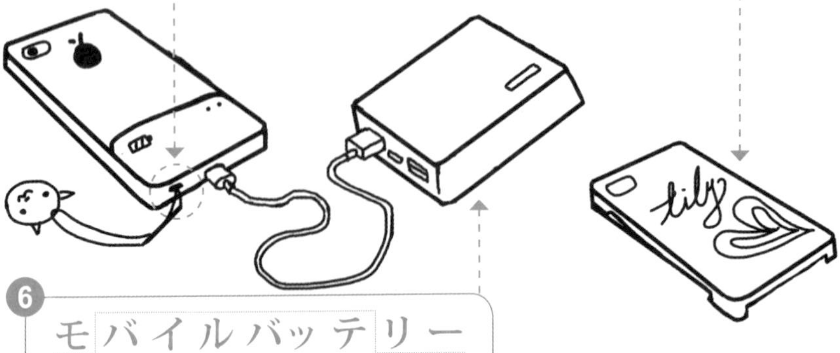

6 モバイルバッテリー

（mobile battery）

(名)行動電源

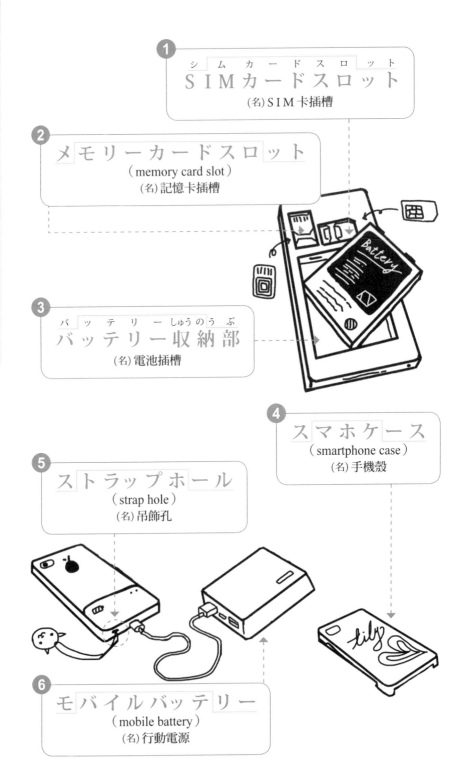

❶ ＳＩＭカードスロットにＳＩＭ《シム》カードを入《い》れます。

❷ この携帯電話《けいたいでんわ》は、メモリーカードスロットを搭載《とうさい》しています。

❸ 携帯電話《けいたいでんわ》のバッテリーは中《なか》のバッテリー収納部に収《おさ》まっています。

❹ あなたのスマホケースは何色《なにいろ》ですか？

❺ ストラップホールに好《す》きなストラップを付《つ》けます。

❻ モバイルバッテリーを購入《こうにゅう》する際《さい》は、国産《こくさん》で保証期間《ほしょうきかん》が１年《いちねん》あるものを選《えら》ぶのがベストです。

學更多

	例句出現的		原形／接續原則	意義	詞性
❶	入れます	→	入れる	放入	動Ⅱ
	ＳＩＭカード	→	ＳＩＭカード	SIM卡	名詞
❷	搭載して	→	搭載する	搭載、配備	動Ⅲ
	搭載しています	→	動詞て形＋いる	目前狀態	文型
❸	バッテリー	→	バッテリー	電池	名詞
	収まって	→	収まる	裝進	動Ⅰ
	搭載しています	→	動詞て形＋いる	目前狀態	文型
❹	何色	→	何色	什麼顏色	疑問詞
❺	好きなストラップ	→	好き＋な＋名詞	喜歡的～	文型
	ストラップ	→	ストラップ	吊飾	名詞
	付けます	→	付ける	繫上	動Ⅱ
❻	購入する	→	購入する	購買	動Ⅲ
	購入する際	→	動詞辭書形＋際	做～的時候	文型
	ある	→	ある	有（事或物）	動Ⅰ
	選ぶ	→	選ぶ	選擇	動Ⅰ
	ベスト	→	ベスト	最好的	な形

中譯

❶ 把SIM卡放入SIM卡插槽裡。
❷ 這支手機配有記憶卡插槽。
❸ 手機電池裝在內部的電池插槽中。
❹ 你的手機殼是什麼顏色？
❺ 把喜歡的吊飾繫在吊飾孔上。
❻ 購買行動電源時，最好選擇國產、有提供一年保固的產品。

145 相機外觀(1)

MP3 145

① シャッター
(shutter)
(名)快門

② レンズ
(lens)
(名)鏡頭

③ レンズキャップ
(lens cap)
(名)鏡頭蓋

④ 接眼《せつがん》レンズ《レンズ》
(名)接目鏡

透過調整焦距，
達到放大影像的功能。

⑤ レンズフード
(lens hood)
(名)鏡頭遮光罩

套在照相機鏡頭前，
用來阻擋多餘的光線。

小光圈

大光圈

光圈影響光線進入鏡頭的多寡。光圈較大，
光線進入多；光圈較小，光線進入少。

⑥ 絞《しぼ》り《り》
(名)光圈

⑦ フラッシュ
(flash)
(名)閃光燈

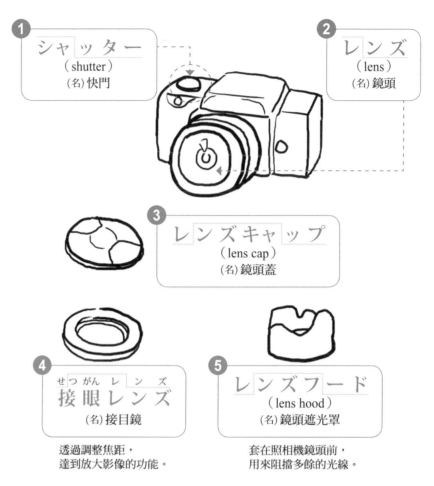

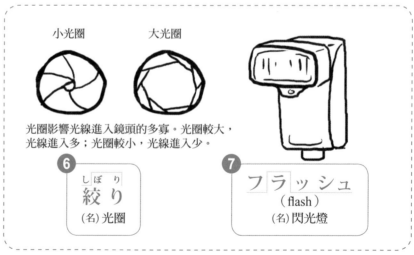

❶ 絶景《ぜっけい》を目《め》の前《まえ》にして、夢中《むちゅう》でシャッターを切《き》ります。

❷ カメラのレンズを覗《のぞ》きます。

❸ レンズキャップをして、レンズを保護《ほご》します。

❹ 望遠鏡《ぼうえんきょう》に、接眼レンズは必須《ひっす》のアイテムです。

❺ レンズフードを、レンズの先端《せんたん》に取《と》り付《つ》けます。

❻ 絞りを調節《ちょうせつ》することによって、F《エフ》値《ち》が変《か》わります。

❼ フラッシュを自動《じどう》にして撮影《さつえい》します。

學更多

	例句出現的		原形／接續原則	意義	詞性
❶	目の前にして	→	目の前にする	面對	動Ⅲ
	夢中で	→	夢中＋で	忘情	文型
	シャッターを切ります	→	シャッターを切る	按快門	動Ⅰ
❷	覗きます	→	覗く	看	動Ⅰ
❸	レンズキャップをして	→	レンズキャップをする	蓋上鏡頭蓋	動Ⅲ
	保護します	→	保護する	保護	動Ⅲ
❹	アイテム	→	アイテム	項目、裝備	名詞
❺	先端	→	先端	前端	名詞
	取り付けます	→	取り付ける	安裝	動Ⅱ
❻	調節する	→	調節する	調節	動Ⅲ
	調節することによって	→	名詞＋によって	根據～	文型
	変わります	→	変わる	改變	動Ⅰ
❼	自動にして	→	自動にする	設定成自動的狀態	動Ⅲ
	撮影します	→	撮影する	拍攝	動Ⅲ

中譯

❶ 對著眼前的絕美景象，忘情地猛按快門。
❷ 透過相機鏡頭觀看。
❸ 蓋上鏡頭蓋，保護鏡頭。
❹ 接目鏡是望遠鏡必備的配備。
❺ 把鏡頭遮光罩裝在鏡頭的前端。
❻ 根據光圈的調節，F 值會改變。
❼ 設定成自動閃光燈來拍照。

146

相機外觀(2)

MP3 146

1 液晶《えきしょう》スクリーン《スクリーン》

(名)液晶螢幕

2 ズームボタン

(zoom button)

(名)對焦鈕

調整焦距的相機功能。

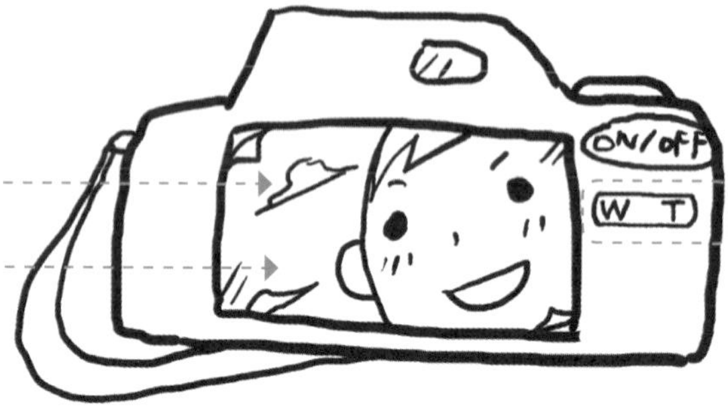

3 液晶《えきしょう》保護《ほご》フィルム《フィルム》

(名)螢幕保護貼

4 三脚《さんきゃく》

(名)腳架

5 カメラケース

(camera case)

(名)相機皮套

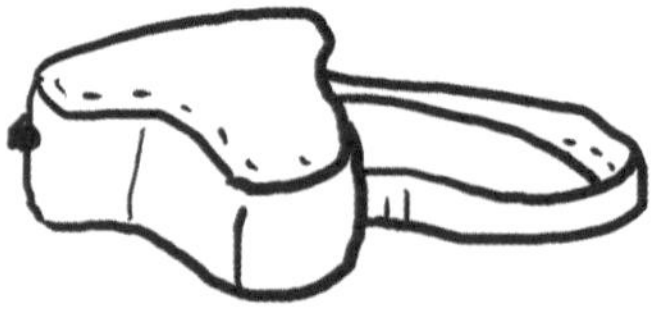

6 メモリーカード

(memory card)

(名)記憶卡

7 リチウム《リチウム》電池《でんち》

(名)鋰電池

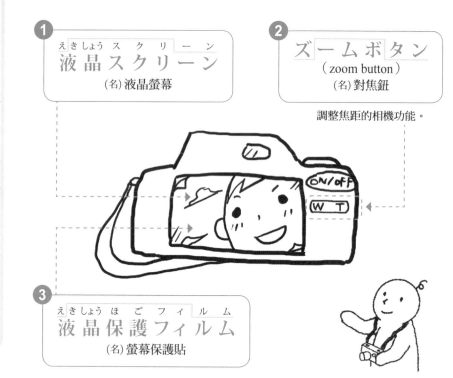

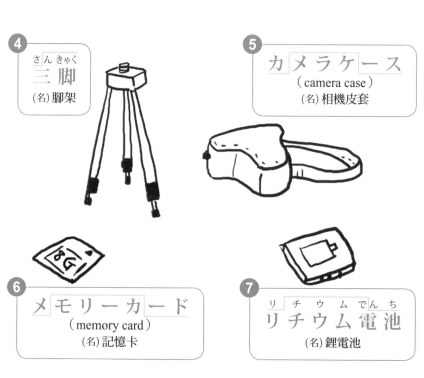

❶ 液晶スクリーンは、指《ゆび》で押《お》さないようにしましょう。

❷ ズームボタンを使《つか》ってズームを調節《ちょうせつ》します。

❸ 液晶保護フィルムを貼《は》って、スクリーンを保護《ほご》します。

❹ 三脚を使用《しよう》して、カメラを固定《こてい》します。

❺ カメラをカメラケースに入《い》れて、持《も》ち歩《ある》きます。

❻ メモリーカードが、写真《しゃしん》で一杯《いっぱい》になります。

❼ リチウム電池は高《たか》い電圧《でんあつ》が得《え》られるため、カメラ等《など》に使用《しよう》されます。

學更多

	例句出現的		原形／接續原則	意義	詞性
❶	押さない	→	押す	按壓	動 I
	押さないようにしまよう	→	動詞ない形+ようにしましょう	盡量不要做～	文型
❷	使って	→	使う	使用	動 I
	調節します	→	調節する	調節	動Ⅲ
❸	貼って	→	貼る	貼	動 I
	保護します	→	保護する	保護	動Ⅲ
❹	使用して	→	使用する	使用	動Ⅲ
	固定します	→	固定する	固定	動Ⅲ
❺	入れて	→	入れる	放入	動Ⅱ
	持ち歩きます	→	持ち歩く	隨身攜帶	動 I
❻	一杯になります	→	一杯+になる	變成充滿的	文型
❼	得られる	→	得られる	可以得到	得る的可能形
	得られるため	→	得られる+ため	因為可以得到	文型
	使用されます	→	使用される	被使用	使用する的被動形

中譯

❶ 液晶螢幕盡量不要用手指頭按壓。
❷ 使用對焦鈕來調整變焦鏡頭。
❸ 貼上螢幕保護貼，保護螢幕。
❹ 使用腳架，將相機固定。
❺ 把相機放進相機皮套隨身攜帶。
❻ 記憶卡裡存滿照片。
❼ 鋰電池可以提供高電壓，所以被使用於相機等機器。

147

建築物(1)

MP3 147

1 鉄《てっ》筋《きん》
(名)鋼筋

2 基《き》礎《そ》
(名)地基

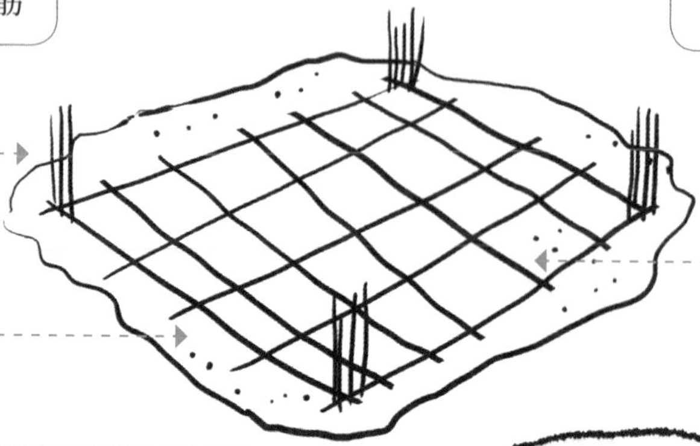

3 コンクリート
(concrete)
(名)混凝土

4 天《てん》井《じょう》
(名)天花板

5 柱《ちゅう》梁《りょう》
(名)樑柱

6 壁《かべ》
(名)牆壁

7 床《ゆか》
(名)地板

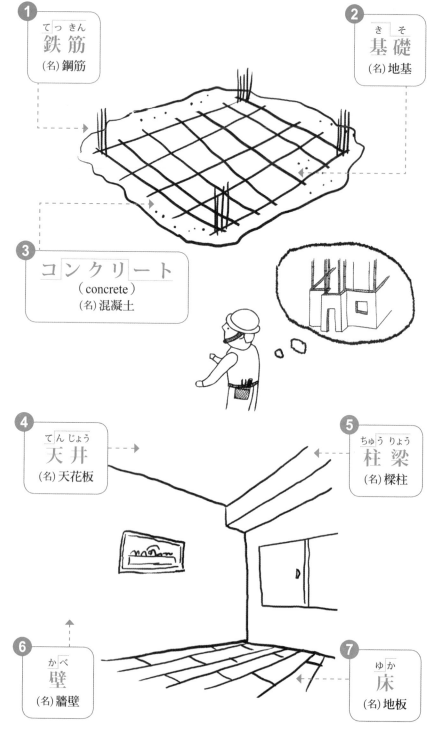

❶ 鉄筋コンクリートの家《いえ》に住《す》んでいます。

❷ 家《いえ》の基礎が、やっとできました。

❸ 玄関口《げんかんぐち》をコンクリートで固《かた》めます。

❹ 天井に電気《でんき》を付《つ》けます。

❺ 柱梁の構造《こうぞう》に、不備《ふび》が見《み》つかりました。

❻ 壁のペンキの色《いろ》を決《き》めます。

❼ 床は、フローリングにしようと思《おも》います。

學更多

	例句出現的		原形／接續原則	意義	詞性
❶	鉄筋コンクリート	→	鉄筋コンクリート	鋼筋混凝土	名詞
	住んで	→	住む	居住	動Ⅰ
	住んでいます	→	動詞て形＋いる	目前狀態	文型
❷	やっと	→	やっと	終於	副詞
	できました	→	できる	完成	動Ⅱ
❸	コンクリートで固めます	→	コンクリートで固める	灌混凝土	動Ⅱ
❹	電気	→	電気	電燈	名詞
	付けます	→	付ける	安裝	動Ⅱ
❺	不備	→	不備	缺陷	名詞
	見つかりました	→	見つかる	發現	動Ⅰ
❻	ペンキ	→	ペンキ	油漆	名詞
	決めます	→	決める	決定	動Ⅱ
❼	フローリングにしよう	→	名詞＋にする	做成～	文型
	しようと思います	→	動詞意向形＋と思う	打算做～	文型

中譯

❶ 住在使用鋼筋混凝土建造的房子裡。
❷ 房子的地基終於打好了。
❸ 在玄關入口灌混凝土。
❹ 在天花板上安裝電燈。
❺ 在樑柱的結構上，發現了缺陷。
❻ 決定牆壁的油漆顏色。
❼ 打算把地板弄成木質地板。

148

建築物(2)

MP3 148

❶ 屋《おく》上《じょう》

(名)頂樓

❷ 避《ひ》雷《らい》針《しん》

(名)避雷針

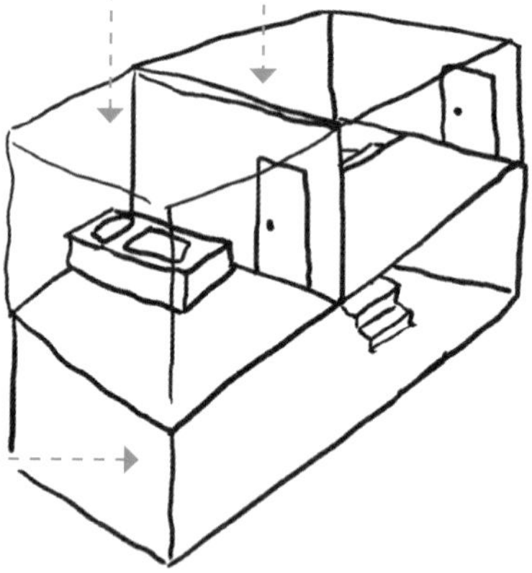

1F

B1

❸ 仕《し》切《き》り《り》

(名)隔間

❹ 地《ち》下《か》室《しつ》

(名)地下室

❺ フロア

(floor)

(名)樓層

❻ 耐《たい》震《しん》装《そう》置《ち》

(名)抗震裝置

❼ 非《ひ》常《じょう》口《ぐち》

(名)逃生門

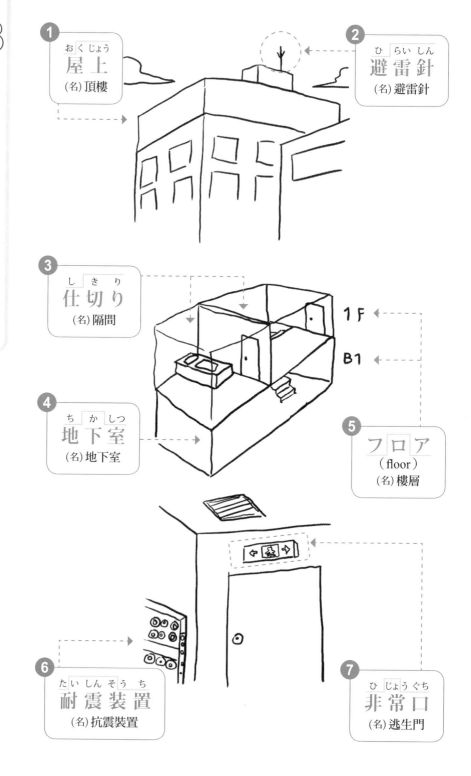

❶ 屋上にうちを建《た》てるのは違法《いほう》です。

❷ 避雷針で建築物《けんちくぶつ》を 雷《かみなり》 から守《まも》ります。

❸ 仕切りで空間《くうかん》を区切《くぎ》ります。

❹ みんなが映画《えいが》を楽《たの》しめるように、地下室にホームシアターを作《つく》りました。

❺ 各《かく》フロアの案内図《あんないず》を見《み》ます。

❻ 地震《じしん》が頻繁《ひんぱん》にある地域《ちいき》なので、耐震装置は万全《ばんぜん》に装備《そうび》されています。

❼ 災害時《さいがいじ》に備《そな》えて、非常口を各階《かくかい》に設《もう》けます。

學更多

	例句出現的		原形／接續原則	意義	詞性
❶	建てる	→	建てる	蓋、建造	動II
	建てるのは	→	動詞辭書形＋のは	～這件事	文型
❷	守ります	→	守る	保護、防護	動I
❸	区切ります	→	区切る	隔開	動I
❹	楽しめる	→	楽しめる	可以享受	楽しむ的可能形
	楽しめるように	→	楽しめる＋ように	為了可以享受	文型
	ホームシアター	→	ホームシアター	家庭劇院	名詞
	作りました	→	作る	設置	動I
❺	見ます	→	見る	看	動II
❻	ある	→	ある	有（事或物）	動I
	地域なので	→	名詞＋な＋ので	因為～	文型
	装備されて	→	装備される	被配備	装備する的被動形
❼	備えて	→	備える	防備	動II
	設けます	→	設ける	設置	動II

中譯

❶ 在頂樓蓋房子是違法的。

❷ 透過避雷針，避免建築物遭受雷擊。

❸ 用隔間把空間區隔出來。

❹ 為了讓大家可以一同欣賞電影，在地下室設置家庭劇院。

❺ 觀看各個樓層的簡介圖。

❻ 因為是頻繁發生地震的地區，所以配備了萬全的抗震裝置。

❼ 為了防備災害時的需求，在各個樓層設置逃生門。

149

郵件&包裹(1)

MP3 149

1 差《さし》出《だし》人《にん》
(名)寄件人

2 受《うけ》取《とり》人《にん》
(名)收件人

3 郵《ゆう》便《びん》番《ばん》号《ごう》
(名)郵遞區號

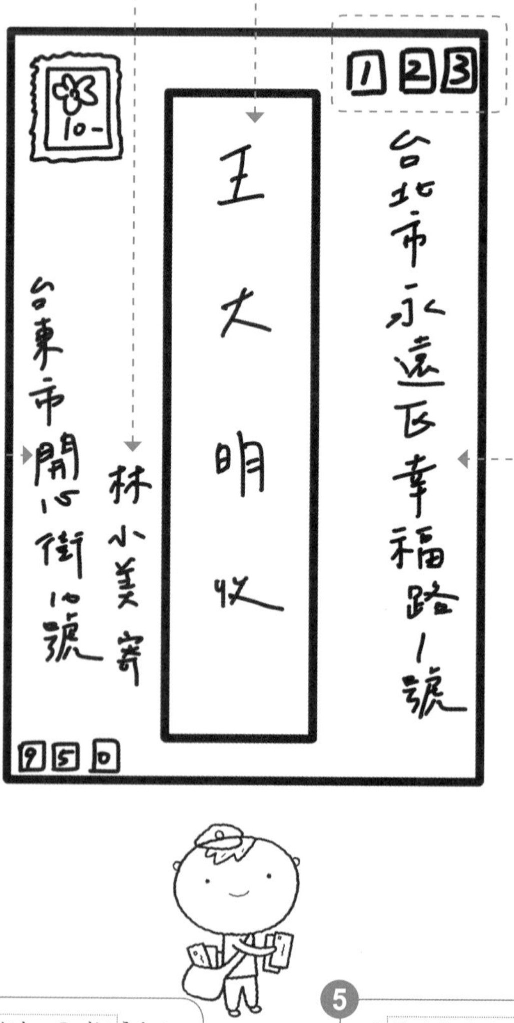

4 差《さし》出《だし》人《にん》の住《じゅう》所《しょ》
(名)寄件人地址

5 受《うけ》取《とり》人《にん》の住《じゅう》所《しょ》
(名)收件人地址

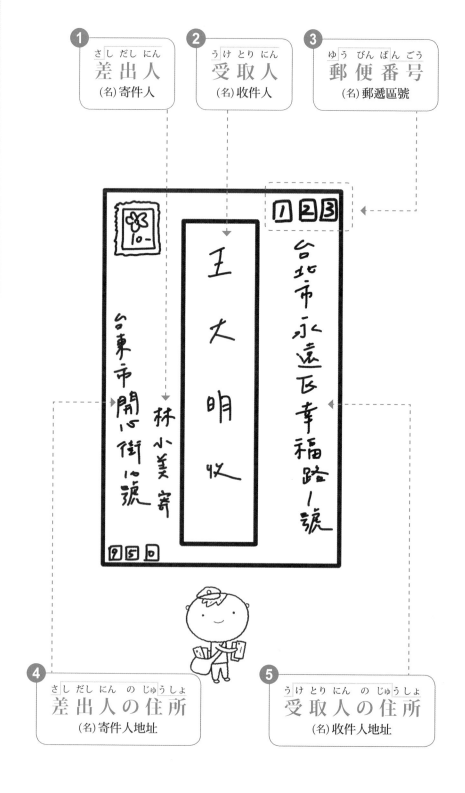

❶ 差出人には、自分《じぶん》の名前《なまえ》を記入《きにゅう》します。

❷ 送《おく》る前《まえ》に再度《さいど》受取人の名前《なまえ》を間違《まちが》えていないか確認《かくにん》します。

❸ 郵便番号を調《しら》べます。

❹ 差出人の住所の欄《らん》に、自分《じぶん》の住所《じゅうしょ》を記入《きにゅう》します。

❺ 小包《こづつみ》の受取人の住所は台湾《たいわん》です。

學更多

	例句出現的		原形／接續原則	意義	詞性
❶	名前	→	名前	名字	名詞
	記入します	→	記入する	填寫	動Ⅲ
❷	送る	→	送る	寄送	動Ⅰ
	送る前に	→	動詞辭書形＋前に	做～之前	文型
	間違えて	→	間違える	搞錯	動Ⅱ
	間違えていない	→	動詞て形＋いる	目前狀態	文型
	間違えていないか	→	間違えていない＋か	是否有搞錯	文型
	確認します	→	確認する	確認	動Ⅲ
❸	調べます	→	調べる	查詢	動Ⅱ
❹	欄	→	欄	欄位	名詞
	住所	→	住所	地址	名詞
	記入します	→	記入する	填寫	動Ⅲ
❺	小包	→	小包	包裹	名詞

中譯

❶ 在寄件人的部分寫上自己的名字。
❷ 寄信前再次確認收件人的名字有沒有寫錯。
❸ 查詢郵遞區號。
❹ 在寄件人地址的欄位，寫上自己的地址。
❺ 包裹的收件人地址是在台灣。

150 郵件&包裹(2)

MP3 150

1 封《ふう》じ目《め》
(名)封口處

2 便箋《びんせん》
(名)信紙

3 封筒《ふうとう》
(名)信封

4 消印《けしいん》
(名)郵戳

5 切手《きって》
(名)郵票

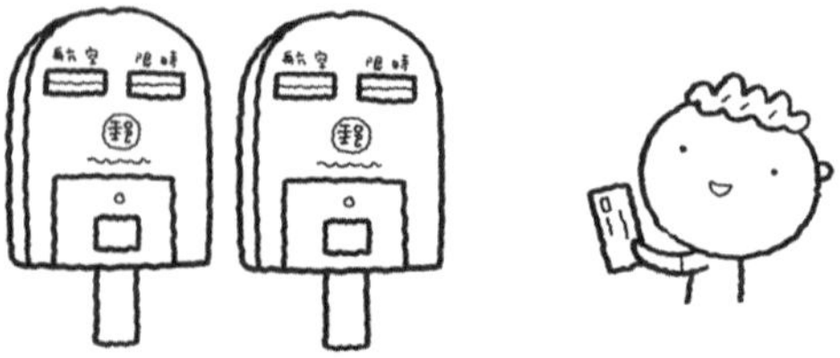

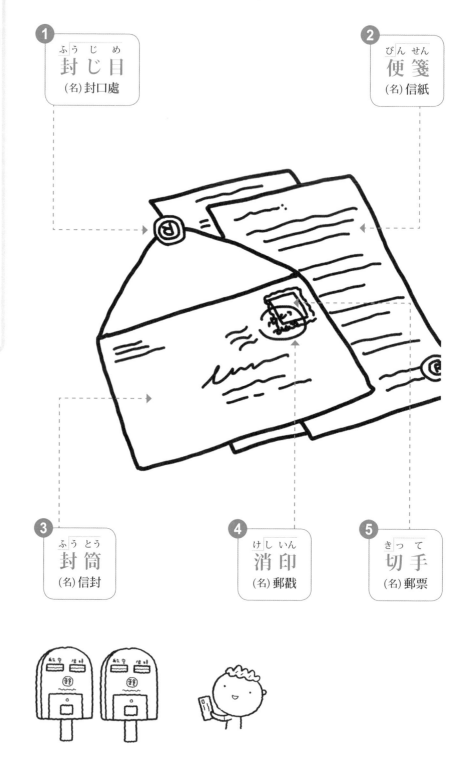

❶ 封じ目にシールを貼《は》ります。

❷ 文房《ぶんぼう》具《ぐ》店《てん》で、可愛《かわい》い便箋を買《か》います。

❸ エアメール用《よう》の封筒を購入《こうにゅう》します。

❹ 原稿《げんこう》の送付《そうふ》は、明日《あした》の消印まで有効《ゆうこう》です。

❺ 封筒《ふうとう》に切手を貼《は》ります。

學更多

	例句出現的		原形／接續原則	意義	詞性
❶	シール	→	シール	貼紙	名詞
	貼ります	→	貼る	貼	動Ⅰ
❷	文房具店	→	文房具店	文具店	名詞
	文房具店で	→	地點＋で	在～地點	文型
	可愛い	→	可愛い	可愛的	い形
	買います	→	買う	買	動Ⅰ
❸	エアメール用	→	エアメール用	航空郵件用	名詞
	購入します	→	購入する	購買	動Ⅲ
❹	原稿	→	原稿	原稿、稿件	名詞
	送付	→	送付	寄送	名詞
	明日の消印まで	→	名詞＋まで	到～為止	文型
	有効	→	有効	有效	な形
❺	貼ります	→	貼る	貼	動Ⅰ

中譯

❶ 在封口處貼貼紙。
❷ 在文具店買可愛的信紙。
❸ 購買航空郵件用的信封。
❹ 稿件的寄送期限，以明天的郵戳為憑。
❺ 在信封上貼上郵票。

151

郵件&包裹(3)

MP3 151

1 テープ
(tape)
(名)封箱膠帶

2 ダンボール《ダンボール》箱《ばこ》
(名)紙箱

3 内《ない》容《よう》物《ぶつ》
(名)內容物

4 大《おお》型《がた》封《ふう》書《しょ》
(名)大型信封

5 配《はい》達《たつ》伝《でん》票《ぴょう》
(名)托運單

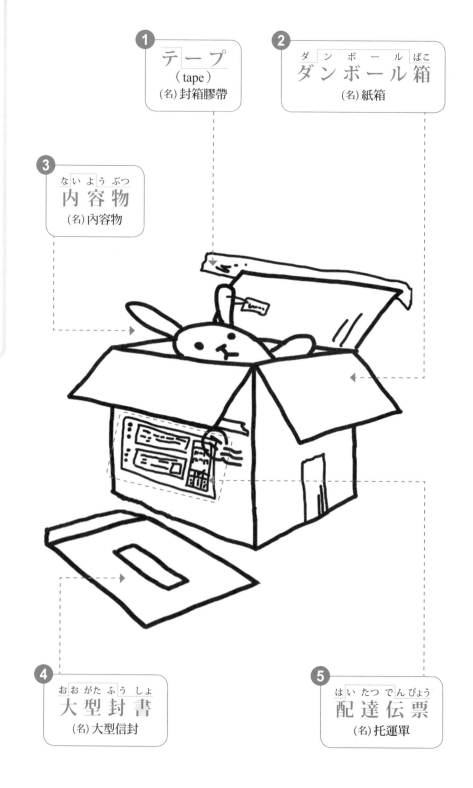

❶ 小包《こづつみ》を、テープでしっかりと閉《と》じます。

❷ 送《おく》る物《もの》を、ダンボール箱に詰《つ》めます。

❸ 内容物について、郵便局《ゆうびんきょく》の人《ひと》に説明《せつめい》します。

❹ 登録資料《とうろくしりょう》は必《かなら》ずＡ４《エーよん》サイズの大型封書に入《い》れて、書留《かきとめ》で送《おく》ってください。

❺ 配達伝票の必要事項《ひつようじこう》を記入《きにゅう》します。

學更多

	例句出現的		原形／接續原則	意義	詞性
❶	小包	→	**小包**	包裹	名詞
	テープで	→	**名詞＋で**	利用～	文型
	しっかり	→	**しっかり**	牢牢地	副詞
	閉じます	→	**閉じる**	封上、關上	動II
❷	送る	→	**送る**	寄送	動I
	詰めます	→	**詰める**	塞入、塞滿	動II
❸	内容物について	→	**名詞＋について**	關於～	文型
	説明します	→	**説明する**	說明	動III
❹	登録資料	→	**登録資料**	註冊資料	名詞
	必ず	→	**必ず**	一定	副詞
	Ａ４サイズ	→	**Ａ４サイズ**	Ａ４尺寸	名詞
	入れて	→	**入れる**	放入	動II
	書留	→	**書留**	掛號	名詞
	書留で	→	**名詞＋で**	利用～	文型
	送って	→	**送る**	寄送	動I
	送ってください	→	**動詞て形＋ください**	請做～	文型
❺	記入します	→	**記入する**	填寫	動III

中譯

❶ 用封箱膠帶牢牢地封住包裹。
❷ 把寄送的物品塞進紙箱裡。
❸ 向郵局的人說明內容物。
❹ 註冊資料請務必裝入Ａ４的大型信封內，用掛號寄送。
❺ 填寫托運單的必要事項。

152 冰箱(1)

MP3 152

❶ 冷《れい》凍《とう》室《しつ》
(名)冷凍室

❷ ドアハンドル
（door handle）
(名)門把

❸ 冷《れい》蔵《ぞう》室《しつ》
(名)冷藏室

❹ モーター
（motor）
(名)馬達

❺ コンデンサー
（condenser）
(名)冷凝器

使冰箱內的「熱」傳送到冰箱外空氣中的設備。

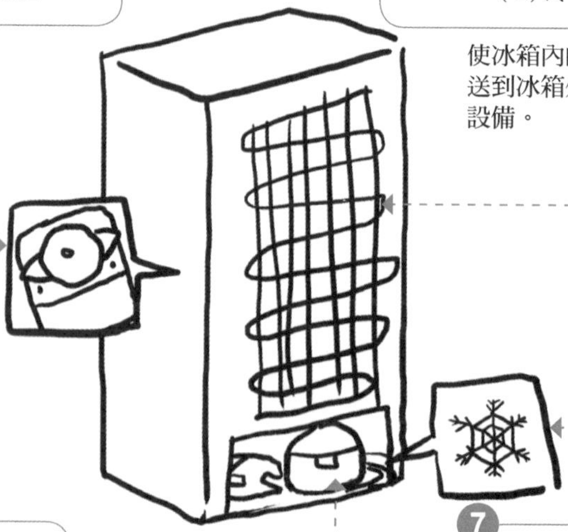

❻ 圧《あっ》縮《しゅく》機《き》
(名)壓縮機

❼ フロン
（fluorocarbon）
(名)冷媒

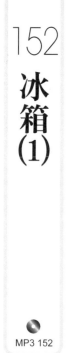

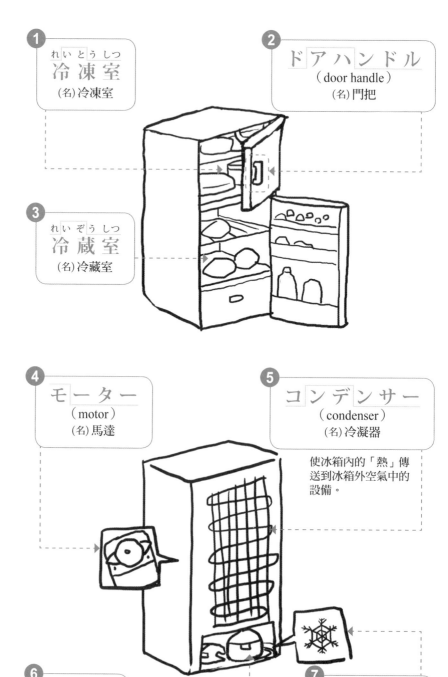

❶ 冷凍室が下《した》に付《つ》いている冷蔵庫《れいぞうこ》の方《ほう》が、節電《せつでん》になります。

❷ ドアハンドルが手垢《てあか》で汚《よご》れています。

❸ 冷蔵室が大《おお》き目《め》の冷蔵庫《れいぞうこ》を選《えら》びます。

❹ 保証《ほしょう》期間内《きかんない》にモーターが壊《こわ》れたので、無料《むりょう》で交換《こうかん》してもらえました。

❺ コンデンサーは、復水器《ふくすいき》とも言《い》います。

❻ 圧縮機は、別名《べつめい》コンプレッサとも言《い》います。

❼ 冷蔵庫《れいぞうこ》の廃棄時《はいきじ》には、フロンが排出《はいしゅつ》されます。

學更多

	例句出現的		原形／接續原則	意義	詞性
❶	付いて	→	付く	附有	動 I
	付いている	→	動詞て形＋いる	目前狀態	文型
	冷蔵庫の方が	→	名詞＋の方が	～比較	文型
	節電になります	→	節電になる	省電	動 I
❷	手垢で	→	名詞＋で	因為～	文型
	汚れて	→	汚れる	弄髒	動 II
	汚れています	→	動詞て形＋いる	目前狀態	文型
❸	選びます	→	選ぶ	選擇	動 I
❹	壊れた	→	壊れる	壞掉	動 II
	壊れたので	→	動詞た形＋ので	因為～	文型
	交換して	→	交換する	更換	動 III
	交換してもらえました	→	動詞て形＋もらえました	可以請別人為我做～了	文型
❺	復水機とも言います	→	名詞＋とも言います	也稱為～	文型
❻	コンプレッサ	→	コンプレッサ	壓縮機	名詞
❼	排出されます	→	排出される	被排出	排出する的被動形

中譯

❶ 冷凍室在下方的冰箱比較省電。
❷ 門把被手垢弄髒了。
❸ 選擇冷藏室比較大的冰箱。
❹ 馬達在保固期內壞掉，所以可以要求免費更換。
❺ 「冷凝器」在日文中也稱為「復水器（冷凝器）」。
❻ 「壓縮機」的別名也稱為「コンプレッザ（壓縮機）」。
❼ 冰箱要廢棄時，冷媒要做排空處理。

153

冰箱(2)

MP3 153

1 卵《たまご》ケース《ケース》
(名)蛋架

2 野《や》菜《さい》室《しつ》
(名)蔬果櫃

3 可《か》動《どう》式《しき》の《の》棚《たな》
(名)活動層架

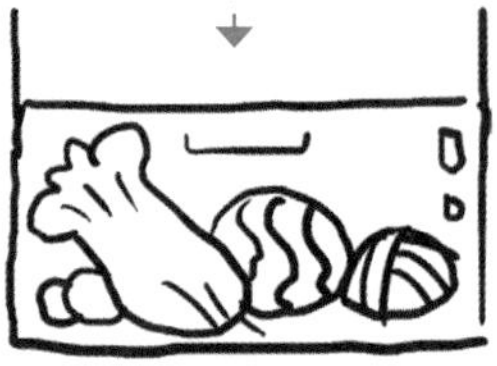

4 自《じ》動《どう》霜《しも》取《と》り《り》
(名)自動除霜

5 アイスメーカー
(ice maker)
(名)製冰器

6 インバータ
(inverter)
(名)變頻風扇

7 温《おん》度《ど》調《ちょう》節《せつ》装《そう》置《ち》
(名)調溫裝置

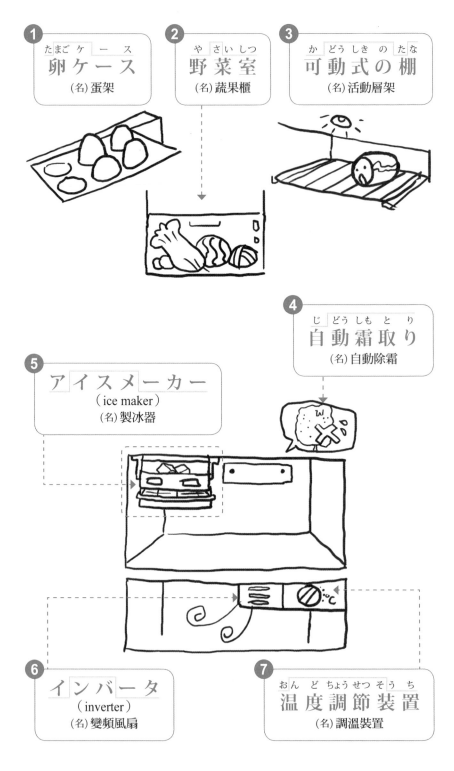

❶ 卵ケースに卵《たまご》を入《い》れます。

❷ 果物《くだもの》や野菜《やさい》は、野菜室に入《い》れておくと、鮮度《せんど》が保《たも》たれます。

❸ 可動式の棚を動《うご》かして、取《と》り出《だ》しやすい配置《はいち》に変《か》えます。

❹ この冷蔵庫《れいぞうこ》には、自動霜取り機能《きのう》が付《つ》いています。

❺ アイスメーカーが壊《こわ》れて、氷《こおり》が作《つく》れません。

❻ インバータは、エアコンにも使用《しよう》されています。

❼ 温度調節装置で、冷蔵庫《れいぞうこ》の温度《おんど》を調節《ちょうせつ》します。

學更多

	例句出現的		原形／接續原則	意義	詞性
❶	入れます	→	**入れる**	放入	動II
❷	入れて	→	**入れる**	放入	動II
	入れておく	→	**動詞て形＋おく**	妥善處理	文型
	入れておくと	→	**動詞辭書形＋と**	如果～的話，就～	文型
	保たれます	→	**保たれる**	可以保持	保つ的可能形
❸	動かして	→	**動かす**	移動	動I
	取り出し	→	**取り出す**	拿出來	動I
	取り出しやすい	→	**動詞ます形＋やすい**	容易做～	文型
	変えます	→	**変える**	改變	動II
❹	付いて	→	**付く**	附有	動I
❺	壊れて	→	**壊れる**	壞掉	動II
	作れません	→	**作れる**	可以製作	作る的可能形
❻	エアコン	→	**エアコン**	冷氣機	名詞
	使用されて	→	**使用される**	被使用	使用する的被動形
❼	調節します	→	**調節する**	調節	動III

中譯

❶ 把蛋放到蛋架上。

❷ 把水果和蔬菜放進蔬果櫃裡，就可以保持鮮度。

❸ 移動活動層架，改成容易拿出來的配置。

❹ 這台冰箱附有自動除霜的功能。

❺ 製冰器壞了，無法製冰。

❻ 變頻風扇也會使用於冷氣機。

❼ 利用調溫裝置來調節冰箱的溫度。

154 上衣

MP3 154

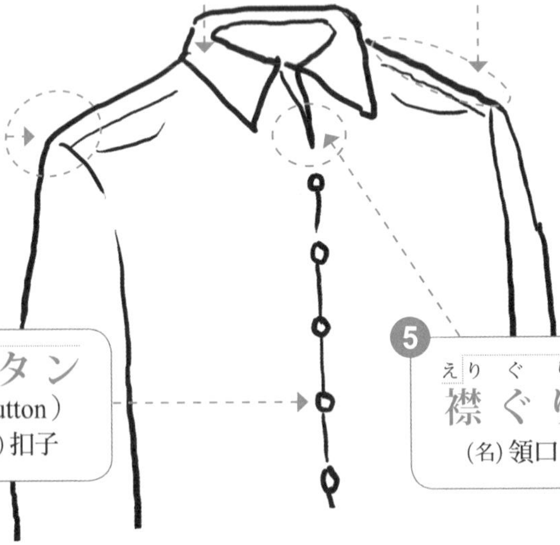

1 肩《かた》パッド《パッド》
(名) 墊肩

2 襟《えり》
(名) 衣領

3 肩《かた》ライン《ライン》
(名) 肩線

4 ボタン
(button)
(名) 扣子

5 襟《えり》ぐり《ぐり》
(名) 領口

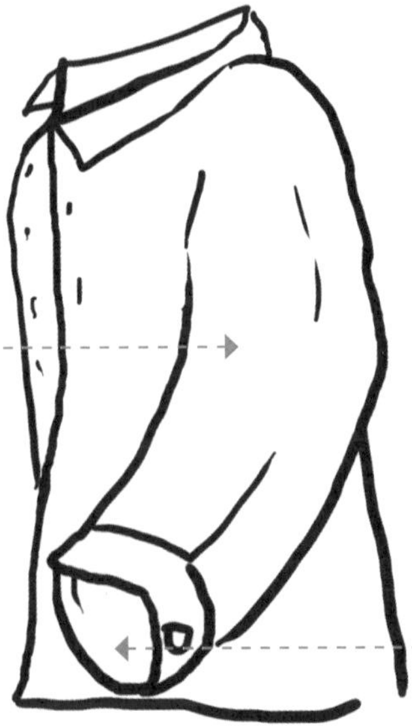

6 袖《そで》
(名) 袖子

7 袖口《そでぐち》
(名) 袖口

❶ 撫肩《なでがた》なので、スーツに肩パッドを入《い》れます。

❷ 襟の開《あ》いたドレスを着《き》ます。

❸ 肩幅《かたはば》が広《ひろ》いせいか、肩ラインが合《あ》っていません。

❹ 暑《あつ》いので、シャツのボタンをはずします。

❺ 洋服《ようふく》を作《つく》る時《とき》、襟ぐりを縫《ぬ》うのが難《むずか》しいです。

❻ 着物《きもの》の袖に手《て》を通《とお》します。

❼ 袖口を汚《よご》してしまいます。

學更多

	例句出現的		原形／接續原則	意義	詞性
❶	撫肩	→	**撫肩**	垂肩	名詞
	撫肩なので	→	**名詞＋な＋ので**	因為～	文型
	入れます	→	**入れる**	墊上、放上	動II
❷	開いた	→	**開く**	打開	動I
	着ます	→	**着る**	穿	動II
❸	広いせいか	→	**い形容詞＋せいか**	可能因為～	文型
	合って	→	**合う**	適合	動I
	合っていません	→	**動詞て形＋いる**	目前狀態	文型
❹	暑いので	→	**い形容詞＋ので**	因為～	文型
	はずします	→	**はずす**	解開	動I
❺	作る	→	**作る**	製作	動I
	縫う	→	**縫う**	縫	動I
❻	通します	→	**通す**	穿過、通過	動I
❼	汚して	→	**汚す**	弄髒	動I
	汚してしまいます	→	**動詞て形＋しまう**	無法挽回的遺憾	文型

中譯

❶ 因為是垂肩，所以在西裝上裝了墊肩。

❷ 穿上衣領敞開的禮服。

❸ 可能是肩膀太寬了，肩線不合。

❹ 天氣很熱，所以解開襯衫的扣子。

❺ 製作西裝時，縫製領口是很困難的事情。

❻ 把手穿過和服的袖子。

❼ 袖口弄髒了。

155
褲子

MP3 155

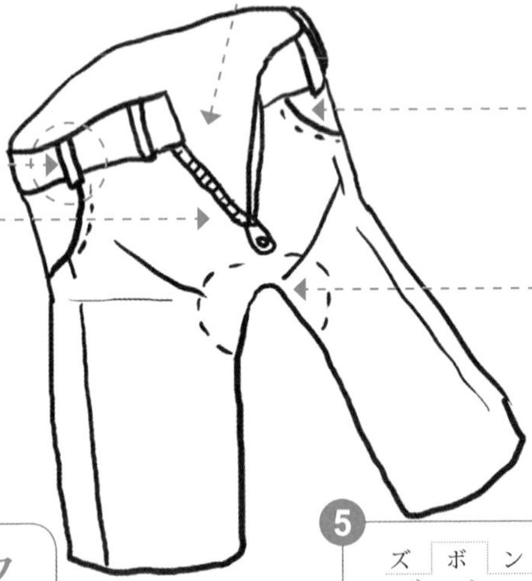

1 ベルトループ
(belt loop)
(名)皮帶環

2 裏地《うらじ》
(名)內裡

3 ポケット
(pocket)
(名)口袋

4 チャック
(chuck)
(名)拉鍊

5 ズボンのまち《ズボンのまち》
(名)褲襠

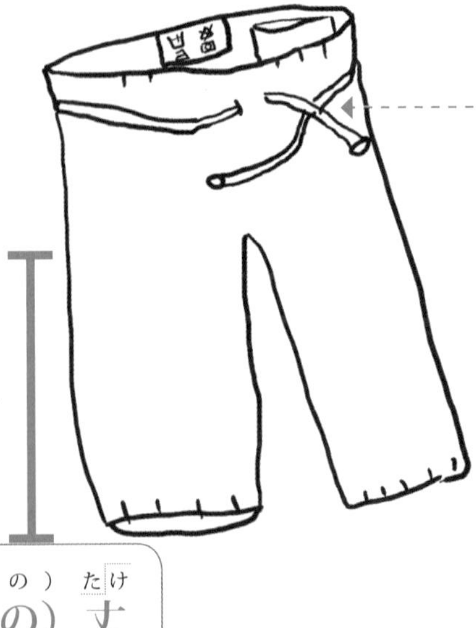

6 (ズボンの)《(ズボンの)》丈《たけ》
(名)褲長

7 紐《ひも》
(名)綁帶

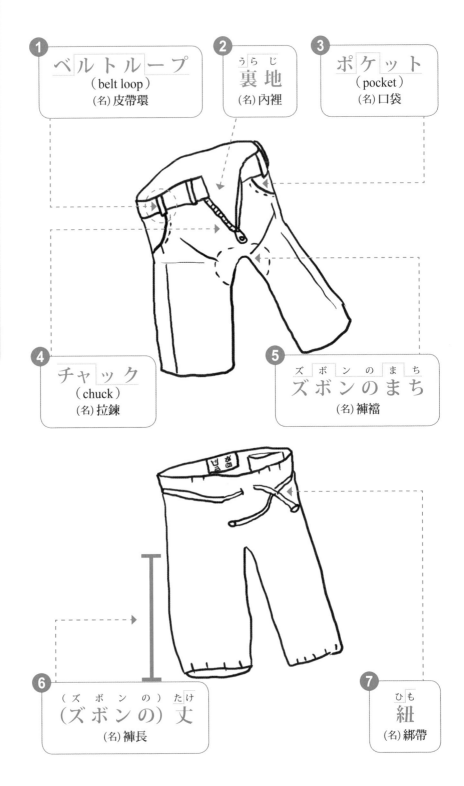

❶ このスカートには、ベルトループが付《つ》いていません。

❷ 裏地の素材《そざい》に、ポリエステルを使《つか》います。

❸ ポケットに財布《さいふ》を入《い》れます。

❹ ズボンのチャックが開《あ》いていますよ！

❺ ズボンのまちを縫《ぬ》います。

❻ ネットで買《か》ったジーパンの丈が短《みじか》すぎて、返品《へんぴん》したいです。

❼ 浴衣《ゆかた》を着《き》る時《とき》は、まず紐を腰《こし》に結《むす》んでから形《かたち》を整《ととの》えます。

學更多

	例句出現的		原形／接續原則	意義	詞性
❶	付いて	→	付く	附有	動 I
	付いていません	→	動詞て形＋いる	目前狀態	文型
❷	ポリエステル	→	ポリエステル	聚酯纖維	名詞
❸	入れます	→	入れる	放入	動 II
❹	開いて	→	開く	打開	動 I
	開いています	→	動詞て形＋いる	目前狀態	文型
❺	縫います	→	縫う	縫	動 I
❻	買った	→	買う	買	動 I
	ジーパン	→	ジーパン	牛仔褲	名詞
	短すぎて	→	短すぎる	太短	動 II
	返品したい	→	動詞ます形＋たい	想要做～	文型
❼	着る	→	着る	穿	動 II
	結んで	→	結ぶ	繫上、綁	動 I
	結んでから	→	動詞て形＋から	做～之後，再～	文型
	整えます	→	整える	整理	動 II

中譯

❶ 這件裙子沒有皮帶環。
❷ 內裡的材料是使用聚酯纖維。
❸ 把錢包放進口袋。
❹ 褲子的拉鍊是敞開的喔！
❺ 縫製褲子的褲襠。
❻ 在網路上買的牛仔褲褲長太短，想要退貨。
❼ 穿浴衣時，先在腰部綁上綁帶，再調整衣形。

156 鞋子(1)

MP3 156

① 靴《くつ》の甲《こう》

(名)鞋面

② かかと《かかと》

(名)鞋跟

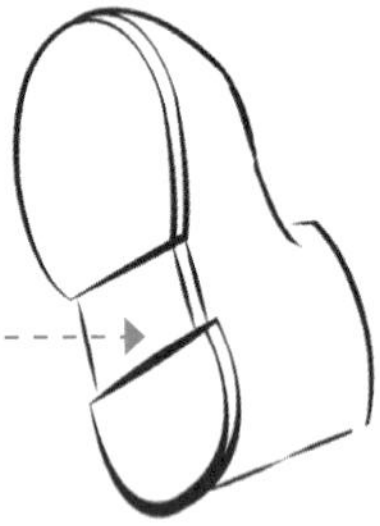

③ 靴《くつ》底《ぞこ》

(名)鞋底

④ 厚《あつ》底《ぞこ》

(名)厚鞋底

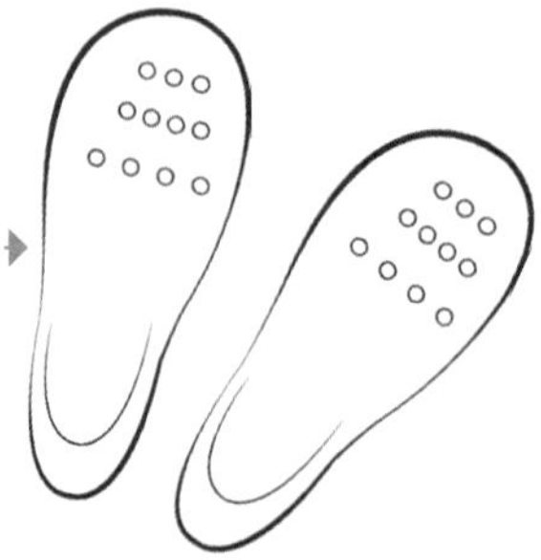

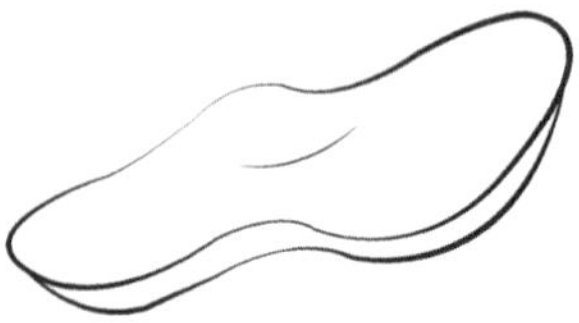

⑤ 中《なか》敷《じき》

(名)鞋內鞋墊

⑥ エアソール

（air sole）

(名)氣墊

❶ 靴の甲とは、つま先《さき》から足《あし》の甲《こう》にかけて覆《おお》っている部分《ぶぶん》です。

❷ 靴《くつ》のかかとの減《へ》り方《かた》を見《み》ると、骨格《こっかく》の歪《ゆが》みが分《わ》かります。

❸ 靴底の減《へ》りがはやいです。

❹ 一時期《いちじき》厚底の靴《くつ》が流行《はや》りました。

❺ 消臭効果《しょうしゅうこうか》のある中敷を選《えら》びます。

❻ この靴《くつ》は、快適《かいてき》なエアソールを使《つか》っているのが特徴《とくちょう》です。

學更多

	例句出現的		原形／接續原則	意義	詞性
❶	靴の甲とは	→	名詞＋とは	所謂的～	文型
	つま先から足の甲にかけて	→	名詞A＋から＋名詞B＋にかけて	從名詞A到名詞B	文型
	覆って	→	覆う	覆蓋	動Ⅰ
	覆っている	→	動詞て形＋いる	目前狀態	文型
❷	減り方	→	減り方	磨損情形	名詞
	見る	→	見る	看	動Ⅱ
	見ると	→	動詞辭書形＋と	如果～的話，就～	文型
	分かります	→	分かる	知道	動Ⅰ
❸	減り	→	減り	磨損	名詞
	はやい	→	はやい	快速的	い形
❹	流行りました	→	流行る	流行	動Ⅰ
❺	ある	→	ある	有（事或物）	動Ⅰ
	選びます	→	選ぶ	選擇	動Ⅰ
❻	快適なエアソール	→	快適＋な＋名詞	舒適的～	文型
	使って	→	使う	使用	動Ⅰ
	使っている	→	動詞て形＋いる	目前狀態	文型

中譯

❶ 鞋子的鞋面，是指鞋子上方蓋住腳趾以及腳背的部分。
❷ 看鞋跟的磨損情形，就會知道骨骼的歪斜情況。
❸ 鞋底磨損很快。
❹ 厚鞋底的鞋子曾經流行過一陣子。
❺ 選擇有除臭效果的鞋墊。
❻ 使用舒適的氣墊，是這雙鞋子的特徵。

157 鞋子(2)

MP3 157

❶ 靴《くつ》紐《ひも》
(名)鞋帶

❷ はと目《め》
(名)鞋帶孔

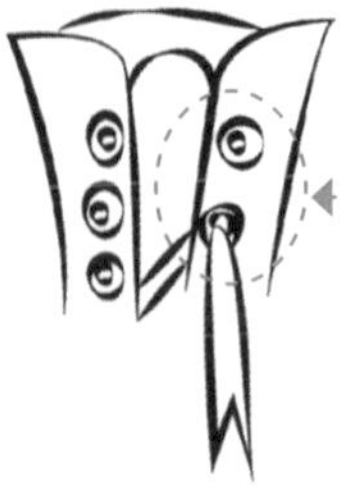

❸ つま先《さき》
(名)鞋頭

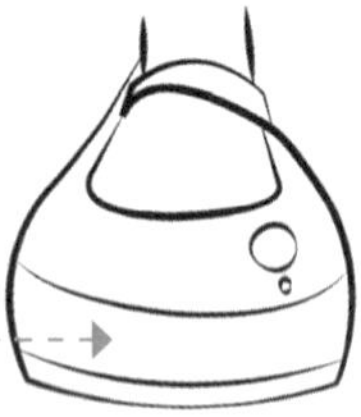

❹ 筒《つつ》周《まわ》り
(名)靴筒圍

❺ 皮《ひ》革《かく》
(名)皮革

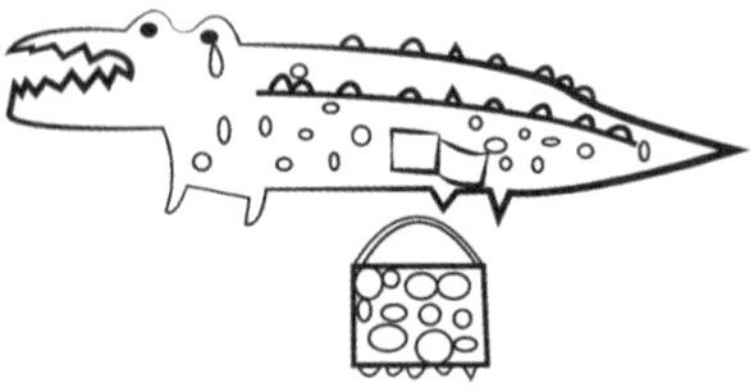

❻ マジックテープ
(Magic Tape)
(名)魔鬼粘

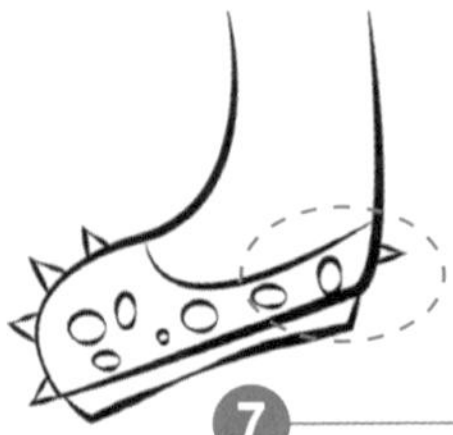

❼ スタッド
(stud)
(名)飾釘

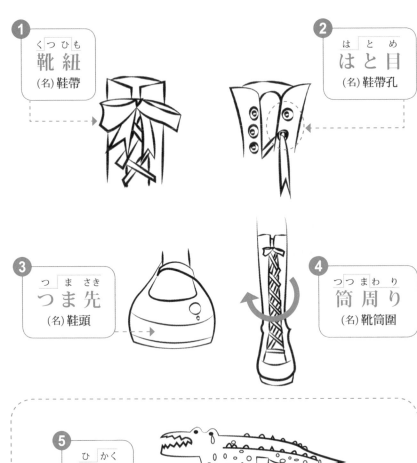

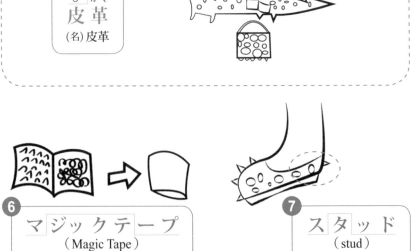

❶ 靴紐を結《むす》ばないと危《あぶ》ないですよ。

❷ 靴紐《くつひも》をはと目《め》に通《とお》します。

❸ その靴《くつ》のデザインはいいですが、つま先が狭《せま》くて履《は》き心地《ごこち》が悪《わる》いです。

❹ 新《あたら》しいブーツを買《か》う時《とき》は、先《さき》にふくらはぎのサイズを測《はか》っておいて筒周りのサイズが合《あ》ったものを選《えら》ぶのがベストです。

❺ イタリアは、皮革製品《せいひん》で有名《ゆうめい》です。

❻ 小《ちい》さい子供《こども》には、マジックテープの運動靴《うんどうぐつ》が履《は》きやすくてお勧《すす》めです。

❼ スタッドの施《ほどこ》された靴《くつ》や服《ふく》が流行《はや》り出《だ》してから久《ひさ》しいです。

學更多

	例句出現的		原形／接續原則	意義	詞性
❶	結ばない	→	**結ぶ**	繫、綁	動 I
	結ばないと	→	**動詞ない形＋と**	如果不～的話，就～	文型
❷	通します	→	**通す**	穿過、通過	動 I
❸	いいですが	→	**いい＋ですが**	好的，但是～	文型
	狭くて	→	**狭~~い~~＋くて**	因為很窄	文型
	履き心地	→	**履き心地**	穿起來的感覺	名詞
❹	測って	→	**測る**	測量	動 I
	測っておいて	→	**動詞て形＋おく**	事前準備	文型
	合った	→	**合う**	適合	動 I
❺	製品	→	**製品**	產品	名詞
❻	履きやすくて	→	**履きやす~~い~~＋くて**	因為很容易穿	文型
❼	施された	→	**施される**	被裝上	施す的被動形
	流行り出して	→	**流行り出す**	開始流行	動 I
	流行り出してから	→	**動詞て形＋から**	做～之後	文型
	久しい	→	**久しい**	很久的	い形

中譯

❶ 鞋帶沒繫好會很危險喔。

❷ 把鞋帶穿過鞋帶孔。

❸ 那雙鞋的款式很好看，但是鞋頭很窄穿起來不舒服。

❹ 買新靴子時，最好先測量小腿寬度，再選擇適合的靴筒圍。

❺ 義大利以皮革產品而聞名。

❻ 使用魔鬼粘設計的運動鞋很容易穿脫，所以推薦小朋友穿這種鞋子。

❼ 鞋子和衣服有飾釘的款式已經流行很久了。

158 身體外觀

MP3 158

1 肩《かた》
(名)肩膀

2 胸《むね》
(名)胸部

3 腰《こし》
(名)腰部

4 お《お》腹《なか》
(名)腹部

5 胴《どう》
(名)驅幹

人體除了頭、頸、四肢外，皆屬驅幹。

6 背《せ》中《なか》
(名)背部

7 おしり《おしり》
(名)臀部

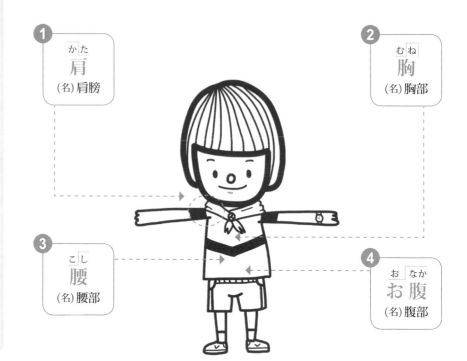

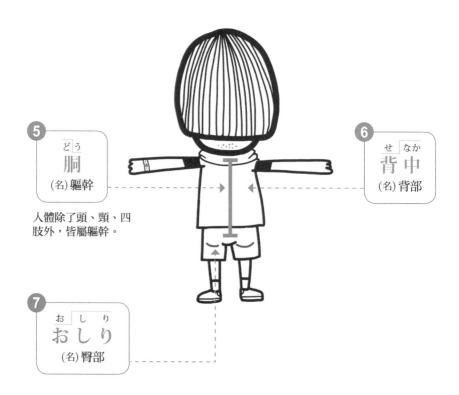

❶ パソコンで仕事《しごと》をしすぎて肩が凝《こ》ります。

❷ 胸をピンと張《は》って堂々《どうどう》とします。

❸ 腰/お腹周《まわ》りの贅肉《ぜいにく》が気《き》になります。

❹ 胴が長《なが》くて脚《あし》が短《みじか》いのが悩《なや》みです。

❺ ビーチで日《ひ》焼《や》け止《ど》めを塗《ぬ》るのを忘《わす》れて、背中にひどいやけどを負《お》いました。

❻ 南米《なんべい》ではおしりが大《おお》きいのが好《この》まれます。

學更多

	例句出現的		原形／接續原則	意義	詞性
❶	パソコンで	→	**名詞＋で**	利用～	文型
	仕事をしすぎて	→	**仕事をしすぎる**	工作過度	動Ⅱ
	肩が凝ります	→	**肩が凝る**	肩膀酸痛	動Ⅰ
❷	ピンと張って	→	**ピンと張る**	挺起來	動Ⅰ
	堂々とします	→	**堂々とする**	威嚴莊重	動Ⅲ
❸	周り	→	**周り**	周圍	名詞
	気になります	→	**気になる**	在意	動Ⅰ
❹	長くて	→	**長~~い~~＋くて**	長的，而且～	文型
❺	ビーチで	→	**地點＋で**	在～地點	文型
	日焼け止め	→	**日焼け止め**	防曬乳	名詞
	塗る	→	**塗る**	塗抹	動Ⅰ
	忘れて	→	**忘れる**	忘記	動Ⅱ
	やけど	→	**やけど**	曬傷	名詞
	負いました	→	**負う**	遭受	動Ⅰ
❻	好まれます	→	**好まれる**	被喜歡	好む的被動形

中譯

❶ 用電腦工作過度，覺得肩膀酸痛。

❷ 挺起胸部，做出一副威嚴的樣子。

❸ 很在意腰部 / 腹部的贅肉。

❹ 軀幹較長，腳比較短，這是讓人苦惱的地方。

❺ 在海灘時忘了抹防曬乳，背部嚴重曬傷。

❻ 在南美洲，臀部大的人很受歡迎。

159 四肢(1)

MP3 159

1 手《て》の《の》指《ゆび》
(名)手指

2 指《し》紋《もん》
(名)指紋

3 爪《つめ》
(名)指甲

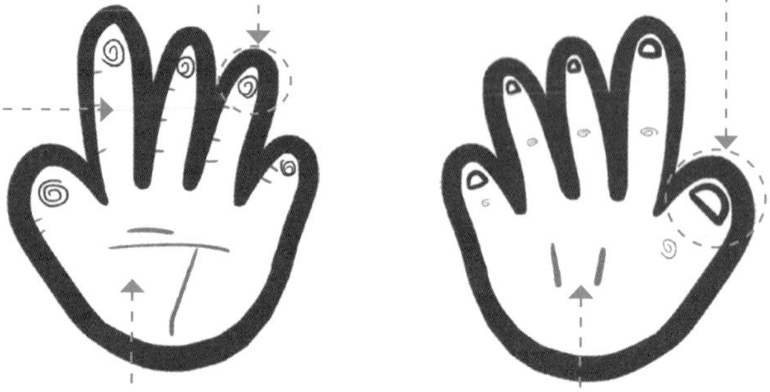

4 手《て》の《の》ひら《ひら》
(名)手掌

5 手《て》の《の》甲《こう》
(名)手背

6 手《て》首《くび》
(名)手腕

7 肘《ひじ》
(名)手肘

8 上《じょう》腕《わん》
(名)上臂

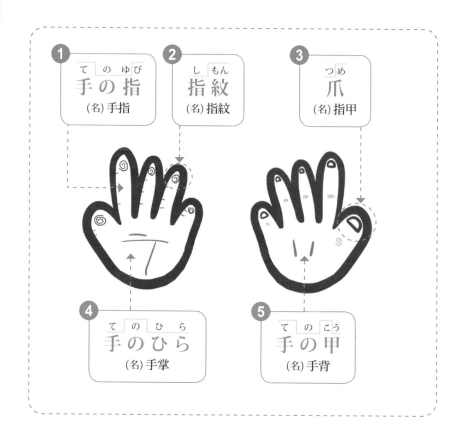

❶ 手の指が長《なが》いと、ピアノを弾《ひ》く時《とき》に役立《やくだ》ちます。

❷ 犯人《はんにん》と思《おも》われる人物《じんぶつ》の指紋が、検出《けんしゅつ》されました。

❸ 彼《かれ》は緊張《きんちょう》すると爪を噛《か》んで止《と》まらなくなります。

❹ 手のひらの手相《てそう》を見《み》てもらいます。

❺ 手の甲が日焼《ひや》けして、黒《くろ》くなります。

❻ 手首にリストバンドをします。

❼ 授業中《じゅぎょうちゅう》、机《つくえ》に肘をついていたら、注意《ちゅうい》されました。

❽ 上腕の筋肉《きんにく》を鍛《きた》えるために、筋《きん》トレします。

學更多

	例句出現的		原形／接續原則	意義	詞性
❶	役立ちます	→	役立つ	有幫助	動Ｉ
❷	思われる	→	思われる	被認為	動II
	検出されました	→	検出される	被檢驗出來	検出する的被動形
❸	噛んで	→	噛む	咬	動Ｉ
	止まらなくなります	→	止まらな~~い~~＋くなる	變成停不下來	文型
❹	見てもらいます	→	動詞て形＋もらう	請別人為我做～	文型
❺	日焼けして	→	日焼けする	曬黑	動III
❻	リストバンドをします	→	リストバンドをする	戴上護腕	動III
❼	肘をついて	→	肘をつく	用手肘撐著	動Ｉ
	肘をついていた	→	動詞て形＋いる	目前狀態	文型
	肘をついていたら	→	動詞た形＋ら	做～，結果～	文型
❽	鍛えるために	→	動詞辭書形＋ために	為了～	文型
	筋トレします	→	筋トレする	鍛鍊肌肉	動III

中譯

❶ 手指修長的話，在彈鋼琴的時候會很有幫助。
❷ 檢測出被視為犯人的人的指紋。
❸ 他一緊張就會不停地咬指甲。
❹ 請人看手掌的手相。
❺ 手背被太陽曬黑。
❻ 在手腕戴上護腕。
❼ 上課時把手肘撐在桌上，結果被警告了。
❽ 為了鍛練上臂的肌肉，進行肌肉訓練。

160

四肢(2)

MP3 160

❶ 脚《あし》の指《ゆび》
(名)腳趾

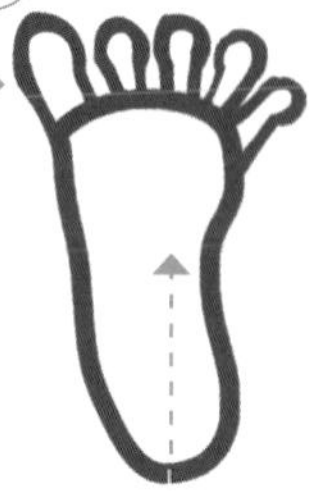

❷ 土《つち》踏《ふ》まず
(名)腳掌心

❸ 足首《あしくび》
(名)腳踝

❹ かかと《かかと》
(名)腳跟

❺ 手《て》
(名)手

❺ 足《あし》
(名)腳

❻ 膝《ひざ》
(名)膝蓋

❼ 腿《もも》
(名)大腿

❼ ふくらはぎ《ふくらはぎ》
(名)小腿

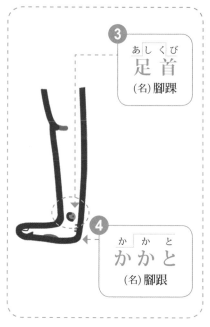

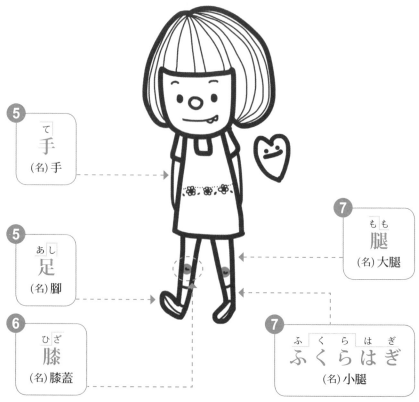

❶ 脚の指にも指輪《ゆびわ》を付《つ》けます。

❷ 息子《むすこ》の足《あし》は、土踏まずがない所謂偏平足《いわゆるへんぺいそく》です。

❸ 足首にアンクレットを付《つ》けます。

❹ かかとの角質《かくしつ》を取《と》って、お手入《てい》れします。

❺ 欧米人《おうべいじん》は、東洋人《とうようじん》より手/足が長《なが》いです。

❻ 体重《たいじゅう》が増《ふ》えると、膝に負担《ふたん》がかかります。

❼ 腿/ふくらはぎが、肉離《にくばな》れを起《お》こします。

學更多

	例句出現的		原形／接續原則	意義	詞性
❶	指輪	→	指輪	戒指	名詞
	付けます	→	付ける	配戴	動II
❷	ない	→	ない	沒有	い形
	所謂	→	所謂	所謂	連體詞
	偏平足	→	偏平足	扁平足	名詞
❸	アンクレット	→	アンクレット	腳鍊	名詞
❹	取って	→	取る	去除	動I
	お手入れします	→	お手入れする	保養	動III
❺	欧米人	→	欧米人	西方人	名詞
	東洋人より	→	名詞＋より	和～相比	文型
❻	増える	→	増える	增加	動II
	増えると	→	動詞辭書形＋と	一～，就～	文型
	負担がかかります	→	負担がかかる	造成負擔	動I
❼	肉離れ	→	肉離れ	拉傷	名詞
	起こします	→	起こす	引起	動I

中譯

❶ 腳趾上也戴上戒指。
❷ 兒子的腳沒有腳掌心，就是所謂的扁平足。
❸ 在腳踝上戴上腳鍊。
❹ 去除腳跟的角質，進行保養。
❺ 西方人的手 / 腳比東方人長。
❻ 體重一增加，就會造成膝蓋的負擔。
❼ 大腿 / 小腿的肌肉拉傷。

161 頭部

1 頭《あたま》
(名)頭

1 首《くび》
(名)頸

MP3 161

2 額《ひたい》
(名)額頭

3 後頭部《こうとうぶ》
(名)後腦杓

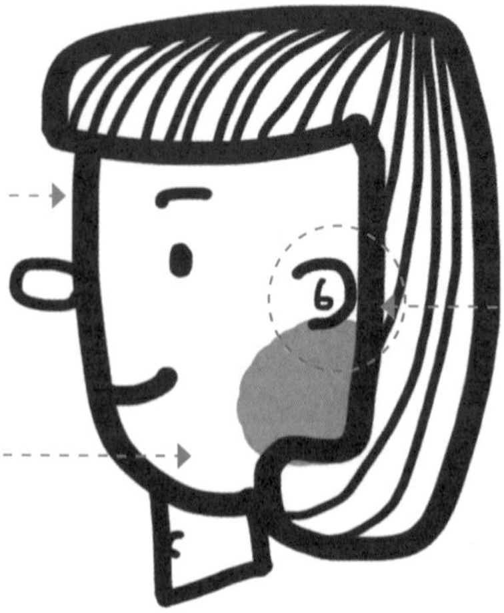

4 顎《あご》
(名)下巴

5 耳《みみ》
(名)耳朵

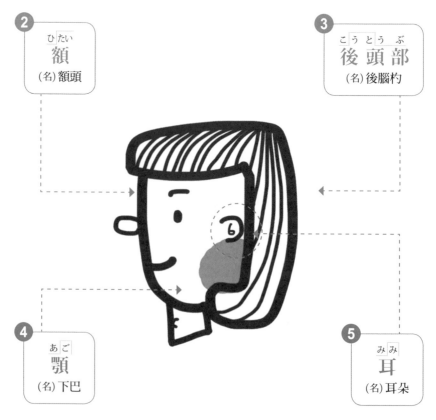

❶ 交通事故《こうつうじこ》に遭《あ》ってから頭/首がすごく痛《いた》いです。

❷ 彼《かれ》は年《とし》を取《と》ってきたせいか徐々《じょじょ》に額が広《ひろ》くなってきました。

❸ 赤《あか》ちゃんがベッドから落《お》ちて後頭部を打《う》ち、こぶができてしまいました。

❹ 顎の筋肉《きんにく》を鍛《きた》えるために硬《かた》いものを食《た》べます。

❺ 祖母《そぼ》は年齢《ねんれい》のせいか耳が遠《とお》いです。

學更多

	例句出現的		原形／接續原則	意義	詞性
❶	遭って	→	**遭う**	遭遇	動 I
	遭ってから	→	**動詞て形＋から**	做～之後	文型
	すごく	→	**すごく**	非常	副詞
❷	年を取って	→	**年を取る**	上年紀	動 I
	年を取ってきた	→	**動詞て形＋くる**	逐漸～	文型
	年を取ってきたせいか	→	**動詞た形＋せいか**	可能因為～	文型
	徐々に	→	**徐々に**	慢慢	副詞
	広くなって	→	**広~~い~~＋くなる**	變寬	文型
	広くなってきました	→	**動詞て形＋きました**	逐漸～了	文型
❸	落ちて	→	**落ちる**	掉下去	動 II
	打ち	→	**打つ**	打、碰	動 I
	こぶ	→	**こぶ**	腫起來的包	名詞
	できて	→	**できる**	長出	動 II
	できてしまいました	→	**動詞て形＋しまいました**	無法挽回的遺憾	文型
❹	鍛える	→	**鍛える**	鍛鍊	動 II
	鍛えるために	→	**動詞辭書形＋ために**	為了～	文型
❺	年齢のせいか	→	**名詞＋のせいか**	可能因為～	文型
	耳が遠い	→	**耳が遠い**	重聽	い形

中譯

❶ 發生交通意外之後，頭 / 頸部就非常疼痛。
❷ 可能是上了年紀的關係吧，他的額頭慢慢地變寬了。
❸ 小嬰兒從床上掉下去撞到後腦杓，腫了一個包。
❹ 為了鍛練下巴肌肉，所以食用堅硬的食物。
❺ 可能是年紀大的關係吧，祖母出現重聽的情況。

162 眼睛

MP3 162

1 目《め》

(名)眼睛

2 眼《がん》球《きゅう》

(名)眼球

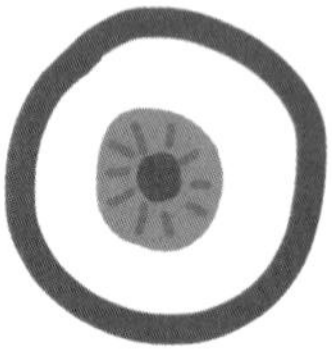

3 瞳《どう》孔《こう》

(名)瞳孔

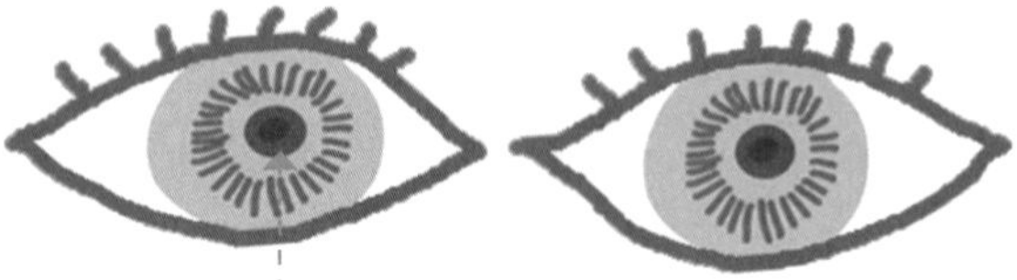

4 まぶた《まぶた》

(名)眼皮

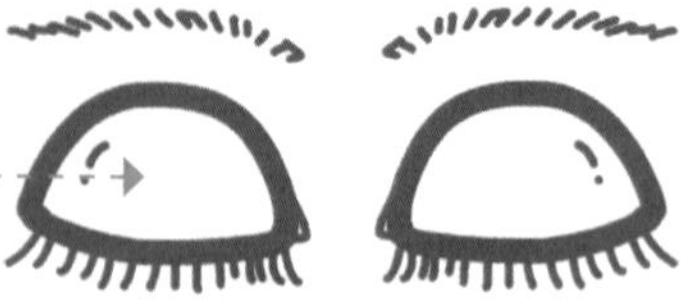

5 睫《まつ》毛《げ》

(名)眼睫毛

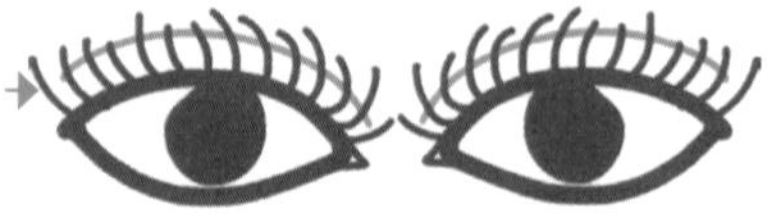

❶ 目の周《まわ》りにアイラインを入《い》れます。

❷ 眼球の痛《いた》みを訴《うった》えて、病院《びょういん》へ行《い》きます。

❸ 瞳孔は一般的《いっぱんてき》に瞳《ひとみ》と言《い》われます。

❹ 今日《きょう》は、何《なん》だか眠《ねむ》くてまぶたが重《おも》いです。

❺ 睫毛を長《なが》く見《み》せるために、マスカラを付《つ》けます。

學更多

	例句出現的		原形／接續原則	意義	詞性
❶	周り	→	周り	周圍	名詞
	アイラインを入れます	→	アイラインを入れる	畫眼線	動II
❷	痛み	→	痛み	疼痛	名詞
	訴えて	→	訴える	抱怨	動II
	行きます	→	行く	去	動I
❸	一般的に	→	一般的	一般	な形
	瞳	→	瞳	瞳孔、眼睛	名詞
	瞳と言われます	→	瞳＋と言われる	被稱為～	文型
❹	何だか	→	何だか	總覺得	副詞
	眠く	→	眠い	想睡的	い形
	眠くて	→	眠~~い~~＋くて	想睡的，而且～	文型
	重い	→	重い	沉重的	い形
❺	長く	→	長い	長的	い形
	見せる	→	見せる	顯示	動II
	見せるために	→	動詞辭書形＋ために	為了～	文型
	マスカラ	→	マスカラ	睫毛膏	名詞
	付けます	→	付ける	塗抹	動II

中譯

❶ 在眼睛的周圍畫眼線。
❷ 抱怨眼球疼痛，到醫院就診。
❸ 在日文裡，「瞳孔」一般都會稱為「瞳（瞳孔）」。
❹ 今天總覺得很想睡，眼皮很沉重。
❺ 為了讓眼睫毛看起來比較長，塗上睫毛膏。

163 鼻子

MP3 163

1 鼻《はな》

(名)鼻子

2 鼻《はな》の頭《あたま》

(名)鼻尖

3 鼻《び》梁《りょう》

(名)鼻樑

4 鼻《はな》の穴《あな》

(名)鼻孔

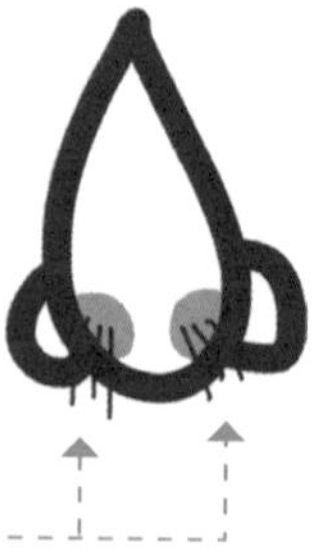

5 鼻《はな》水《みず》

(名)鼻涕

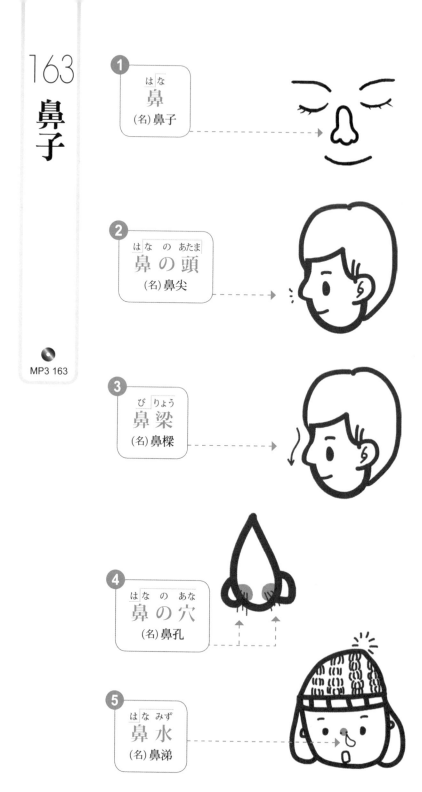

❶ 鼻炎《びえん》で鼻が詰《つ》まって、苦《くる》しいです。

❷ 鼻の頭の毛穴《けあな》が気《き》になります。

❸ 彼女《かのじょ》は、鼻梁の線《せん》が綺麗《きれい》な顔《かお》をしています。

❹ 鼻の穴に異物《いぶつ》が入《はい》り、くしゃみが出《で》ました。

❺ 風邪《かぜ》を引《ひ》いて、鼻水が止《と》まりません。

學更多

	例句出現的		原形／接續原則	意義	詞性
❶	鼻炎で	→	名詞＋で	因為～	文型
	詰まって	→	詰まる	堵塞、不通	動Ⅰ
	苦しい	→	苦しい	難受的	い形
❷	毛穴	→	毛穴	毛孔	名詞
	気になります	→	気になる	在意	動Ⅰ
❸	綺麗な顔	→	綺麗＋な＋名詞	美麗的～	文型
	綺麗な顔をして	→	綺麗な顔をする	長得很美麗	動Ⅲ
	綺麗な顔をしています	→	動詞て形＋いる	目前狀態	文型
❹	異物	→	異物	異物	名詞
	入り	→	入る	進入	動Ⅰ
	くしゃみが出ました	→	くしゃみが出る	打噴嚏	動Ⅱ
❺	風邪を引いて	→	風邪を引く	感冒	動Ⅰ
	止まりません	→	止まる	停止	動Ⅰ

中譯

❶ 因為鼻炎的關係，鼻子塞住好難受。
❷ 很在意鼻尖的毛孔。
❸ 她的鼻樑線條非常美麗。
❹ 有異物跑進鼻孔裡，打了一個噴嚏。
❺ 染上感冒，鼻涕流個不停。

164

嘴巴

MP3 164

1 口《くち》

(名)嘴巴

2 唇《くちびる》

(名)嘴唇

3 歯《は》

(名)牙齒

4 舌《した》

(名)舌頭

5 口《こう》角《かく》

(名)嘴角

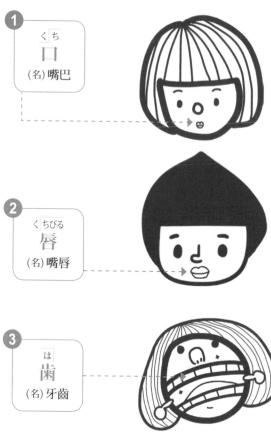

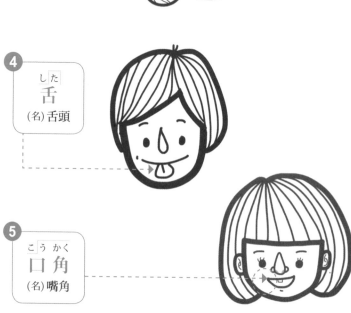

❶ 彼《かれ》は口が軽《かる》いので、彼《かれ》には内緒《ないしょ》にしておいてください。

❷ 唇の色《いろ》が悪《わる》いので、口紅《くちべに》をします。

❸ 歯を矯正《きょうせい》するなら、子供《こども》のうちにやった方《ほう》がいいです。

❹ 漢方医《かんぽうい》では舌を見《み》せて診断《しんだん》します。

❺ 彼《かれ》の口角を上《あ》げた怪《あや》しい笑《わら》い方《かた》は、人《ひと》を不快《ふかい》にさせます。

學更多

	例句出現的		原形／接續原則	意義	詞性
❶	口が軽い	→	**口が軽い**	口風不緊	い形
	口が軽いので	→	**い形容詞＋ので**	因為～	文型
	内緒にして	→	**内緒にする**	保密	動Ⅲ
	内緒にしておいて	→	**動詞て形＋おく**	妥善處理	文型
	内緒にしておいてください	→	**動詞て形＋ください**	請做～	文型
❷	悪いので	→	**い形容詞＋ので**	因為～	文型
	口紅をします	→	**口紅をする**	塗口紅	動Ⅲ
❸	矯正する	→	**矯正する**	矯正	動Ⅲ
	矯正するなら	→	**動詞辭書形＋なら**	如果～的話	文型
	子供のうちに	→	**名詞＋のうちに**	趁～的時候	文型
	やった	→	**やる**	做	動Ⅰ
	やった方がいい	→	**動詞た形＋方がいい**	做～比較好	文型
❹	漢方医では	→	**名詞＋では**	在～方面的話	文型
	見せて	→	**見せる**	給～看	動Ⅱ
❺	上げた	→	**上げる**	上揚	動Ⅱ
	怪しい	→	**怪しい**	奇怪的	い形
	不快にさせます	→	**不快にさせる**	使～不愉快	動Ⅱ

中譯

❶ 他的口風不緊，請對他保密。
❷ 嘴唇的顏色不佳，所以塗上口紅。
❸ 如果要矯正牙齒，趁孩童時期進行比較好。
❹ 中醫的話，是給醫生看舌頭來診斷。
❺ 他嘴角上揚所露出的奇怪笑容，讓人覺得很不愉快。

165

人體組成(1)

MP3 165

❶ 骨《こっ》格《かく》
(名) 骨骼

❷ 関《かん》節《せつ》
(名) 關節

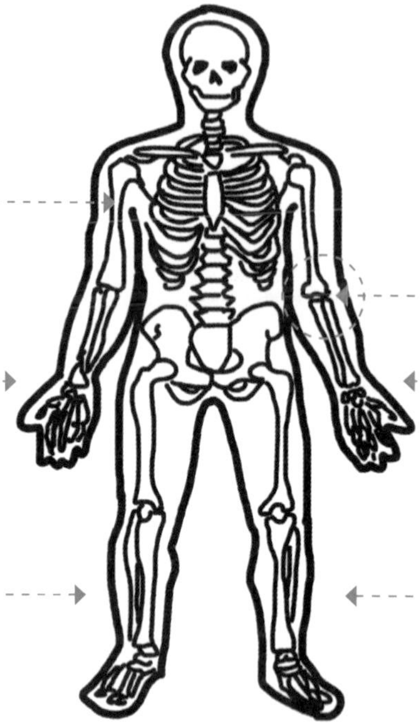

❸ 四《し》肢《し》
(名) 四肢

❸ 四《し》肢《し》
(名) 四肢

❹ 筋《きん》肉《にく》
(名) 肌肉

❺ 細《さい》胞《ぼう》
(名) 細胞

構造生物體的基本單位，包括細胞核、細胞質、細胞膜。

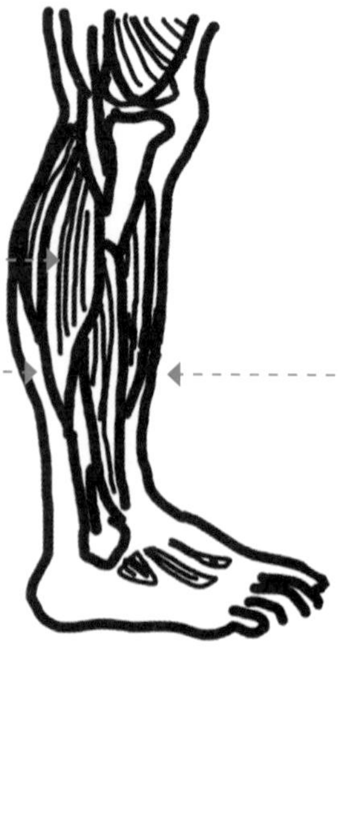

❻ 脂《し》肪《ぼう》
(名) 脂肪

❼ 皮《ひ》膚《ふ》
(名) 皮膚

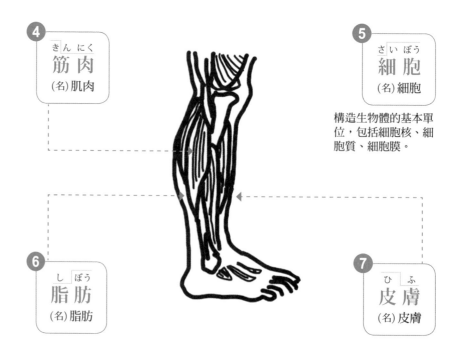

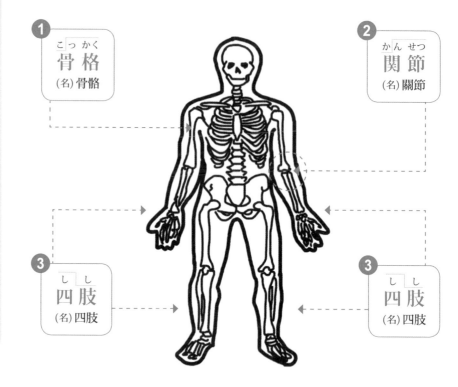

❶ 骨格の歪《ゆが》みを解消《かいしょう》します。

❷ 運動《うんどう》で関節を痛《いた》めます。

❸ 四肢の筋肉《きんにく》を鍛《きた》えます。

❹ 温泉《おんせん》には、筋肉の疲《つか》れを癒《いや》す効果《こうか》があります。

❺ 細胞を活性化《かっせいか》します。

❻ 腹部《ふくぶ》の脂肪吸引手術《きゅういんしゅじゅつ》を受《う》けます。

❼ 皮膚が乾燥《かんそう》します。

學更多

	例句出現的		原形／接續原則	意義	詞性
❶	歪み	→	歪み	歪斜	名詞
	解消します	→	解消する	矯正	動Ⅲ
❷	運動で	→	名詞＋で	因為～	文型
	痛めます	→	痛める	弄疼	動Ⅱ
❸	鍛えます	→	鍛える	鍛鍊	動Ⅱ
❹	疲れ	→	疲れ	疲勞	名詞
	癒す	→	癒す	緩解	動Ⅰ
	あります	→	ある	有（事或物）	動Ⅰ
❺	活性化します	→	活性化する	活化	動Ⅲ
❻	脂肪吸引手術	→	脂肪吸引手術	抽脂手術	名詞
	受けます	→	受ける	接受	動Ⅱ
❼	乾燥します	→	乾燥する	乾燥	動Ⅲ

中譯

❶ 矯正骨骼歪斜。
❷ 因為做運動造成關節疼痛。
❸ 鍛練四肢肌肉。
❹ 溫泉具有緩解肌肉疲勞的效果。
❺ 活化細胞。
❻ 做腹部的抽脂手術。
❼ 皮膚乾燥。

166

人體組成(2)

MP3 166

1
体《たい》外《がい》器《き》官《かん》
(名)外部器官

2
体《たい》内《ない》器《き》官《かん》
(名)內部器官

3
動《どう》脈《みゃく》
(名)動脈

從心臟運送血液到全身的血管。

3
静《じょう》脈《みゃく》
(名)靜脈

運送血液回心臟的血管。

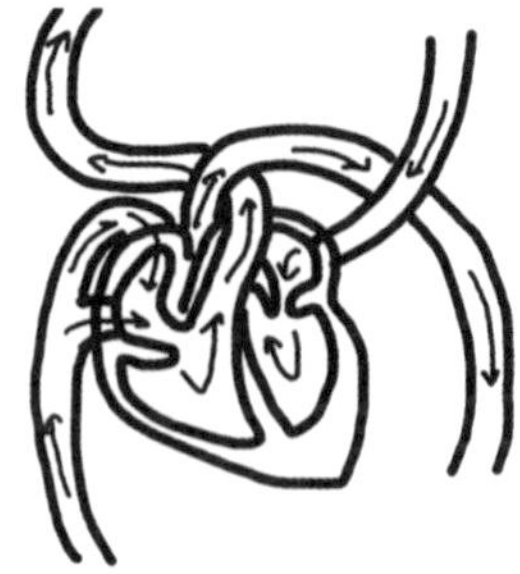

4
血《けつ》液《えき》
(名)血液

5
水《すい》分《ぶん》
(名)水分

6
神《しん》経《けい》
(名)神經

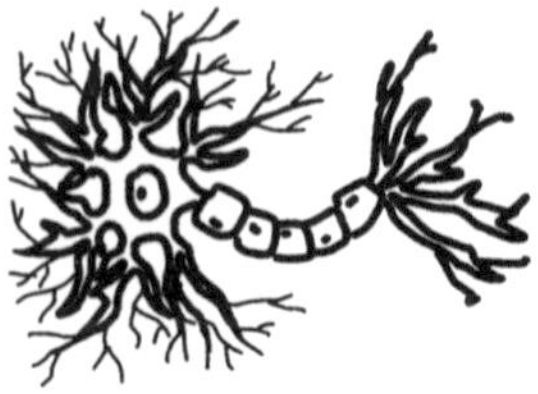

7
骨《こつ》髄《ずい》
(名)骨髓

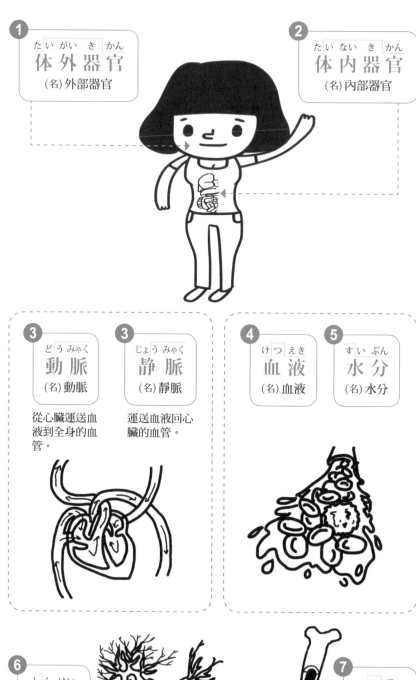

❶ あなたは皮膚《ひふ》も一《ひと》つの体外器官であることを知《し》っていますか？

❷ 体内器官の疾患《しっかん》が見《み》つかります。

❸ 多《おお》くの動脈/静脈が体内《たいない》を走《はし》っています。

❹ 水《みず》を多《おお》く飲《の》むことで体《からだ》の代謝《たいしゃ》を促進《そくしん》し、血液のドロドロを防《ふせ》ぐことができます。

❺ 水分が不足《ふそく》します。

❻ ヘルニアによる神経痛《つう》に悩《なや》みます。

❼ 白血病《はっけつびょう》の患者《かんじゃ》に骨髄を移植《いしょく》します。

學更多

	例句出現的		原形／接續原則	意義	詞性
❶	体外器官であること	→	**名詞＋であること**	是～	文型
	知って	→	**知る**	知道	動Ⅰ
	知っています	→	**動詞て形＋いる**	目前狀態	文型
❷	見つかります	→	**見つかる**	發現	動Ⅰ
❸	走って	→	**走る**	流竄	動Ⅰ
❹	飲む	→	**飲む**	喝	動Ⅰ
	飲むことで	→	**名詞＋で**	利用～	文型
	促進し	→	**促進する**	促進	動Ⅲ
	ドロドロ	→	**ドロドロ**	濃稠	名詞
	防ぐ	→	**防ぐ**	防止	動Ⅰ
	防ぐことができます	→	**動詞辭書形＋できる**	可以做～	文型
❺	不足します	→	**不足する**	不足	動Ⅲ
❻	ヘルニアによる	→	**名詞＋による**	因為～	文型
	悩みます	→	**悩む**	煩惱	動Ⅰ
❼	移植します	→	**移植する**	移植	動Ⅲ

中譯

❶ 你知道皮膚也是一個外部器官嗎？
❷ 發現內部器官的疾病。
❸ 許多動脈 / 靜脈佈滿整個體內。
❹ 多喝水可以促進身體代謝，防止血液濃稠。
❺ 水分不足。
❻ 苦惱於因疝氣引起的神經痛。
❼ 為白血病患者進行骨髓移植。

167 蛋糕

MP3 167

1 スポンジケーキ
(sponge cake)
(名)海綿蛋糕

2 生《なま》クリーム《クリーム》
(名)鮮奶油

3 中《なか》の《の》具《ぐ》
(名)內層夾餡

4 小《こ》麦《むぎ》粉《こ》
(名)麵粉

5 砂《さ》糖《とう》
(名)糖

6 牛《ぎゅう》乳《にゅう》
(名)牛奶

7 卵《たまご》
(名)蛋

8 バター
(butter)
(名)奶油

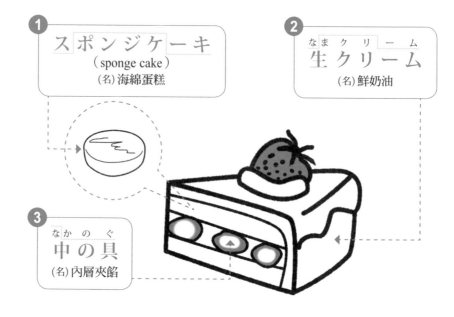

❶ スポンジケーキを焼《や》いて、飾《かざ》りつけします。

❷ 生クリームに砂糖《さとう》を加《くわ》えながら泡《あわ》立《だ》てて、ホイップクリームを作《つく》ります。

❸ 中の具は、苺《いちご》とホイップクリームにしました。

❹ 小麦粉をふるいにかけます。

❺ 砂糖を控《ひか》えめにします。

❻ 牛乳を分量《ぶんりょう》だけ計《はか》ります。

❼ 卵を割《わ》って、泡《あわ》立《だ》て器《き》で混《ま》ぜます。

❽ バターを常温《じょうおん》に戻《もど》します。

學更多

	例句出現的		原形／接續原則	意義	詞性
❶	焼いて	→	焼く	烤	動Ⅰ
	飾りつけします	→	飾りつけする	裝飾	動Ⅲ
❷	加え	→	加える	加入	動Ⅱ
	加えながら	→	動詞ます形＋ながら	一邊～，一邊～	文型
	泡立てて	→	泡立てる	使～起泡沫	動Ⅱ
	ホイップクリーム	→	ホイップクリーム	發泡鮮奶油	名詞
❸	ホイップクリームにしました	→	名詞＋にしました	決定成～了	文型
❹	ふるいにかけます	→	ふるいにかける	過篩	動Ⅱ
❺	控えめにします	→	控えめにする	斟酌、控制	動Ⅲ
❻	分量だけ	→	名詞＋だけ	只有～	文型
❼	割って	→	割る	打破	動Ⅰ
	混ぜます	→	混ぜる	攪拌	動Ⅱ
❽	戻します	→	戻す	恢復	動Ⅰ

中譯

❶ 烤海綿蛋糕，加上裝飾。
❷ 在鮮奶油中，一邊加糖一邊打到發泡，製作發泡鮮奶油。
❸ 內層夾餡決定使用草莓和發泡鮮奶油。
❹ 將麵粉過篩。
❺ 酌量使用糖。
❻ 只量需要的牛奶份量。
❼ 把蛋打破，用打蛋器攪拌。
❽ 讓奶油恢復到常溫。

168 熱狗麵包(1)

MP3 168

1 長《なが》細《ぼそ》い《い》パ《パ》ン《ン》

(名)長形麵包

2 ホットドッグ

(hot dog)

(名)熱狗（麵包）

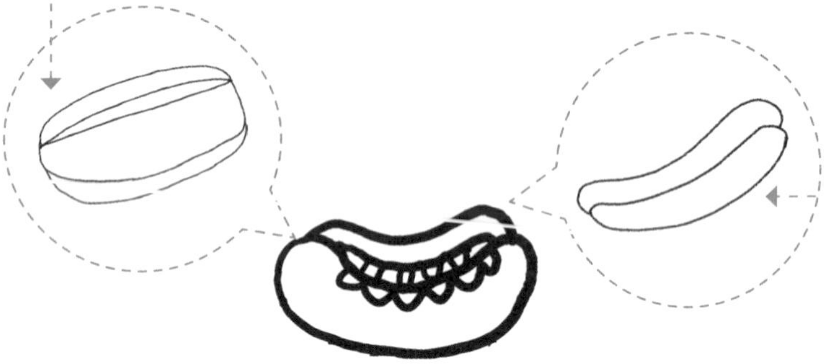

3 ソーセージ

(sausage)

(名)香腸

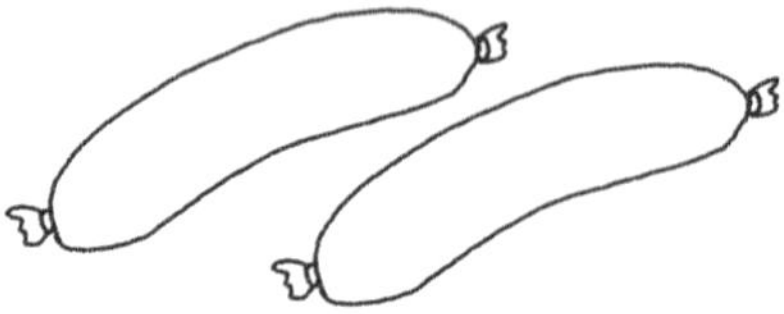

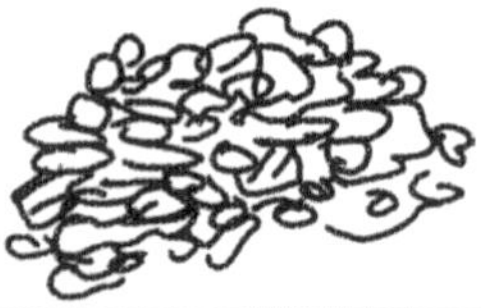

4 牛《ぎゅう》肉《にく》の《の》ミ《ミ》ン《ン》チ《チ》

(名)碎牛肉

5 レタス

(lettuce)

(名)萵苣

6 玉《たま》ね《ね》ぎ《ぎ》

(名)洋蔥

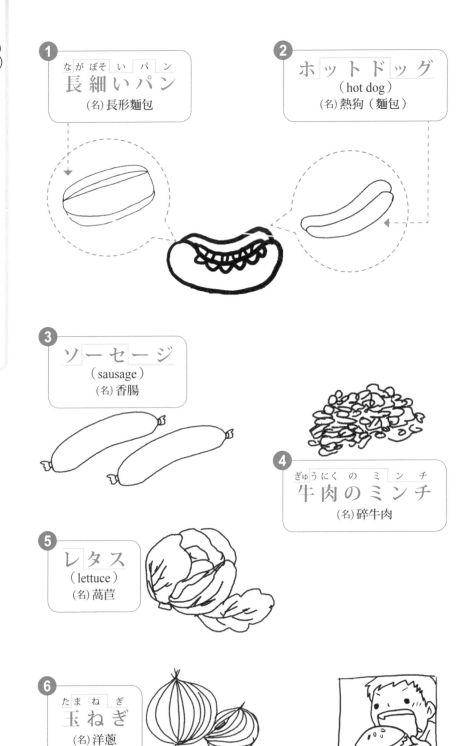

❶ 長細いパンを切《き》った中《なか》に、茹《ゆ》で上《あ》がったウインナーを挟《はさ》めばよくあるホットドッグになります。

❷ ホットドッグと言《い》えば、アメリカです。

❸ ドイツのソーセージは有名《ゆうめい》です。

❹ 牛肉のミンチでハンバーグを作《つく》ります。

❺ 新鮮《しんせん》なレタスを使《つか》って、サラダを作《つく》ります。

❻ 玉ねぎを切《き》ると涙《なみだ》が出《で》るので、玉ねぎを切《き》るのは嫌《きら》いです。

學更多

	例句出現的		原形／接續原則	意義	詞性
❶	切った	→	切る	切	動I
	茹で上がった	→	茹で上がる	煮好	動I
	挟めば	→	挟めば	夾入的話	挟む的條件形
	よく	→	よく	經常	副詞
❷	ホットドッグと言えば	→	名詞＋と言えば	說到～	文型
❸	ドイツ	→	ドイツ	德國	名詞
❹	牛肉のミンチで	→	名詞＋で	利用	文型
	ハンバーグ	→	ハンバーグ	漢堡排	名詞
	作ります	→	作る	製作	動I
❺	使って	→	使う	使用	動I
❻	切る	→	切る	切	動I
	切ると	→	動詞辭書形＋と	一～，就～	文型
	涙が出る	→	涙が出る	流眼淚	動II
	涙が出るので	→	動詞辭書形＋ので	因為～	文型
	切るのは	→	動詞辭書形＋のは	～這件事	文型

中譯

❶ 在剖開的長形麵包中，夾入煮熟的香腸就是很常見的熱狗麵包。
❷ 一說到熱狗，就會想到美國。
❸ 德國的香腸很出名。
❹ 用碎牛肉製作漢堡排。
❺ 用新鮮的萵苣做沙拉。
❻ 一切洋蔥就會流眼淚，所以我討厭切洋蔥。

169

熱狗麵包(2)

MP3 169

1 ピクルス

(pickles)

(名)酸黃瓜

2 野《や》菜《さい》のピクルス

(名)酸菜

3 チーズ

(cheese)

(名)起司

4 ケチャップ

(ketchup)

(名)蕃茄醬

5 マスタード

(mustard)

(名)黃芥末

6 ドレッシング

(dressing)

(名)沙拉醬

❶ ピクルスをハンバーガーに挟《はさ》みます。

❷ ハンバーガーに野菜のピクルスを入《い》れると、一層《いっそう》美味《おい》しいです。

❸ チーズをクラッカーにのせて食《た》べます。

❹ ホットドッグにケチャップをかけます。

❺ ホットドッグにマスタードはかけますか？

❻ サラダにドレッシングをかけます。

學更多

	例句出現的		原形／接續原則	意義	詞性
❶	ハンバーガー	→	ハンバーガー	漢堡	名詞
	挟みます	→	挟む	夾入	動Ⅰ
❷	入れる	→	入れる	放入	動Ⅱ
	入れると	→	動詞辭書形＋と	如果～的話，就～	文型
	一層	→	一層	更加	副詞
	美味しい	→	美味しい	好吃的	い形
❸	クラッカー	→	クラッカー	餅乾	名詞
	のせて	→	のせる	把～放上去	動Ⅱ
	食べます	→	食べる	吃	動Ⅱ
❹	ホットドッグ	→	ホットドッグ	熱狗	名詞
❺	かけます	→	かける	淋	動Ⅱ
❻	サラダ	→	サラダ	沙拉	名詞

中譯

❶ 把酸黃瓜夾進漢堡裡。
❷ 在漢堡裡加入酸菜的話，會更加好吃。
❸ 把起司放在餅乾上吃。
❹ 在熱狗上淋蕃茄醬。
❺ 熱狗要淋黃芥末嗎？
❻ 在沙拉上淋沙拉醬。

170 義大利麵

MP3 170

1 マカロニ
（macaroni（義））
(名) 通心粉

2 パスタ
（pasta（義））
(名) 義大利麵條

3 スパイス
（spice）
(名) 香料

4 オリーブオイル
（olive oil）
(名) 橄欖油

5 トマトソース
（tomato sauce）
(名) 茄汁

6 粉《こな》チーズ《チーズ》
(名) 起司粉

❶ マカロニサラダを作《つく》ります。

❷ その会社《かいしゃ》が売《う》っているパスタは全《すべ》て賞味期限《しょうみきげん》が切《き》れているだけではなく、虫《むし》も発生《はっせい》しています。

❸ 様々《さまざま》なスパイスを入《い》れて、ミートボールを作《つく》ります。

❹ オリーブオイルは、植物性《しょくぶつせい》の油《あぶら》で体《からだ》にいいです。

❺ 美味《おい》しいパスタを作《つく》りたいなら、必《かなら》ずトマトソースから自分《じぶん》で作《つく》るべきです。

❻ パルメザンチーズを削《けず》って、粉チーズにします。

學更多

	例句出現的		原形／接續原則	意義	詞性
❶	作ります	→	作る	製作	動 I
❷	売って	→	売る	賣	動 I
	売っている	→	動詞て形＋いる	目前狀態	文型
	切れて	→	切れる	期滿、期限到了	動 II
	切れているだけではなく	→	動詞ている形＋だけではなく	不只～，而且～	文型
	発生して	→	発生する	孳生	動Ⅲ
❸	様々なスパイス	→	様々＋な＋名詞	各種的～	文型
	入れて	→	入れる	放入	動 II
❹	植物性の油で	→	名詞＋で	因為～	文型
	体にいい	→	名詞＋にいい	對～很好	文型
❺	作りたい	→	動詞ます形＋たい	想要做～	文型
	作りたいなら	→	作りたい＋なら	如果想要做的話	文型
	作るべき	→	動詞辭書形＋べき	必須做～	文型
❻	削って	→	削る	削	動 I
	粉チーズにします	→	名詞＋にする	做成～	文型

中譯

❶ 製作通心粉沙拉。
❷ 那家公司賣的義大利麵條不但全部過期，而且還長蟲。
❸ 放進各種香料，製作肉丸。
❹ 橄欖油是植物性油脂，對身體很好。
❺ 如果你想做出好吃的義大利麵，一定要自己製作茄汁。
❻ 磨削帕馬森起司，做成起司粉。

171 水果

MP3 171

❶ 果物《くだもの》の皮《かわ》
(名)果皮

❷ 種《たね》
(名)種子/籽

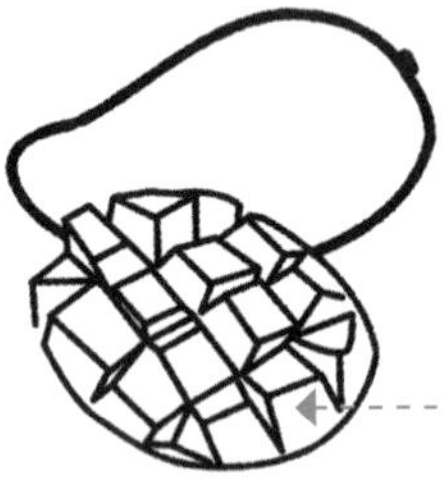

❸ 芯《しん》
(名)果核

❹ 果肉《かにく》
(名)果肉

❶ 果物の皮は、生《なま》ゴミとして捨《す》てます。

❷ スイカの種をそこら辺《へん》に吐《は》き捨《す》てないでください。

❸ りんごの芯を取《と》ります。

❹ りんごの果肉を炒《いた》めて、アップルパイの中身《なかみ》を作《つく》ります。

學更多

	例句出現的		原形／接續原則	意義	詞性
❶	生ごみ	→	生ごみ	廚餘	名詞
	生ごみとして	→	名詞＋として	作為～	文型
❷	そこら辺	→	そこら辺	那邊、某個地方	名詞
	吐き捨てない	→	吐き捨てる	吐	動Ⅱ
	吐き捨てないでください	→	動詞ない形＋でください	請不要做～	文型
❸	取ります	→	取る	去掉	動Ⅰ
❹	炒めて	→	炒める	炒	動Ⅱ

中譯

❶ 果皮要當成廚餘丟棄。

❷ 請不要隨處亂吐西瓜籽。

❸ 去掉蘋果的果核。

❹ 炒蘋果的果肉，製作蘋果派的內餡。

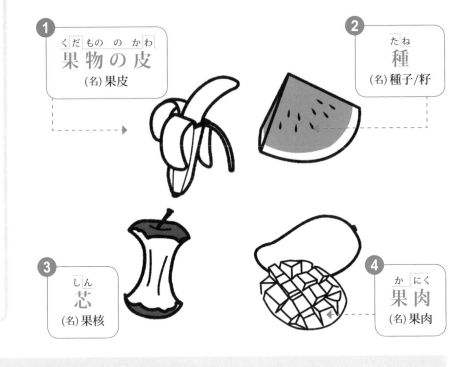

172 蔬菜

MP3 172

① 茎《くき》
(名)莖

② 葉《は》
(名)葉

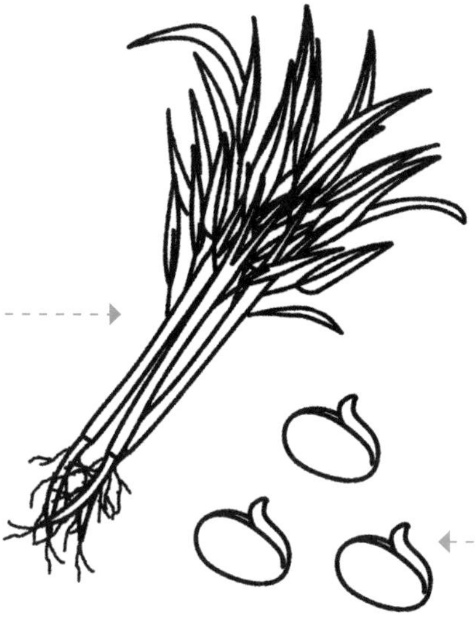

③ 根《ね》
(名)根

④ 新芽《しんめ》
(名)嫩芽

❶ バラの茎にはとても鋭《するど》いとげがあります。
❷ 強風《きょうふう》が吹《ふ》いて楓《かえで》の葉が全《すべ》て落《お》ちてしまいました。
❸ 根の健康状態《けんこうじょうたい》を確認《かくにん》します。
❹ 手塩《てしお》にかけて育《そだ》てた樹木《じゅもく》に、新芽が出《で》ます。

學更多

	例句出現的		原形／接續原則	意義	詞性
❶	とげ	→	とげ	植物的刺	名詞
❷	落ちて	→	落ちる	掉落	動 II
	落ちてしまいました	→	動詞て形＋しまいました	無法挽回的遺憾	文型
❸	確認します	→	確認する	確認	動 III
❹	手塩にかけて	→	手塩にかける	親手照顧	動 II
	育てた	→	育てる	培育	動 II
	出ます	→	出る	冒出	動 II

中譯

❶ 玫瑰的莖有很尖銳的刺。
❷ 強風吹過，楓樹的葉子全都吹掉了。
❸ 確認根的健康狀態。
❹ 親手栽培的樹木冒出嫩芽。

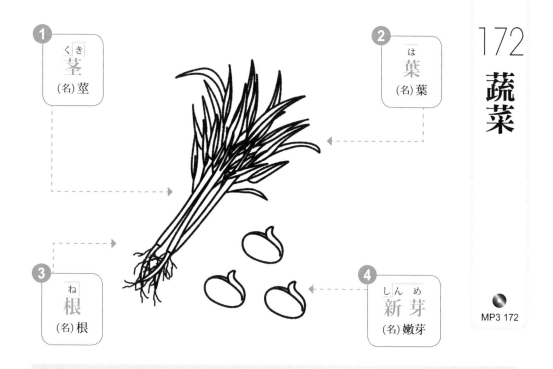

173 企業構成(1)

MP3 173

1 株《かぶ》主《ぬし》
(名)股東

2 雇《こ》用《よう》者《しゃ》
(名)雇主

3 従《じゅう》業《ぎょう》員《いん》
(名)勞工

4 上《じょう》司《し》
(名)上級

4 部《ぶ》下《か》
(名)下屬

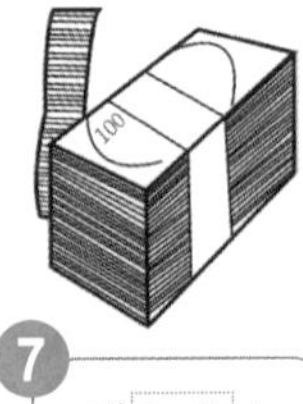

5 工《こう》場《じょう》オフィス《オフィス》設《せつ》備《び》
(名)廠辦設備

6 資《し》産《さん》
(名)資產

7 現《げん》金《きん》
(名)現金

❶ 株主総会《そうかい》に出席《しゅっせき》します。

❷ 彼《かれ》の名前《なまえ》を、雇用者として登録《とうろく》します。

❸ 従業員は、全部《ぜんぶ》で何人《なんにん》ですか？

❹ この会社《かいしゃ》には、上司と部下の上下関係《じょうげかんけい》があまりありません。

❺ 工場オフィス設備を、より良《よ》い環境《かんきょう》に整《ととの》えます。

❻ 資産総額《そうがく》は、一億円《いちおくえん》にも上《のぼ》ります。

❼ 農家《のうか》にとって、現金収入《しゅうにゅう》は貴重《きちょう》です。

學更多

	例句出現的		原形／接續原則	意義	詞性
❶	株主総会	→	**株主総会**	股東大會	名詞
	出席します	→	**出席する**	參加、出席	動Ⅲ
❷	雇用者として	→	**名詞＋として**	作為～	文型
	登録します	→	**登録する**	登錄	動Ⅲ
❸	全部で	→	**全部＋で**	總共	文型
	何人	→	**何人**	幾個人	疑問詞
❹	あまり	→	**あまり＋否定形**	不太～	文型
	ありません	→	**ある**	有（事或物）	動Ⅰ
❺	より	→	**より**	更加	副詞
	整えます	→	**整える**	整頓	動Ⅱ
❻	上ります	→	**上る**	高達	動Ⅰ
❼	農家にとって	→	**名詞＋にとって**	對～而言	文型
	貴重	→	**貴重**	重要的	な形

中譯

❶ 參加股東大會。
❷ 把他的名字登錄為雇主。
❸ 總共有幾名勞工？
❹ 在這家公司，上級和下屬之間不太有從屬關係。
❺ 把廠辦設備整頓成更好的環境。
❻ 資產總額高達一億日圓。
❼ 對農家而言，現金收入是很重要的。

174 企業構成(2)

MP3 174

❶ 企《き》業《ぎょう》イメージ《イメージ》
(名)企業形象

❷ 製《せい》品《ひん》
(名)產品

❸ 生《せい》産《さん》
(名)生產

❸ 販《はん》売《ばい》
(名)銷售

❹ マーケティング
(marketing)
(名)行銷

❺ 販《はん》売《ばい》ルート《ルート》
(名)發行通路

❻ サプライヤー
(supplier)
(名)供應商

❼ 協《きょう》賛《さん》メーカー《メーカー》
(名)合作廠商

❶ 企業イメージに泥《どろ》を塗《ぬ》るような行為《こうい》があってはなりません。

❷ 新《あたら》しい製品を次々《つぎつぎ》と開発《かいはつ》します。

❸ 生産/販売業者《ぎょうしゃ》が、次々《つぎつぎ》と海外《かいがい》に進出《しんしゅつ》します。

❹ マーケティング活動《かつどう》に、一層《いっそう》力《ちから》を入《い》れます。

❺ アジアの販売ルートを確立《かくりつ》します。

❻ サプライヤーとの協力関係《きょうりょくかんけい》を確立《かくりつ》します。

❼ 協賛メーカーの協力《きょうりょく》を得《え》てこそ、新製品《しんせいひん》を世《よ》に送《おく》り出《だ》すことができます。

學更多

	例句出現的		原形／接續原則	意義	詞性
❶	泥を塗る	→	**泥を塗る**	使～丟臉	動Ⅰ
	泥を塗るような	→	**動詞辭書形＋ような**	像～一樣的	文型
	あって	→	**ある**	有（事或物）	動Ⅰ
	あってはなりません	→	**動詞て形＋はなりません**	不能做～	文型
❷	次々と	→	**次々と**	陸續	副詞
	開発します	→	**開発する**	開發	動Ⅲ
❸	進出します	→	**進出する**	向～發展	動Ⅲ
❹	力を入れます	→	**力を入れる**	致力、加把勁	動Ⅱ
❺	確立します	→	**確立する**	確立	動Ⅲ
❻	協力関係	→	**協力関係**	合作關係	名詞
❼	得て	→	**得る**	得到	動Ⅱ
	得てこそ	→	**動詞て形＋こそ**	多虧～	文型
	世に送り出す	→	**世に送り出す**	使～面世	動Ⅰ
	世に送り出すことができます	→	**動詞辭書形＋ことができる**	可以做～	文型

中譯

❶ 不能做出有損企業形象的行為。

❷ 陸續開發新產品。

❸ 生產 / 銷售業者接二連三地往國外發展事業。

❹ 在行銷活動上更加把勁。

❺ 確立亞洲的發行通路。

❻ 確立和供應商之間的合作關係。

❼ 多虧合作廠商的協助，新產品才可以問世。

175 人口結構

MP3 175

1 男《だん》子《し》
(名) 男人

1 女《じょ》子《し》
(名) 女人

2 人《じん》口《こう》ピラミッド《ピラミッド》
(名) 人口金字塔

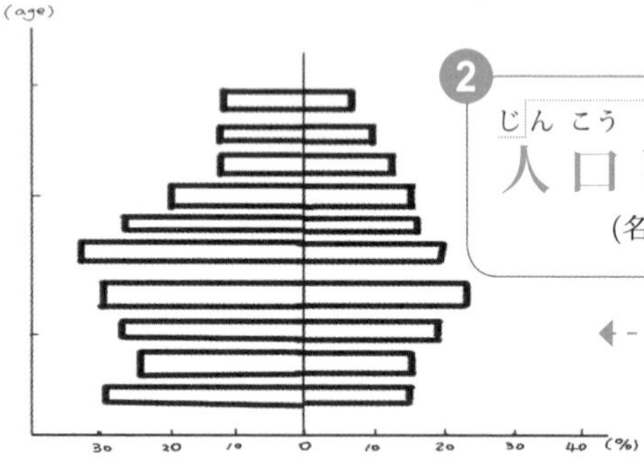

3 乳《にゅう》幼《よう》児《じ》
(名) 嬰兒

4 子《こ》供《ども》
(名) 孩童

5 青《せい》少《しょう》年《ねん》
(名) 青少年

6 中《ちゅう》年《ねん》
(名) 中年/中年人

7 老《ろう》人《じん》
(名) 老年人

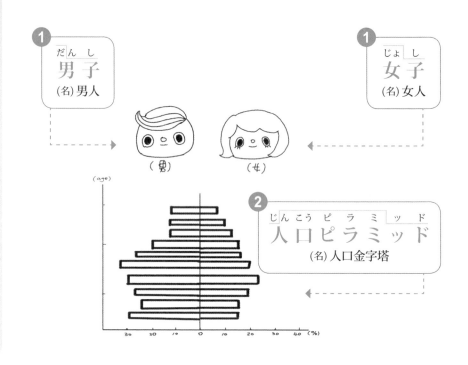

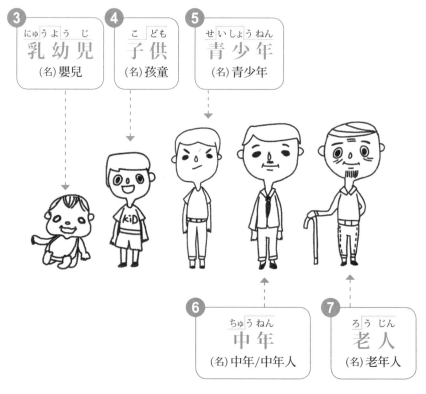

❶ 男子と女子の比率《ひりつ》を見《み》ます。

❷ 人口ピラミッドから見《み》て、将来《しょうらい》の高齢化《こうれいか》が心配《しんぱい》されます。

❸ 近年《きんねん》、乳幼児の数《かず》が激減《げきげん》しています。

❹ 子供の虐待《ぎゃくたい》が、多発《たはつ》しています。

❺ 青少年の犯罪《はんざい》が、問題《もんだい》となっています。

❻ 中年で職《しょく》を失《うしな》うと、再就職《さいしゅうしょく》は難《むずか》しいです。

❼ 身寄《みよ》りのない一人暮《ひとりぐ》らしの老人が、増《ふ》えてきています。

學更多

	例句出現的		原形／接續原則	意義	詞性
❶	見ます	→	見る	看、觀察	動Ⅱ
❷	心配されます	→	心配される	被擔心	心配する的被動形
❸	激減して	→	激減する	銳減	動Ⅲ
	激減しています	→	動詞て形＋いる	目前狀態	文型
❹	多発して	→	多発する	經常發生	動Ⅲ
❺	問題となって	→	名詞＋となる	變成～	文型
	なっています	→	動詞て形＋いる	目前狀態	文型
❻	中年で	→	年齢範圍＋で	在～年齡範圍	文型
	職を失う	→	職を失う	失業	動Ⅰ
	職を失うと	→	動詞辭書形＋と	一～，就～	文型
❼	身寄りのない	→	身寄りのない	沒有親人可依靠	い形
	増えて	→	増える	增加	動Ⅱ
	増えてきて	→	動詞て形＋くる	逐漸～	文型
	増えてきています	→	動詞て形＋いる	目前狀態	文型

中譯

❶ 觀察男人和女人的比率。
❷ 從人口金字塔來看，將來的高齡化問題令人擔心。
❸ 近年來，嬰兒出生人數銳減。
❹ 虐待孩童的事件層出不窮。
❺ 青少年的犯罪行為，成了一大問題。
❻ 一旦在中年失業，要再度就業是很困難的。
❼ 無親無故的獨居老年人越來越多。

附錄

詞性分類 × 50 音排序

名詞（平假名）單元

詞性分類 × 50 音排序

詞性分類 × 50 音排序

詞性分類 × 50 音排序

詞性分類 × 50 音排序

詞性分類 × 50 音排序

詞性分類 × 50 音排序

詞性分類 × 50 音排序

檸檬樹出版社
Lemon Tree Publishing House

赤系列 27

圖解生活實用日語：人事物的種類構造（附 1MP3）

初版 1 刷　2015 年 10 月 30 日

作者	檸檬樹日語教學團隊
日語例句	鷲津京子、福長浩二、松村リナ
插畫	許仲綺、陳博深、陳琬瑜、吳怡萱、鄭菀書、周奕伶、葉依婷、朱珮瑩、沈諭、巫秉旂、王筑儀
封面設計	陳文德
版型設計	洪素貞
日語錄音	川合理惠
責任主編	邱顯惠
責任編輯	方靖淳、沈祐禎、黃冠禎
發行人	江媛珍
社長・總編輯	何聖心
出版者	檸檬樹國際書版有限公司 檸檬樹出版社 E-mail：lemontree@booknews.com.tw 地址：新北市 235 中和區中安街 80 號 3 樓 電話・傳真：02-29271121・02-29272336
會計・客服	方靖淳
法律顧問	第一國際法律事務所 余淑杏律師 北辰著作權事務所 蕭雄淋律師
全球總經銷・印務代理 網路書城	知遠文化事業有限公司 http://www.booknews.com.tw 博訊書網 電話：02-26648800　傳真：02-26648801 地址：新北市222深坑區北深路三段155巷25號5樓
港澳地區經銷	和平圖書有限公司 電話：852-28046687　傳真：850-28046409 地址：香港柴灣嘉業街12號百樂門大廈17樓
定價 劃撥帳號・戶名	台幣 380 元／港幣 127 元 19726702・檸檬樹國際書版有限公司 ・單次購書金額未達300元，請另付40元郵資 ・信用卡・劃撥購書需7-10個工作天

圖解生活實用日語：人事物的種類構造 / 檸檬樹日語教學團隊著. -- 初版. -- 新北市：檸檬樹, 2015.09
面；　公分. -- (赤系列；27)
ISBN 978-986-6703-95-9 (平裝附光碟片)
1. 日語　2. 詞彙
803.12　　104013172

圖解生活實用英語
圖解生活實用日語

全套訂購 優惠方案

圖解生活實用日語：全套三冊

系統化整合大量日文單字

舉目所及的人事物

以【眼睛所見人事物插圖】對應學習單字

十字路口周遭

行人（歩行者《ほこうしゃ》）
斑馬線（横断《おうだん》歩道《ほどう》）
紅綠燈（信号《しんごう》）
人行道（歩道《ほどう》）
地下道（地下道《ちかどう》）

碼頭邊

燈塔（灯台《とうだい》）
碼頭（港《みなと》）
船錨（錨《いかり》）
起重機（クレーン）
貨櫃（コンテナ）

腦中延伸的人事物

以【大腦所想人事物插圖】對應學習單字

畢業

畢業證書（卒業《そつぎょう》証書《しょうしょ》）
學士服（学士《がくし》ガウン）
畢業論文（卒業《そつぎょう》論文《ろんぶん》）
畢業旅行（卒業《そつぎょう》旅行《りょこう》）
畢業照（卒業《そつぎょう》写真《しゃしん》）

看電影

上映日期（公開日《こうかいび》）
票房（興行《こうぎょう》収入《しゅうにゅう》）
爛片（ワースト映画《えいが》）
熱門鉅片（人気《にんき》超大作《ちょうたいさく》）
字幕（字幕《じまく》）

人事物的種類構造

以【種類、構造插圖】對應學習單字

身體損傷【種類】

淤青（青痣《あおあざ》）
擦傷（擦傷《すりきず》）
凍傷（凍傷《とうしょう》）
扭傷（捻挫《ねんざ》）
骨折（骨折《こっせつ》）

腳踏車【構造】

握把（ハンドル）
坐墊（サドル）
齒輪（ギア）
鍊條（チェーン）
擋泥板（泥《どろ》よけ）

訂 購 單

填寫後請沿虛線裁下傳真至出版社。傳真號碼，請見此頁背面。

1 圖解生活實用英語

□ 選擇 1：以 ***999*** 元（原價 1229 元）購買全套三冊

□ 選擇 2：已購買其中一本（請勾選）， 補差額買全套

□ 圖解生活實用英語：舉目所及的人事物（399元）
□ 圖解生活實用英語：腦中延伸的人事物（450元）
□ 圖解生活實用英語：人事物的種類構造（380元）

補差額 ***999*** 元－ ______ 元 ＝ ______ 元 購買其他兩本

2 圖解生活實用日語

□ 選擇 1：以 ***999*** 元（原價 1229 元）購買全套三冊

□ 選擇 2：已購買其中一本（請勾選）， 補差額買全套

□ 圖解生活實用日語：舉目所及的人事物（399元）
□ 圖解生活實用日語：腦中延伸的人事物（450元）
□ 圖解生活實用日語：人事物的種類構造（380元）

補差額 ***999*** 元－ ______ 元 ＝ ______ 元 購買其他兩本

3 種訂購方法：

信用卡

持卡人姓名______________ 電話___________ 手機_____________

卡別 □VISA □Master □聯合 卡號______-______-______-______

有效月年_____月_____年　末三碼____________（簽名欄末三碼）

金額_______元　持卡人簽名___________________（需與卡片一致）

收件人姓名______________ 電話___________ 手機_____________

收件地址□□□____

統一編號______________ 抬頭______________________________

郵政劃撥

帳號：19726702　戶名：檸檬樹國際書版有限公司。

【劃撥單通訊欄】請填寫購買的書名、數量。

貨到付款

請電洽檸檬樹出版社 (02) 2927-1121 分機 19。

貨到付款需另付 30 元手續費。

其他須知

◎海外及大陸地區郵資另計。台灣本島以外地區加收 50 元郵資。

◎購書寄送需 7-10 個工作天（不含周末假日）。

◎單次購書金額未達 300 元需另付 40 元郵資。

◎退貨郵資及退款手續費由購買方負擔。

◎本優惠方案之暫停、中斷，本公司保留最終決定權，且不另行通知。

24小時傳真（02）2927-2336

讀者服務專線（02）2927-1121

週一～週五　9:30~12:30　13:30~18:30

（例假日除外）